PRÉCIS

DE

L'HISTOIRE

DE

L'ÉLOQUENCE.

TOME I.ᵉʳ

Se trouve aussi :

A Lyon, chez Perisse frères, grande rue Mercière, n° 33.

Nancy, chez George Grimblot, place Stanislas, n° 7.

Besançon, chez Charles Déis, Grande-Rue, n° 40.

Chalons-sur-Marne, chez Boniez-Lambert, rue d'Orfeuil, n° 16.

Troyes, chez Aner-André, place de l'Hôtel-de-Ville.

Langres, chez De Jussieu, imprimeur-libraire.

Épinal, chez Thirion-Jouve, place des Vosges.

St-Dié, chez Trotot, imprimeur-libraire.

Mirecourt, chez Moitrier, libraire.

Neufchateau, chez Beaucolin, imprimeur-libraire.

Remiremont, chez Dubiez, imprimeur-libraire.

ÉPINAL, IMPRIMERIE DE FAGUIER,
RUE DU GRAND-RUALMÉNIL, N° 109.

PRÉCIS

DE

L'HISTOIRE

DE

L'ÉLOQUENCE,

PAR L'ABBÉ HENRY,

PROFESSEUR DE RHÉTORIQUE AU PETIT SÉMINAIRE
DE CHATEL-SUR-MOSELLE.

Hoc certè prorsus eximatur ex animo,
rerum pulcherrimam eloquentiam
cum vitiis mentis posse misceri.
QUINTILIANUS, *Lib. XII, cap.* 1.

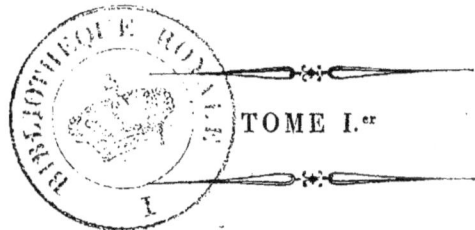

TOME I.er

PARIS,

CHEZ AUGUSTE DELALAIN, LIBRAIRE,

RUE DES MATHURINS St-JACQUES, Nº 5.

MDCCCXXXIV.

PRÉFACE.

L'HISTOIRE des triomphes de l'éloquence, doit, sans doute, faire partie d'un cours de rhétorique. Le professeur qui désire le progrès de ses élèves, ne se borne pas à leur expliquer les préceptes de l'art, à leur montrer des modèles et à les exercer par de fréquentes compositions ; mais il les transporte encore par la pensée jusqu'aux temps les plus anciens, redescend avec eux le cours des siècles, et, s'arrêtant à chaque époque mémorable, leur fait voir les orateurs tels qu'ils furent au milieu de leurs contemporains. Il retrace la vie de ces grands hommes, les obstacles qu'ils eurent à vaincre, les ressources qu'ils surent tirer de leur génie, les beautés et même les défauts de leurs discours. Il marque aussi le caractère particulier de chaque siècle; signale les causes de progrès, de perfection et de décadence; fait ressortir l'influence des doctrines, des mœurs et des gouvernements, et développe enfin toutes les considérations qui lui paraissent propres à former le jugement et à étendre les connaissances.

A mesure qu'il avance ainsi dans l'histoire, il a soin de lire et d'analyser les chefs-d'œuvre, et on sent que la simultanéité donne aux choses un nouveau degré d'intérêt, excite un plus vif enthousiasme et procure de plus douces jouissances. Les principes de l'art, qu'il a occasion de reproduire sous des formes diverses, sont beaucoup mieux sentis, parce qu'on en voit l'application. Ce ne sont point des règles stériles comme celles que l'on étudie froidement dans un livre muet; c'est une rhétorique féconde qui est en action et pour ainsi dire dramatique. Les orateurs eux-mêmes semblent revivre pour prononcer encore leurs discours et pour révéler les secrets de leur composition.

Toutefois, pour que cette méthode obtienne des résultats durables, il faut que les élèves aient entre les mains un abrégé qui, sans comprendre les faits politiques, civils ou religieux que le maître a souvent dû rattacher à son sujet, recueille au moins ce qui est particulier à l'éloquence; fasse connaître, par exemple, la vie oratoire des hommes qui ont exercé avec le plus de génie le talent de la parole; présente sur leurs ouvrages des jugements rédigés d'après les meilleurs critiques; donne, à l'appui de ces jugements, des morceaux tellement choisis qu'ils rappellent les plus beaux chefs-d'œuvre et fournissent sur tous les points importants une instruction solide; et enfin, pour ce qui est des considérations générales, les indique suffisamment et résume les développements qui ont été donnés de vive voix. Sans cet abrégé, les choses qui ont d'abord fait une impression vive et qui paraissaient devoir être très-utiles, n'auront bientôt laissé dans l'esprit que des idées superficielles et de vagues souvenirs.

En disant ce que devrait être un tel résumé, je rends compte des motifs qui m'ont déterminé à entreprendre ce *Précis de l'histoire de l'Éloquence.*

Je l'ai partagé en trois livres qui traitent : le premier, de l'éloquence ancienne proprement dite (grecque et romaine); le second, de l'éloquence des saints Pères; et le troisième, de l'éloquence moderne. Un chapitre sur les livres saints sert de supplément à l'éloquence ancienne et d'introduction à celle des saints Pères.

On trouvera peut-être un défaut de proportion entre le premier et le second livre. Dans l'un j'ai été court, dans l'autre j'ai été plus long. Voici pour quels motifs. D'abord, chez les Grecs et chez les Romains, un assez petit nombre d'orateurs ont laissé des monuments de leur éloquence. Il n'en est pas de même des grands docteurs qui ont illustré l'Église. En second lieu, les orateurs anciens sont généralement bien connus. Il suffisait de dire, d'une manière suivie, mais en peu de mots, ce qui se trouve disséminé dans d'autres ouvrages. Je pouvais en général me dispenser de faire des extraits de discours : seulement, pour éviter la monotonie des jugements critiques, il m'a paru convenable de citer au moins quelques morceaux des deux plus fameux orateurs. Ceux-même qui les ont vus dans le texte original, les reliront encore avec plaisir dans une bonne traduction.

Quant au second livre, quoique le sujet en soit très-intéressant par lui-même, il a été presqu'entièrement inconnu jusqu'alors dans les classes de rhé-

torique. Dans un grand nombre de colléges et même
de petits séminaires, les études, en ce qui touche à
l'antiquité, sont encore entièrement profanes; les
élèves, grecs et romains exclusivement, connaissent,
il est vrai, Cicéron et Démosthène, mais ils n'ont
que peu d'idée des grands hommes qui ont défendu
l'Église pendant les siècles de persécution, ou qui
ont annoncé ses dogmes et sa morale avec tant de
génie dans le quatrième siècle; ils connaissent à peine
les noms des orateurs les plus célèbres de ces deux
grandes époques. Il fallait, par conséquent, traiter
cette matière avec une certaine étendue; il fallait multiplier les morceaux d'éloquence pour justifier par des
preuves sans réplique les éloges donnés aux écrits des
saints Pères. C'est ce qui m'a été facile avec le secours de l'excellent et vaste ouvrage de M. Guillon sur
le même sujet (Bibliothèque choisie des Pères de
l'Église).

Au reste, pour les autres parties, aussi bien que
pour le second livre, je me suis servi de tout ce que
m'ont fourni les bons auteurs. Je n'ai pas même
toujours indiqué les sources où j'avais puisé, parce que
ces indications, qui d'ailleurs eussent été trop fréquentes, me paraissaient inutiles; je ne m'y suis astreint
que lorsqu'elles pouvaient faire une autorité que n'auraient pas eue mes paroles.

LIVRE PREMIER.

ÉLOQUENCE ANCIENNE.

Iɪ faudrait, pour retracer l'histoire de l'éloquence, remonter jusqu'aux premiers âges du monde. Les hommes, en effet, ayant reçu le langage pour se communiquer leurs pensées, dûrent chercher à s'en servir pour dominer leurs semblables par la persuasion. Leur éloquence même devait être passionnée. Vivement frappés, à la vue des objets propres à exciter la surprise et l'admiration, ils s'exprimaient avec enthousiasme, se livraient à des mouvements impétueux et avaient recours à des figures animées, à des métaphores hardies qui peignaient leurs pensées et les jetaient comme des traits dans l'ame de leurs auditeurs. Tel fut en effet le caractère des peuples enfants; tel est encore aujourd'hui celui des tribus sauvages. La nature leur inspire une éloquence figurée et hardie qui mérite quelquefois l'admiration des peuples civilisés. Mais elle est mêlée de beaucoup de défauts. Elle ne consiste que dans des traits isolés que défigurent la grossièreté du langage et le désordre des pensées. Nous ne nous arrêterons donc pas à cette éloquence des temps anciens, qui d'ailleurs ne pouvait avoir une grande influence chez des hommes pour lesquels la loi presque toujours était la force. Les premiers empires qui s'élevèrent dans le monde, ceux d'Assyrie et d'Egypte, ne furent pas non plus très-favorables au talent de la parole. Dans ces états despotiques, le grand nombre était accoutumé à une aveugle soumission : c'était la crainte et non la persuasion qui les faisaient agir ; l'orateur était entravé, et par conséquent il ne pouvait s'élever à une grande hauteur, ni exercer cet empire que lui donne le génie dans les gouvernements où il jouit de sa liberté et de son indépendance.

Avant la naissance des républiques de la Grèce, on aperçoit à peine quelques traces d'éloquence, considérée comme étant l'art de la persuasion ; mais ces républiques lui ouvrirent un si vaste champ, que jamais peut-être les temps qui ont suivi, n'offrirent rien de pareil. Cette brillante période de l'éloquence, chez les Grecs, a toujours été l'objet de l'admiration des connaisseurs. Elle va fixer d'abord quelques moments notre attention.

PREMIÈRE PARTIE.

ÉLOQUENCE GRECQUE.

Les républiques de la Grèce subsistèrent dans un état florissant depuis la bataille de Marathon (490 ans avant J.-C.),
jusqu'à l'époque où Alexandre-le-Grand les soumit à son empire. C'est un espace de cent cinquante ans, pendant lequel
on vit paraître le plus grand nombre des poètes et des philosophes qui ont illustré la Grèce ; mais surtout presque tous
les orateurs qu'elle a produits. Car, après cette époque, la
poésie et la philosophie ne furent pas entièrement effacées,
mais à peine resta-t-il quelques traces de l'ancienne éloquence.

De toutes les républiques de la Grèce, Athènes fut de beaucoup la plus renommée pour l'éloquence, ainsi que pour tous
les autres arts. Le peuple d'Athènes était vif et ingénieux,
exercé aux affaires, instruit par le spectacle des révolutions
soudaines et fréquentes auxquelles son gouvernement était
sujet. Ce gouvernement était essentiellement démocratique :
le corps entier du peuple formait la législature. Il y avait, à
la vérité, un sénat composé de cinq cents membres, mais

l'assemblée du peuple décidait de tout en dernier ressort. Là, les affaires se traitaient par le raisonnement et le discours; on y apprenait à discuter les intérêts, à manier les passions d'une assemblée populaire. C'est là qu'on faisait les lois, qu'on déclarait la paix ou la guerre, qu'on cherchait les hommes appelés aux magistratures. Il est évident qu'une constitution de cette espèce invitait à étudier l'art de l'éloquence, comme le plus sûr moyen d'acquérir de l'influence et du pouvoir. L'assemblée du peuple était une arène, où d'ambitieux démagogues, des orateurs corrompus étaient aux prises avec des citoyens vertueux et animés d'un véritable patriotisme. Ils s'efforçaient également de gagner la bienveillance de leurs auditeurs, mais avec des vues et par des moyens bien différents. Les premiers, abusant du caractère léger, factieux, amoureux de la nouveauté, qui dominait souvent les Athéniens, cherchaient à les éblouir et à les égarer par les prestiges d'une fausse éloquence; ils excitaient leurs passions et les poussaient à des partis funestes, pourvu que par là ils pussent satisfaire leur ambition ou leur cupidité. Les seconds au contraire, négligeant la vaine pompe des mots, n'employaient que des arguments solides, faisaient clairement connaître au peuple ses véritables intérêts, lui dévoilaient les intrigues et les projets coupables des citoyens pervers, les machinations de ses ennemis, l'effrayaient à l'aspect des dangers, excitaient en lui le désir de la gloire, ranimaient dans tous les cœurs l'amour de la patrie et de la liberté, et, par cette éloquence, forte des pensées et des preuves que la bonne cause fournit au génie, et entraînante par les sentiments profonds qu'il puise dans la vertu, ils le réveillaient de son engourdissement, exaltaient son courage, et le rendaient capable des plus généreux sacrifices et des plus héroïques vertus. C'est ainsi que, dans les violents débats du vice et de la vertu, des factions et de la liberté, dans la vie active et la conduite des affaires, se formaient de grands orateurs, dont l'éloquence, née du besoin, rejetait toutes les pensées sub-

tiles, tous les ornements recherchés, et ne se distinguait que
par une manière solide, énergique, la plus efficace en un mot
pour convaincre, intéresser, persuader.

L'éloquence se montrait donc puissante et hardie dans les
assemblées politiques. Mais, en présence des juges, elle paraissait avec un front timide; elle ne pouvait déployer qu'une
partie de ses forces. Les accusés devaient eux-mêmes défendre
leur cause, ils ne pouvaient la confier à une bouche étrangère
et plus exercée. Il leur était également interdit de chercher
à attendrir l'auditoire, et lorsqu'ils commençaient à se livrer
à des mouvements pathétiques, la voix d'un héraut les aver-
tissait de développer avec calme leurs moyens de défense.
Cependant on éludait en partie ces dispositions sévères. Les
orateurs composaient souvent les plaidoyers de ceux qui
avaient des procès, et il était d'autant plus facile d'agir,
malgré la défense de la loi, sur le cœur des juges, qu'ils
étaient très-nombreux et formaient une espèce d'assemblée
populaire. D'ailleurs un grand nombre de causes se portaient
devant le peuple, et l'éloquence judiciaire acquérait alors tous
les puissants moyens de l'éloquence politique.

CHAPITRE PREMIER.

PREMIERS ORATEURS QUI SE SONT DISTINGUÉS A ATHÈNES.

PISISTRATE.

Pisistrate, qui était contemporain de Solon et qui renversa le gouvernement établi par ce législateur, est cité par Plutarque, comme le premier qui se distingua parmi les Athéniens, par son application à l'art oratoire : il se servit de son éloquence pour usurper le souverain pouvoir, qu'il exerça toutefois avec modération dès qu'il l'eut obtenu. L'histoire n'a pas conservé le souvenir des orateurs qui fleurirent depuis le temps de Pisistrate jusqu'à la guerre du Péloponèse.

PÉRICLÈS.

Périclès, qui mourut vers le commencement de cette guerre, fut, à proprement parler, le premier qui porta l'éloquence à un haut degré de perfection ; il paraît même qu'il ne fut surpassé par aucun de ses successeurs. Il était plus que simple orateur, il était général et homme d'état, rompu aux affaires et d'une habileté consommée. Pendant quarante années, il gouverna Athènes avec un pouvoir absolu. Les historiens attribuent l'influence qu'il avait acquise, autant à son éloquence qu'à ses talents politiques. Le caractère de cette éloquence était la force et la véhémence : elle renversait tout ce qui lui résistait et triomphait des passions et des affections du peuple.

C'est de là que lui vint le surnom d'*Olympien*. On disait de lui que, comme Jupiter, en parlant, il tonnait. On disait aussi que la déesse de la persuasion semblait résider sur ses lèvres. Il faut blâmer son ambition, mais on ne peut lui refuser de grandes vertus. C'étaient ces vertus mêmes, et la confiance du peuple en son intégrité, qui donnaient à son éloquence tant d'empire. Il était généreux, magnanime, et fortement animé de l'esprit public : il n'amassa point de richesses ; les grandes sommes qu'il tira du trésor de la nation, furent presque toutes appliquées à des travaux publics. On rapporte qu'à sa mort il se félicitait surtout de ce que, pendant le cours de sa longue administration, il n'avait fait prendre le deuil à aucun de ses concitoyens. Suidas fait sur Périclès une remarque particulière : il nous apprend qu'il fut le premier parmi les Athéniens, qui composa et mit par écrit un discours destiné à être prononcé en public.

ALCIBIADE, CRITIAS, ETC.

Après Périclès, et durant la guerre du Péloponèse, on vit paraître Cléon, Alcibiade, Critias et Théramène, citoyens éminents d'Athènes, qui tous se distinguèrent par leur éloquence : ils n'étaient point orateurs de profession, ce ne fut point dans les écoles qu'ils se formèrent, mais au sein des débats et des affaires, où ils recevaient des leçons de leurs propres adversaires, où tout se traitait par la voie des discours publics, si propre à mettre en jeu toutes les facultés de l'ame. Leur style était mâle, véhément, concis. « Ils s'exprimaient avec dignité, dit Cicéron, abondaient en maximes, et présentaient leurs pensées en si peu de mots, que quelquefois ils n'étaient pas exempts d'obscurité. »

CHAPITRE SECOND.

RHÉTEURS ET SOPHISTES.

RHÉTEURS.

Le talent de la parole, après la guerre du Péloponèse, acquit encore plus d'importance. Il y eut pour l'acquérir, un zèle et une émulation extraordinaires. Ce fut alors que s'ouvrirent un grand nombre d'écoles de rhétorique, qui furent célèbres et par les maîtres qui y enseignaient, et par les disciples qui en sortirent. Ces écoles favorisèrent sans doute les progrès de l'éloquence; mais aussi elles contribuèrent à la corrompre, en substituant la recherche et l'affectation à la noble simplicité des temps anciens.

EMPÉDOCLE D'AGRIGENTE, célèbre philosophe, passe pour le premier qui ait eu quelque connaissance de la rhétorique.

CORAX et TISIAS, tous deux Siciliens, sont les premiers qui en aient donné des préceptes.

PLATON, quoiqu'il semble avoir pris à tâche de décrier la rhétorique, mérite à juste titre d'être mis au nombre des plus excellents rhéteurs, n'ayant censuré et tourné en ridicule que ceux qui déshonoraient cet art par l'abus qu'ils en faisaient et par le mauvais goût qu'ils s'efforçaient d'introduire dans l'éloquence. Les réflexions sensées et solides qu'il a insérées dans plusieurs de ses dialogues et surtout dans ceux qui sont intitulés *Phœdre* et *Gorgias*, peuvent être regardées comme une bonne rhétorique, et en contiennent les plus importants principes.

ARISTOTE, qui fut précepteur d'Alexandre, est reconnu comme le chef et le prince des rhéteurs ; sa *Rhétorique* divisée en trois livres, est un chef-d'œuvre pour l'ordre merveilleux qui y règne, pour la solidité des réflexions qui accompagnent ses préceptes, et la profonde connaissance du cœur humain. Ce fut un sentiment d'émulation qui nous procura cet ouvrage. Voyant le succès extraordinaire d'Isocrate dans l'enseignement de l'éloquence, Aristote continua le matin ses leçons de philosophie, et le soir il ouvrit une école de rhétorique. Il avait recueilli les préceptes des premiers maîtres, et les avait si bien traités, qu'on n'allait les chercher que dans ses ouvrages.

Le style d'Aristote est sec, sans ornements ; la lecture en est très-pénible. Il paraît avoir eu pour but de diriger l'attention des orateurs sur l'art de convaincre l'esprit et d'affecter le cœur, bien plus que sur l'harmonie et la cadence des périodes.

ANAXIMÈNE passe pour avoir été l'auteur de la rhétorique, qui a pour titre : *Rhétorique à Alexandre*, et que l'on attribuait à Aristote. Elle a son mérite ; mais elle est très-inférieure à celle de ce dernier. Anaximène avait écrit sur beaucoup d'autres matières.

ISOCRATE ne pouvant parler en public, à cause de sa timidité et de la faiblesse de sa voix, donna des leçons de rhétorique qui lui acquirent une très-grande réputation. Il forma un grand nombre d'orateurs. Il avait un discernement merveilleux pour connaître la force, le génie et le caractère de ses disciples. « Son école, dit Cicéron, devint une pépinière de grands

hommes pour toute la **Grèce**. » Nous le ferons connaître
comme écrivain.

SOPHISTES.

Aux rhéteurs on peut joindre les sophistes, dont la profession différait peu. Le nom de sophiste avait chez les anciens
une fort grande étendue, et était donné à tous ceux qui
avaient l'esprit orné de connaissances utiles et agréables, et
qui faisaient part aux autres de leurs lumières, soit par écrit,
soit de vive voix, sur quelque science et quelque matière que
ce fût. Mais bientôt il devint odieux par les vices des sophistes,
et l'abus qu'ils faisaient de leurs talents.

« La plus grande preuve qu'on puisse donner, dit Isocrate,
de l'estime singulière qu'on avait pour les sophistes, c'est que
Solon, qui le premier des Athéniens a porté ce titre, fut jugé
par nos ancêtres le plus digne d'être mis à la tête du gouvernement. » Hérodote le compte parmi les sophistes que l'opulence
de **Crésus** et son amour pour les beaux arts attirèrent à sa cour.

Lorsque par la conquête des états de **Crésus**, l'Asie-Mineure
eut été assujettie aux armes des **Perses**, la plupart des sophistes
repassèrent dans la **Grèce**, et la ville d'**Athènes** devint, sous
le gouvernement de **Pisistrate** et de ses enfants, l'asile et le
séjour favori des savants.

Périclès tira d'eux d'importants services pour la politique et
le gouvernement. Il profita d'abord des leçons d'Anaxagore,
avec lequel il s'appliqua particulièrement à l'étude de la nature. Il savait retirer de cette science de grands avantages
pour la rhétorique.

Damon, qui prit la place d'Anaxagore auprès de **Périclès**,
ne se donnait que pour musicien, mais cachait sous ce nom
une profonde science. Il composait aussi très-habilement, et
ses ouvrages tendaient tous à inspirer l'horreur du vice et la
pratique de la vertu. Quelque soin qu'il eût pris de cacher sa

véritable profession, il ne put tromper les ennemis de Périclès, qui réussirent à le rendre odieux. Il fut appelé en justice et banni comme coupable d'aspirer à la tyrannie. Périclès eut encore un autre maître dont le nom et la profession doivent étonner : c'est la fameuse courtisane ASPASIE de Milet. Elle joignait à beaucoup d'esprit et de beauté, une profonde connaissance de la rhétorique et de la politique. Elle avait suivi dans sa conduite et dans ses études l'exemple d'une autre courtisane de Milet nommée THARGÉLIE, qui par ses talents avait mérité le titre de sophiste, et que son extrême beauté avait élevée au trône de Thessalie. Aspasie donnait des leçons aux plus graves personnages d'Athènes. Socrate se glorifiait de devoir à ses instructions tout ce qu'il avait d'éloquence, et lui attribuait le mérite d'avoir formé les plus grands orateurs de son temps. Il est fàcheux qu'elle ait déshonoré tant de belles qualités par l'irrégularité de ses mœurs, et par sa profession de courtisane.

Mais les sophistes les plus célèbres par leurs prétentions et leurs défauts, aussi bien que par leurs talents, furent Gorgias de Léonte, Tisias, Protagore et Prodicus. GORGIAS était en vénération dans sa ville natale. Député pour implorer le secours des Athéniens, il les éblouit par l'éclat des mots, des tours, des périodes cadencées et mesurées dont il ornait ses discours, et il obtint d'eux tout ce qu'il voulut. Il s'établit à Athènes, où il donna ses leçons. On remarquait dans son style beaucoup d'art et de recherche, des antithèses et des jeux de mots continuels. Gorgias fit plusieurs fois parade de son talent dans les jeux publics de la Grèce, et il s'y fit admirer. Il était d'une vanité insupportable; il fut le premier à se vanter qu'il pourrait répondre sur le champ sur quelque matière qu'on lui proposât.

Il vécut jusqu'à 107 ans sans jamais interrompre ses études. Isocrate fut le plus célèbre de ses disciples.

Tisias se fit aussi beaucoup estimer des Athéniens, chez qui il avait été député avec Gorgias. Il eut pour disciple Lysias, fameux orateur.

Protagore enseigna pendant 40 ans l'éloquence, et retira de ses leçons une fortune considérable. Ses écrits impies furent condamnés aux flammes par les magistrats d'Athènes, qui chassèrent l'auteur comme une peste publique.

Prodicus, disciple de Protagore, donna des leçons à Athènes, où il était venu en qualité d'ambassadeur. Il eut pour disciples Euripide, Socrate, Théramène et Isocrate. Il reçut de grands honneurs à Thèbes et à Lacédémone. Les Athéniens le firent mourir comme corrupteur de la jeunesse.

OBSERVATIONS SUR LES SOPHISTES.

Les sophistes reçurent dans la Grèce des honneurs et des priviléges extraordinaires. Quand ils arrivaient dans une ville on allait au-devant d'eux, et leur entrée avait un air de triomphe. On les gratifiait du droit de bourgeoisie, on leur accordait toutes sortes d'immunités, on leur érigeait des statues. Quelques-uns méritèrent ces honneurs et ces priviléges, par leurs services, en instruisant la jeunesse et en donnant d'importants secours aux hommes chargés du maniement des affaires publiques. On ne peut dissimuler d'ailleurs que plusieurs avaient beaucoup d'esprit, de talent, et une grande étendue de connaissances; mais la plupart n'étaient dignes que d'un souverain mépris. Voici les principaux traits de leur caractère d'après les auteurs anciens et surtout d'après Platon, qui, dans ses dialogues, les met souvent aux prises avec Socrate, leur éternel ennemi : Ils se donnaient pour des orateurs parfaits, qui seuls possédaient le talent de la parole et qui avaient porté l'éloquence au plus haut degré où elle pût arriver. Ils se faisaient honneur de pouvoir parler sur le champ et sans préparation sur quelque sujet qu'on leur proposât. Ils se vantaient de donner à leurs auditeurs telle impression qu'il leur plaisait, d'enseigner comment on pouvait rendre bonne la plus mauvaise cause du monde, et de faire paraître par la force du discours les plus petites choses grandes et les plus grandes petites. Ils étaient également prêts à soutenir le pour et le contre sur quelque matière que ce fût. Ils ne comptaient le vrai pour rien dans leurs discours; ils joignaient à l'art de la rhétorique une logique subtile, et en général professaient une sorte de scepticisme métaphysique; ils faisaient servir les tours de leur éloquence, non à prouver et à faire aimer la vérité, mais à donner au faux les couleurs du vrai et au vrai celles du faux.

On aura une idée de leur dialectique subtile par le trait suivant que rapporte Aulu-Gelle. Un jeune homme nommé Evathle, qui se destinait au barreau, avait fait marché avec Protagore pour apprendre de lui toutes les finesses de la plaidoirie et de la chicane, moyennant une certaine somme, mais sous la condition qu'il n'en paierait d'abord qu'une moitié et ne serait tenu de payer l'autre qu'après le gain de la première cause qu'il plaiderait. Le jeune avocat bien endoctriné ne se hâte pas de mettre ses talents à l'épreuve; et quoique pressé par son maître, qui avait le double intérêt de faire briller son disciple et d'en être payé, il diffère toujours d'entrer en lice, jusqu'à ce qu'enfin le sophiste impatienté le fait assigner sur sa promesse écrite, et, se croyant sûr de son fait, débute ainsi devant les juges d'un ton triomphant et avec l'assurance d'un maître qui va confondre un écolier : « De quelque manière que cette affaire soit jugée, mon débiteur ne peut manquer d'être obligé au paiement; car de deux choses l'une : ou il perdra sa cause, et en conséquence de votre arrêt il faut qu'il me paie; ou il la gagnera, et dès lors sa première cause étant gagnée, il s'ensuit encore qu'il doit me payer. » Grandes

acclamations : le jeune homme se lève à son tour, et du ton
le plus tranquille : « J'accepte, dit-il à son maître, cette même
alternative comme le vrai fondement de toute cette cause, et
comme un moyen péremptoire en ma faveur; car de deux
choses l'une : ou la sentence me sera favorable et je ne vous
dois rien; ou elle me sera contraire, et dès lors ma première
cause est perdue et je suis quitte. » Le rhéteur resta muet,
et les juges interdits trouvèrent la cause si épineuse et si équivoque, qu'ils refusèrent de prononcer.

Le grand théâtre où les sophistes cherchaient à se faire
admirer, était les jeux olympiques. Là, en présence d'un nombre infini d'auditeurs rassemblés de toutes les parties de la
Grèce, ils étalaient avec affectation tout ce que l'éloquence a
de plus brillant. Leur unique but était de plaire à la multitude et d'enlever ses suffrages, et, à la honte des Grecs, cela
ne manquait pas d'arriver, leurs discours étant suivis d'un
applaudissement général.

Ce qui acheva de faire perdre aux gens sensés toute estime
pour les sophistes, ce furent les défauts et les vices qu'on
remarqua dans leur conduite. Ils étaient fiers, arrogants, or-
gueilleux, pleins de mépris pour les autres et d'estime pour
eux-mêmes. Ils étaient les seuls, à leur avis, qui entendissent
et qui fussent en état de bien enseigner aux jeunes gens les
préceptes de la rhétorique et de la philosophie. Ils promettaient avec un air d'assurance, de leur donner en peu de
temps toutes les connaissances nécessaires pour remplir les
plus importantes places de l'État. Ils faisaient profession de
leur fournir des méthodes ou des espèces de recettes pour
toutes sortes de causes, et ils furent les premiers qui traitèrent
de ce qu'en rhétorique on appelle lieux communs ou des arguments à employer sur toute espèce de sujets.

Mais leur défaut dominant était l'avarice et un désir insatiable d'amasser des richesses. Ils vendaient très-cher leurs
leçons. Protagore prenait de ses disciples pour leur apprendre

la rhétorique, dix mille drachmes (5,000 francs). Gorgias, au rapport de Diodore de Sicile et de Suidas, exigeait la même somme. Il en coûta autant à Démosthène pour recevoir les leçons du rhéteur Isée. Prodicus avait des leçons à tout prix, depuis deux oboles jusqu'à cinquante drachmes.

Malgré ces défauts, que plusieurs savaient éviter, il faut reconnaître que les sophistes ont rendu des services réels pour l'avancement des sciences, dont ils furent comme les dépositaires pendant la durée de plusieurs siècles.

CHAPITRE TROISIÈME.

DÉMOSTHÈNE ET LES PLUS CÉLÈBRES ORATEURS DE SON SIÈCLE.

Si nous quittons les sophistes pour arrêter nos regards sur des combats réels, nous verrons aux prises, dans la tribune politique et même dans l'arène du barreau, un grand nombre d'illustres rivaux. Mais au-dessus de tous apparaît Démosthène, dont la figure athlétique semble grandir encore dans le lointain des âges. Nous parlerons avec quelque étendue de ce grand orateur, après que nous aurons rapidement tracé le caractère de quelques-uns de ses contemporains.

ANTIPHON.

Antiphon profita beaucoup des entretiens qu'il eut avec Socrate. On dit qu'il fut le premier qui enseigna et plaida pour de l'argent. On a de lui seize discours qui tiennent plus de la déclamation que de la véritable éloquence; ils ne justifient pas les éloges que les anciens lui ont prodigués. Rollin, qui traduit Plutarque, parle de cet orateur trop favorablement. Il fut condamné à mort pour avoir favorisé l'établissement des Quatre-Cents à Athènes.

ANDOCIDE.

Le style d'Andocide était simple, presque entièrement destitué de figures et d'ornements. Nous avons de lui quatre

Discours. Celui où il accuse Alcibiade, fait bien connaître le caractère fougueux de ce fameux citoyen.

LYSIAS.

« Lysias était, dit Cicéron, un écrivain d'une précision et d'une élégance extrêmes ; et les Athéniens pouvaient déjà se flatter d'avoir un orateur parfait. » Quintilien en donne la même idée. La propriété et la clarté des expressions ; un tour aisé et naturel, un talent admirable pour la narration, un tact exquis des convenances, et, par-dessus tout, la grace que l'on sent si bien et que l'on ne peut définir, forment le caractère distinctif de Lysias. Son style est néanmoins plus semblable à un ruisseau clair et pur qu'à un grand fleuve. « Il manque de fond, dit Blair, et quelquefois même ses compositions sont froides. » Il ne plaidait pas lui-même ; il composait des plaidoyers pour les autres. Ses discours peuvent faire bien connaître les mœurs et les usages d'Athènes. On rapporte que cet orateur ayant donné un de ses plaidoyers à lire à son adversaire, celui-ci lui dit : « La première fois que je l'ai lu, je l'ai trouvé bon ; la seconde, moindre ; la troisième, mauvais. » « Eh bien, répartit Lysias, il est donc bon, puisqu'on ne le récite qu'une fois. » Il fit un plaidoyer pour la défense de Socrate. Celui-ci l'ayant lu, dit qu'il était fort beau et fort oratoire, mais peu convenable au caractère d'un philosophe. Pendant les treize dernières années de sa vie, il composa *deux cents Harangues* dont il ne nous reste plus que *trente-quatre*.

ISOCRATE.

Nous avons d'Isocrate des *Harangues*, des *Lettres* et *six Éloges* dont les plus célèbres sont : le *Discours à Démonique*, l'*Éloge d'Évagore, roi de Chypre*, et surtout le *Panégyrique* qui a pour but de louer la république d'Athènes. Isocrate fut le premier qui introduisit la méthode de composer des pé-

2

riodes régulières et harmonieusement cadencées. « Ce genre
d'éloquence, dit Cicéron, après avoir admiré le style plein et
nombreux d'Isocrate, est doux, agréable, coulant, plein de
pensées fines et d'expressions harmonieuses, mais il a été exclu
du barreau et renvoyé aux académies comme plus propre
aux exercices de pur appareil qu'aux vrais combats. » Les
critiques sont assez partagés sur ce qu'on doit penser de cet
orateur. Platon, Cicéron, Quintilien en font un grand éloge.
Aristote, Plutarque au contraire n'en parlent qu'avec mépris.
Fénélon surtout use envers lui d'une critique sévère. Isocrate,
selon lui, n'est qu'un déclamateur oisif qui se tourmente pour
des sons, avide de faux ornements, plein de mollesse dans
son style. « Que peut-on penser, dit Blair, d'un orateur qui
employa dix ans à composer un discours intitulé le *Panégyrique?* Quel travail futile n'a-t-il pas dû coûter à son auteur
pour répandre sur tous les mots et sur toutes les phrases une
minutieuse élégance ? » *Cours de rhétorique.* On peut con-
clure de ces jugements opposés qu'Isocrate est un écrivain
académique très-fleuri, très-harmonieux, mais froid, languissant, amoureux de paroles, et qu'il énerve ses pensées en
voulant les embellir. On doit louer le zèle qu'il montre pour
la vérité et la vertu, les leçons de morale qu'il répand dans
ses discours. Il ne put survivre à la défaite des Athéniens à
Chéronée.

ISÉE.

Isée fut disciple de Lysias et maître de Démosthène. Ce
dernier s'attacha à lui plutôt qu'à Isocrate, parce qu'il mettait
dans ses discours plus de force et de véhémence, tandis que
l'autre prodiguait les fleurs. Nous avons de lui *dix Harangues.*

LYCURGUE.

Lycurgue se fit estimer à Athènes pour son éloquence et
plus encore par sa probité. Il fut questeur et exerça cette

charge pendant quinze ans avec intégrité. Il était du nombre des trente orateurs qu'Athènes refusa de livrer à Alexandre. Il nous reste de lui quelques *Harangues* qui sont écrites avec goût et discernement.

HYPÉRIDE.

Hypéride, disciple de Platon et d'Isocrate, ne cessa de déclamer contre les Macédoniens. Après la malheureuse issue du combat de Cranon, il fut pris à Égine où il s'était réfugié dans un temple de Neptune, et Antipater le fit mourir dans les tourments. Nous n'avons de lui qu'*une seule Harangue* qui donne une idée avantageuse de son style. Il excellait à peindre les mœurs; il était fleuri, plein de douceur et de grace. Longin pense qu'il ne lui a manqué que le sublime.

DYNARQUE.

Dynarque gagna beaucoup d'argent à composer des harangues, et se distingua par sa haine contre Démosthène. Le meilleur de ses discours est celui où il accuse ce fameux orateur de s'être laissé corrompre par l'or d'Harpalus, ministre d'Alexandre. De *soixante-quatre Harangues* qu'il avait composées, il ne nous en reste que *trois*. Ses ouvrages sont empreints de son caractère vif et plein d'àcreté.

ESCHINE.

Sans avoir autant d'énergie que son adversaire, Eschine se signale néanmoins par la diction qu'il orne des plus nobles figures, ou qu'il assaisonne des traits les plus vifs et les plus piquants. L'art et le travail ne s'y font pas sentir; une facilité heureuse, que la nature seule peut donner, règne partout; il est brillant et solide; il étend et il amplifie, mais souvent il serre et presse, en sorte que son style coulant et doux devient quelquefois énergique et véhément, en quoi le seul Démosthène le surpasse; de sorte que sans contredit Eschine tient le second rang parmi les orateurs grecs.

Nous n'avons que *trois Harangues* d'Eschine, que Photius appelle les *trois Graces*, et *neuf Épitres* appelées les *neuf Muses*. La plus célèbre de ces harangues, est le *Plaidoyer contre Ctésiphon*, proprement dirigé contre Démosthène. Il y règne un ordre, une netteté, une précision admirables, sans aucune sécheresse. Ayant succombé dans ce procès, il fut exilé à Rhodes, où il ouvrit une école de rhétorique. On raconte qu'il lut un jour à ses disciples son discours contre Ctésiphon et qu'ils l'admirèrent. Il leur lut ensuite la réponse de Démosthène, et les voyant transportés, il leur dit : « Que serait-ce si vous l'aviez entendu lui-même ? »

DÉMOSTHÈNE.

Démosthène naquit à Athènes l'an 581 avant J.-C. Témoin des applaudissements dont le peuple couvrait l'orateur Callistrate, il se voua à l'éloquence. Son premier essai fut contre ses tuteurs qui avaient dilapidé sa fortune; il réussit à leur faire rendre une partie de son bien. Enhardi par ce succès, il voulut parler en public; mais sa voix faible, sa respiration entrecoupée, ses gestes peu gracieux et ses périodes mal ordonnées le firent couvrir de huées. La persévérance avec laquelle il surmonta tous ces obstacles; ce cabinet souterrain où il s'enfermait pour se livrer tout entier à l'étude; ces exercices de déclamation faits aux bords de la mer, par lesquels il s'accoutumait au bruit d'une assemblée tumultueuse; ces cailloux qu'il mettait dans sa bouche pour corriger un vice d'organe; cette épée qu'il suspendait sur son épaule pour perdre une habitude choquante, font connaître son violent désir d'exceller dans l'art de la parole, et montrent à quel point le travail peut suppléer aux dons que la nature a refusés. Après ces efforts, il reparut avec éclat dans les assemblées. Quand il commença à parler sur les affaires publiques, Philippe, roi de

Macédoine, méditait l'asservissement de toute la Grèce. Il s'opposa de tout son pouvoir aux projets ambitieux de ce monarque. Pendant quatorze ans, époque du plus grand lustre de Démosthène, Philippe ne pouvait faire un pas sans trouver sur son chemin ce terrible adversaire qu'il craignait plus que tous les Grecs et qu'aucune tentative ne put jamais corrompre. Ses *Olynthiennes* et ses *Philippiques*, qu'il a faites contre ce prince, et qui occupent le premier rang dans ses écrits, sont redevables d'une partie de leur mérite à l'importance du sujet, ainsi qu'au caractère d'intégrité et d'esprit public qui y est empreint. L'orateur veut exciter l'indignation des Athéniens contre le roi de Macédoine et les prémunir contre les mesures insidieuses que ce prince rusé employait pour les endormir dans le danger. On le voit prendre dans ce but tous les moyens à sa portée pour éveiller un peuple célèbre par sa justice, son humanité, sa valeur, mais qui laissait apercevoir quelques symptômes de corruption, et commençait à dégénérer. Il reproche avec courage à ses concitoyens, leur vénalité, leur indolence, leur indifférence pour la cause commune; et en même temps avec tout l'art d'un orateur, il rappelle à leur pensée la gloire de leurs ancêtres; il leur représente qu'ils sont encore dans un état florissant, qu'ils forment un peuple puissant, protecteur naturel des libertés de la Grèce; qu'ils n'ont en un mot qu'à vouloir pour faire trembler Philippe. Avec les orateurs contemporains, vendus à Philippe, et qui conseillaient la paix, il ne garde aucune mesure; il leur reproche ouvertement de trahir leur patrie. Non seulement il excite les Athéniens à tenir une conduite ferme et vigoureuse, mais il trace le plan qu'ils doivent suivre, il entre dans les détails et indique tous les moyens d'exécution. Tel est l'objet de ses harangues : elles sont pleines de feu, impétueuses, fortes d'esprit public. C'est une suite continuelle d'inductions, de conséquences, de raisonnements pressants et fondés sur les principes les plus sains. Ses figures ne sont

jamais cherchées ; elles naissent du fond du sujet ; il en use
avec épargne ; la pompe et les ornements du style ne font
pas le mérite de ses compositions. Ce qui en constitue le caractère, c'est une énergie dans la pensée, qui lui est propre
et qui l'élève au-dessus de tous ses rivaux. Il paraît plus
occupé des choses que des mots. On oublie l'orateur ; on ne
pense qu'à l'affaire qu'il traite : il échauffe le cœur et entraîne
à l'action. On n'aperçoit en lui ni apparat ni ostentation ;
point de tournures insinuantes ou d'introductions étudiées.
C'est un homme plein de son sujet, qui, par une phrase ou
deux, prépare son auditoire à entendre d'utiles vérités.

Démosthène paraît surtout avec supériorité lorsqu'on l'oppose à Eschine dans la fameuse harangue sur la *Couronne*. Ce
discours est son chef-d'œuvre, et, selon Denys d'Halicarnasse, Cicéron, Quintilien, ce que l'éloquence a produit de
plus parfait. (*) Eschine était son rival et son ennemi personnel : on le comptait, comme nous l'avons dit, parmi les
orateurs les plus distingués de ce temps : mais quand on lit
sa harangue à côté de celle de Démosthène, elle paraît faible
et fait une impression très-différente. On voit au contraire en
Démosthène l'impétuosité d'un torrent auquel rien ne résiste ;
il terrasse son adversaire, le démasque, et emploie les plus
vives couleurs pour peindre son odieux caractère ; il n'est
pas au tiers de son discours que celui de son adversaire est
anéanti ; il n'en reste pas la moindre trace ; Démosthène est
dans les cieux, Eschine est dans la poussière. Il semble que

(*) Boileau regardait aussi le discours sur la *Couronne* comme
le chef-d'œuvre de l'esprit humain. « Toutes les fois que je le
lis, dit-il, je voudrais n'avoir jamais écrit. » Un de ses amis lui
dit un jour : « Ah ! Monsieur, je lis maintenant un auteur qui
est bien mon homme ; c'est Démosthène. — Si c'est votre homme,
répondit Despréaux, ce n'est pas le mien. — Comment l'entendez-
vous donc, lui répliqua son ami ? — C'est qu'il me fait tomber la
plume des mains. » *Lettre de Boileau à Brossette.*

le reste soit donné, non au besoin de la cause, mais à la juste vengeance de l'accusé; il foule et retourne sous ses pieds un ennemi depuis long-temps terrassé. Lorsqu'il daigne en venir aux détails juridiques, il pulvérise en quelques lignes les sophismes entassés par Eschine. Il triomphe surtout, il foudroie son ennemi, lorsqu'il en vient à la guerre contre Philippe, qu'il lui reprochait d'avoir conseillée et aux malheurs de la patrie dont il le rendait responsable. La seule chose qui puisse nous blesser dans cette immortelle harangue, ainsi que dans celle d'Eschine, c'est la profusion d'injures personnelles que dans plus d'un endroit se permettent les deux concurrents. Mais il faut observer que cette licence était autorisée par les mœurs anciennes.

Outre ces harangues si admirables, Démosthène en a fait beaucoup d'autres, qui sont dignes de lui, que l'on ne connaît pas assez, et qui, selon Maury, devraient être lues et étudiées par les gens de lettres et les orateurs chrétiens.

En tout il reste de lui *soixante Discours*, *soixante-cinq Introductions* et *six Lettres* qu'il écrivit au peuple d'Athènes pendant son exil. De ces discours, il y en a dix-sept dans le genre délibératif, traitant des affaires de la république dans le sénat ou dans les assemblées du peuple; quarante-deux dans le genre judiciaire, dont douze ont rapport à des intérêts publics et trente à des intérêts privés; deux discours d'apparat qu'on doute être sortis de sa plume.

En général on admire dans Démosthène le plan, la suite, l'économie du discours; la force des preuves, la solidité du raisonnement; la grandeur, la noblesse du sentiment et du style, la vivacité des tours et des figures, un art merveilleux de faire paraître dans tout leur jour les matières qu'il traite, d'amener ses auditeurs dans son parti en profitant habilement de leurs dispositions. Son style se distingue par la force et la concision. Il s'en faut de beaucoup qu'il manque d'harmonie; mais on n'y peut reconnaître ce nombre cadencé, ce rithme

étudié que quelques anciens lui donnent. « Il se sert de la
parole, dit Fénélon, comme un homme modeste de son habit
pour se vêtir et non pour se parer. » S'il y a quelque chose
à critiquer dans son admirable éloquence, c'est de manquer
de douceur et de grace, et d'avoisiner quelquefois la sécheresse et la dureté. Denys d'Halicarnasse prétend qu'il con-
tracta cette manière en imitant celle de Thucidide qu'il avait
pris pour modèle, et dont on assure qu'il transcrivit l'histoire
huit fois de sa propre main. Il ne possédait pas non plus
le talent de la plaisanterie. Mais ces légers défauts sont plus
que compensés par cette éloquence mâle et vigoureuse qui
entraîna ceux qui purent l'entendre, et qui aujourd'hui encore, à la simple lecture, excite de vives émotions.

On rapporte que son action et son débit étaient pleins de
feu et de véhémence; et le ton général de sa composition
dispose à le croire. Si l'on juge de son caractère par ses ouvrages, ils annoncent plus d'austérité que de douceur, ses
discours contre ses ennemis le montrent quelquefois un peu
trop dominé par le sentiment de la haine. Mais il avait à un
haut degré toutes les vertus d'un grand citoyen, et l'on voit
que son génie s'inspirait en particulier d'un ardent amour
pour la gloire et pour la liberté de son pays.

Après la mort de Philippe il se déclara contre Alexandre;
accusé de s'être laissé corrompre par Harpalus, il fut condamné à l'exil. Après la mort d'Alexandre, il fut rappelé et
continua à déclamer contre les Macédoniens. Antipater ayant
demandé qu'on le lui livrât, il prit la fuite et se fit mourir
par le poison (322).

On nous saura gré de transcrire ici quelques fragments
d'Eschine et de Démosthène.

« Vous savez, Athéniens, dit le premier dans son exorde
» sur la *Couronne*, qu'il y a trois sortes de gouvernements
» parmi les hommes, l'empire d'un seul, l'autorité d'un petit
» nombre et la liberté de tous. Dans les deux premiers, tout

» se fait au gré du monarque ou de ceux qui ont le pouvoir
» en main ; dans le dernier, tout est soumis aux lois. Que
» chacun de vous se souvienne donc qu'au moment où il
» entre dans cette assemblée pour juger de la violation des
» lois, il vient prononcer sur sa propre liberté. C'est pour
» cela que le législateur exige de vous ce serment : *Je jugerai*
» *suivant les lois*, parce qu'il a senti que l'observation de
» ces lois est le maintien de notre indépendance. Vous devez
» donc regarder comme votre ennemi quiconque les viole,
» et croire que cette transgression ne peut jamais être un
» délit de peu d'importance. Ne souffrez pas que personne
» vous enlève vos droits. N'ayez aucun égard à la protection
» que vos généraux accordent trop souvent à vos orateurs,
» au grand détriment de l'État, ni aux prières des étrangers,
» qui plus d'une fois ont servi à sauver des coupables. Mais
» comme chacun de vous aurait honte d'abandonner dans un
» combat le poste qui lui aurait été confié, vous devez aussi
» avoir honte d'abandonner le poste où la patrie vous a placés
» pour la défense des lois et de la liberté. Souvenez-vous que
» tous vos concitoyens, et ceux qui sont présents à ce juge-
» ment, et ceux qui n'ont pu y assister, se reposent sur
» votre fidélité du soin de maintenir leurs droits. Souvenez-
» vous de votre serment ; et quand j'aurai convaincu Cté-
» siphon d'avoir proposé un décret contraire à la vérité et à
» notre législation, abrogez ce décret inique, punissez les
» transgresseurs des lois, vengez et assurez à la fois la
» liberté qu'ils ont outragée. » *Traduction de La Harpe*,
Cours de Littérature.

Le passage où l'accusateur rassemble toutes ses forces pour
accabler Démosthène sous le poids des calamités publiques,
est l'un des plus frappants.

« C'est ici que je dois mes regrets à tous ces braves guerriers
» que Démosthène, au mépris des augures les plus sacrés,
» précipita dans un péril manifeste ; et c'est lui cependant

» qui a osé prononcer l'éloge de ses victimes ! c'est lui qui
» de ses pieds fugitifs, qui servirent sa lâcheté dans les plaines
» de Chéronée, a osé toucher le monument que vous avez
» élevé aux défenseurs de l'État ! O toi, le plus faible et
» le plus inutile des hommes dès qu'il faut agir, le plus
» confiant dès qu'il faut parler, auras-tu bien le front de
» soutenir en présence de nos juges, que tu mérites d'être
» couronné ? Et s'il l'ose dire, le supporterez-vous, Athé-
» niens ? et cet imposteur pourra-t-il vous ôter le jugement
» et la mémoire, comme il a ôté la vie à ses concitoyens ?
» Imaginez-vous donc être transportés pour un moment de
» cette assemblée au théâtre, voir s'avancer le héraut, et
» entendre prononcer le décret de Ctésiphon. Représentez-
» vous les larmes que verseront alors les parents de tous ces
» illustres morts, non pas sur les infortunes des héros de nos
» tragédies, mais sur leur propre sort et sur votre aveugle-
» ment. Quel est parmi les Grecs qui ont reçu quelque édu-
» cation, quel est celui qui ne gémira pas, en se rappelant
» ce qui se passait autrefois sur ce même théâtre dans des
» temps plus heureux, et lorsque la république était mieux
» gouvernée ? Alors le héraut, montrant au peuple les enfants
» dont les pères avaient péri dans les combats, les revêtait
» d'armes brillantes en prononçant ces paroles, qui étaient à
» la fois l'éloge et l'encouragement de la vertu : *Ces enfants,*
» *dont les pères sont morts courageusement pour la patrie,*
» *ont été élevés aux dépens de l'État jusqu'à l'âge de puberté :*
» *aujourd'hui la patrie leur donne l'armure des guerriers,*
» *et les place au premier rang dans ses spectacles.* Voilà ce
» qu'on entendait autrefois ; mais que sera-ce aujourd'hui ?
» Que dira le héraut quand il sera obligé de produire en
» public, et en présence de ces mêmes enfants, celui qui les
» a rendus orphelins ? S'il profère les termes qui composent
» le décret de Ctésiphon, croyez-vous que sa voix étouffera
» la vérité et notre honte ? Croyez-vous qu'on ne répondra

» pas par une réclamation générale, que cet homme, si
» pourtant un lâche mérite ce nom, que cet homme que
» l'on couronne pour sa vertu, est en effet un mauvais citoyen;
» que celui dont on couronne les services, a trahi sa patrie
» dans la tribune et dans les combats ? Ah ! par tous les
» dieux, Athéniens, ne vous faites pas cet affront à vous-
» mêmes; n'élevez pas sur le théâtre un trophée si injurieux
» pour vous; n'exposez pas Athènes à la risée des Grecs, et
» ne rouvrez pas les blessures de vos malheureux alliés, les
» Thébains, que vous avez reçus dans vos murs, bannis et
» fugitifs par la faute de Démosthène, dont l'éloquence vénale
» a détruit leurs temples et leurs monuments. Rappelez-vous
» tous les maux qu'ils ont soufferts; voyez les vieillards en
» pleurs et les veuves dans la désolation, forcés, au terme
» de leur vie, d'oublier qu'ils ont été libres; vous reprocher
» de mettre le comble à leur misère, au lieu de la venger ;
» vous conjurer de ne pas couronner dans Démosthène, et
» leur destructeur, et le fléau de la Grèce, et de vous garan-
» tir vous-mêmes de l'influence attachée à ce sinistre génie,
» qui a perdu tous ceux qui ont été assez malheureux pour
» s'abandonner à ses conseils. Eh ! quoi donc ! lorsqu'un des
» pilotes qui vous transportent du Pyrée à Salamine, a le
» malheur d'échouer sur le bord, même sans qu'il y ait de
» sa faute, vous lui défendez par une loi de conduire dé-
» sormais aucun navire; vous ne voulez pas qu'il mette une
» seconde fois la vie des Grecs en péril; et celui qui a causé
» la ruine de tous les Grecs et la vôtre, vous lui permettrez
» encore de gouverner ! » *Traduction de La Harpe, Cours
de Littérature.*

Écoutons maintenant Démosthène. « Je commence, dit-il,
» par demander aux dieux immortels, qu'ils vous inspirent à
» mon égard, ô Athéniens ! les mêmes dispositions où j'ai
» toujours été pour vous et pour l'État; qu'ils vous per-
» suadent, ce qui est d'accord avec votre intérêt, votre équité,

» votre gloire, de ne pas prendre conseil de mon adversaire
» pour régler l'ordre de ma défense. Rien ne serait plus
» injuste et plus contraire au serment que vous avez prêté
» d'entendre également les deux parties ; ce qui ne signifie
» pas seulement que vous ne devez apporter ici ni préjugé ni
» faveur, mais que vous devez permettre à l'accusé d'établir
» à son gré ses moyens de justification. Eschine a déjà, dans
» cette cause, assez d'avantages sur moi ; oui, Athéniens, et
» deux surtout bien grands. D'abord nos risques ne sont pas
» égaux ; s'il ne gagne pas sa cause, il ne perd rien ; et moi,
» si je perds votre bienveillance..... Mais non, il ne sortira
» pas de ma bouche une parole sinistre au moment où je
» commence à vous parler. L'autre avantage qu'il a sur moi,
» c'est qu'il n'est que trop naturel d'écouter volontiers l'accu-
» sation et le blâme, et de n'entendre qu'avec peine ceux qui
» sont forcés à dire du bien d'eux-mêmes. Ainsi donc Eschine
» a pour lui tout ce qui flatte la plupart des hommes ; il m'a
» laissé ce qui leur déplait et les blesse. Si dans cette crainte
» je me tais sur les actions de ma vie publique, je paraîtrai
» me justifier mal ; je ne serai plus celui que vous avez jugé
» digne de récompense. Si je m'étends sur ce que j'ai fait
» pour le service de l'État, je serai dans la nécessité de parler
» souvent de moi-même. Je le ferai du moins avec toute la
» réserve dont je suis capable, et ce que je serai obligé de
» dire, ô Athéniens ! imputez-le à celui qui m'a réduit à me
» défendre. » *Traduction de La Harpe, Cours de Littérature.*

Avec quelle noblesse il s'exprime sur cette guerre contre
Philippe, qu'on lui reproche d'avoir conseillée ! quel sublime
élan d'enthousiasme patriotique ! et que dans ce moment
Eschine paraît petit devant lui !

« Vous vous souvenez, dit-il, quel tumulte remplit la ville
» lorsqu'un courrier vint la nuit apprendre aux Prytanes, que
» Philippe était dans Élatée. Au point du jour le sénat était
» assemblé, vous étiez accourus à la place publique, le sénat

» s'y rend, produit devant vous le courrier, vous rend compte
» de la funeste nouvelle. Le héraut demande qui veut parler ?
» Personne ne se présente. Tous vos généraux, tous vos
» orateurs étaient présents ; personne ne répondait à la voix
» de la patrie, demandant un citoyen qui lui indiquât des
» moyens de salut; car le héraut, prononçant les paroles que
» la loi met dans sa bouche, est-il autre chose en effet que
» l'organe de la patrie ? S'il n'eût fallu pour se lever alors
» qu'aimer la république et désirer son salut, vous l'eussiez
» fait tous, Athéniens, tous vous vous seriez approchés de
» la tribune; s'il eût fallu être riche, le conseil des Trois-Cents
» se serait levé ; ceux qui, réunissant l'amour de la patrie et
» les moyens de la servir, vous ont depuis prodigué leurs
» biens, se seraient levés aussi. Mais un pareil jour, un
» pareil moment ne demandait pas seulement un bon citoyen,
» un homme sage, un homme opulent : il fallait quelqu'un
» qui connût à fond le caractère, la politique et les vues de
» Philippe. Je fus cet homme, je parus, je parlai : j'exposai
» les desseins de Philippe et ce qu'il fallait faire pour les
» combattre; personne ne contredit; tous applaudirent. Il
» fallait un décret; je le rédigeai. Le décret ordonnait une
» ambassade vers les Thébains ; je m'en chargeai. L'objet de
» l'ambassade était de leur persuader qu'ils devaient oublier
» toute division et se réunir à vous; je les persuadai. Eh bien !
» Eschine, quel fut ton rôle ce jour-là ? Quel fut le mien ?
» Tu ne fis rien : je fis tout. Si tu avais été en effet un bon
» citoyen, c'était là le moment de parler : il fallait proposer
» un avis meilleur que le mien, et ne pas attendre à ce jour
» pour l'attaquer et m'en faire un crime. Mais telle est la
» différence de celui qui conseille à celui qui calomnie. L'un
» se montre avant l'événement, et s'expose aux contradictions,
» aux revers, aux ressentiments; il prend tout sur lui : l'autre
» se tait quand il faut parler, et attend le moment d'un dé-
» sastre pour élever le cri de la censure et de la haine.

» Mais enfin, puisque tu as été muet ce jour-là, dis-moi
» donc du moins aujourd'hui quel autre discours j'ai dû
» tenir, quel était le bien que je pouvais faire et que j'ai
» négligé, quelle autre alliance j'ai dû proposer, quelle autre
» conduite j'ai dû conseiller; car c'est par-là qu'il faut juger
» de mon administration, et non pas par l'événement. L'évé-
» nement est dans la volonté des dieux : l'intention est dans
» le cœur du citoyen. Il n'a pas dépendu de moi que Philippe
» fût vainqueur ou non; mais ce qui dépendait de moi, c'était
» de prendre toutes les mesures que peut dicter la prudence
» humaine, de mettre dans l'exécution toute la diligence
» possible, de suppléer par le zèle à ce qui nous manquait
» de force; enfin, de ne rien faire qui ne fût glorieux, né-
» cessaire et digne de la république. Prouve que telle n'a pas
» été ma conduite, et alors ce sera une accusation et non pas
» une invective. Si le même foudre dont la Grèce a été
» accablée, est aussi tombé sur Athènes, que pouvais-je
» faire pour l'écarter ? Un citoyen chargé d'équiper un vais-
» seau pour l'État, le fournit de tout ce qui est nécessaire à
» sa défense : la tempête le renverse : quelqu'un songe-t-il à
» l'en accuser ? Ce n'est pas moi, dirait-il, qui tenais le
» gouvernail; et ce n'est pas moi non plus qui ai conduit
» l'armée..... Si toi seul, Eschine, devinais alors l'avenir,
» que ne l'as-tu révélé ? Si tu ne l'as pas prévu, tu n'es,
» comme moi, coupable que d'ignorance; et pourquoi m'ac-
» cuses-tu quand je ne t'accuse pas ? Mais puisqu'il me presse
» là-dessus, Athéniens, je dirai quelque chose de plus fort,
» et je vous conjure de ne voir aucune présomption dans mes
» paroles, mais seulement l'ame d'un Athénien. Je le dirai
» donc : Quand même nous aurions prévu tout ce qui est
» arrivé, quand toi-même, Eschine, qui dans ce temps n'osas
» pas ouvrir la bouche, devenu tout à coup prophète, tu
» nous aurais prédit l'avenir, il eût fallu faire encore ce que
» nous avons fait, pour peu que nous eussions eu devant les

» yeux la gloire de nos ancêtres et le jugement de la posté-
» rité. En effet, que dit-on de nous aujourd'hui ? Que nos
» efforts ont été trompés par la fortune, qui décide de tout.
» Mais devant qui oserions-nous lever les yeux, si nous avions
» laissé à d'autres le soin de défendre la liberté des Grecs
» contre Philippe ? Et qui donc parmi les Grecs ou parmi les
» Barbares, ignore que jamais dans les siècles passés Athènes
» n'a préféré une sécurité honteuse à des périls glorieux ? que
» jamais elle n'a consenti à s'unir avec la puissance injuste,
» mais que dans tous les temps elle a combattu pour la préé-
» minence et pour la gloire ? Si je me vantais de vous avoir
» inspiré cette élévation de sentiments, ce serait de ma part
» un orgueil insupportable ; mais en faisant voir que tels ont
» été toujours vos principes et sans moi et avant moi, je me
» fais un honneur de pouvoir affirmer que dans cette partie
» des fonctions publiques qui m'a été confiée, j'ai été aussi
» pour quelque chose dans ce que votre conduite a eu d'ho-
» norable et de généreux. Mon accusateur, au contraire, en
» voulant m'ôter la récompense que vous m'aviez décernée,
» ne s'aperçoit pas qu'il veut aussi vous priver du juste tribut
» d'éloges que vous doit la postérité ; car si vous me condam-
» nez pour le conseil que j'ai donné, vous paraîtrez vous-
» mêmes avoir failli en le suivant. Mais non, Athéniens, non,
» vous n'avez point failli en bravant tous les dangers pour le
» salut et la liberté de tous les Grecs : vous n'avez point
» failli : j'en jure, et par les mânes de vos ancêtres qui ont
» péri dans les champs de Marathon, et par ceux qui ont
» combattu à Platée, à Salamine, à Artémise, par tous ces
» grands citoyens dont la Grèce a recueilli les cendres dans
» des monuments publics. Elle leur accorde à tous la même
» sépulture et les mêmes honneurs ; oui, Eschine, à tous ;
» car tous avaient eu la même vertu, quoique la destinée
» souveraine ne leur eût pas accordé à tous le même succès. »
Traduction de La Harpe, Cours de Littérature.

Il semble que toutes les ombres évoquées par Eschine, viennent se ranger autour de la tribune de Démosthène et le prennent sous leur protection. Ce n'est pas assez; il tourne contre Eschine cet air de triomphe qu'a eu celui-ci en parlant de la bataille de Chéronée.

« L'avez-vous remarqué, Athéniens, lorsqu'il a parlé de
» nos malheurs? Il en parlait sans rien ressentir, sans rien
» témoigner de cette tristesse qui sied si bien à un citoyen
» honnête et sensible. Son visage était rayonnant d'allégresse,
» sa voix était sonore et éclatante. Le malheureux ! il croyait
» m'accuser, et il s'accusait lui-même en se montrant dans
» nos revers communs, si différent de ce que vous êtes. »

Le passage suivant, tiré du discours intitulé la *Chersonèse*, donnera une idée de la manière de Démosthène dans ses harangues contre le roi de Macédoine.

« Je sais, dit-il, après avoir adressé de vifs reproches aux
» Athéniens, je sais que vous avez parmi vous des hommes
» qui s'imaginent avoir répondu à votre orateur quand ils lui
» ont dit : Que faut-il donc faire? Je pourrais leur répondre
» d'un seul mot, et avec autant de vérité que de justice : il
» faut faire tout ce que vous ne faites pas. Mais je ne crains
» pas d'entrer dans tous les détails ; je vais m'expliquer
» complètement, et je souhaite que ces hommes si prompts
» à m'interroger, ne le soient pas moins à exécuter quand
» j'aurai répondu.

» Commencez par établir, comme un principe reconnu,
» comme un fait incontestable, que Philippe a rompu les
» traités, qu'il vous a déclaré la guerre, et cessez de vous en
» prendre là-dessus les uns aux autres très-inutilement.
» Croyez qu'il est l'ennemi mortel d'Athènes et de ses habi-
» tants, même de ceux qui se flattent d'être en faveur auprès
» de lui. S'ils doutent de ce que je leur dis ici, qu'ils re-
» gardent le sort des deux Olynthiens, qui passaient pour
» ses meilleurs amis. Eutycrate et Léosthène, qui, après lui

» avoir vendu leur patrie, ont eu une fin si déplorable. Mais
» ce que Philippe hait le plus, c'est la liberté d'Athènes,
» c'est notre démocratie. Il n'a rien tant à cœur que de la
» dissoudre, et il n'a pas tort. Il sait que quand même il
» aurait asservi tous les autres peuples, jamais il né pourra
» jouir en paix de ses usurpations tant que vous serez libres ;
» que s'il lui arrivait quelqu'un de ces accidents où l'huma-
» nité est sujette, c'est dans vos bras que se jetteraient tous
» ceux qui ne sont maintenant à lui que par contrainte ; et
» il est vrai, Athéniens, et c'est une justice qu'il faut vous
» rendre, que vous ne cherchez point à vous élever sur les
» ruines des malheureux, mais que vous faites consister votre
» puissance et votre grandeur à empêcher que personne ne
» se fasse tyran de la Grèce, ou à renverser celui qui serait
» parvenu à l'être. Vous êtes toujours prêts à combattre ceux
» qui veulent régner, à soutenir ceux qui ne veulent pas
» être esclaves. Philippe craint donc que la liberté d'Athè-
» nes ne traverse ses entreprises ; incessamment il lui semble
» qu'elle le menace, et il est trop actif et trop éclairé pour
» le souffrir patiemment. Il en est donc l'irréconciliable ad-
» versaire ; et c'est, avant tout, ce dont vous devez être
» bien convaincus pour vous déterminer à prendre un parti.
» Ensuite, ce qu'il faut que vous sachiez avec la même
» certitude, c'est que, dans tout ce qu'il fait aujourd'hui,
» son principal dessein est d'attaquer cette ville, et que par
» conséquent tous ceux qui peuvent nuire à Philippe tra-
» vaillent en effet à vous servir. Qui de vous serait assez
» simple pour s'imaginer que ce prince, capable d'ambi-
» tionner jusqu'à de misérables bicoques de la Thrace, telles
» que Mastyre, Drongilie, Cabyre ; capable, pour s'en em-
» parer, de braver les hivers, les fatigues, les périls ; que
» ce même homme ne portera pas un œil d'envie sur nos
» ports, nos magasins, nos vaisseaux, nos mines d'argent,
» nos trésors de toute espèce ; qu'il nous en laissera la pos-

3

» session paisible, tandis qu'il combat au milieu des hivers
» pour déterrer le seigle et le millet enfouis dans les mon-
» tagnes de Thrace? Non, Athéniens, non, vous ne le
» croyez pas.

» Maintenant donc, que prescrit la sagesse dans de pareilles
» conjonctures, et quel est votre devoir? De secouer enfin
» cette fatale léthargie qui a tout perdu; d'ordonner des
» contributions publiques et d'en demander à nos alliés; de
» prendre enfin toutes les mesures nécessaires pour conserver
» l'armée que nous avons. Puisque Philippe en a toujours
» une sur pied pour attaquer et subjuguer les Grecs, il faut
» aussi en avoir une toujours prête à les défendre et à les
» protéger. Tant que vous ne serez qu'envoyer au besoin
» quelques troupes levées à la hâte, je vous le répète, vous
» n'avancerez rien. Ayez des troupes régulièrement entrete-
» nues, des intendants d'armée, des fonds affectés à la paye
» de vos soldats, un plan d'administration militaire, le mieux
» entendu qu'il sera possible : c'est ainsi que vous serez à
» portée de demander compte aux généraux de leur conduite,
» et aux administrateurs de leur gestion. Si vous prenez à
» cœur ce système de conduite, alors vous pourrez retenir
» Philippe dans de justes bornes, et goûter une paix vérita-
» ble; alors la paix sera vraiment un bien, et j'avoue qu'en
» elle-même la paix est un bien; ou si Philippe s'obstine
» encore à vouloir la guerre, vous serez du moins en mesure
» contre lui.

» On va me dire que ces résolutions exigent de grands
» frais et de grands travaux. Oui, j'en conviens; mais con-
» sidérez quels dangers s'approchent de vous si vous ne
» prenez pas ce parti, et vous sentirez qu'il vaut mieux vous
» y porter de vous-mêmes, que d'attendre à y être forcés.
» En effet, quand un oracle divin vous assurerait, ce dont
» aucun mortel ne peut vous répondre, que même en restant
» dans votre inaction, vous ne serez point attaqués par Phi-

» lippe, quelle honte encore ne serait-ce pas pour vous,
» j'en prends tous les dieux à témoins ! combien ne flétri-
» riez-vous pas la gloire de vos ancêtres et la splendeur de
» cet État, si pour l'intérêt de votre repos vous abandonniez
» les Grecs à la servitude ! Qu'un autre vous donne ces
» indignes conseils ; qu'il paraisse, s'il en est un qui en soit
» capable ; écoutez-le si vous êtes capables de l'entendre :
» quant à moi, plutôt mourir mille fois avant qu'un pareil
» avis sorte de ma bouche ! » *Traduction de La Harpe ,*
Cours de Littérature.

Après la mort de Démosthène, les Athéniens lui érigèrent
une statue, avec cette inscription : « Démosthène, si tu
avais eu autant de force que d'éloquence, jamais Mars le
Macédonien n'aurait triomphé de la Grèce. »

CHAPITRE QUATRIÈME.

DE QUELQUES AUTRES GENRES D'ÉLOQUENCE.

Cette époque fameuse qui vient de nous occuper, a offert encore d'autres genres d'éloquence qu'il faut considérer rapidement.

ÉLOGES DES DÉFENSEURS DE LA PATRIE.

Il était d'usage à Athènes, de faire prononcer dans une assemblée solennelle des citoyens, l'éloge des guerriers morts pour la défense de la patrie. Cette institution offrait aux orateurs une occasion de s'élever à la plus haute éloquence, et de produire les plus étonnants effets. Ils inspiraient à tous le désir de la gloire, un courage héroïque, le mépris de la mort, en exaltant les hauts faits et le dévouement de ceux qui avaient versé leur sang dans les combats, et en faisant briller avec éclat les magnifiques honneurs décernés à leurs mânes. Mais lorsqu'ils s'adressaient aux enfants, aux épouses et aux mères des nobles victimes, ils versaient dans leur ame, non pas seulement des consolations, mais une joie mêlée d'enthousiasme et de fierté ; ils les élevaient au-dessus des sentiments de la nature, à la vue de cette gloire, de cette immortalité acquise aux objets de leur tendresse. Pour concevoir une idée de leur éloquence, il suffit de rappeler l'impression que fit Périclès, dans un discours de ce genre : les mères et les femmes des guerriers coururent l'embrasser avec

transport, quand il descendit de la tribune, et le reconduisi-
rent en triomphe, en chargeant sa tête de fleurs. Son discours
nous a été conservé par Thucydide.

ÉLOGES DES GRANDS HOMMES.

En même temps qu'on célébrait ainsi, par des louanges
publiques, les défenseurs de la patrie, quelques écrivains
composaient, dans la retraite, des éloges écrits, mais qui ne
devaient pas être prononcés. Nous avons fait connaître ceux
d'Isocrate. Ceux dont il nous reste à parler ont un mérite
plus remarquable.

PLATON, disciple de Socrate et son ami, composa *trois
Dialogues* à la louange de ce grand homme. Ce sont de véritables éloges, quoiqu'ils n'en aient pas le titre, et d'autant
plus intéressants qu'ils sont en action. Ils renferment toute
la doctrine de Socrate, et ses derniers moments, depuis celui
où il est traîné aux pieds d'un tribunal qui l'avait condamné
d'avance, jusqu'à l'instant fatal où la ciguë lui est présentée.
Ils forment une espèce de drame dont chaque scène est une
leçon de courage et de grandeur d'ame, mais le dénouement
surtout, le troisième discours, qui a pour titre *Phédon*, et
qui contient le récit des derniers entretiens et de la mort de
Socrate, est un des ouvrages les plus touchants que nous ait
laissés l'antiquité. Cicéron, comme il nous l'apprend lui-
même, n'avait jamais pu le lire sans verser des larmes. Ces
trois éloges sont donc regardés, à juste titre, comme des
chefs-d'œuvre. Ils sont admirables, non-seulement par la
forme neuve et intéressante du dialogue, mais encore par la
douceur et la noblesse du style, par la sublimité des pensées,
et par le pathétique des sentiments. Cette manière de louer
était digne du maître et du disciple. Aussi on a dit que
Socrate, le plus vertueux des philosophes, avait trouvé dans
Platon le plus éloquent des panégyristes.

On peut juger des idées élevées que renferment ces dialogues, par ce morceau du Phédon sur l'immortalité de l'ame.
« Voulez-vous savoir pourquoi le vrai philosophe voit l'ap-
» proche de la mort de l'œil de l'espérance ? sur quoi il
» se fonde quand il la regarde comme le principe pour lui
» d'une immense félicité ? Le grand nombre l'ignore, et je
» vais vous l'apprendre. C'est que la vraie philosophie n'est
» autre chose que l'étude de la mort : c'est que le sage
» apprend sans cesse dans cette vie, non-seulement à mourir,
» mais à être déjà mort. Qu'est-ce en effet que la mort ?
» N'est-ce pas la séparation de l'ame d'avec le corps ? Et ne
» sommes-nous pas convenus que la perfection de l'ame
» consiste surtout à s'affranchir le plus qu'il est possible du
» commerce des sens et des soins du corps pour contempler
» la vérité dans Dieu ? Ne sommes-nous pas d'accord que
» le plus grand obstacle à cet exercice de l'ame est dans les
» objets terrestres et dans les séductions des sens ? N'est-il
» pas clairement démontré pour nous, que le seul moyen
» d'avoir quelque faible notion du vrai, est de le consi-
» dérer avec les yeux de l'esprit, et en fermant les yeux du
» corps et les portes des sens ? Ce n'est donc qu'après la
» mort seulement que nous pouvons parvenir à cette pure
» compréhension du vrai ; et vous avez reconnu avec moi
» qu'il n'y a, qu'il ne peut y avoir de félicité réelle pour
» l'homme, que dans la connaissance de ce vrai ; que Dieu
» seul en est le principe et la source, et que la connaissance
» n'en peut être parfaite qu'en lui.

» Espérons donc, et nous en avons sans doute le droit,
» espérons que celui qui a fait de cette recherche son
» grand objet sur la terre, pourra s'approcher après la mort
» de cette vérité éternelle et céleste : celui surtout dont le
» cœur aura été pur ; car rien d'impur ne saurait approcher
» de celui qui est la pureté par excellence.

» Voilà pourquoi le sage vit pour méditer la mort, et

» pourquoi son approche n'a rien d'effrayant pour lui :
» voilà les motifs et les fondements de cette confiance qui
» m'accompagne aujourd'hui dans ce passage qui m'est pres-
» crit; et cette confiance si désirable, on l'aura comme moi,
» si l'on a soin de préparer, comme moi, et de purifier son
» ame. » *Traduction tirée de la Rhétorique de M. Amar.*

Ce n'est pas ici le lieu de relever les subtilités et les erreurs qui se rencontrent dans ces immortels ouvrages, ni de rappeler les défauts et les vices même qui ont nui à la vertu de Socrate.

Xénophon nous a laissé aussi *une Apologie* de ce philosophe, dont il avait été le disciple, de même que Platon; il a fait de plus *quatre Livres* sur l'esprit, sur le caractère et sur les principes de son maître. Il est moins éloquent que Platon, mais il persuade également par un style plein de douceur et de grace, par un naturel inimitable dont le charme se fait sentir par degrés, s'empare de l'ame peu à peu, et y laisse à la fin le plus doux des sentiments. Dans l'*Éloge d'Agésilas*, roi de Sparte, par le même écrivain, on ne trouve de même aucun mouvement, mais une éloquence douce qui gagne le cœur et lui inspire la vertu. On sait qu'on nommait Xénophon *l'Abeille attique*, à cause de la douceur de son style.

HARANGUES.

Les harangues historiques des anciens ne sont peut-être que de beaux défauts, comme a dit Voltaire; mais sans examiner si les historiens devaient se les permettre, on peut dire qu'on regretterait qu'ils ne les eussent pas composées, parce qu'elles nous offrent de véritables chefs-d'œuvre. Elles frappent ordinairement par des pensées fortes, par des sentiments profonds, par des élans sublimes. Elles donnent à l'histoire un intérêt dramatique, et mettent en scène, sous les yeux du lecteur, les personnages les plus célèbres, qui s'ex-

priment d'une manière si conforme à leur caractère et à leur
situation, que nous oublions volontiers l'historien qui écrit
pour n'écouter que le héros qui parle. Elles ont de plus l'avantage de faire parfaitement connaître chaque siècle et chaque
nation , parce que l'orateur , quel qu'il soit, accommode
presque toujours son style et ses pensées au langage, aux
mœurs et aux idées de ceux qui l'écoutent.

Parmi les historiens grecs, THUCYDIDE est celui qui a composé un plus grand nombre de harangues. Quelques-unes de
celles qu'il prête aux généraux d'armée semblent retomber
dans des lieux communs , manquer d'originalité et d'énergie.
Mais aussi il en a d'éloquentes et de véritablement guerrières, qui commencent en quelque sorte les combats qu'elles
annoncent, et qui retentissent déjà comme des coups portés
à l'ennemi. Souvent elles expliquent les manœuvres et les
chocs qui vont suivre : elles nous instruisent et nous ébranlent comme l'armée qui les écoute. Mais c'est dans les discours
politiques que brille avec plus d'éclat le talent de Thucydide.
C'est là qu'il nous montre combien son ame était sensible ,
sa pensée profonde, son élocution flexible et entraînante. Il
nous transporte au milieu des assemblées où s'agitent les
plus graves questions. Nous croyons entendre les orateurs ,
céder aux mouvements divers qu'ils nous impriment, parti-
ciper aux délibérations, donner nos suffrages avec les citoyens.
Rien, en un mot, n'est capable de nous faire connaître les
débats de la tribune d'Athènes comme ces immortels discours
qui font une partie très-importante de l'histoire de Thucydide.

HÉRODOTE a aussi composé des harangues, mais elles sont
plus courtes et plus rares. Il réussit dans les passions qui demandent de la douceur et de l'insinuation ; de même que
Thucydide excelle dans les passions fortes et véhémentes. Ils
ont l'un et l'autre de l'élégance et de la majesté; mais le premier a plus de clarté, plus de grace , et une simplicité plus

naïve dans son style; tandis que le second se distingue par la précision, l'énergie, le pathétique.

Nous avons fait connaître le mérite des harangues de XÉ-NOPHON, en traçant le caractère de ses éloges. Nous ajouterons qu'on lui reproche d'avoir quelquefois prêté des discours philosophiques à des hommes ignorants et à des Barbares.

Il y a dans les poètes des harangues d'une grande beauté. Quoi de plus touchant, par exemple, que le discours de Philoctète à Pyrrhus dans Sophocle; ou que ceux d'Iphigénie et de Clytemnestre à Agamemnon dans Euripide! Homère dans ses poèmes, mais surtout dans le neuvième livre de l'Iliade, se montre aussi grand orateur que grand poète. Rien de plus éloquent en effet que ces discours de Phénix, d'Ulysse, d'Ajax, qui tour-à-tour s'efforcent de fléchir l'inexorable Achille, ou que cette belle réponse du héros, dans laquelle il déploie son ame tout entière.

ÉLOQUENCE DES ÉCRITS.

Enfin on peut considérer l'éloquence sous un point de vue plus vaste; ne pas se borner aux discours proprement dits, mais chercher, dans les divers genres de compositions, ce qui élève l'ame, ce qui agrandit les idées, ce qui porte la conviction dans l'esprit et la persuasion dans le cœur. Car le poète, l'historien, le philosophe, veulent agir sur les hommes par le langage, aussi bien que l'orateur. Ils sont éloquents, quand ils donnent à leurs écrits, l'agrément, la force, l'intérêt d'un style oratoire. D'après cette idée, il faudrait tracer le caractère particulier de Sophocle, d'Euripide, d'Homère, de Pindare, et de tous les poètes qui ont illustré la Grèce : il faudrait faire sentir combien a d'éloquence la majestueuse simplicité d'Hérodote, l'énergique précision de Thucydide, l'atticisme plein de douceur et de grace de Xénophon ; et combien cette manière d'écrire l'histoire est préférable au style décousu et languissant d'un simple annaliste ou d'un froid chroniqueur

il faudrait surtout faire connaître l'éloquence qui règne dans
les ouvrages de Platon : car ce célèbre philosophe, malgré
de très-graves erreurs et d'étranges contradictions, s'est élevé
au-dessus de tous les écrivains payens, par des idées admirables sur Dieu, sur la providence et sur la vie future, aussi
bien que par les principes de morale les plus capables d'inspirer l'amour des hommes, le zèle du bien public, le désintéressement, la fermeté du courage, le mépris du plaisir,
de l'opinion et de la mort. Il a revêtu ces grandes pensées
d'un langage sublime et simple tout à la fois. Aussi les
anciens avaient pour ses écrits la plus haute admiration.
Cicéron ne le nomme jamais que le divin Platon; les saints-
Pères l'étudiaient avec ardeur, et, selon saint Clément d'Alé-
xandrie, sa philosophie a servi aux Grecs pour les préparer
à la religion chrétienne. Les écrivains modernes ont aussi
beaucoup admiré ce grand philosophe. « Les ouvrages de
Platon, dit M. le comte de Maistre, sont la préface humaine de l'évangile. »

En parcourant tous les genres, on montrerait donc facilement que, dans la Grèce, la puissance du langage a exercé
son influence, non-seulement dans les assemblées du peuple
et du sénat, dans les discours proprement dits, mais encore
dans un grand nombre d'écrits empreints d'une éloquence
très-réelle, quoique moins animée peut-être et moins
impétueuse.

CHAPITRE CINQUIÈME.

DÉCADENCE DE L'ÉLOQUENCE GRECQUE.

Après le siècle de Démosthène, l'éloquence affectée des rhéteurs et des sophistes ne se borna plus à étaler ses pompes dans les académies et aux jeux olympiques, mais elle s'introduisit peu à peu jusque dans les assemblées du peuple, où elle remplaça l'éloquence mâle et nerveuse des orateurs qui avaient précédé.

DÉMÉTRIUS DE PHALÈRE commença cette nouvelle période. Il tirait son nom d'un port d'Athènes où il était né. Il fut placé à la tête de cette ville par Cassandre, qui s'en était rendu maître quelque temps après la mort d'Alexandre (319). Il sut plaire au peuple et acquérir sur lui un empire absolu, en employant une éloquence fleurie qui frappait par l'éclat des pensées et par les grâces brillantes de l'élocution. Il était aisé de reconnaître à son style coulant, doux, agréable, qu'il avait été disciple de Théophraste. Ses expressions éclatantes, ses métaphores heureuses, étaient comme autant d'astres brillants qui donnaient du lustre à son discours et le rendaient lumineux. Il voulait montrer de la douceur, et c'était en effet son caractère; mais cette douceur chatouillait les oreilles sans aller plus loin, et laissait seulement l'agréable souvenir d'un arrangement de pensées et de mots étudiés, et d'une douce harmonie. Ce n'était point, comme dans Périclès, une éloquence victorieuse, qui, pleine de charmes, mais en même temps d'éclairs et de foudres, laissait dans l'esprit des audileurs, avec le sentiment d'un agréable plaisir, une vive im-, pression et une sorte d'aiguillon perçant qui pénétrait jusqu'au cœur,

Démétrius conserva le gouvernement d'Athènes pendant dix ans. L'enthousiasme qu'il inspirait porta le peuple à lui ériger autant de statues qu'il y a de jours dans l'année. Mais ensuite elles furent renversées. Il se retira en Égypte, où, selon quelques auteurs, il se fit mourir d'une morsure d'aspic. On a perdu tous les ouvrages qu'il avait composés sur l'histoire, sur la politique et sur l'éloquence. Il ne reste qu'un petit traité d'élocution, qu'on lui a attribué, mais qui est plutôt de Denys d'Halicarnasse.

L'éloquence de Démétrius, qui avait reçu tant d'applaudissements, ne manqua pas de devenir la règle du goût public. On ne connut plus d'autre langage dans le barreau; les écoles de rhétorique s'y conformèrent. Mais en se proposant le style de cet orateur pour modèle, on ne s'en tint pas au point où il s'était arrêté. Élocution, pensées, figures, tout fut porté à l'excès. Ce mauvais goût passa rapidement dans les provinces et s'y corrompit encore davantage. « Dès que l'éloquence, sortie du Pirée en cet état, dit Cicéron, se fut répandue dans les îles et dans l'Asie, perdant pour ainsi dire cet air de santé et d'embonpoint qu'elle avait conservé long-temps dans son terroir naturel, elle prit bientôt les manières étrangères, et désapprit presque à parler; tant fut grande et prompte sa décadence. » *Brutus*, n. 51.

Quelques écrivains cependant entreprirent plus tard d'arrêter les progrès de la corruption du goût. Les plus célèbres sont LONGIN et DENYS D'HALICARNASSE.

Ce dernier naquit à Halicarnasse vingt-huit ans avant J.-C. Il vint s'établir à Rome, où l'on croit qu'il enseigna la rhétorique. Ses principaux ouvrages de littérature sont : un traité intitulé *De l'Arrangement des mots*; un autre *De l'Art*; un

troisième *Du Caractère des Auteurs anciens*. Ses critiques,
ordinairement remplies de jugement et de goût, sont quelquefois trop sévères, par exemple, à l'égard de Platon et
de Thucydide. Il est aussi trop diffus : ses traités pourraient être abrégés des trois quarts, mieux conçus et mieux
expliqués.

Longin était d'Athènes, mais originaire de Syrie. Il eut une
grande réputation d'éloquence dans le troisième siècle. Il avait
une érudition très-vaste, et l'on disait de lui qu'il était une
bibliothèque vivante. Il fit un grand nombre d'ouvrages dont
on n'a plus que les titres. Ils roulaient tous sur des objets de
critique et de goût. Il ne nous est resté que son *Traité sur le
Sublime*, qui est un des plus beaux monuments de l'antiquité.
« Le traité du Sublime de Longin, dit Fénélon, surpasse, à
mon gré, la rhétorique d'Aristote. Cette rhétorique, quoique
très-belle, a beaucoup de préceptes secs et plus curieux
qu'utiles : mais le Sublime de Longin joint aux préceptes
beaucoup d'exemples qui les rendent sensibles. » Cet auteur
traite le sublime d'une manière sublime. Il échauffe l'imagination, il élève l'esprit du lecteur, il lui forme le goût et lui apprend à distinguer les beautés et les défauts des poètes et des
orateurs célèbres de l'antiquité. Il rend justice aux beautés
de l'Écriture-Sainte, et admire en particulier les expressions
vives et énergiques dont se sert Moïse dans l'histoire de la
création.

Dans cette période de décadence, on peut encore citer
quelques monuments d'une éloquence solitaire, tels que les
Vies des hommes illustres par PLUTARQUE, et *un Dialogue*
de LUCIEN, *sur Démosthène*. Ces deux écrivains méritent de
nous arrêter un instant.

Plutarque fait paraître tour-à-tour sous les yeux du lecteur
presque tous les hommes célèbres de l'antiquité. Pour les juger,
il les dépouille de tout l'appareil étranger qui les environne,

et les montre tels qu'ils sont avec leurs vertus et leurs vices.
Il a une grace inimitable à les peindre dans les petites choses,
et il est si heureux dans le choix de ses traits, que souvent
un mot, un sourire, un geste lui suffit pour caractériser son
héros. Sa diction n'est ni pure, ni élégante ; mais elle est
énergique et abonde en images vives, en traits perçants, en
idées nobles et sublimes. Il emploie assez fréquemment des
comparaisons qui jettent beaucoup de grace et de lumière dans
ses réflexions et dans ses récits. On lui reproche d'avoir quelquefois des longueurs et des réflexions communes, et d'être
trop prévenu en faveur des Grecs. Il a aussi composé un grand
nombre de *Traités de morale*, qui renferment des choses
admirables, mais souvent mélangées d'opinions absurdes et
ridicules. Il a des *Harangues* d'une beauté inimitable,
presque toujours dans le style fort et véhément.

L'éloge de Démosthène, que Lucien nous a laissé, est surtout
remarquable par cette originalité piquante qui fait le caractère
spécial de tous ses ouvrages. La première partie est un récit.
Lucien, en se promenant, rencontre un poëte qui travaillait
à l'éloge d'Homère ; lui, de son côté, rêvait à celui de Démosthène. La conversation s'engage sur le mérite poétique et
oratoire de ces deux grands hommes ; c'est à qui élèvera plus
haut la gloire de son héros. La discussion s'anime et l'éloge
en sort naturellement. Le reste est un dialogue entre Antipater
et l'officier qu'il avait envoyé pour s'assurer de Démosthène.
Antipater, apprenant les dernières paroles et la mort de ce
grand orateur, ne peut s'empêcher de le louer. Cette dernière
partie a un ton de grandeur et une élévation d'idées qui rappellent les beaux temps de la Grèce. On dirait que Lucien
prend le style de Démosthène pour le louer.

Cependant ni ces éloges qu'inspirait l'admiration pour les
grands hommes, ni les efforts des défenseurs du bon goût,
ne pouvaient ramener les esprits à la mâle éloquence des temps

anciens. On ne vit plus paraître de ces grands orateurs qui avaient fait tant d'honneur à Athènes. Il n'y eut plus d'autre éloquence que celle des rhéteurs et des sophistes qui continuèrent, jusqu'à ce que le christianisme eût opéré une révolution complète dans la société, à jouir d'une estime singulière dans la Grèce, dans l'Italie et dans l'empire de Constantinople. Il est inutile de rappeler ici tous ceux qui jouirent d'une grande réputation. Nous dirons seulement quelques mots de LIBANIUS, parce qu'il est le plus célèbre par ses talents, et qu'il eut pour disciples St-Basile et St-Jean-Chrisostôme.

Il était né à Antioche, et il fit ses études à Athènes. Il s'acquit beaucoup d'estime par son esprit et ses talents; il passait pour l'un des hommes les plus éloquents de l'Asie. Ce fut lui qui servit de modèle à Julien. On avait défendu à ce jeune prince de le voir, et il se faisait apporter en secret ses discours qu'il achetait à prix d'or. Julien dans la suite lui soumettait tous ses ouvrages. Libanius se distingua surtout à Antioche et à Constantinople. Il professa dans cette dernière ville à différentes reprises. Il passa les trente-cinq dernières années de sa vie à Antioche, depuis 354 jusque vers 390, et y enseigna la rhétorique avec un grand succès. Plus désintéressé que les autres sophistes, il se disait *fort content lorsque ceux de ses disciples qui ne pouvaient rien donner, étaient avides de recevoir.* Il serait à souhaiter qu'il eût été aussi irréprehensible pour les mœurs, qu'estimable pour son caractère d'esprit et pour son éloquence. On lui a reproché aussi d'être plein d'estime pour lui-même et trop grand admirateur de ses propres ouvrages.

Ces ouvrages ont de l'éclat; ils sont presque toujours animés des couleurs brillantes de l'imagination; le style même tient plus du coloris du poète que de l'orateur; mais il sent l'affectation et la recherche; il est exagéré, obscur et rempli d'un luxe déplacé d'érudition. Libanius a laissé une infinité d'écrits, qui consistent en *Panégyriques*, en

Déclamations et en *Lettres.* Les plus estimés sont les lettres.

CAUSES DE PERFECTION ET DE DÉCADENCE.

Jetons maintenant un regard sur l'espace que nous avons parcouru. Nous avons vu l'éloquence politique exercer un immense pouvoir dans Athènes. Rien n'est plus propre à donner une grande idée du talent de la parole ; surtout si on n'envisage pas les discours de la tribune d'une manière isolée , mais si on se rappelle en même temps les événements importants qui y ont donné lieu , si on se remet devant les yeux toute l'histoire de cette ville fameuse , ses guerres au-dehors , ses déchirements intérieurs , et ce grand spectacle des révolutions dont elle était agitée. Les orateurs, qui étaient en même temps les hommes d'état les plus habiles , régnaient sur leurs concitoyens par la puissance de leur génie. L'histoire de leur pays est à proprement parler l'histoire de leur éloquence.

La plupart des écrivains qui ont recherché les causes de cette éloquence extraordinaire , l'ont attribuée , en grande partie, à la constitution d'Athènes. Cette constitution, comme nous l'avons vu, donnait en effet au talent de la parole l'occasion de s'exercer ; mais elle ne suffit pas pour expliquer le haut point de perfection où il était parvenu. C'était la société même, son état de civilisation, ses mœurs et ses vertus, plus encore que ses passions, qui animaient les orateurs. Les assemblées populaires , sous un rapport , sont ordinairement funestes aux progrès de l'éloquence. Le tumulte de la place publique , les mouvements désordonnés de la multitude , lui impriment un caractère de violence et même de faction. Mais à Athènes , s'adressant à un peuple poli , accoutumé aux charmes des lettres et des arts , elle pouvait prendre ce ton de dignité , qui caractérise les grandes compositions du génie. D'ailleurs toutes les questions étaient préparées dans le sénat

avant d'être portées dans l'assemblée du peuple, et le respect qu'inspirait naturellement l'autorité des anciens, em-
pêchait de traiter avec légèreté ce qui avait été gravement
examiné par les hommes les plus respectables et les plus éclairés
de l'État.

Mais parmi ces différentes causes qui ont élevé si haut l'éloquence à Athènes, dès le commencement de la république,
tandis qu'à Rome, comme nous le verrons bientôt, elle fut des
siècles avant de se perfectionner, on doit signaler comme la
principale, les vertus sociales qui animaient le peuple. Ami
sincère de sa liberté et de sa gloire, il était prêt à faire les
plus grands efforts et les plus généreux sacrifices pour défendre l'une et pour procurer l'autre. Les citoyens pouvaient
être partagés de sentiments, mais ils croyaient mutuellement
à leur patriotisme. Il était facile aux hommes de talent d'agir
sur des auditeurs ainsi disposés. Plus tard, lorsqu'Athènes
fut dégénérée, quand même elle n'aurait pas été assujettie à
la puissance des Macédoniens, et ensuite à celle de Rome,
elle n'eût pas offert à l'éloquence, comme au temps de sa
gloire et de ses vertus, de grands moyens de s'élever. On
a donc trop attribué à une simple forme de gouvernement.
On a trop donné aussi à l'influence de Démétrius de Phalère.
Cet orateur put hâter la corruption de l'éloquence, mais il
n'en fut pas la cause. Son siècle le fit plutôt qu'il ne fit son
siècle. Pour dominer sur ses concitoyens, il consulta leur
goût et leurs dispositions, comme avaient fait les grands orateurs qui avaient paru avant lui.

Nous ferons observer aussi que les orateurs s'inspiraient
puissamment des vertus qui les animaient eux-mêmes. Les
plus dévoués à la patrie, les plus désintéressés, les plus sin-
cèrement amis de la vérité et de la justice, étaient ceux qui
exprimaient le mieux dans leurs discours ces sentiments no=
bles, ces idées généreuses qui font l'éloquence. Les orateurs
mercenaires et égoïstes, au contraire, pouvaient bien éblouir

4

par un vain éclat de paroles, mais rarement ils étaient éloquents, et surtout ils ne pouvaient produire de véritables
chefs-d'œuvre.

C'est en partant de ces idées, auxquelles nous ne pouvons
donner ici tous les développements nécessaires, que l'on
comprendra pourquoi, pendant que l'éloquence politique
parvenait à une si haute perfection, l'éloquence académique
n'offrait, pour ainsi dire, que la déclamation et le ridicule.
Les arguties et les subtilités des sophistes, leur charlatanisme,
l'impudence avec laquelle ils se jouaient du vrai et du faux,
du vice et de la vertu, révèlent une plaie profonde de la société, l'affaiblissement des croyances, l'incertitude et le doute
qui s'étaient emparés de la plupart des esprits. Dans un siècle
de foi, on n'eût pas applaudi au langage sceptique des Gorgias et des Protagore. « La littérature, a dit M. de Bonald,
est l'expression de la société. » Cette pensée, vraie pour tous
les genres, l'est surtout pour le genre oratoire. Les sophistes
cependant étaient plus avancés que leur siècle, et ils contribuèrent beaucoup à le corrompre. Le scepticisme qui régnait
dans leur philosophie, passait naturellement dans leur éloquence; car il y a entre l'une et l'autre une liaison nécessaire.

Ceci peut fournir l'occasion de remarquer l'influence de la
vérité sur le discours. Ces déclamateurs, qui se jouaient de
tous les principes, ne pouvaient être éloquents. Les esprits
au contraire qui défendaient la vérité avec conviction, évi-
taient les défauts des sophistes et atteignaient à des beautés
réelles. Cette influence des doctrines se fera mieux sentir
encore, si l'on se rappelle que l'éloquence sophistique a
régné seule pendant plusieurs siècles, et qu'à dater de
l'époque où le christianisme eût agi sur les peuples, elle
n'existait plus que dans la société payenne; car, dans la
société chrétienne qui se formait, on vit se manifester alors
une éloquence vraie et sublime dont l'évangile et la foi
des hommes étaient la source.

SECONDE PARTIE.

ÉLOQUENCE ROMAINE.

Deux grands théâtres étaient ouverts dans Rome à l'éloquence politique, le sénat et le forum.

On sait que toutes les questions importantes étaient traitées devant le peuple, et qu'on pouvait même en appeler à son jugement des décisions du sénat. Les orateurs, appelés à porter la parole en présence d'une assemblée tumultueuse jouissant d'un aussi grand pouvoir, s'efforçaient d'agir sur elle par des discours passionnés et pleins de feu, de l'entraîner dans leur parti par les mouvements d'une éloquence impétueuse.

On a dit souvent que l'agitation de la multitude, les factions diverses qui la partageaient, les révolutions fréquentes dans lesquelles elle était entraînée, donnaient au talent de puissants moyens, et favorisaient singulièrement les progrès de l'éloquence. Une distinction est ici nécessaire. La liberté républicaine, telle qu'elle existait à Rome, n'était favorable qu'à cette faconde tribunitienne, qui vivait de troubles et de tumultes, qui remuait violemment la multitude pour l'entraîner à toutes sortes d'excès. Elle était funeste, au contraire, à l'éloquence véritable, qui se sert de la parole pour faire triompher la vérité et la vertu.

Un peuple, ami de la nouveauté, oubliait le soin de ses affaires, ou ses misères domestiques, pour aller chercher des émotions violentes en présence d'une tribune d'où retentissaient des voix le plus souvent séditieuses. Là s'alimentaient des haines irréconciliables et des discordes éternelles. Les orateurs populaires échauffaient les esprits par l'amour du changement, excitaient des tumultes par la haine des lois et du pouvoir établi, trompaient la multitude par les noms spécieux de liberté et de patriotisme, et aspiraient à l'asservir en flattant ses passions, et en l'égarant par une éloquence trompeuse et déclamatoire. C'est à la voix des tribuns, (ou du moins des orateurs plébicoles qui furent créés tribuns après la révolte,) que la populace soulevée sortait en tumulte de Rome, s'emparait du mont sacré, et imposait au sénat des conditions de paix ; c'est à la voix des tribuns qu'elle demandait à grands cris la perte de Coriolan, ou forçait Camille, ce généreux vainqueur des ennemis étrangers, à céder aux honteuses attaques de ses ennemis particuliers et à fuir loin de sa patrie ; c'est à la voix des tribuns qu'elle entrait dans des transports furieux et quelquefois se souillait de violences et de meurtres. Que dirons-nous des lois agraires ? Dès que ces terribles mots, *de partage des terres*, eurent été pour la première fois prononcés dans la tribune du forum, ils restèrent, pour toute la suite, comme le signal des révolutions meurtrières qui ensanglantèrent la république. Ainsi donc, tant que la liberté, ou plutôt la licence, ne fit que s'agiter dans la place publique, elle ne produisit, en général, que des harangues pleines de violence et funestes à l'ordre ; elle n'était favorable qu'à cette éloquence frénétique et incendiaire qui enflammait les passions d'un peuple déjà irrité, et menaçait à chaque instant les bons citoyens du pillage, du massacre et du renversement universel de la patrie.

Les effets de cette éloquence étaient dûs moins aux talents des orateurs qu'aux dispositions de ceux qui les écoutaient. Elle frappait sans doute par des traits de génie et des élans sublimes ; mais elle était déclamatoire , se nourrissait de mensonges et de sophismes , et ne pouvait produire de ces grandes inspirations du génie dont l'effet se prolonge encore après que la passion est éteinte, après même que les siècles écoulés sont venus mettre , à la place d'un auditoire enflammé, des juges calmes et sévères, étrangers à tous les sentiments tumultueux qui bouillonnent sur les places publiques.

L'éloquence véritable, qui consiste, comme nous l'avons dit , à faire triompher la vérité et la vertu , trouvait des obstacles presque toujours invincibles dans les assemblées du forum. L'histoire de la république romaine, pendant quatre cents ans , atteste que ce n'étaient point les orateurs les plus véritablement éloquents qui remportaient le plus de triomphes ; mais les tribuns les plus séditieux, les ambitieux les plus habiles à faire servir les passions du peuple à leurs propres desseins. Quelquefois, il est vrai , l'orateur homme de bien , qui voulait combattre les passions au lieu de les flatter, commandait le silence par le respect qu'inspire un noble caractère, et subjuguait la multitude par la force de la raison et l'ascendant du génie. Son éloquence semblait s'accroître par les obstacles qu'il était obligé de vaincre. Mais le plus souvent il ne parvenait pas même à se faire entendre ; sa voix était étouffée par les cris tumultueux qui s'élevaient de toutes parts. L'éloquence a besoin , pour se perfectionner , de la sagesse et de la gravité des pensées; il lui faut un auditoire susceptible tout à la fois d'être éclairé et d'être ému , et elle doit se perdre inévitablement quand elle s'exerce en présence d'une multitude ignorante et factieuse. *M. Laurentie, Études littéraires sur les historiens latins.*

Mais si les disputes du Forum étaient moins favorables aux

progrès de l'éloquence qu'on ne pourrait le penser d'abord,
les assemblées du sénat lui offraient un théâtre digne d'elle.
« Le sénat, comme on sait, était composé des personnages les
plus graves de la république : c'était, avait dit autrefois une
bouche ennemie, comme une assemblée de rois. Dans l'enceinte où siégeaient les sénateurs, l'éloquence n'élevait la voix
que pour éclairer des esprits amis du bien public ; c'était
toujours un langage plein de majesté et de noblesse ; les avis
pouvaient y être partagés , mais les discours qui y étaient
entendus, n'étaient point destinés, commme ceux qui retentissaient dans le forum , à alimenter des haines publiques
et particulières , à aigrir les jalousies et à favoriser les
ambitions. L'éloquence s'animait de l'amour de la patrie , de
la haine des nouveautés, du respect pour les Dieux et les
institutions anciennes, de la dignité du sénat, de la gloire
du nom romain. C'en était assez pour inspirer aux orateurs
des mouvements sublimes , généreux et pathétiques ; mais
rien dans leur langage ne ressemblait à ces harangues em-
portées et pleines de vengeance, qui , à la tribune publique,
transformaient les tribuns populaires en autant de déclamateurs. D'ailleurs les délibérations du sénat étaient environnées d'un secret profond ; d'où il suit que l'orateur
factieux qui aurait été appelé à porter la parole dans cette
enceinte mystérieuse , aurait eu peu d'intérêt à s'abandonner
au langage de la sédition ; car ses discours , impuissants
pour ébranler la gravité des sénateurs, expiraient dans l'enceinte même du palais , et aucune passion du dehors ne
pouvait répondre à sa propre passion. » *M. Laurentie ,
Études littéraires sur les historiens latins.*

Les orateurs du sénat étaient donc forcés de s'adresser
toujours à la raison de leurs auditeurs et de chercher plus
encore à éclairer leurs suffrages qu'à les vaincre par des discours emportés. Leur éloquence, remarquable surtout par la
dignité et la grandeur, joignait une méditation profonde et

la force du raisonnement aux nobles inspirations du patriotisme, à la chaleur et à la vivacité du langage.

En caractérisant ainsi les deux sortes d'éloquence qui se
combattaient dans Rome, celle des tribuns et celle des sénateurs, on sent que nous ne faisons que des réflexions générales. Sans doute les orateurs populaires étaient animés
quelquefois de l'amour du bien public; ils combattaient les
prétentions injustes des grands, leur avidité insatiable, leur
odieuse tyrannie; ils s'élevaient contre des abus condamnables; ils demandaient des réformes utiles. Mais ordinairement les passions les poussaient au-delà de ces devoirs
légitimes de leur charge, et leur position même les portait à
proclamer sans cesse des principes de désordre. Les sénateurs,
au contraire, étaient engagés, par le rang qu'ils occupaient,
à repousser les innovations dangereuses, à défendre toutes
les maximes conservatrices de l'ordre, toutes les institutions
capables de procurer à l'État de la force, de la stabilité, de
la gloire.

Nous ne ferons que peu d'observations sur l'éloquence
judiciaire à Rome. Les lois, même du temps de Cicéron,
étaient simples, générales et surtout en petit nombre. La
décision des causes dépendait en grande partie de l'équité
et du bon sens des juges, et la jurisprudence était, bien
moins que l'éloquence, l'objet des études et du travail de
ceux qui se destinaient à la profession d'avocats. De même
que dans Athènes, les juges étaient ordinairement très-
nombreux et formaient une espèce d'assemblée populaire.
Le talent de la parole avait par conséquent une très-grande
influence. Les orateurs avaient recours assez souvent à
l'adresse et à la ruse, mais surtout aux mouvements passionnés et pathétiques et à tous les moyens de l'éloquence
populaire.

CHAPITRE PREMIER.

MAITRES DE RHÉTORIQUE.

Quoique l'éloquence exerçât un grand pouvoir dans les assemblées du sénat et du peuple et jusque dans les jugements du barreau, elle fut très-long-temps négligée des Romains. Les discordes civiles qui déchiraient la république, les guerres longues et sanglantes qui l'occupaient au dehors, absorbaient l'attention de tous les citoyens. Dans ces temps de troubles et de bouleversements, les hommes de génie, que des études fortes et des méditations solitaires eussent perfectionnés, se trouvaient emportés au milieu du tumulte des partis ou du fracas des armes. Les lettres ont besoin de la paix pour être cultivées. Aussi pendant quatre ou cinq cents ans, les Romains n'eurent aucun goût pour elles, et leur génie parut enseveli dans une nuit profonde. Ils n'avaient même d'autre éloquence que celle qu'ils tenaient de la nature et qu'ils acquéraient au milieu des combats de la tribune. Mais lorsqu'enfin ils eurent affermi leur puissance et qu'ils furent comme fatigués de tant de discordes, les bons esprits éprouvèrent le besoin de se réfugier dans la solitude, pour y cultiver les beaux arts et en particulier celui de la parole. On peut apprécier le changement qui s'opéra sous ce rapport par l'exemple du second Scipion l'Africain, qui avait déjà pour les lettres un goût très-fin et très-délicat. Il avait toujours auprès de lui des savants du premier mérite, comme Panétius et Polybe, qui l'accompagnaient même dans ses voyages.

La conquête de la Grèce contribua beaucoup aussi à diriger les esprits vers l'étude. Les philosophes et les rhéteurs, qui passèrent à Rome, y portèrent avec eux le goût des beaux arts dont ils faisaient profession. Mais ils furent bientôt bannis par un édit, parce que leurs exercices, inusités jusqu'alors, donnaient de l'inquiétude (161). Cinq ou six ans après, ils reparurent à l'occasion d'une ambassade. Carnéade, célèbre rhéteur grec, qui en faisait partie, se fit admirer par une éloquence tout à la fois pleine de force, de grace et de délicatesse. Ses discours, traduits en latin par un sénateur, coururent toute la ville, et y furent lus avec un applaudissement général. Tous les jeunes romains qui avaient quelque goût pour l'étude, allèrent l'entendre, et il leur inspira tant de zèle pour l'éloquence qu'ils oublièrent tous les autres plaisirs et toutes les autres occupations. Le grave et sévère Caton fut presque le seul qui désapprouva ces nouveautés. Craignant que la jeunesse ne prît bientôt la vanité des sophistes étrangers et qu'elle ne préférât la gloire de bien parler à celle de bien faire, il usa de toute son influence dans le sénat pour terminer l'affaire des ambassadeurs et pour hâter leur départ. Il y réussit : mais l'absence de ces philosophes n'éteignit pas l'ardeur pour l'étude que leurs discours avaient allumée. Le goût pour l'éloquence devint une passion, et depuis cette époque, pendant près de cinquante ans, elle prit tellement faveur, qu'elle était regardée comme l'un des moyens les plus efficaces pour parvenir aux premières dignités de la république. Mais elle n'était encore enseignée que par les rhéteurs grecs, qui avaient bientôt trouvé l'occasion de rentrer à Rome et de s'y établir.

PLOTIUS GALLUS fut le premier qui enseigna la rhétorique dans la langue nationale. Il le fit avec succès et eut un grand concours d'auditeurs (94). Cicéron, âgé pour lors de quatorze ans, aurait bien voulu profiter des leçons de ce nouveau

maître; mais ceux qui dirigeaient son éducation ne lui en
laissaient pas la liberté.

Un édit des censeurs condamna d'abord les nouvelles écoles
(92). Mais l'on comprit enfin combien il était raisonnable
d'exercer les jeunes gens dans une langue qu'ils devaient
toujours parler ; et après ces premières contradictions, les
rhéteurs latins enseignèrent sans obstacle. Ils ne contribuèrent pas peu au progrès étonnant que fit à Rome, dans
les années suivantes, l'étude de l'éloquence. Les rhéteurs
grecs néanmoins ne furent pas négligés; on continua à prendre
leurs leçons, et l'on déclamait tout à la fois dans les deux
langues.

On appelait *Déclamations* des compositions sur des sujets
vrais ou inventés, tantôt dans le genre délibératif, tantôt
dans le genre judiciaire, et rarement dans le genre démons-
tratif. L'invention en est attribuée à Démétrius de Phalère;
et Plotius Gallus en transporta le premier l'usage dans la
langue latine. Elles furent l'exercice de Cicéron, non-seulement pendant sa jeunesse, mais jusque dans un âge très-
avancé, et lors même que les troubles de l'État lui eurent fait
abandonner les fonctions du barreau. Il récitait à ses amis
des harangues ainsi composées ; et eux-mêmes à leur tour
soumettaient à ses jugements des essais du même genre.
« Hirtius et Dolabella, dit-il, viennent chez moi déclamer,
et moi je vais chez eux faire bonne chère. » *Liv.* 9, *lettre* 16°.
Marc-Antoine, Pompée, Octavien et tous les personnages
les plus illustres s'appliquèrent beaucoup à ces déclamations.
Les discours que plus de cent auteurs, tant grecs que latins,
avaient composés pour se former ainsi à l'éloquence, avaient
été recueillis par SÉNÈQUE le rhéteur, qui vivait à Rome,
sous le règne d'Auguste. Mais des dix livres de *Controverses*
ou de *Plaidoyers* que contenait ce recueil, à peine en reste-

t-il cinq , et même ils sont très-défectueux. Avec les livres de *Controverses*, il y a aussi un livre de *Délibérations*.

Les déclamations, tant qu'on en fit un bon usage , contribuèrent beaucoup au développement des talents. Mais dans la suite elles servirent à corrompre l'éloquence et précipitèrent la décadence du goût.

CHAPITRE SECOND.

ORATEURS ROMAINS AVANT LE SIÈCLE DE CICÉRON.

CATON, LES GRACQUES, etc.

A l'époque où les maîtres grecs parurent à Rome, ou dans celle qui suivit immédiatement, on comptait déjà un grand nombre d'illustres orateurs. Les plus connus sont : Caton le Censeur, les Gracques, Scipion Émilien, et Lelius son ami. Ils avaient un excellent naturel, un merveilleux fonds d'esprit, beaucoup d'ordre dans le discours, de force dans les preuves, de solidité dans les pensées, d'énergie dans les expressions; mais nul art, nulle délicatesse, nulle grace, nul soin de l'arrangement des mots, nulle connaissance du nombre et de l'harmonie du discours.

Caton avait composé un grand nombre de *Harangues;* on en comptait, du temps de Cicéron, plus de cent cinquante, mais elles n'étaient point lues. Il ne manquait néanmoins à son éloquence, qu'une certaine fleur de style et une vivacité de couleurs qui n'étaient point encore en usage.

Les Gracques, Tibérius et Caius, se distinguaient aussi par une éloquence mâle et robuste, mais dénuée d'ornements. Ils sont les deux orateurs les plus célèbres dans cette élo-

quence tribunitienne dont nous avons parlé. On sait quels
bouleversements ils excitèrent à Rome, en soulevant les
passions de la multitude, et en proposant des lois, qui,
sous prétexte de défendre les droits du peuple, avaient pour
but de les élever eux-mêmes sur les débris de la puissance
du sénat.

Cicéron nous a conservé quelques lignes d'un discours que
tint le jeune Caïus après la mort de son frère. « Où irai-je,
» s'écrie-t-il; de quel côté me tournerai-je, malheureux que
» je suis ? sera-ce vers le Capitole ? mais il est encore teint
» du sang de mon frère. Retournerai-je dans ma maison ?
» quoi ! pour y voir une mère affligée, dans la dernière dé-
» solation et baignée dans ses pleurs ? » En prononçant ces
paroles, tout parlait en lui, les yeux, la voix, le geste, de
sorte que ses ennemis mêmes ne purent retenir leurs larmes.

C'est ce même Caïus Gracchus qui avait toujours derrière
lui un joueur de flûte, pour l'avertir quand il devait hausser
ou baisser le ton de la voix.

L'éloquence de Lélius et de Scipion était très-éloignée de
la dureté de celle de Caton et des Gracques, quoiqu'elle se
ressentît encore du siècle où ils vivaient. Lélius avait beaucoup de modestie et de délicatesse ; le trait suivant en est
la preuve : il avait plaidé deux fois une même cause avec
beaucoup d'éloquence, mais sans succès. Alors il força ses
parties à la remettre entre les mains de Galba, célèbre orateur de ce temps-là, qui avait plus de véhémence et de
pathétique que lui, et qui en effet la gagna tout d'une voix.

ANTOINE, CRASSUS, COTTA, SULPITIUS.

Après les orateurs dont nous venons de parler, on vit
paraître Antoine et Crassus, et ensuite Cotta et Sulpitius,
qui tous ne sont guère connus que par ce que Cicéron nous
en apprend dans ses livres de rhétorique. Il remarque que

ce fut sous les deux premiers que l'éloquence latine, parvenue
à une sorte de maturité, commença à pouvoir entrer en lice
avec celle des Grecs.

Antoine, dans le voyage qu'il fit pour aller en Cilicie en
qualité de proconsul, s'arrêta quelque temps à Athènes et
dans l'île de Rhodes, sous différents prétextes, mais en effet
pour avoir occasion de converser avec les plus habiles maîtres
de rhétorique, et pour se perfectionner dans l'éloquence par
leurs avis. Il affecta pourtant toujours dans la suite de paraître ignorer ce que les Grecs enseignaient sur l'art de
parler, espérant par ce moyen rendre son éloquence moins
suspecte. En effet, il passait communément dans l'esprit de
ses auditeurs pour venir au barreau plaider ses causes presque sans préparation. Mais, dans la vérité, il était tellement
préparé, que souvent les juges ne l'étaient pas assez pour
se défier de lui. Rien de ce qui pouvait servir à sa cause ne
lui échappait. Il savait placer chaque preuve dans l'endroit
où elle faisait plus d'impression. Il était moins attentif à la
délicatesse et à l'élégance des mots, qu'à leur force et à leur
énergie. Il ne paraissait occupé que des choses mêmes et du
raisonnement. Il avait toutes les grandes parties d'un orateur,
et il les soutenait merveilleusement par la force et la dignité
de la prononciation. Il était surtout habile à gagner l'esprit
des juges en remuant leurs passions. Il fit aussi retentir
très-souvent la tribune aux harangues de sa voix éloquente.

Crassus était le seul qu'on pût mettre en parallèle avec
Antoine, et quelques-uns même le lui préféraient. Son caractère propre était un air de gravité et de dignité qu'il
savait tempérer par une douceur insinuante, par une grande
délicatesse, et même par une fine raillerie, sans jamais sortir
de la décence qui convient à un orateur. Il avait une expression pure, exacte, élégante, mais sans affectation. Il
s'expliquait avec une merveilleuse netteté, et relevait la

beauté de son discours par la force des preuves et par l'agrément des similitudes.

Il joignait à ces rares talents une profonde connaissance
du droit ; car, dans cette science, il n'était surpassé que par
Scévola, le plus habile jurisconsulte de son siècle et en même
temps l'un des plus célèbres orateurs.

Cicéron, dans ses dialogues sur l'orateur, rapporte un
trait frappant de l'éloquence de Crassus. Il plaidait contre
un jeune homme, nommé Brutus, dont la mauvaise conduite contrastait avec les vertus de sa famille. Pendant
qu'il parlait, le convoi de Junia, aïeule de Brutus, vint
à passer par hasard devant le forum ; alors Crassus s'interrompant tout-à-coup : « Eh bien ! lui dit-il, que veux-tu
» que cette femme révérée dise à ton père du fils qu'il nous
» a laissé ? Que veux-tu qu'elle dise à tous ces grands
» hommes tes aïeux dont nous voyons les images, à ce
» Brutus à qui nous devons notre liberté ? S'il demande
» ce que tu fais, quel est l'état, quel est le genre de gloire
» et de vertu dont tu t'occupes, que lui dira-t-on ? Est-ce
» d'augmenter ton patrimoine ? Ce n'est pas ce qu'il y aurait
» de plus digne de ton nom ; mais cela même ne t'est plus
» possible : il ne t'en reste rien : tes débauches ont tout dé-
» voré. Est-ce de l'étude du droit civil ? Ton père s'y est
» distingué ; il nous en a laissé des monuments ; mais pour
» toi, on lui dira qu'en vendant tout ce que tu en as reçu
» pour héritage, tu ne t'es pas même réservé le siége pa-
» ternel où il écrivait. Est-ce de l'art militaire ? Mais tu
» n'as jamais vu un camp. Est-ce de l'éloquence ? Mais tu
» ne la connais même pas, et tout ce que tu as de voix
» et de facultés est employé à ce trafic honteux de calom-
» nies publiques, qui est ta dernière ressource. Et tu oses
» voir le jour ! Tu oses regarder tes juges ! Tu oses te
» montrer dans le forum, dans cette ville, aux yeux de tes
» concitoyens ! Tu ne frémis pas de honte et d'effroi à l'as-

» pect de cet appareil funéraire, de ces images sacrées
» qui t'accusent, de ces ancêtres que tu es si loin d'imi-
» ter, qu'il ne te reste pas même un azyle où tu puisses
» encore les placer ! » *Traduction de La Harpe, Cours de*
Littérature.

Cotta et Sulpitius différaient par le caractère de leur
éloquence.

Cotta, du côté de l'invention, avait de la pénétration et
de la justesse d'esprit ; son élocution était pure et coulante.
Comme la faiblesse de sa poitrine l'obligeait d'éviter toute
contention de voix, il avait soin de régler sur ce peu de
force son style et sa manière de composer. Tout était juste,
exact et de bon goût dans son discours. Mais ce qui était
le plus admirable en lui, c'est que, ne pouvant presque
faire usage du style véhément et impétueux, et se trouvant
par conséquent hors d'état d'entraîner les juges par la force
de son discours, il savait pourtant les manier avec tant
d'adresse et d'habileté, qu'il produisait sur leur esprit le
même effet, par son éloquence douce et tranquille, que
Sulpitius par les traits vifs et enflammés de la sienne.

Sulpitius, au contraire, avait le style grand, véhément
et pour ainsi dire tragique ; la voix douce, forte, éclatante ; le geste et le mouvement du corps extrêmement
agréables et gracieux, mais d'un agrément et d'une grace qui
convenaient au barreau, non au théâtre. Son discours était
abondant et rapide, sans passer les justes bornes et sans
se répandre en superfluités. Sulpitius prenait pour modèle
Crassus, Antoine plaisait davantage à Cotta. Mais ni ce
dernier n'avait la force d'Antoine, ni l'autre l'agrément de
Crassus.

CHAPITRE TROISIÈME.

SIÈCLE DE CICÉRON.

Nous arrivons enfin à cette époque fameuse de l'éloquence romaine. Elle produisit un grand nombre d'orateurs excellents; Hortensius, César, qui aurait pu le disputer à Cicéron s'il se fût livré tout entier à l'éloquence; Brutus, Messala, et plusieurs autres, qui tous se sont fait un grand nom chez les Romains, quoique leurs discours ne soient point parvenus jusqu'à nous.

Avant d'en venir à Cicéron, il ne sera pas sans intérêt de donner quelques détails sur la vie oratoire d'Hortensius, qui a joui lui-même d'une si grande célébrité.

HORTENSIUS.

Il brilla dès sa plus grande jeunesse, et la première cause qu'il plaida à l'âge de dix-neuf ans, lui fit tout d'un coup une grande réputation. « Le talent d'Hortensius, dit Cicéron, dès qu'il parut, fit le même effet qu'une belle statue de Phidias, dont le coup d'œil charme et enlève dans le moment. » Il avait un génie vif, une ardeur inconcevable pour le travail, une assez grande étendue de science, une prononciation agréable, et surtout une mémoire prodigieuse et un geste parfait.

Sa mémoire était si sûre, qu'après avoir médité en lui-même un discours sans écrire un seul mot, il le rendait dans les mêmes termes dans lesquels il l'avait préparé. Rien

5

ne lui échappait des plus longs plaidoyers de ses adversaires, et les choses mêmes les plus difficiles se gravaient exactement dans sa mémoire. On rapporte, qu'en conséquence d'une gageure, il passa un jour entier à une vente, et lorsqu'elle fut finie, il rendit compte de toutes les choses qui avaient été vendues, du prix de chacune, du nom des acheteurs, et cela par ordre, sans se tromper dans une seule circonstance, comme il fut vérifié par l'huissier qui le suivait sur son livre à mesure qu'il parlait.

Pour ce qui est de son geste, il était si parfait, que lorsqu'il plaidait on était aussi curieux de le voir que de l'entendre, tant les mouvements du corps accompagnaient admirablement ses discours. Esope et Roscius, les deux plus fameux acteurs qui aient existé à Rome, l'un dans le tragique, l'autre dans le comique, venaient assister à ses plaidoieries pour se perfectionner dans leur art en étudiant le modèle que leur en donnait Hortensius. Il faut avouer néanmoins qu'il poussait ce talent au-delà de ce qui convenait à la gravité de sa profession : on l'eût pris souvent, moins pour un orateur que pour un comédien, et il s'en attira le reproche de la part de Torquatus, qui, plaidant contre lui, le compara publiquement à Dionysia, célèbre danseuse de ce temps-là. Le nom de *Dionysia* lui était même ordinairement donné par ses ennemis.

Hortensius effaça tous les orateurs qui l'avaient précédé, et pendant long-temps il régna seul au barreau; il eut ensuite un rival redoutable dans Cicéron, et finit par en être entièrement éclipsé. A dater de son consulat, il commença à déchoir et à mesure qu'il avançait en âge il devenait de plus en plus méconnaissable. Cicéron explique comment il fut plus goûté dans sa jeunesse. Il avait donné dans un genre d'éloquence ornée et fleurie, où régnaient une heureuse richesse d'expressions, une grande beauté et une grande délicatesse de pensées, souvent néanmoins plus brillantes que

solides; une exactitude, une justesse, une élégance de composition non communes. Ses discours, travaillés ainsi avec
un soin et un art infinis, et soutenus par un beau son de
voix, un geste très-agréable et une déclamation parfaite,
plurent extrêmement dans un jeune homme, et enlevèrent
d'abord tous les suffrages. Mais dans la suite, comme le
poids des charges par où il avait passé, et la maturité de
l'âge, demandaient quelque chose de grave et de sérieux,
cette éloquence enjouée ne fut plus de saison. D'ailleurs il ne
se donnait plus la même peine qu'autrefois, et l'on sait que
le travail est nécessaire, même aux hommes de talent, pour
obtenir des succès.

La réputation d'Hortensius diminua encore davantage après
sa mort. Comme ses discours devaient beaucoup à une déclamation séduisante, ils ne se soutinrent pas à la lecture.
Quintilien, qui les avait sous les yeux, les trouvait extrêmement au-dessous de la gloire qu'ils avaient procurée à
leur auteur.

Il y avait un rapport frappant entre les mœurs d'Hortensius
et son éloquence. Il était d'un luxe recherché et d'une délicatesse excessive, avait pour sa personne des soins minutieux
qui allaient jusqu'au ridicule, et donnait des attentions
extraordinaires à des bagatelles. On doit rendre justice à la
douceur de ses mœurs, dont nous avons une grande preuve
dans l'amitié qu'il entretint toujours avec Cicéron, malgré
leur rivalité par rapport à la gloire de l'éloquence. Mais il
n'avait pas une grande délicatesse dans le choix des causes;
il se chargeait volontiers des plus mauvaises. La corruption
des jugements était telle qu'il n'y avait plus de justice dans
Rome. Les juges vendaient publiquement leurs voix, et il
était passé en maxime qu'un homme riche, quelque coupable
qu'il fût, ne pouvait pas être condamné. Or l'orateur Hortensius avait une grande part à cette corruption universelle
de la justice. Il ne s'en tenait pas à employer en faveur des

accusés qu'il défendait ses talents et son éloquence ; il mettait
en œuvre tous les moyens, les sollicitations, les caresses,
l'argent. Il n'était pas lui-même désintéressé. Dans l'affaire
de Verrès, il avait reçu des présents considérables, et en
particulier un Sphinx d'ivoire, qui donna lieu à un bon mot
de Cicéron. Car, comme celui-ci attaquait son adversaire
d'une manière fine et cachée, Hortensius, qui feignit de ne pas
l'entendre, lui dit qu'il ne savait pas expliquer les énigmes.
« Je m'en étonne, lui dit Cicéron, vous avez chez vous le
Sphinx. »

CICÉRON.

Cicéron était né d'une simple famille de chevaliers romains,
à Arpinum, ville municipale du pays des Volsques (106).

La nature lui fit part de tous les dons nécessaires à un
orateur, d'une figure agréable, d'un cœur sensible, d'une
imagination riche et féconde, d'un esprit vif, pénétrant,
avide d'apprendre et capable de tout embrasser. Son père ne
négligea rien pour son éducation ; il le fit étudier sous les plus
habiles maîtres de son temps, et le jeune Cicéron fit des progrès si rapides, il se distingua d'une manière si marquée
parmi ses compagnons d'étude, qu'au sortir des écoles ils le
mettaient au milieu de leur troupe pour l'honorer, et que les
parents de ces enfants, qui leur entendaient tous les jours
vanter la vivacité de son esprit et la maturité de son jugement,
venaient exprès dans les écoles pour en être témoins par eux-
mêmes, et s'en retournaient charmés de ce qu'ils avaient vu et
entendu.

A l'âge de seize ans ses études devinrent plus sérieuses. Il
commença à suivre assidument tous les orateurs qui avaient
quelque réputation, soit qu'ils plaidassent devant les juges,
soit qu'ils fissent des harangues devant le peuple assemblé.
Il consacrait tous les jours un temps considérable à lire

et à composer, soit en latin, soit en grec. Il ne se borna
pas à l'éloquence ; il étudia à fond toutes les parties de la
philosophie, et en particulier la dialectique ; il apprit la
jurisprudence des deux Scévola, et la poésie même fut pour
lui un exercice assidu. En un mot, il embrassa cette universalité de connaissances que lui-même plus tard il prescrivit
à l'orateur.

Ses premiers essais furent quelques poèmes assez estimés de
ses contemporains, poèmes dont il ne nous reste que des
fragments. Le plus admiré de tous était celui où il célébra
son compatriote Marius, dont la gloire avait frappé vivement
sa jeune imagination. Il ne paraît pas au reste qu'il ait eu
jamais de grandes prétentions à la gloire poétique.

Celle de l'éloquence était l'objet de tous ses vœux. Il n'entra
néanmoins dans la carrière oratoire qu'à l'âge environ de vingt-
six ans. Ses premiers discours furent des coups de maître, et
ils lui acquirent d'abord une réputation qui égala celle des
plus anciens orateurs. Son plaidoyer pour Roscius d'Amérie
lui attira de grands applaudissements, d'autant plus que personne n'avait osé se charger de cette affaire, à cause du crédit
de Chrysogonus, affranchi du dictateur Sylla, qui était alors
tout puissant dans la République.

Il quitta Rome quelque temps après, non pas, comme le dit
Plutarque, pour se soustraire au ressentiment de Sylla, mais
pour visiter les écoles célèbres de la Grèce et de l'Asie, et pour
raffermir, par la distraction d'un voyage, une santé naturellement faible et que le travail avait encore altérée. Le séjour
d'Athènes accrut le goût naturel qui le portait vers la philosophie. En Asie, il consulta tout ce qu'il trouva d'habiles philosophes et de célèbres orateurs. Il s'attacha principalement au
fameux Apollonius Molon, Rhodien, dont il avait déjà pris des
leçons à Rome. Cet habile maître corrigea plusieurs défauts de
son style ; il vint à bout d'en retrancher en grande partie cette
abondance excessive, qui, semblable à un fleuve qui se dé-

borde, ne connaissait ni borne ni mesure. Le trait suivant peut faire juger de la perfection qu'acquit alors l'éloquence de Cicéron. Apollonius l'ayant un jour entendu déclamer un discours, demeura dans un profond silence, tandis que tout le monde s'empressait d'applaudir. Le jeune orateur lui en ayant demandé la cause : « Ah ! répondit-il, je vous loue sans doute et vous admire ; mais je plains le sort de la Grèce ; il ne lui restait plus que la gloire de l'éloquence, vous allez la lui ravir et la transporter aux Romains. »

Après deux années d'absence, Cicéron retourna à Rome. Il y continua ses études dans l'art de la parole, et cultiva surtout l'action, cette partie si essentielle, au jugement de Démosthène. Plutarque assure qu'il eut, sous ce rapport, les mêmes obstacles à vaincre que l'orateur de la Grèce. Il en triompha comme lui à force de constance et par les conseils d'Esope et de Roscius. Macrobe rapporte qu'il s'exerçait avec ce dernier à qui rendrait une même pensée et un même sentiment, l'un en plus de tours différents et néanmoins heureux, l'autre par une plus grande variété de gestes et de mouvements.

Les talents de Cicéron, cultivés avec tant de soin, le rendirent bientôt l'objet de l'admiration publique et le firent monter aux premières dignités de l'État. Il n'entre pas dans notre sujet de le suivre dans sa carrière politique, ni même dans les détails de sa vie oratoire. Il suffit de dire qu'il mit toujours sa gloire à faire servir son crédit et sa puissance à procurer le bien de l'humanité et en particulier celui de sa patrie ; qu'il sut, par de grandes actions, s'égaler aux plus grands hommes de son temps ; qu'il gouverna et sauva Rome ; que, dans un siècle de crimes, il offrit le modèle des plus belles vertus ; qu'il fut le défenseur des lois au milieu de l'anarchie ; qu'honoré pour son talent et chéri de ses concitoyens qui le trouvaient toujours prêt à défendre leurs intérêts avec un dévouement généreux, il fut environné d'une estime et d'une considération immenses, et qu'enfin, après avoir jusqu'à l'âge de soixante-trois ans, défendu les particuliers et l'État, cultivé les lettres, la philosophie et l'éloquence, il périt victime des factions et de l'ingratitude monstrueuse d'Octave, à qui il avait servi de protecteur et de père (45).

On ne peut blâmer dans la vie de ce grand homme qu'un peu de vanité pour les services qu'il avait rendus à sa patrie, quelque faiblesse dans son exil, et une conduite flottante et irrésolue dans les guerres civiles de César et de Pompée.

ÉLOQUENCE DE CICÉRON.

Le nom seul de Cicéron rappelle encore toute la splendeur de l'éloquence. Avant lui les orateurs ne se distinguaient que par la solidité des pensées; leur langage était rude et dépouillé de tout agrément. Hortensius, il est vrai, avait commencé à jeter les graces dans le discours; mais l'élégance minutieuse, la parure affectée de son style, ne pouvaient donner à l'idiôme des Romains ce nombre imposant, cette harmonie majestueuse, qui jusqu'alors n'avait appartenu qu'à celui des Grecs. Il était réservé à Cicéron de lui procurer aussi cet avantage, et l'on peut dire qu'il opéra, sous ce rapport, une révolution complète dans la langue latine. Il porta l'harmonie du discours à la plus étonnante perfection. Il abonde en expressions magnifiques, et en périodes cadencées. Dans les sujets les plus simples son style est plein et coulant, jamais brusquement coupé. Il semble même qu'il prodigue alors avec plus d'abondance les richesses inépuisables de son élocution, afin de relever par cet artifice la sécheresse et l'aridité des pensées.

Ce style harmonieux, mais simple et naturel tout à la fois, est soutenu par des qualités éminentes. Tous les discours de Cicéron attestent une profonde connaissance de l'art. Il commence en général par un exorde régulier; il met beaucoup

de soin à préparer son auditoire et à gagner son affection ; sa
méthode est claire et ses arguments sont distribués dans le
meilleur ordre. Sa manière est développée , mais le plus souvent variée et toujours assortie au sujet. Dans ses quatre
harangues contre Catilina, par exemple, on remarque de l'une
à l'autre un ton et un style fort différents , surtout en passant
de la première à la dernière ; et l'on voit l'orateur se con-
former, avec beaucoup de jugement, à l'occasion et à la situation du moment. Personne n'a mieux connu le cœur de
l'homme , ni mieux réussi à en émouvoir tous les ressorts ,
soit par les passions douces et tendres , soit par celles qui
emploient les grandes figures , les grands mouvements et qui
mettent en œuvre tout ce que l'éloquence a de plus fort et de
plus touchant. Lorsqu'un intérêt public très-important excite
son indignation , il devient pressant, animé , impétueux au
plus haut point. C'est ainsi qu'il se montre dans ses discours
contre Antoine, et dans ceux contre Verrès et contre Catilina.

Quelque éminentes que soient ces qualités, elles sont mêlées
de certains défauts. Dans la plupart des harangues de Cicéron,
surtout dans celles qui sont l'ouvrage de sa jeunesse, il y a trop
d'art ; et l'art va même quelquefois jusqu'à l'ostentation. Son
éloquence s'annonce avec trop d'apparat : il semble souvent
plus occupé d'exciter l'admiration de ses juges que de les
convaincre. Il en résulte qu'il est quelquefois plus pompeux
que solide , et qu'il déduit ou développe sa pensée lorsqu'il
devrait être pressant et rapide. Ses périodes sont toujours
arrondies et sonores , sans qu'on puisse y remarquer aucune monotonie , parce qu'il sait en varier habilement la
cadence; mais en aspirant trop à la magnificence, il affai-
blit quelquefois son style. Dès qu'il en trouve l'occasion ,
il fait lui-même son éloge. De grandes actions et des services
réels rendus à sa patrie peuvent , à cet égard , lui servir
d'excuse : les mœurs anciennes imposaient aussi , sous ce
rapport , moins de retenue que les nôtres ; mais après qu'on

a pesé toutes ces considérations, on ne peut laver entièrement Cicéron du reproche d'ostentation et de vaine gloire.

Les défauts que nous venons de faire observer dans l'éloquence de Cicéron, n'échappèrent point aux hommes de son temps. Brutus l'accusait d'être faible et énervé. « Ses contemporains, dit Quintilien, ont été jusqu'à l'accuser d'enflure et de pompe asiatique ; de profusion et de répétitions superflues ; de froideur dans la raillerie, et, dans la composition, de faiblesse et de diffusion ; enfin d'une mollesse de style peu digne d'un homme. » De tels reproches sont évidemment exagérés, et sentent la malignité et l'inimitié personnelle. Ces exagérations prirent leur source dans les opinions extrêmes de deux partis opposés, qui, au temps de Cicéron, divisaient à Rome ceux qui s'occupaient de l'art oratoire. Ces partis étaient connus sous le nom d'*Attiques* et d'*Asiatiques*. Les premiers recommandaient cette espèce d'éloquence qui leur paraissait la plus naturelle et dont la simplicité fait le mérite. Ce parti accusait Cicéron de s'écarter de ce style simple et sévère, et d'incliner vers la manière fleurie des Asiatiques. Cicéron à son tour, dans ses traités de rhétorique, cherche à présenter ses adversaires comme substituant à la véritable éloquence attique, une manière froide et aride ; et soutient que la forme de composition qu'il a adoptée est calquée sur le modèle du style attique le plus pur. Quintilien, en reconnaissant à peu près ce qu'il y a de juste dans les critiques dirigées contre Cicéron, se prononce en sa faveur, et préfère, quelque nom qu'on lui donne, un style abondant, plein, étendu.

Parmi les nombreux discours de Cicéron, on distingue particulièrement, *le Discours des supplices contre Verrès*, les *quatre Catilinaires*, les *quatorze Philippiques* et surtout la *seconde*, les *trois Discours contre la loi agraire*, les *Discours pour Milon, pour Marcellus, pour Ligarius, pour la loi Manilia, pour Muréna, pour le poète Archias.*

Quoique Cicéron soit suffisamment connu, nous croyons devoir citer quelques passages de ses plus beaux discours. Dans les *Supplices contre Verrès*, un endroit singulièrement touchant est celui où il raconte le supplice d'un citoyen romain nommé Gavius.

« Que dirai-je de Gavius, de la ville municipale de
» Cosano ? Où trouverai-je assez de paroles, assez de voix,
» assez de douleur ?..... Ma sensibilité n'est pas épuisée,
» Romains ; mais je crains que mes expressions n'y répondent
» pas. Moi-même, la première fois qu'on me parla de ce for-
» fait, je crus ne pouvoir le faire entrer dans mon accusation.
» Je savais qu'il n'était que trop réel, mais je sentais qu'il
» n'était pas vraisemblable. Enfin, cédant aux pleurs de tous
» les citoyens romains qui font le commerce en Sicile, appuyé
» du témoignage de toute la ville de Rhège et de plusieurs
» chevaliers romains qui par hasard étaient alors à Messine,
» j'ai exposé le fait dans mon premier plaidoyer, et de
» manière à porter la vérité jusqu'à l'évidence. Mais que
» puis-je faire aujourd'hui ? Il y a déjà si long-temps que
» je vous entretiens des cruautés de Verrès ! Je n'ai pas
» prévu, je l'avoue, les efforts qu'il me faudrait faire pour
» soutenir votre attention, et ne pas vous fatiguer des mêmes
» horreurs. Il ne me reste qu'un moyen ; c'est de vous dire
» simplement le fait : il est tel, que le seul récit suffira. Ce
» Gavius, jeté, comme tant d'autres, dans les prisons sou-
» terraines de Syracuse, bâties par Denis le tyran, trouva,
» je ne sais comment, le moyen de s'échapper de ce gouffre,
» et vint à Messine. Là, près des murs de Rhège, et des
» côtes d'Italie, sorti des ténèbres de la mort, il se sentait
» renaître en revoyant le jour pur de la liberté ; il était
» comme ranimé par ce voisinage bienfaisant qui lui rappelait
» Rome et les lois. Il parla tout haut dans Messine, se plai-
» gnit qu'un citoyen romain eût été jeté dans les fers. Il allait,
» disait-il, droit à Rome ; il allait demander justice contre

» Verrès. Le malheureux ne se doutait pas que s'exprimer
» ainsi devant les Messinois, c'était comme s'il eût parlé
» dans le palais du préteur. Je vous l'ai dit, et vous le savez,
» Romains, qu'il avait choisi les Messinois pour être les
» complices de tous ses crimes, les recéleurs de ses vols,
» les associés de son infamie. Gavius est conduit aussitôt
» devant les magistrats de Messine, et par malheur Verrès y
» vint lui-même ce jour-là. On l'informe qu'un citoyen ro-
» main se plaint d'avoir été plongé dans les cachots de Syra-
» cuse; qu'au moment où il mettait le pied dans le vaisseau,
» en proférant des menaces contre Verrès, il avait été arrêté;
» qu'on le gardait afin que le préteur décidât de son sort.
» Il les remercie de leur zèle et de leur fidélité, et, trans-
» porté de fureur, arrive à la place publique : ses yeux
» étincelaient; tous ses traits exprimaient la rage et la cruauté.
» Tout le monde était dans l'attente de ce qu'il allait faire,
» quand tout-à-coup il ordonne qu'on saisisse Gavius, qu'on
» le dépouille, qu'on l'attache au poteau, et que les licteurs
» préparent les instruments du supplice. L'infortuné s'écrie
» qu'il est citoyen romain, qu'il a servi avec Prétius, chevalier
» romain, en ce moment à Palerme, et qui peut rendre té-
» moignage à la vérité. Verrès répond qu'il est bien informé
» que Gavius est un espion envoyé en Sicile par les esclaves
» fugitifs, restes de l'armée de Spartacus; imputation absurde,
» dont il n'existait pas le moindre soupçon, le moindre ves-
» tige. Il ordonne aux licteurs de l'entourer et de le frapper.
» Dans la place publique de Messine, on battait de verges
» un citoyen romain, tandis qu'au milieu des douleurs, au
» milieu des coups dont on l'accablait, il ne faisait entendre
» d'autre cri, d'autre gémissement que ce seul mot : *Je suis*
» *citoyen romain!* Il pensait que ce seul nom devait écarter
» de lui les tortures et les bourreaux ; mais bien loin de
» l'obtenir, loin d'arrêter la main des licteurs pendant qu'il
» répétait en vain le nom de Rome, une croix, une croix

» infame, l'instrument de la mort des esclaves, était dressée
» pour ce malheureux, qui jamais n'avait cru qu'il existât
» au monde une puissance dont il pût craindre ce traitement.
» **O doux nom de la liberté! ô droits augustes de nos an-**
» cêtres! loi Porcia! loi Sempronia! Puissance tribunitienne
» si amèrement regrettée, et qui vient enfin de nous être
» rendue, est-ce là votre pouvoir? Avez-vous donc été établie
» pour que dans une province de l'Empire, dans le sein
» d'une ville alliée, un citoyen romain fût livré aux verges
» des licteurs par le magistrat même qui ne tient que du
» peuple romain ses licteurs et ses faisceaux? Que dirai-je
» des feux, des fers brûlants dont on se servait pour le tour-
» menter? Et cependant Verrès n'était touché ni de ses
» plaintes, ni des larmes de tout ce qu'il y avait à Messine
» de nos citoyens présents à cet affreux spectacle! Toi,
» Verrès, toi, tu as osé attacher à un gibet celui qui se
» disait citoyen romain! Je n'ai pas voulu, vous m'en êtes
» témoins, je n'ai pas voulu, le premier jour, me livrer à
» ma juste indignation; j'ai craint celle du peuple qui m'é-
» coutait; j'ai craint le soulèvement général qui s'annonçait
» de toute part; je me suis contenu, de peur que la fureur
» publique, assouvie sur ce monstre, ne le dérobât à la
» vengeance des lois. J'ai applaudi à la prudence du préteur
» Glabrion, qui, voyant ce mouvement général, fit promp-
» tement écarter de l'audience le témoin qu'on venait d'en-
» tendre. Mais aujourd'hui, Verrès, que tout le monde sait
» l'état de la cause, et quelle en doit être l'issue, je me
» renferme avec toi dans un seul point, je m'en tiens à ton
» propre aveu: cet aveu est ta sentence mortelle. Vous vous
» souvenez, juges, qu'au moment de l'accusation, Verrès,
» effrayé des cris qu'il entendit autour de lui, se leva tout-
» à-coup, et dit que Gavius n'avait prétendu être un citoyen
» romain que pour retarder son supplice, mais qu'en effet
» ce Gavius n'était qu'un espion. Il ne m'en faut pas davan-

» tage : je laisse de côté tout le reste. Je ne te demande pas
» sur quoi tu fondes cette imputation ; je récuse mes propres
» témoins ; mais tu le dis toi-même, tu l'avoues, qu'il criait :
» *Je suis citoyen romain !* Et bien ! réponds-moi ! misérable !
» si tu te trouvais parmi des nations barbares, aux extrémités
» du monde, prêt à être conduit au supplice, que dirais-tu ?
» que crierais-tu ? si ce n'est : *Je suis citoyen romain !* Et
» s'il est vrai que partout où le nom de Rome est parvenu,
» ce titre sacré suffirait pour ta sûreté ; comment cet homme,
» quel qu'il fût, invoquant ce titre inviolable, l'invoquant
» devant un préteur romain, n'a-t-il pu, je ne dis pas
» échapper au supplice, mais même le retarder d'un moment ?
» Otez cet appui à nos citoyens, ôtez-leur ce garant de
» leur salut, et les provinces, les villes libres, les royaumes,
» le monde entier où ils voyagent avec sécurité, va désormais
» être fermé pour eux..... Mais pourquoi m'arrêter sur Ga-
» vius, comme si tu n'avais été l'ennemi que de lui seul,
» et non pas celui du nom romain, des droits de Rome,
» des droits des nations et de la cause commune de la liberté !
» En effet, cette croix que les Messinois, suivant leur usage,
» avaient fait dresser dans la voie Pompeia, pourquoi l'as-
» tu fait arracher ? Pourquoi l'as-tu fait transporter à l'en-
» droit qui regarde le détroit qui sépare la Sicile et l'Italie ?
» Pourquoi ? C'était, tu l'as dit toi-même, tu ne peux le
» nier, tu l'as dit publiquement, c'était afin que Gavius,
» qui se vantait d'être citoyen romain, pût, du haut de son
» gibet, regarder en expirant sa patrie. Cette croix est la
» seule, depuis la fondation de Messine, qui ait été placée
» sur le détroit. Tu as choisi ce lieu afin que cet infortuné,
» mourant dans les tourments, vît, pour comble d'amer-
» tume, quel espace étroit séparait le séjour où la liberté
» règne, et celui où il mourait en esclave ; afin que l'Italie
» vît un de ses enfants attaché au gibet, périr dans le
» supplice honteux réservé pour la servitude.

» Enchaîner un citoyen romain est un attentat ; le battre
» de verges est un crime ; le faire mourir est presqu'un par-
» ricide : que sera-ce de l'attacher à une croix ? L'expression
» manque à cette atrocité, et pourtant ce n'a pas été assez
» pour Verrès : qu'il meure, dit-il, en regardant l'Italie ;
» qu'il meure à la vue de la liberté et des lois. Non, Verrès,
» ce n'est pas seulement Gavius, ce n'est pas un seul homme,
» un seul citoyen que tu as attaché à cette croix, c'est la
» liberté elle-même, c'est le droit commun de tous, c'est
» le peuple romain tout entier. Croyez tous, croyez que s'il
» ne l'a pas dressée au milieu du forum, dans l'assemblée
» des comices, dans la tribune aux harangues ; s'il n'en a
» pas menacé tous les citoyens romains, c'est qu'il ne le
» pouvait pas. Mais au moins il a fait ce qu'il pouvait ; il a
» choisi le lieu le plus fréquenté de la province, le plus
» voisin de l'Italie, le plus exposé à la vue ; il a voulu que
» tous ceux qui naviguent sur ces mers, vissent à l'entrée
» même de la Sicile, et comme aux portes de l'Italie, le
» monument de son audace et de son crime. » *Traduction*
de La Harpe, Cours de Littérature.

Dans la première *Catilinaire*, après la véhémente apos-
trophe qui commence par ces mots : « Jusqu'à quand, Cati-
» lina, abuseras-tu de notre patience ? » Cicéron, s'adressant
au sénat, rend compte des motifs qui l'empêchent d'arrêter
le coupable. « Et vous, pères conscripts, écoutez avec at-
» tention et gravez dans votre mémoire la réponse que je
» crois devoir faire à des plaintes qui semblent, je l'avoue,
» avoir quelque justice. Je crois entendre la patrie, cette
» patrie qui m'est plus chère que ma vie ; je crois l'en-
» tendre me dire : Cicéron, que fais-tu ? Quoi ! celui que
» tu reconnais pour mon ennemi, celui qui va porter la
» guerre dans mon sein, celui qu'on attend dans un camp
» de rebelles, l'auteur du crime, le chef de la conjuration,
» le corrupteur des citoyens, tu le laisses sortir de Rome !

» tu l'envoies prendre les armes contre la République? tu
» ne le fais pas charger de fers, traîner à la mort! tu ne le
» livres pas au plus affreux supplice! Qui t'arrête? Est-ce
» la discipline de nos ancêtres? Mais souvent des particuliers
» même ont puni de mort des citoyens séditieux. Sont-ce
» les lois qui ont borné le châtiment des citoyens coupables?
» Mais ceux qui se sont déclarés contre la République, n'ont
» jamais joui des droits de citoyen. Crains-tu les reproches
» de la génération suivante? Mais le peuple romain, qui
» t'a conduit de si bonne heure par tous les degrés d'élé-
» vation, jusqu'à la première de ses dignités, sans nulle
» recommandation de tes ancêtres, sans te connaître autre-
» ment que par toi-même, le peuple romain obtient donc
» de toi bien peu de reconnaissance s'il est quelque considé-
» ration, quelque crainte qui te fasse oublier le salut de ses
» citoyens!

» A cette voix sainte de la République, à ces plaintes
» qu'elle peut m'adresser, pères conscrits, voici quelle est
» ma réponse. Si j'avais cru que le meilleur parti à prendre
» fût de faire périr Catilina, je ne l'aurais pas laissé vivre
» un moment. En effet, si les plus grands hommes de la
» République se sont honorés par la mort de Flaccus, de
» Saturninus, des deux Gracches, je ne devais pas craindre
» que la postérité me condamnât pour avoir fait mourir
» ce brigand, cent fois plus coupable, et meurtrier de ses
» concitoyens; ou s'il était possible qu'une action si juste
» excitât contre moi la haine, il est dans mes principes de
» regarder comme des titres de gloire les ennemis qu'on se
» fait par la vertu. Mais il est dans cet ordre même, il est
» des hommes qui ne voient pas tous nos dangers et tous
» nos maux, ou qui ne veulent pas les voir. Ce sont eux
» qui, en se montrant trop faibles, ont nourri les espé-
» rances de Catilina; ce sont eux qui ont fortifié la conjura-
» tion en refusant de la croire. Entraînés par leur autorité,

» beaucoup de citoyens aveuglés ou méchants, si j'avais sévi
» contre Catilina, m'auraient accusé de cruauté et de tyrannie.
» Aujourd'hui, s'il se rend, comme il l'a résolu, dans le camp
» de Mallius, il n'y aura personne d'assez insensé pour nier
» qu'il ait conspiré contre la patrie. Sa mort aurait réprimé
» les complots qui nous menacent, et ne les aurait pas entiè-
» rement étouffés. Mais s'il emmène avec lui tout cet exécra-
» ble ramas d'assassins et d'incendiaires, alors non-seulement
» nous aurons détruit cette peste qui s'est accrue et nourrie
» au milieu de nous, mais même nous aurons anéanti jus-
» qu'aux semences de la corruption.

» Ce n'est pas d'aujourd'hui, pères conscripts, que nous
» sommes environnés de piéges et d'embûches, mais il semble
» que tout cet orage de fureur et de crimes ne se soit grossi
» depuis long-temps que pour éclater sous mon consulat.
» Si parmi tant d'ennemis, nous ne frappions que Catilina
» seul, sa mort nous laisserait respirer, il est vrai, mais
» le péril subsisterait, et le venin serait renfermé dans le
» sein de la république. Ainsi donc, je le répète, que les
» méchants se séparent des bons; que nos ennemis se ras-
» semblent en une seule retraite; qu'ils cessent d'assiéger
» le consul dans sa maison; les magistrats sur leur tribunal,
» les pères de Rome dans le sénat; d'amasser des flambeaux
» pour embraser nos demeures; enfin, qu'on puisse voir
» écrits sur le front de chaque citoyen ses sentiments pour
» la République. Je vous réponds, pères conscripts, qu'il
» y aura dans vos consuls assez de vigilance, dans cet ordre
» assez d'autorité, dans celui des chevaliers assez de courage,
» parmi tous les bons citoyens assez d'accord et d'union
» pour qu'au départ de Catilina, tout ce que vous pouvez
» craindre de lui et de ses complices soit à la fois découvert,
» étouffé et puni.

» Va donc, avec ce présage de notre salut et de ta perte,
» avec tous les satellites que tes abominables complots ont

» réunis avec toi ; va, dis-je, **Catilina**, donner le signal
» d'une guerre sacrilége. Et toi, **Jupiter Stator**, dont le
» temple a été élevé par **Romulus**, sous les mêmes auspices
» que Rome même ! toi, nommé dans tous les temps le
» soutien de l'Empire romain ! tu préserveras de la rage de
» ce brigand tes autels, ces murs et la vie de tous nos citoyens;
» et tous ces ennemis de Rome, ces déprédateurs de l'Italie,
» ces scélérats liés entre eux par les mêmes forfaits, seront
» aussi, vivants et morts, réunis à jamais par les mêmes
» supplices. » *Traduction de La Harpe, Cours de Littéra-*
ture.

En défendant **Muréna** accusé de brigue, **Cicéron** avait à
écarter de la balance de la justice l'autorité imposante de
Caton. Voici comment il traite ce point difficile. « Il est temps
» d'en venir au plus grand appui de nos adversaires, à celui
» qu'on peut regarder comme le rempart de nos accusateurs,
» à Caton, et quelque gravité, quelque force qu'il apporte
» dans cette cause, je crains beaucoup plus, je l'avoue, son
» autorité que ses raisons. Je demanderai d'abord que la
» dignité personnelle de Caton, l'espérance prochaine du
» tribunat, la gloire de sa vie, ne soient point des armes
» contre nous, et que les avantages qu'il n'a reçus que pour
» être utile à tous, ne servent pas à la perte d'un seul. Sci-
» pion l'Africain avait été deux fois consul, avait renversé
» Carthage et Numance, les deux terreurs de cet Empire,
» quand il accusa Lucius Cotta : il avait pour lui une grande
» éloquence, une grande réputation de probité et d'intégrité,
» une autorité telle que devait l'avoir un homme à qui le
» peuple romain devait la sienne. J'ai souvent ouï dire à nos
» vieillards, que rien n'avait tant servi Cotta auprès de ses
» juges, que cette prééminence même de Scipion. Ces hommes
» si sages ne voulurent pas qu'un citoyen succombât dans les
» tribunaux, de manière à faire croire qu'il avait été opprimé
» par l'excessive prépondérance de son accusateur. Ne savons-

6

» nous pas aussi, Caton, que le jugement du peuple romain
» sauva Sergius Galba des poursuites d'un de vos ancêtres,
» citoyen très-courageux et très-considéré, mais qui semblait
» trop s'acharner à la perte de son adversaire. Toujours,
» dans cette ville, le peuple en corps, et en particulier les
» juges éclairés et qui regardent dans l'avenir, ont résisté
» aux trop grandes forces de ceux qui accusaient. Je ne veux
» point qu'un accusateur fasse sentir dans les tribunaux une
» supériorité trop marquée, trop de pouvoir, trop de crédit :
» employer tous ces avantages pour le salut des innocents,
» pour le soutien des faibles, pour la défense des malheureux,
» oui ; mais pour le péril et la ruine des citoyens, jamais.
» Qu'on ne vienne donc point nous dire qu'en se présentant
» ici contre Muréna, Caton a jugé la cause : ce serait poser
» un principe trop injuste, et faire aux accusés une condition
» trop dure et trop malheureuse si l'opinion de leur accu-
» sateur était regardée comme leur sentence. Pour moi,
» Caton, le cas singulier que je fais de votre vertu ne me
» permet pas de blâmer votre conduite et vos démarches en
» cette occasion ; mais peut-être puis-je y trouver quelque
» chose à réformer. Vous ne commettez point de fautes, et
» l'on ne peut pas dire de vous que vous avez besoin d'être
» corrigé, mais seulement qu'il y a quelque chose en vous
» qui peut être adouci et tempéré. La nature elle-même vous
» a formé pour l'honnêteté, la gravité, la tempérance, la
» justice, la fermeté d'ame. Elle vous a fait grand dans
» toutes les vertus ; mais vous y avez ajouté des principes
» de philosophie où l'on voudrait plus de modération, plus
» de douceur, qui sont enfin, pour dire ce que j'en pense,
» plus sévères et plus rigoureux que la nature et la vérité
» ne le comportent ; et puisque je ne parle pas ici devant
» une multitude ignorante, vous me permettrez, juges, quel-
» ques réflexions sur ce genre d'études philosophiques, qui
» par lui-même n'est éloigné ni de votre goût ni du mien.

» Sachez donc que tout ce que nous voyons dans Caton,
» d'excellent, de divin, est à lui, lui appartient en propre;
» au contraire, ce qui nous laisse quelque chose à désirer
» n'est pas de lui, mais du maître qu'il a choisi, de la secte
» qu'il a embrassée. Il y a eu parmi les Grecs un homme
» d'un grand esprit, Zénon, dont les sectateurs s'appellent
» Stoïciens. Voici quelques-uns de leurs principes : Que le
» sage n'a point d'égard pour quelque titre de faveur que
» ce soit ; qu'il ne pardonne jamais aucune faute ; que la
» compassion et l'indulgence ne sont que légèreté et folie ;
» qu'il n'est point digne d'un homme de se laisser toucher
» ni fléchir; que le sage, même s'il est contrefait, est le plus
» beau des hommes; le plus riche, même en demandant
» l'aumône ; roi, même dans l'esclavage, et que nous tous,
» qui ne sommes pas des sages, nous ne sommes que des
» esclaves et des insensés; que toutes les fautes sont égales ;
» que tout délit est un crime ; que celui qui tue un poulet
» quand il n'en a pas le droit, est aussi coupable que celui
» qui étrangle son père; que le sage ne se repent jamais, ne
» se trompe jamais, ne change jamais d'avis.

     » Telles sont les maximes que Caton, dont vous connaissez
» l'esprit et les lumières, a puisées dans de très-savants au-
» teurs, et qu'il s'est appropriées, non pas, comme tant
» d'autres, pour en faire un sujet de controverse, mais pour
» en faire la règle de sa vie. Les fermiers de la République
» demandent quelque remise : prenez garde, dit Caton,
» n'accordez rien à la faveur. — Des malheureux supplient.
» — C'est un crime d'écouter la compassion. — Un homme
» avoue qu'il a commis une faute et demande grace. — C'est
» se rendre coupable que de pardonner. — Mais la faute est
» légère. — Toutes les fautes sont égales. — Avez-vous dit
» quelque chose sans réflexion, il ne vous est plus permis
» d'en revenir. — Mais j'ai été entraîné par l'opinion. — Le
» sage ne connait que la certitude et nullement l'opinion.

» — Vous êtes-vous trompé involontairement sur un fait.
» Ce n'est point une erreur, c'est un mensonge, une ca-
» lomnie. De là une conduite parfaitement conforme à cette
» doctrine. Pourquoi Caton est-il ici accusateur ? C'est qu'il
» a dit dans le sénat, qu'il accuserait un consulaire. — Mais
» vous l'avez dit dans la colère. Le sage ne se met point en
» colère. — Mais c'était un propos du moment, qui ne vous
» engageait à rien. — Le sage ne peut sans honte changer
» d'avis. Il ne peut sans crime se laisser fléchir ; toute com-
» passion est une faiblesse, toute indulgence un forfait.

 » Et moi aussi, dans ma première jeunesse, me défiant
» de mes propres lumières, j'ai recherché, comme Caton,
» celles des philosophes ; mais les maîtres que j'ai suivis,
» Platon et Aristote, ont des principes différents. Leurs
» disciples, hommes mesurés dans leurs opinions, pensent
» que le sage même peut accorder quelque chose aux cir-
» constances, aux considérations particulières; que l'homme
» de bien peut céder à la pitié; qu'il y a des degrés dans les
» délits et dans les peines; que la vertu et la fermeté peuvent
» faire grace ; que le sage lui-même peut être quelquefois
» entraîné par l'opinion, emporté par la colère, touché par
» la compassion; qu'il peut sans honte revenir sur ce qu'il
» a dit, et changer d'avis s'il en trouve un meilleur; qu'enfin
» toutes les vertus ont besoin de mesure et doivent craindre
» l'excès.

 » Si, avec le caractère que vous avez, Caton, le hasard
» vous eût adressé aux mêmes maîtres que moi, vous ne
» seriez pas plus homme de bien, plus courageux, plus tem-
» pérant, plus juste; cela ne se peut pas; mais vous seriez
» un peu plus enclin à la douceur; vous ne vous seriez pas
» rendu gratuitement l'agresseur et l'ennemi d'un homme
» plein de modestie dans ses mœurs, plein d'honneur et de
» noblesse dans ses sentiments. Vous auriez pensé que la
» fortune vous ayant tous les deux préposés dans le même

» temps à la garde de la République, lui comme consul et
» vous comme tribun, il devait y avoir entre vous une sorte
» de liaison patriotique. Vous auriez supprimé, vous auriez
» oublié ce que vous aviez dit dans le sénat avec trop de
» violence, ou vous auriez vous-même tiré de vos paroles
» une conséquence moins rigoureuse. Croyez-moi, vous êtes
» maintenant dans le feu de l'âge, dans toute l'ardeur de
» votre caractère, dans tout l'enthousiasme de la doctrine
» que vous avez adoptée ; mais le temps, l'usage, l'expé-
» rience, doivent sans doute quelque jour vous calmer,
» vous modérer, vous fléchir. En effet, ces législateurs de
» vertus, ces précepteurs que vous avez suivis, ont porté,
» ce me semble, les devoirs de l'homme au-delà des bornes
» de la nature. Nous pouvons en spéculation aller aussi loin
» qu'il nous plaît, nous élever jusqu'à l'infini ; mais dans la
» pratique, dans la réalité, il est un terme où il faut s'arrêter.
» Ne pardonnez rien, nous dit-on. — Et moi, je réponds :
» Pardonnez quand il y a lieu à l'indulgence. — N'écoutez
» aucune considération personnelle.—Et je dis qu'il ne faut y
» avoir égard qu'autant que le devoir et l'équité le permettent.
» — Ne vous laissez pas toucher à la compassion. — Jamais
» sans doute, au point d'affaiblir l'autorité des lois, mais
» autant que le prescrit la première de toutes, l'humanité.
» — Soyez fermes dans vos sentiments. — Oui, si l'on ne
» vous en propose pas de meilleurs. Ainsi parlait ce grand
» Scipion, qui eut, comme vous, Caton, la réputation d'un
» homme très-instruit, d'un homme presque divin dans la
» discipline domestique, mais que la philosophie dont il
» faisait profession, puisée dans les mêmes sources que la
» vôtre, n'avait point rendu plus sévère qu'il ne faut l'être,
» et qui au contraire a toujours passé pour le plus doux de
» tous les hommes. Lélius avait pris ces mêmes leçons : eh !
» qui jamais a eu plus d'aménité dans ses mœurs, et a rendu
» la sagesse plus aimable ! J'en puis dire autant de Gallus,

» de Philippe, mais j'aime mieux prendre des exemples dans
» votre maison. Qui de nous n'a pas entendu parler de Caton
» le censeur, l'un de vos plus illustres aïeux ? Et qui jamais
» a été plus mesuré dans sa conduite et dans ses principes,
» plus traitable, plus facile dans le commerce de la vie ?
» Quand vous l'avez loué dans votre plaidoyer avec autant
» de justice que de dignité, vous l'avez cité comme un mo-
» dèle domestique que vous vous proposiez d'imiter. Les
» liens du sang, les rapports du caractère, vous y autorisent,
» il est vrai, plus qu'aucun de nous ; mais pourtant je le
» regarde comme un exemple pour moi autant que pour vous-
» même ; et si vous pouviez aussi, à votre sévérité naturelle,
» mêler un peu de sa facilité et de sa douceur, toutes les
» qualités que vous possédez n'en seraient pas meilleures,
» mais en deviendraient plus aimables.

» Ainsi, pour en revenir à ce que j'ai dit d'abord, que
» l'on écarte de cette cause le nom de Caton ; que l'on mette
» à part son autorité, qui doit être nulle dans un jugement
» légal, ou n'avoir de crédit que pour faire le bien ; que l'on
» nous attaque par des faits. Que voulez-vous, Caton ? que
» demandez-vous ? sur quoi porte votre accusation ? Vous
» vous élevez contre la brigue : je ne la défends pas. Vous
» me reprochez de justifier dans les tribunaux ce que j'ai
» proscrit par mes lois : j'ai proscrit la brigue et je défends
» l'innocence. N'accusez-vous que le crime ? Je me joins à
» vous. Prouvez que Muréna l'a commis, et j'avouerai que
» mes propres lois le condamnent. » *Traduction de La
Harpe, Cours de Littérature.*

Nous avons cité tout ce passage parce qu'il fait voir le
talent qu'avait Cicéron pour la plaisanterie, et le respect pour
les convenances qu'il savait si bien garder. Avec quelle habileté il sépare la personne de Caton de sa doctrine ! Comme
il se joue doucement de l'une sans affaiblir la vénération que
l'on doit à l'autre ! Ses traits, en tombant sur le stoïcisme

de Caton, ne vont jamais jusqu'à lui ; c'est en le comblant d'éloges, qu'il lui ôte, sans qu'on s'en aperçoive, toute l'autorité de son opinion ; car, dès qu'une fois il est parvenu à faire rire sans le blesser, la gravité n'a plus de pouvoir, il n'y a plus de place pour elle. Aussi Caton lui-même ne put s'empêcher de sourire au portrait du rigorisme stoïque que traçait Cicéron ; et moitié riant, moitié grondant, il dit au sortir de l'audience : « En vérité nous avons un consul très-plaisant. »

C'était par de tels épisodes, toujours heureusement placés, que Cicéron délassait les juges de la fatigue des querelles du barreau et de la criaillerie des avocats. Voilà ce qui rendait son éloquence si agréable aux Romains, et faisait recueillir avec tant d'avidité toutes ses harangues dès qu'il les avait prononcées.

En lisant l'exorde du discours en faveur du poëte Archias, on peut juger comment il savait envisager un sujet sous le point de vue le plus intéressant. « Si j'ai quelque » talent, juges, et je sens combien j'en ai peu, quel- » qu'habitude de la parole, et j'avoue qu'elle est en moi » assez médiocre, quelque connaissance de l'art oratoire, » puisée dans l'étude des lettres, qui ne m'ont été étrangères » en aucun temps de ma vie, tous ces avantages, quels » qu'ils soient, je les dois à Licinius Archias, qui a droit » d'en réclamer le fruit et la récompense. Aussi loin que » ma mémoire peut remonter dans le passé et revenir sur » mes premières années, je le vois dirigeant mes premières » études et m'introduisant dans la carrière que j'ai par- » courue ; et si ma voix, affermie et encouragée par ses » leçons, a été quelquefois utile à mes concitoyens, je dois » sans doute, autant qu'il est en moi, servir celui qui m'a » mis en état de servir les autres. Ce que je dis peut étonner » ceux qui ne feraient attention qu'à la différence qu'ils » trouvent dans le genre de mes travaux et de ceux d'Ar-

» chias; mais l'éloquence n'a pas été ma seule étude, et
» tous les arts qui tiennent à la culture de l'esprit ont entre
» eux comme un lien de parenté, et forment pour ainsi dire
» une même famille.

» Peut-être aussi sera-t-on surpris que dans une question
» de droit, dans un procès qui se plaide publiquement devant
» un préteur si distingué et des juges si graves, en présence
» d'une si nombreuse assemblée, j'emploie un langage tout
» différent de celui du barreau; mais c'est une liberté que
» j'attends de l'indulgence de mes juges, et j'espère qu'elle
» ne leur déplaira pas. Le caractère de l'accusé, homme de
» lettres, excellent poète, dont le loisir et le travail ont
» toujours été également éloignés des altercations et du bruit
» des tribunaux; le concours d'hommes lettrés qu'attire ici
» sa cause; votre goût pour les beaux-arts qu'il cultive, et
» celui du magistrat qui préside à ce jugement, tout m'auto-
» rise à croire que vous me permettrez de m'écarter un peu
» de la méthode ordinaire : et si j'obtiens de vous cette grace,
» je me flatte de vous démontrer que non-seulement Archias
» ne doit point être retranché du nombre de nos concitoyens,
» mais même que s'il n'en était pas, il mériterait d'y être
» admis. » *Traduction de La Harpe, Cours de Littérature.*

Les deux morceaux suivants montreront Cicéron dans le
panégyrique. C'est dans ce genre d'éloquence qu'il déploie
toutes les richesses et toute la magnificence de son élocution.
« Plût aux Dieux, dit-il dans le discours pour la loi *Manilia*,
» qui a pour but de faire donner à Pompée le comman-
» dement de la guerre de Mithridate, plût aux Dieux que
» Rome eût assez de braves et intègres citoyens, pour que
» vous fussiez embarrassés sur le choix de celui qu'il faut
» mettre à la tête d'une pareille guerre! Mais puisque Pom-
» pée est le seul dont la vertu ait effacé la gloire des plus
» grands capitaines de nos jours, et même de tous les siècles
» passés, comment pourriez-vous balancer dans une circons-

» tance aussi importante ! Science des armes, vertus guer-
» rières, réputation et bonheur : voilà ce qui, selon moi,
» constitue essentiellement le bon général. Quant à ses vertus
» guerrières, quel discours pourrait les célébrer comme elles
» le méritent ? Que peut-on dire à cet égard qui soit ou digne
» de Pompée, ou nouveau pour vous, ou inconnu pour qui
» que ce soit ? Les vertus d'un grand général ne se bornent
» pas à celle qu'on leur attribue pour l'ordinaire : application
» aux affaires, courage dans le péril, ardeur dans l'action,
» sagesse dans les mesures, promptitude dans l'exécution,
» vertus que Pompée réunit seul dans un plus haut degré
» qu'aucun des généraux que nous ayons vus ou dont nous
» ayons entendu parler. Témoin l'Italie, qui, de l'aveu même
» de Sylla vainqueur, ne fut pacifiée que par le courage et
» la sagesse de Pompée ; témoin la Sicile que le même Pompée
» affranchit des périls qui la menaçaient de si près : témoin
» l'Afrique, inondée du sang des innombrables ennemis qui
» la foulaient et la dévoraient ; témoin l'Espagne, qui vit si
» souvent des milliers d'ennemis vaincus et terrassés par
» l'effort de son bras ; témoin une seconde fois, et d'autres
» fois encore l'Italie, qui implora le secours de Pompée
» absent, pour la guerre dangereuse et sanglante qu'elle avait
» à soutenir contre des esclaves, guerre dont la fureur,
» ralentie par la seule terreur du nom de Pompée, fut entiè-
» rement étouffée par sa présence ; témoins toutes les con-
» trées, toutes les nations étrangères, les mers enfin, etc. »

Dans le discours pour Marcellus, qui est à proprement
parler l'éloge de César, après un très-beau lieu commun sur
le fracas et la gloire bruyante des armes, Cicéron exalte en
ces termes la clémence du vainqueur. « Vous avez soumis,
» César, des nations redoutables par la férocité de leurs
» mœurs, formidables par la multitude de leurs soldats, iné-
» puisables par la variété de leurs ressources, et presque ina-
» bordables par l'immensité des distances ; mais vous n'avez

» vaincu pourtant que ce qui était susceptible de l'être. Car
» il n'est point de puissance et de force, que la force et le fer
» ne viennent à bout de briser et de détruire. Mais se vaincre
» soi-même, étouffer son ressentiment, modérer sa victoire,
» relever de sa chute un adversaire distingué par sa nais-
» sance, son génie et son courage; ne pas le relever seule-
» ment, mais se plaire à rehausser sa dignité et son rang,
» c'est un trait d'héroïsme qui vous place au-dessus des plus
» grands hommes, ou plutôt qui vous assimile aux Dieux
» mêmes. Ainsi donc, César, vos exploits seront, il est
» vrai, célébrés non-seulement dans notre langue et dans nos
» annales, mais dans les langues et dans les annales de tous
» les peuples; et vos louanges seront à jamais répétées par
» les âges futurs. Cependant les clameurs des soldats, les sons
» de la trompette se mêlent involontairement au récit ou à
» la lecture des exploits guerriers, et en altèrent le charme.
» Mais que l'on nous raconte, ou que nous lisions nous-
» mêmes un trait de clémence, d'humanité, de justice ou
» de modération; si ces vertus se sont signalées surtout dans
» la colère, ennemie de la raison, ou après la victoire, na-
» turellement insolente et superbe, de quels transports nous
» nous sentons enflammés; et comme nous chérissons, sans
» même les avoir vus jamais, ceux qui ont donné ces grands
» exemples à la terre! »

On a accusé Cicéron d'employer, en parlant à César, le
langage de la flatterie; les louanges qu'il lui donne paraissent,
il est vrai, exagérées en quelques endroits; mais on doit
dire pour la justification de l'orateur, qu'il ne loue que pour
être en état de faire entendre des vérités sévères. « N'appelez
» pas votre vie, dit-il au vainqueur, celle dont la condition
» humaine a marqué les bornes, mais celle qui s'étendra dans
» tous les âges, et qui appartiendra à la postérité. Elle a
» déjà dans vous ce qui peut-être admiré; mais elle attend
» ce qui peut être approuvé et estimé. On entendra, on lira

» avec étonnement vos triomphes sur le **Rhin**, sur le **Nil**,
» sur l'**Océan**. Mais si la république n'est pas affermie sur
» une base solide par vos soins et par votre sagesse, votre
» nom se répandra au loin, mais ne vous donnera pas dans
» l'avenir un rang assuré et incontestable. Vous serez pour
» nos neveux, comme vous l'avez été pour nous, un sujet
» éternel de division : les uns vous élèveront jusqu'au ciel ;
» les autres diront qu'il vous a manqué ce qu'il y a de plus
» glorieux, de guérir les maux de la patrie ; ils diront que
» vos grands exploits peuvent appartenir à la fortune, et que
» vous n'avez pas fait ce qui n'aurait appartenu qu'à vous.
» Ayez donc devant les yeux ces juges sévères qui pronon-
» ceront un jour sur vous, et dont le jugement, si j'ose le
» dire, aura plus de poids que le nôtre, parce qu'ils seront
» sans intérêt, sans haine et sans envie. »

Nous avons déjà montré par un exemple comment Cicéron
traite le pathétique ; néanmoins nous ne résistons pas au plaisir de transcrire encore la péroraison touchante du plaidoyer
en faveur de Milon.

« Que me reste-t-il à faire, si ce n'est d'implorer en faveur
» du plus courageux des hommes la pitié que lui-même ne
» demande point, et que je demande même malgré lui ? Si
» vous ne l'avez pas vu mêler une larme à toutes celles qu'il
» vous fait répandre ; si vous n'avez remarqué aucun change-
» ment dans sa contenance ni dans ses discours, vous ne devez
» pas pour cela prendre moins d'intérêt à son sort ; peut-être
» même est-ce une raison pour lui en devoir davantage. Si
» dans les combats de gladiateurs, quand il s'agit du sort de
» ces hommes de la dernière classe, nous ne pouvons nous
» empêcher d'avoir de l'aversion et du mépris pour ceux qui
» se montrent timides et suppliants, et qui nous demandent
» la vie ; si au contraire nous nous intéressons au salut de
» ceux qui font voir un grand courage, et s'offrent hardiment
» à la mort ; si nous croyons alors devoir notre compassion à

» ceux qui ne l'implorent pas, combien cette disposition est-
» elle encore plus juste et mieux placée qand il s'agit de nos
» meilleurs citoyens ! Pour moi, je l'avoue, je suis pénétré
» de douleur quand j'entends ce que Milon me répète tous
» les jours, qnand j'entends les adieux qu'il adresse à ses
» concitoyens. Qu'ils soient heureux, me dit-il; qu'ils vivent
» dans la paix et la sécurité ; que la République soit floris-
» sante ; elle me sera toujours chère, quelque traitement que
» j'en reçoive. Si je ne puis jouir avec elle du repos que je lui
» ai procuré, qu'elle en jouisse sans moi et par moi. Je me
» retirerai, je m'éloignerai, content de trouver un asile dans
» la première cité libre et bien gouvernée que je rencontrerai
» sur mon passage. O travaux inutiles et mal récompensés !
» s'écrie-t-il ; ô espérances trompeuses ! ô trop vaines pensées !
» Moi qui, dans ces temps déplorables, marqués par les atten-
» tats de Clodius, quand le sénat était dans l'abattement, la
» République dans l'oppression, les chevaliers romains sans
» pouvoir, tous les bons citoyens sans espérance, leur ai dé-
» voué, leur ai consacré tout ce que le tribunat me donnait de
» puissance, me serais-je attendu à être un jour abandonné
» par ceux que j'avais défendus ? Moi qui t'ai rendu à ta
» patrie, Cicéron (car c'est à moi qu'il s'adresse le plus sou-
» vent), devais-je croire qu'il ne me fût pas permis d'y
» demeurer? où est maintenant ce sénat dont nous avons pris
» en main la cause ? Où sont ces chevaliers romains qui de-
» vaient toujours être à toi ! Où sont ces secours que nous
» promettaient les villes municipales, ces recommandations
» de toute l'Italie? Enfin, où est ta voix, ô Cicéron ! qui a
» sauvé tant de citoyens? ta voix ne peut donc rien pour
» mon salut, après que j'ai tout risqué pour le tien ?
    » Ce que je ne puis répéter ici qu'avec des gémissements,
» il le dit avec le même visage que vous lui voyez. Il ne croit
» point ses concitoyens capables d'ingratitude; il ne les croit
» que faibles et timides. Il ne se repent point d'avoir pro-

» digué son patrimoine pour s'attacher cette partie du peuple
» que Clodius armait contre vous ; il compte parmi les services
» qu'il vous a rendus , ses libéralités , dont le pouvoir, ajou-
» tant à celui de ses vertus, a fait votre sûreté. Il se souvient
» des marques d'intérêt et de bienveillance que le sénat lui a
» données dans ce moment même ; et dans quelque endroit
» que son destin le conduise , il emporte avec lui le souvenir
» de vos empressements, de votre zèle et de vos regrets.....
» Il ajoute ; et avec vérité , que les grandes ames n'envisagent
» dans leurs actions que le plaisir de bien faire , sans songer
» au prix qui les attend ; qu'il n'a rien fait dans sa vie que
» pour l'honneur ; que si rien n'est plus beau , plus désirable
» que de servir sa patrie et de la délivrer du danger, ceux-là
» sans doute sont heureux envers qui elle s'est acquittée par
» des honneurs publics ; mais qu'il ne faut pas plaindre ceux
» envers qui leurs concitoyens demeurent redevables ; que
» si l'on apprécie les récompenses de la vertu , la gloire est la
» première de toutes ; que c'est elle qui console de la brièveté
» de la vie par la pensée de l'avenir, qui nous reproduit
» quand nous sommes absents, nous fait revivre quand nous
» ne sommes plus , et sert aux hommes comme de degré
» pour s'élever jusqu'aux cieux.

   » Dans tous les temps , dit-il , le peuple romain , toutes
» les nations ; parleront de Milon : son nom ne sera jamais
» oublié ; aujourd'hui même que tous les efforts de nos enne-
» mis se réunissent pour irriter l'envie contre moi, partout
» la voix publique me rend hommage ; partout où les hommes
» se rassemblent , ils me rendent des actions de graces. Je
» ne parle pas des fêtes que l'Étrurie a célébrées et établies
» en mon honneur : il y a maintenant plus de trois mois
» que Clodius a péri , et le bruit de sa mort, en parcourant
» toutes les provinces de l'Empire , y a répandu la joie et
» l'allégresse. Et qu'importe où je sois désormais , puisque
» mon nom et ma gloire sont partout ?

» Voilà ce que tu me dis souvent , Milon , en l'absence de
» ceux qui m'écoutent , et voici ce que je te réponds en leur
» présence. Je ne puis refuser des éloges à ce grand courage ;
» mais plus je l'admire , plus ta perte me devient amère et
» douloureuse. Si tu m'es enlevé , si l'on t'arrache de mes
» bras ; je n'aurai pas même cette consolation de pouvoir haïr
» ceux qui m'auront porté un coup si sensible. Ce ne sont
» pas mes ennemis qui me priveront de toi ; ce sont ceux
» même que j'ai le plus chéris , ceux qui m'ont fait à moi-
» même le plus de bien. Non , Romains , quelque chagrin
» que vous me causiez (et vous ne pouvez m'en causer un
» plus cruel) , jamais vous ne me forcerez à oublier ce que
» vous avez fait pour moi ; mais si vous l'avez oublié vous-
» mêmes , si quelque chose en moi a pu vous offenser , pour-
» quoi ne pas m'en punir plutôt que Milon ? Quoiqu'il
» m'arrive , je m'estimerai heureux si je ne suis pas le témoin
» de sa disgrace.

» La seule consolation qui puisse me rester , Milon , c'est
» qu'au moins j'aurai rempli envers toi tous les devoirs de
» l'amitié , du zèle et de la reconnaissance. Pour toi j'ai bravé
» l'inimitié des hommes puissants , j'ai exposé ma vie à tous
» les traits de tes ennemis ; pour toi j'ai pu même les supplier ,
» j'ai regardé ton danger comme le mien , et mon bien et
» celui de mes enfants comme le tien propre. Enfin , s'il est
» quelque violence qui menace ta tête , je ne crains pas de
» l'appeler sur la mienne. Que me reste-t-il encore ? Que
» puis-je dire ? Que puis-je faire , si ce n'est de lier désormais
» mon sort au tien , quel qu'il soit , et de suivre en tout ta
» fortune ? J'y consens , Romains ; je veux bien que vous
» soyez persuadés que le salut de Milon mettra le comble à
» tout ce que je vous dois , ou que tous les bienfaits que j'ai
» reçus de vous seront anéantis dans sa disgrace. Mais pour
» lui , toute cette douleur dont je suis pénétré , ces pleurs
» que m'arrache sa situation , n'ébranlent point son incroyable

» fermeté. Il ne peut se résoudre à regarder comme un exil
» quelque lieu que ce soit, où puisse habiter la vertu : la
» mort même ne lui paraît que le terme de l'humanité , et
» non pas une punition. Qu'il reste donc dans ces sentiments
» qui lui sont naturels; mais nous, Romains, quels doivent
» être les nôtres ? Voulez-vous ne garder de Milon que son
» souvenir , et le bannir en le regrettant? Est-il au monde
» quelque asyle plus digne de ce grand homme, que le pays
» qui l'a produit? Je vous appelle tous, ô vous, braves Ro-
» mains , qui avez répandu votre sang pour la patrie, cen-
» turions, soldats, c'est à vous que je m'adresse dans les
» dangers de ce citoyen courageux. Est-ce devant vous, qui
» assistez à ce jugement , les armes à la main, est-ce sous
» vos yeux que la vertu sera bannie, sera chassée , sera re-
» jetée loin de nous? Malheureux que je suis ! C'est avec le
» secours de ces mêmes Romains, ô Milon ! que tu as pu me
» rappeler dans Rome, et ils ne pourront m'aider à t'y retenir!
» Que répondrai-je à mes enfants, qui te regardent comme
» un second père ? A mon frère aujourd'hui absent, mais qui
» a partagé autrefois tous les maux dont tu m'as délivré ? Je
» leur dirai donc que je n'ai rien pu pour ta défense auprès
» de ceux qui t'ont si bien secondé pour la mienne ! et dans
» quelle cause ! dans celle qui excite un intérêt universel.
» Devant quels juges ? devant ceux à qui la mort de Clodius
» a été le plus utile. Avec quel défenseur ? avec Cicéron.
» Quel si grand crime ai-je donc commis, de quel forfait
» inexpiable me suis-je chargé, quand j'ai recherché , dé-
» couvert, étouffé cette fatale conjuration qui nous menaçait
» tous , et qui est devenue pour moi et pour les miens une
» source de maux et d'infortunes ? Pourquoi m'avez-vous
» rappelé dans ma patrie ? Est-ce pour en chasser sous mes
» yeux ceux qui m'y ont rétabli ? Voulez-vous donc que mon
» retour soit plus douloureux que mon exil : ou plutôt ,
» comment puis-je me croire en effet rétabli si je perds ceux

» à qui je dois mon salut? Plût aux dieux que Clodius (par-
» donne, ô ma patrie! pardonne : je crains que ce vœu que
» m'arrache l'intérêt de Milon ne soit un crime envers toi)!
» plût aux dieux que Clodius vécût encore, qu'il fût préteur,
» consul, dictateur, plutôt que de voir l'affreux spectacle
» dont on nous menace! O dieux immortels! ô Romains!
» conservez un citoyen tel que Milon! — Non, me dit-il,
» que Clodius soit mort comme il le méritait, et que je su-
» subisse le sort que je n'ai pas mérité. — C'est ainsi qu'il
» parle; et cet homme, né pour la patrie, mourrait ailleurs
» que dans sa patrie! Sa mémoire sera gravée dans vos
» cœurs, et lui-même n'aura pas un tombeau dans l'Italie!
» et quelqu'un de vous pourra prononcer l'exil d'un homme
» que toutes les nations vont appeler dans leur sein! O trop
» heureuse la ville qui le recevra! O Rome ingrate, si elle
» le bannit! malheureuse, si elle le perd! Mes larmes ne me
» permettent pas d'en dire davantage, et Milon ne veut pas
» être défendu par des larmes! Tout ce que je vous demande,
» c'est d'oser, en donnant votre suffrage, n'en croire que
» vos sentiments. Croyez que celui qui a choisi pour juges
» les hommes les plus justes et les plus fermes, les plus
» honnêtes gens de la République, s'est engagé d'avance,
» plus particulièrement que personne, à approuver ce que
» vous auront dicté la justice, la patrie et la vertu. » *Traduction de La Harpe, Cours de Littérature.*

Tout le discours est digne de cette admirable péroraison;
mais celui qui nous reste n'est pas celui que Cicéron prononça;
il était trop intimidé pour avoir tant d'énergie. Aussi Milon
fut condamné; et lorsqu'il reçut, dans son exil, le plaidoyer
que son défenseur lui envoyait tel qu'il nous a été transmis,
il lui écrivit : « Je vous remercie de n'avoir pas fait si bien
d'abord; si vous aviez parlé ainsi, je ne mangerais pas à
Marseille de si bon poisson. »

OUVRAGES DE CICÉRON SUR L'ART ORATOIRE.

Cicéron, qui s'était fait admirer par tant de chefs-d'œuvre, voulut révéler aux autres les secrets de son éloquence, et composa, sur l'art oratoire, un grand nombre d'écrits qui l'ont placé au premier rang de tous les rhéteurs. Les principaux de ces écrits sont : *les trois Livres de l'Orateur ; un Livre* intitulé simplement *l'Orateur ; un Dialogue sur les orateurs illustres*, intitulé *Brutus ; deux Livres de l'Invention ; les Partitions oratoires ; l'Orateur parfait , et les Topiques.*

Les *trois Livres de l'Orateur* sont à proprement parler la rhétorique de Cicéron. A la solidité des principes, il a su joindre, dans cet ouvrage, toute la délicatesse, toutes les graces dont le sujet était susceptible. Pour éviter l'air et la sécheresse de l'école, il prend la forme du dialogue, et choisit pour interlocuteurs les hommes les plus célèbres de la république, des hommes qui non-seulement avaient passé par toutes les charges, mais qui de plus s'étaient fait une grande réputation par leur éloquence. Ces interlocuteurs sont Crassus, Antoine, Scévola, Sulpicius, Cotta, etc.

Le livre intitulé *l'Orateur* ne le cède ni en beauté ni en solidité aux précédents. Cicéron y donne l'idée de l'orateur parfait, non tel qu'il ait jamais existé, mais tel qu'il peut être. Il regardait cet ouvrage avec une sorte de complaisance, et ne dissimulait point qu'il y avait employé tout son esprit et toute la force de son jugement.

Le *Brutus* est un dialogue sur tous les orateurs illustres, tant grecs que latins, qui avaient paru jusqu'à Cicéron. On y trouve une variété admirable de portraits et de caractères, qui roulent tous sur la même matière, sans jamais pourtant se ressembler.

Ces trois ouvrages et surtout le premier sont les plus remarquables de Cicéron, parmi ceux du même genre. Il y règne

7

partout, avec les graces et les ornements du style, une simplicité admirable, un naturel qu'on ne peut imiter, en un
mot cette urbanité romaine, qui répond à l'atticisme des
Grecs, c'est-à-dire, à ce qu'il y avait parmi eux de plus fin,
de plus délicat, de plus spirituel, de plus achevé pour les
pensées, les expressions et les tours. La lecture en est très-
attachante, excepté dans les passages nombreux et très-
étendus, il est vrai, où il traite d'objets qui ont perdu pour
nous l'intérêt qu'ils avaient pour les Romains. Très-souvent
il approfondit des questions d'un intérêt général : il donne
de son art les idées les plus grandes et les plus magnifiques ;
il s'élève à des considérations philosophiques et morales très-
hautes, et bien plus capables de féconder les talents que les
préceptes stériles, quoique savamment expliqués, qui se
trouvent dans les autres livres des rhéteurs.

Le *Traité du genre d'éloquence le plus parfait* est fort court.
Cicéron soutenait que le style attique est le plus parfait, qu'il
renferme les trois caractères, le simple, le sublime et le tempéré, et que l'orateur les emploie selon que l'exige le sujet.
Pour le prouver, il traduisit les célèbres plaidoyers d'Eschine
contre Démosthène et de Démosthène contre Eschine. L'ouvrage dont il s'agit n'était qu'une espèce de préface pour
cette traduction que l'on a perdue.

Les *Topiques* contiennent la méthode de trouver les arguments par le moyen de certains termes qui les caractérisent,
et qu'on appelle lieux de rhétorique ou de logique. C'est un
art dont l'invention et la perfection est due à Aristote. Ce
fut pour expliquer le traité où ce philosophe en parle, que
Cicéron composa celui-ci. Une chose remarquable et qui
montre la mémoire et la facilité de Cicéron, c'est qu'il
n'avait pas le livre du philosophe grec quand il entreprit
de l'expliquer ; il était sur mer, comme lui-même nous
l'apprend.

Les *Partitions oratoires* sont une bonne rhétorique,

donnée par divisions et subdivisions des matières, d'un style simple, mais clair, succinct, élégant et mis à la portée de ceux qui commencent.

Les *Livres de l'Invention oratoire* sont aussi de Cicéron. Les deux premiers sont les seuls qui nous restent. Cet ouvrage est de la jeunesse de l'auteur ; il le trouva dans la suite peu digne de sa réputation.

La *Rhétorique à Hérennius*, composée en quatre livres, est écrite d'un style simple, familier, pur cependant et même *cicéronien*, ce qui a fait croire à plusieurs que cet ouvrage est de Cicéron.

OUVRAGES PHILOSOPHIQUES DE CICÉRON.

Cicéron, par ses éloquents discours, s'était acquis le nom d'orateur, mais il se glorifiait encore davantage de celui de philosophe. Il s'efforça de le mériter en étudiant à fond tous les systèmes grecs et en composant lui-même un grand nombre d'ouvrages philosophiques. Il convient de les faire connaître sous le rapport de leur mérite oratoire. Ses livres des *Offices* sont recommandables par le ton de bonnes mœurs, de réflexion, d'humanité, de patriotisme qui y règnent tour-à-tour. Ceux de *la République* et *des Lois* attachent autant par leur goût exquis de politique, que par l'art et la délicatesse avec lesquels les matières y sont traitées. On trouve dans les *Tusculanes*, dans les *Questions académiques*, dans les *deux Livres de la nature des Dieux*, dans *les Traités de la Vieillesse et de l'Amitié*, le philosophe, le savant et l'écrivain élégant. On admire dans tous la fécondité, la grace et l'harmonie qui caractérisent les écrits de Cicéron. On y rencontre même plusieurs passages d'une éloquence élevée ; c'est lorsqu'il saisit en orateur quelques-unes des vérités importantes que la tradition avait conservées au milieu des peuples, comme par exemple, l'existence de Dieu, l'immortalité de l'ame. Alors son génie s'enflamme et son langage devient aisément sublime. Mais sitôt qu'il se livre aux investigations du philosophe, il devient froid et fatigant, malgré tous les ornements de son style. En général, comme chez tous les philosophes payens, le doute et l'incertitude se font trop sentir dans ses opinions. Sa raison faible et variable, parce qu'elle est sans guide, ne peut lui donner cette conviction forte qui produit l'éloquence.

Nous dirons seulement de ses *Lettres* qu'elles sont un modèle du genre. Bayle leur donnait la préférence sur tous les ouvrages de cet illustre écrivain.

PARALLÈLE DE CICÉRON ET DE DÉMOSTHÈNE.

Le parallèle de Cicéron et de Démosthène a été chez les critiques un objet fréquent de discussion. En citant les jugements les plus remarquables sur ces deux grands orateurs, nous achèverons de les caractériser et de les faire bien connaître.

On voit par Quintilien que de son temps bien des gens préféraient Démosthène. Pour lui, il semble très-favorable à Cicéron. « C'est surtout dans l'éloquence, dit-il, que Rome peut se vanter d'avoir égalé la Grèce. En effet, à tout ce que celle-ci a de plus grand, j'oppose hardiment Cicéron. Je n'ignore pas quel combat j'aurai à soutenir contre les partisans de Démosthène; mais mon dessein n'est pas d'entreprendre ici ce parallèle inutile à mon objet, puisque moi-même je cite partout Démosthène comme un des premiers auteurs qu'il faut lire, ou plutôt qu'il faut savoir par cœur. J'observerai seulement que la plupart des qualités de l'orateur sont au même degré dans tous les deux; la sagesse, la méthode, l'ordre des divisions, l'art des préparations, la disposition des preuves, enfin tout ce qui tient à ce qu'on appelle l'invention. Dans l'élocution il y a quelque différence... L'un serre de plus près son adversaire, l'autre prend plus de champ pour combattre. L'un se sert toujours de la pointe de ses armes, l'autre en fait souvent sentir aussi le poids. On ne peut rien ôter à l'un, rien ajouter à l'autre. Il y a plus de travail dans **Démosthène**, plus de naturel dans Cicéron. Celui-ci l'emporte évidemment pour la plaisanterie et le pathétique, deux puissants ressorts de l'art oratoire. Peut-être dira-t-on que les mœurs et les lois d'Athènes ne permettaient pas à l'orateur grec les belles péroraisons du nôtre ; mais aussi la langue attique lui donnait des avantages et des beautés que la nôtre n'a pas. Nous avons des lettres de tous les deux, il n'y a nulle comparaison à en faire. D'un autre côté, **Démosthène** a un grand avantage, c'est qu'il est venu le premier, et qu'il a contribué en grande partie à faire Cicéron ce qu'il est. Il s'était attaché à imiter les Grecs, et nous a représenté, ce me semble, en lui seul la force de **Démosthène**, l'abondance de **Platon** et la douceur d'Isocrate. Mais ce n'est pas l'étude qu'il en a pu faire, qui lui a donné ce qu'il y a dans chacun d'eux : il l'a tiré de lui-même et de cet heureux génie né pour réunir toutes les qualités..... On dirait qu'il a été formé par une destination particulière de la **Providence**, qui voulait faire voir aux hommes jusqu'où l'éloquence pouvait aller. En effet, qui sait mieux développer la vérité ? qui sait émouvoir plus puissamment les passions ? quel écrivain eut jamais autant de charme ? Ce qu'il arrache de force, il semble l'obtenir de plein gré ; et quand il vous entraîne avec violence, vous croyez le suivre volontairement. Il y a dans tout ce qu'il dit une telle autorité de raison, que l'on a honte de n'être pas de son avis. Ce n'est point un avocat qui s'emporte, c'est un témoin qui dépose, un juge qui prononce ; et cependant tous ces différents mérites, dont chacun coûterait un long travail à tout autre que lui, semblent ne lui avoir rien coûté ; et dans la perfection de son style, il conserve toute la grace de la plus heureuse facilité. C'est donc à juste titre que parmi ses contemporains il a passé pour le dominateur du barreau, et que dans la postérité son nom est devenu celui de l'éloquence. Ayons-le donc toujours devant les yeux, comme le modèle que l'on doit se proposer; et que celui-là soit sûr d'avoir profité beaucoup, qui aimera beaucoup Cicéron. » *Institutions oratoires*, *Liv.* 10e, *ch.* 1er, *Traduction de La Harpe*.

Un assez grand nombre d'écrivains modernes ont donné aussi la préférence à Cicéron.

« Démosthène et Cicéron, dit La Harpe, ne sont plus à proprement parler pour nous que des écrivains; nous ne les entendons plus, nous les lisons. Tous deux ont eu les mêmes succès et ont exercé le même empire sur les ames; mais aujourd'hui je conçois très-bien que Cicéron, qui a toutes les sortes d'esprit et toutes les sortes de style, doit être plus généralement goûté que Démosthène. Sans doute il n'est rien au-dessus du Plaidoyer pour la Couronne, de ce dernier; mais ses autres ouvrages ne me paraissent pas en général de la même hauteur; ils ont de plus une certaine uniformité de tons qui tient peut-être à celle des sujets; car il s'agit presque toujours de Philippe. Cicéron sait prendre tous les tons, et je ne saurais sans ingratitude refuser mon suffrage à celui qui me donne tous les plaisirs. » *Cours de Littérature.*

« Les harangues de Cicéron, dit Feller, sont mises à côté, et peut-être au-dessus de celles de Démosthène. » *Dict. hist.*

« Ce grand homme, dit M. Villemain en parlant de Cicéron, n'a rien perdu de sa gloire en traversant les siècles; il reste au premier rang comme orateur et comme écrivain. Peut-être même, si on le considère dans l'ensemble et la variété de ses ouvrages, est-il permis de voir en lui le premier écrivain du monde; et quoique les créations les plus sublimes et les plus originales de l'art d'écrire appartiennent à Bossuet et à Pascal, Cicéron est peut-être l'homme qui s'est servi de la parole avec le plus de science et de génie, et qui, dans la perfection habituelle de son éloquence et

de son style, a mis le plus de beautés et laissé le moins
de fautes. C'est l'idée qui se présente en parcourant ses
productions de tout genre. Que l'harmonieux Fénélon préfère Démosthène, il accorde cependant à Cicéron toutes
les qualités de l'éloquence, même celles qui distinguent le
plus l'orateur grec, la véhémence et la brièveté. » *Biogra-
phie universelle.*

On peut opposer à ces jugements ceux de plusieurs écrivains plus célèbres encore.

« Je ne crains pas de dire que Démosthène, c'est ainsi
que s'exprime Fénélon, me paraît supérieur à Cicéron. Je
proteste que personne n'admire Cicéron plus que je fais.
Il embellit tout ce qu'il touche, il fait honneur à la parole; il fait des mots ce qu'un autre n'en saurait faire; il
a je ne sais combien de sortes d'esprits. Il est même court
et véhément toutes les fois qu'il veut l'être; contre Catilina,
contre Verrès, contre Antoine; mais on remarque quelque
parure dans son discours. L'art y est merveilleux, mais on
l'entrevoit. L'orateur, en pensant au salut de la république,
ne s'oublie pas, et ne se laisse point oublier. Démosthène
paraît sortir de soi, et ne voit que la patrie. Il ne cherche
point le beau, il le fait sans y penser : il est au-dessus
de l'admiration. Il se sert de la parole comme un homme
modeste de son habit pour se couvrir. Il tonne, il foudroie.
C'est un torrent qui entraîne tout. On ne peut le critiquer
parce qu'on est saisi. On pense aux choses qu'il dit, et
non à ses paroles. On le perd de vue : on n'est occupé que
de Philippe, qui envahit tout. Je suis charmé de ces deux
orateurs; mais j'avoue que je suis moins touché de l'art infini
et de la magnifique éloquence de Cicéron, que de la rapide
simplicité de Démosthène. » *Lettre à l'Académie française.*

Le bon Lafontaine est peut-être encore plus énergique :

Que Cicéron blâme ou qu'il loue ,
C'est le plus disert des parleurs :

L'ennemi de Philippe est semblable au tonnerre ;
Il frappe, il surprend , il atterre :
Cet homme et la raison, à mon sens., ne sont qu'un.

Lettre à Mgr. le procureur général du parlement.

David Hume pense que de toutes les productions de l'esprit
humain, les harangues de **Démosthène** sont celles qui approchent le plus de la perfection. *Essai sur l'éloquence.*

Enfin **J. J. Rousseau** s'est aussi prononcé pour **Démosthène** :
« Entraîné par la mâle éloquence de **Démosthène**, mon élève
dira, c'est un orateur ; mais en lisant **Cicéron**, il dira, c'est
un avocat. » *Emile , liv.* 4ᵉ.

S'il nous était permis de donner notre sentiment après ces
grands écrivains, nous dirions d'abord : Lorsqu'il ne faudra
que marquer les différences entre ces deux orateurs extraordinaires, la comparaison sera facile ; car leur manière et
leur caractère distinctifs sont fortement empreints dans leurs
ouvrages. **Démosthène** a la force et l'austérité; **Cicéron** l'insinuation et la douceur. Le style de l'un est plus mâle,
celui de l'autre est plus orné. Le premier a quelquefois de la
rudesse, mais il est plus pressant et plus animé; le second
est plus agréable, mais plus lâche et plus faible.

Nous dirions en second lieu, que pour décider lequel des
deux l'emporte, il faut faire, ce nous semble, une distinction.
Dans l'éloquence politique, l'orateur grec est au-dessus de
l'orateur romain. En effet, dans un danger national, ou dans
une discussion d'un grand intérêt public, et qui fixerait l'attention de tous les esprits, un discours du genre et du ton de
ceux de **Démosthène**, aurait plus de poids et produirait plus
d'effet qu'une harangue à la manière de **Cicéron**. Si on prononçait aujourd'hui les Philippiques de **Démosthène** devant
une assemblée de français, dans des circonstances semblables
à celles où la **Grèce** se trouvait alors, elles opèreraient la
conviction et la persuasion comme elles firent autrefois. On
ne pourrait pas évidemment en dire autant des harangues de

Cicéron; son éloquence, de quelque beauté qu'elle brille, et quelqu'effet qu'elle ait pu faire sur les Romains, par des rapports de goût et de convenances, est souvent voisine de la déclamation, et s'éloigne, plus que l'éloquence de Démosthène, de la manière dont on aime parmi nous voir traiter les affaires sérieuses, ou plaider les causes graves et importantes. Cette manière d'envisager la question appartient à un auteur très-judicieux, Blair, dont nous n'avons fait que transcrire les paroles; elle se rapproche de celle de La Harpe qui s'exprime ainsi dans son Cours de Littérature : « J'avais toujours préféré Cicéron, et je le préfère encore comme écrivain; mais depuis que j'ai vu des assemblées délibérantes, j'ai cru sentir que la manière de Démosthène y serait plus puissante dans ses effets que celle de Cicéron. »

Dans d'autres genres d'éloquence, Cicéron a souvent l'avantage, parce qu'il sait prendre tous les tons, selon que les circonstances l'exigent. Il traite merveilleusement surtout la plaisanterie et le pathétique, que Démosthène ne sait pas employer, ou qu'il n'emploie pas au même degré.

Quoiqu'il en soit, Cicéron, par son éloquence extraordinaire et par tous ses autres talents, a exercé sur le goût des Romains la plus heureuse influence; on peut dire qu'il a commencé le siècle d'Auguste. Les grands écrivains qui sont venus après lui, étaient en quelque sorte formés à son école, puisqu'ils se servaient d'une langue que lui-même avait faite.

CHAPITRE QUATRIÈME.

ÉLOQUENCE DES HISTORIENS.

Nous dirons bientôt comment l'éloquence finit en grande partie avec Cicéron. Mais pour traiter de suite ce que la littérature romaine présente de parfait sous le rapport oratoire, nous placerons ici ce qu'il convient de dire de l'éloquence de l'histoire.

On peut d'abord considérer dans les historiens cette éloquence générale qui se trouve dans le simple récit des nements et dans la manière d'en tracer le tableau.

TITE-LIVE, sous ce rapport, est admirable par la couleur touchante qu'il donne à la plupart de ses récits. Son éloquence est attendrissante ; il y a une émotion profonde dans le caractère de son talent, et ses histoires viennent souvent provoquer les larmes. Son style a de l'éclat, de la richesse, de la magnificence. Quintilien, pour peindre sa fécondité, crée une expression qu'il est impossible de transporter dans notre langue, *lactea ubertas*. Souvent aussi, lorsque le sujet le demande, ce style est impétueux et d'un entraînement rapide ; il abonde en images vives et presque poétiques.

SALLUSTE recueille dans l'histoire les traits les plus saillants, et les présente comme un faisceau ; son récit a une rapidité entraînante ; il peint admirablement les personnages, et trace les désordres des mœurs avec vérité. Mais son éloquence s'adresse bien moins au cœur qu'à l'esprit et à l'imagination.

C'est un moraliste grondeur qui se plaît à dévoiler les turpitudes, et qui semble se faire un jeu de ce spectacle, sans songer à en faire une leçon pour l'humanité.

TACITE a quelque chose dans son langage qui nous remue jusqu'au fond du cœur. Lorsqu'il raconte les crimes des tyrans et les bassesses de leurs flatteurs, c'est avec un ton sublime de moraliste qui flétrit les uns et les autres, et cependant il ne sort pas du genre de la narration historique; il ne déclame point comme un rhéteur. Mais sa narration laisse voir le fond d'une ame tout émue, et elle communique au lecteur cette impression de courroux et de mépris qui ne peut naître que d'une inspiration d'éloquence. On voit qu'une pensée de morale prédomine dans tous ses récits. La haine qu'il a vouée aux tyrans et aux oppresseurs anime son langage. Sa voix a des accents de douleur qui déchirent l'ame. Ce n'est pas seulement un attendrissement excité par la vue soudaine de quelque grande infortune, et qui s'apaise par les larmes, c'est une longue émotion qui s'aggrave par les réflexions de l'esprit, c'est une sorte d'abattement du cœur qui a besoin de se soulager par de longues plaintes et par des gémissements répétés. *M. Laurentie, Etudes littéraires sur les historiens latins; De l'Etude et de l'Enseignement des Lettres.*

Il y a dans les historiens latins une éloquence plus directe, celle des discours qu'ils ont mêlés aux récits, pour varier par des scènes dramatiques le spectacle toujours renouvelé des malheurs des peuples. Ces discours, surtout ceux de Tite-Live, méritent d'être examinés avec une certaine étendue.

L'éloquence de TITE-LIVE, dans ses harangues, est tour à tour vive, impétueuse, pathétique; son style s'échauffe ou se rallentit, est concis ou développé, suivant le caractère des personnages qui parlent. On dirait que chaque discours est véritablement l'œuvre d'un talent particulier. Cette variété de tons, d'images et de couleurs, paraît surtout sensible

lorsqu'on vient à parcourir le recueil que l'on a fait des harangues de Tite–Live, sous le nom de *Conciones*. On peut
les soumettre à une analyse sévère, et l'on s'étonne de trouver, dans ces petits chefs–d'œuvre, toutes les parties du discours oratoire disposées avec une variété surprenante : ce
sont les mêmes mouvements que nous admirons dans Cicéron
et dans Démosthène : ce sont ces figures pathétiques, ces vives
apostrophes, ces expressions hardies qui font le triomphe de
l'orateur ; c'est enfin cette brillante fécondité de tours, cette
abondance de style, et souvent cette énergique précision, qui
décèlent le véritable génie de l'éloquence. Qu'on voie, par
exemple, si dans les plus admirables chefs – d'œuvre des
orateurs anciens, il y a rien de plus entraînant, de plus passionné, de plus brûlant, que le discours prononcé dans le
sénat de Carthage, contre Annibal, par Hannon son ennemi.
Est-il rien de plus élevé, de plus fort, de plus majestueux,
que les deux discours opposés de Fabius et de Scipion,
lorsqu'on délibère à Rome si l'on doit porter la guerre en
Afrique pour y attirer Annibal ? Avec quelle admiration on
voit le vieux Fabius, cet ancien vengeur des armes romaines,
opposer une éloquence grave et des raisonnements pleins
de sagesse, au bouillant courage du jeune vainqueur des
Espagnes ! Avec quelle émotion on entend à son tour ce jeune
homme, si bouillant au milieu des batailles, prendre à l'aspect
du sénat tout le calme de l'âge mûr, repousser avec un
mélange de respect et de courage l'imposant langage de son
adversaire, et vaincre par sa modération la gravité du plus sage
des patriciens ! Tite–Live, dans un grand nombre d'autres
discours également admirables, nous retrace l'éloquence grave
et solennelle des délibérations du sénat. Il nous fait entendre
aussi les harangues fougueuses des tribuns ; par exemple,
lorsqu'il fait parler Canuléius proposant des lois que les patriciens repoussaient de tous leurs efforts, ou lorsque Man-
lius Capitolinus, sorti de prison, soulève la multitude contre

le sénat, l'exhorte à renverser le gouvernement établi, et lui demande avec tant d'adresse qu'elle lui décerne la royauté. A côté des discours incendiaires des tribuns, on admire le langage énergique et grave des dictateurs, des consuls, des magistrats de la République, qui réussissent quelquefois à calmer les passions du peuple, à l'indigner contre ses flatteurs et à remporter un triomphe d'autant plus honorable, qu'il est dû tout entier au respect qu'imprime leur caractère et à la solidité de leur éloquence. On peut citer en particulier le discours de Quintius Capitolinus, consul, déterminant le peuple à marcher contre les Èques et les Volsques qui étaient aux portes de Rome.

Il semble que la variété ne pouvait pas être portée à ce même degré dans les harangues militaires, où il ne s'agit en général que d'encourager les soldats contre les dangers des batailles. Mais Tite-Live profite avec tant d'habileté des situations différentes où se trouvent les généraux et les armées, que chacune de ces harangues a un mérite qui lui est propre, tantôt le mérite de la simplicité, tantôt celui de la jactance, tantôt le ton du reproche, tantôt celui de la fierté; mais toujours c'est la patrie dont l'image est présentée aux regards des Romains, et qui double l'effet de l'éloquence. Les plus belles sont celles d'Annibal et de Scipion, avant le signal de quelques-uns de leurs combats; le discours du dictateur Valérius Corvus à ses soldats révoltés; celui de P. Scipion à son armée également rebelle.

Tous ces discours que Tite-Live a répandus dans ses histoires en sont un des plus beaux ornements. Ils sont tellement liés aux récits, qu'il paraît presque impossible de les en détacher; ils sont préparés et amenés par les circonstances, et, si l'on en excepte un petit nombre, ils ne paraissent ni trop fréquents, ni trop étendus. Ils ont d'ailleurs l'avantage de renfermer toute la science politique de l'historien, les leçons de sa morale et sa philosophie. Cette philosophie n'a

pas le défaut de troubler la narration par des sentences détachées; mais elle se trouve au contraire jetée naturellement
dans l'histoire, où elle est comme rendue vivante par l'action
des personnages mis en scène.

SALLUSTE a moins possédé que Tite-Live l'art de donner de
la vraisemblance aux discours par l'imitation des mœurs de
l'orateur. Ses personnages parlent moins d'après leurs passions que d'après les siennes propres. Aussi lorsqu'il fait
monter à la tribune un orateur factieux, et qu'il lui prête de
violentes invectives contre la noblesse , malgré l'énergique
concision, les rapprochements éloquents, les tours hardis et
vigoureux qui sont les caractères de son style, il s'éloigne un
peu du naturel, et nuit à l'effet de son éloquence en voulant
l'exagérer. Par exemple le discours du tribun Memmius, qui
respire toute l'animosité que l'historien nourrissait lui-même
contre les grands , est généralement écrit sur un ton de déclamation qui finit par fatiguer le lecteur. Salluste est aussi
moins habile que Tite-Live à mettre ses personnages sur la
scène, et à lier leurs discours au reste du récit. Ces défauts
n'empêchent pas que ses harangues ne soient très-éloquentes.
On admire particulièrement celle de Catilina à ses complices;
celles de César et de Caton dans le Sénat; mais surtout
celle de Marius au peuple , qui peut être regardée comme
un des chefs-d'œuvre de l'éloquence latine.

Outre les harangues répandues dans les histoires de Catilina et de Jugurtha, il nous reste encore plusieurs autres
monuments de l'éloquence de Salluste. Ce sont des discours
populaires qui appartiennent à l'histoire générale de la république, et deux lettres adressées à César sur les moyens de
rétablir les affaires après la victoire de Pharsale. Ces deux
derniers écrits peuvent être comparés à ce que nous nom-
mons aujourd'hui brochures politiques.

Les harangues, dans TACITE, sont ordinairement courtes,
mais substantielles, et dans sa précision il ne manque point

de mouvements, quoiqu'il en ait moins que Tite-Live dans
son abondance. Lorsqu'il fait parler des hommes vertueux,
par exemple, un Germanicus, un Thraséas, un Agricola,
il leur donne un langage plein de dignité et de grandeur.
Il se surpasse lui-même en profondeur, en quelque sorte,
lorsqu'il rend compte des discours tenus dans le Sénat ou
dans le conseil des princes, pour décider quelque coup violent et quelqu'acte d'une politique mystérieuse. Ses harangues
militaires sont d'une grande beauté. Celle que Galgacus,
chef des Calédoniens, adresse à ses troupes au moment d'en
venir aux mains avec Agricola, est sublime d'un bout à
l'autre. Elle respire je ne sais quoi de fier et de farouche qui
est parfaitement analogue avec les mœurs d'un peuple qui
jusqu'alors n'a pas connu l'esclavage, et qui s'irrite des fers
qu'on vient lui présenter. La harangue d'Agricola, quoique
très-belle, est moins éloquente.

Dans QUINTE-CURCE, les personnages sont d'ordinaire heureusement amenés sur la scène, mais leurs discours paraissent
être plutôt une œuvre particulière de l'écrivain, qu'une inspiration fournie par la circonstance à celui qui parle. C'est
à peu près toujours le même langage, un langage fleuri,
élégant, embelli de toutes les formes oratoires, mais rarement
passionné et propre à donner du mouvement et de la vivacité
au reste du récit. On a admiré le fameux discours de l'ambassadeur des Scythes à Alexandre. Il est beau en effet comme
composition oratoire ; mais comme harangue adressée à un
jeune vainqueur qui se débordait sur l'Asie comme un torrent,
il paraît être un mélange de paroles outrageuses et insolentes,
qu'assurément Alexandre n'aurait point souffertes, lui qui
ordonnait à Darius de cesser dans ses lettres de prendre le
titre de roi, et qui, mécontent de ce titre pour lui-même,
affectait encore celui de Dieu. Nous n'en admirerons pas moins
la magnificence des images qui remplissent le discours de
l'orateur scythe ; mais en en faisant honneur au talent de

Quinte-Curce , nous préférerons quelques discours moins chargés d'ornements, mais plus accommodés aux circonstances où sont placés ceux qui les prononcent. Tel est celui de Darius, où ce monarque s'efforce de relever le courage du petit nombre de soldats qui lui restent; telles sont les harangues impétueuses d'Alexandre à ses soldats séditieux , où le caractère du héros est heureusement tracé par le langage que lui prête l'historien, dans des moments où son ambition s'étonnait de trouver quelque résistance de la part d'une armée qu'il traînait à la gloire. » *M. Laurentie*, *Études littéraires sur les historiens latins.*

L'éloquence de la poésie pourrait être considérée comme celle de l'histoire , soit dans l'ensemble des poèmes , soit dans les discours proprement dits qu'ils renferment. Virgile, Ovide, Lucain et d'autres poètes offriraient, sous ces deux rapports , des sujets d'étude très-intéressants. Mais il nous suffira de les avoir indiqués au lecteur. Nous quitterons cette éloquence fictive et de cabinet, pour reprendre l'histoire de l'éloquence réelle , ou plutôt pour raconter sa décadence et sa chûte.

CHAPITRE CINQUIÈME.

DÉCADENCE DE L'ÉLOQUENCE ROMAINE.

L'excès de la liberté, ou la licence, avait retardé la perfection de l'éloquence romaine; la servitude, qui lui est encore plus funeste, lui fit perdre, après Cicéron, sa dignité, son élévation, son énergie, son importance. Elle ne pouvait plus se montrer la même dans les assemblées du peuple qui n'avait plus de pouvoir : dans les délibérations d'un sénat esclave, elle devait rester muette ou ne s'exercer qu'à l'adulation et à la bassesse : les tribunaux n'étaient plus dignes de sa voix, depuis que les jugements publics avaient perdu leur crédit et leur majesté, qu'on n'y discutait plus que de petits intérêts, et que tout le reste dépendait de la volonté d'un seul. Le changement produit à cet égard par l'influence du gouvernement et des mœurs nouvelles, est éloquemment décrit dans le *Dialogue sur les causes de la décadence de l'éloquence*, ouvrage dont nous dirons plus bas quelques mots. « Tandis que l'orateur parle, il n'y a qu'une ou deux personnes qui l'écoutent. Cependant l'éloquence a besoin d'acclamations et d'applaudissements. Les orateurs anciens en recevaient chaque jour. Alors les grands remplissaient le forum; alors les clients, les tribus, les députations des municipes, y accouraient auprès de leurs patrons en danger;

8

alors, dans la plupart des affaires, le peuple romain prenait part à la cause, et s'envisageait comme intéressé à la sentence qui devait y intervenir. »

Ce fut aux écoles de déclamation que l'éloquence acheva de se corrompre. Des sujets imaginaires et fantastiques, qui n'avaient aucun rapport aux incidents réels de la vie commune ou des affaires, devinrent des textes de composition ; et on les surchargea d'ornements faux et recherchés, qui furent dès-lors l'objet de l'admiration générale. Entre les mains des rhéteurs grecs, l'éloquence avait dégénéré en subtilités et en sophismes ; entre les mains des déclamateurs de Rome, elle se changea en affectation, en bel esprit, en jeux de mots, en antithèses.

Un homme d'un rare talent, Sénèque le philosophe, devint le chef de cette nouvelle école. Plein d'estime pour lui-même et jaloux de la gloire des grands hommes, il profita des dispositions de son siècle pour se distinguer. Les graces dont Cicéron avait embelli et enrichi l'éloquence romaine, étaient dispensées sobrement et avec justesse ; Sénèque les prodigua sans discernement et sans mesure. Dans les écrits du premier, c'étaient des ornements graves, majestueux et propres à relever la dignité d'une reine ; dans ceux du second, on pourrait presque dire que c'était une parure de courtisane, qui, bien loin d'ajouter un nouvel éclat à la beauté naturelle de l'éloquence, l'étouffait à force de perles et de diamants, et la faisait disparaître. A la vérité, nul auteur ancien n'a tant de pensées que lui, ni si belles ni si solides ; mais il les gâte par le tour qu'il leur donne, par les antithèses et les jeux de mots dont elles sont ordinairement accompagnées, par une affectation outrée de finir presque chaque période par une pointe ou par une sorte de pensée brillante qui en approche. C'est ce qui a fait dire à Quintilien qu'il aurait été à souhaiter que Sénèque, en composant, eût suivi son propre génie, mais qu'il eût fait usage du jugement d'autrui.

Ses ouvrages sont divers *Traités de morale ou de philo-sophie*, et un grand nombre de *Lettres*. Ils contiennent d'excellents principes et de très-belles pensées : on s'aperçoit sans peine que les maximes de l'Évangile, déjà répandues partout, ne lui étaient pas inconnues. Quelquefois aussi, comme tous les autres philosophes, il s'abandonne à des erreurs étranges, et devient le jouet d'une raison mobile et incertaine.

On ne peut nier que Sénèque ne fût estimable par quelques vertus ; mais sa sagesse était plus dans ses discours que dans ses actions. Il se laissa corrompre par l'air contagieux de la cour ; il s'enrichit par des rapines usuraires pendant sa questure ; il se déshonora par des amours monstrueuses, et par de perfides conseils dans la mort d'Agrippine et de quelques autres Romains ; il descendit à de lâches adulations envers Néron, et se montra en mourant un apologiste enthousiaste du suicide. Il était né à Cordoue, deux ou trois ans avant J.-C., et sa mort arriva l'an 65.

Cependant plusieurs hommes de talent et même de génie résistèrent à l'entraînement général, et demeurèrent plus ou moins fidèles aux principes du bon goût. Quintilien, dans ses judicieux préceptes, faisait tous ses efforts pour ramener à la manière de Cicéron. Il était en même temps lui-même un très-grand orateur. Pline le jeune et Tacite s'illustrèrent après lui par le talent de la parole. Ces trois hommes célèbres sont les seuls qui, à cette époque de décadence, réclament encore l'attention du lecteur.

Quintilien naquit la 42e année de J.-C., en Espagne, selon quelques-uns, et selon d'autres à Rome. Pour se former à l'éloquence, il se rendit le disciple des orateurs qui avaient le plus de réputation. Il s'attacha particulièrement à Domitius Afer, qui tenait parmi eux le premier rang. Il ne se contentait pas d'entendre ses plaidoyers au barreau, il

lui rendait de fréquentes visites. Après que ses entretiens et
une forte application à l'étude lui eurent formé le goût et le
jugement, et l'eurent enrichi d'une foule de connaissances,
il alla, à ce que pensent quelques auteurs, en Espagne, où il
donna des leçons d'éloquence et exerça les fonctions d'avocat
pendant plus de sept années. Il revint ensuite à Rome et y
remplit une chaire de rhétorique avec un applaudissement
général. Il se fit aussi un grand nom dans le barreau. Quand
on distribuait les différentes parties d'une cause à différents
avocats, comme c'était alors la coutume, on le chargeait
pour l'ordinaire du soin d'exposer le fait, ce qui demande
un esprit d'ordre et une grande netteté. Il excellait dans l'art
d'émouvoir les passions; et il avoue, avec cet air de franchise
modeste qui lui était naturel, qu'on le voyait souvent, lorsqu'il plaidait, non-seulement répandre des larmes, mais
changer de visage, pâlir et donner toutes les marques d'une
vive et sincère douleur. Après avoir employé vingt années
sans interruption, tant pour instruire la jeunesse dans l'école
que pour défendre les particuliers devant les juges, il prit
sa retraite à l'âge de quarante-sept ans. Mais son loisir ne
fut pas un loisir de paresse. Pressé par les instantes prières
de ses amis, il travailla à ses *Institutions oratoires*. Il en
avait achevé les trois premiers livres, lorsque l'empereur
Domitien lui confia l'éducation des deux jeunes princes ses
petits neveux, qu'il destinait à l'empire. Le soin qu'il leur
donna ne l'empêcha pas de continuer son ouvrage, qui est la
rhétorique la plus complète que l'antiquité nous ait laissée.
Son dessein est de former un orateur parfait. Il le prend au
berceau et le conduit jusqu'au tombeau.

Dans le premier livre, il traite de la manière d'élever les
enfants dans l'âge le plus tendre, puis de ce qui regarde la
grammaire. Le second expose ce qui doit se pratiquer dans
l'école de rhétorique, et plusieurs questions qui regardent la
rhétorique même; si elle est une science, si elle est utile, etc.

On trouve dans les cinq livres suivants les préceptes de l'invention et de la disposition. Les livres huitième, neuvième et dixième renferment ce qui regarde l'élocution. Le onzième, après un beau chapitre sur les bienséances, traite de la mémoire et de la prononciation. Dans le douzième, qui est le dernier et peut-être le plus beau de tous, Quintilien marque les qualités et les obligations de l'avocat, le temps où il doit quitter la plaidoierie, et les occupations qui lui conviennent dans la retraite.

Un des caractères particuliers de la rhétorique de Quintilien est d'être écrite avec tout l'art et toute l'élégance de style qu'il est possible d'imaginer. On y voit une grande richesse de pensées, d'images et surtout de comparaisons, qu'une imagination vive et ornée lui fournit à propos. Ordinairement rien de plus vrai, rien de plus judicieux que ce qu'il dit. On lui souhaiterait néanmoins quelquefois plus de précision et de profondeur. Il entre assez souvent dans des détails minutieux; il donne une connaissance très-étendue des préceptes; mais il n'agrandit pas suffisamment son sujet; il s'élève trop rarement à ces considérations morales et philosophiques qui donnent un si grand intérêt aux écrits de Cicéron sur l'art oratoire. Malgré ces légers défauts, la lecture de Quintilien est singulièrement propre à former le goût. Elle n'est pas moins utile par rapport aux mœurs. Il a répandu dans toute sa rhétorique des maximes admirables. Malheureusement ce fonds de probité se trouve déshonoré par ses flatteries envers Domitien, et par son désespoir à la mort de ses enfants, porté jusqu'à nier la Providence.

Le plus illustre disciple de Quintilien est PLINE le jeune, neveu et fils adoptif de Pline l'ancien. Né à Côme, l'an 61, il s'éleva par son mérite aux premières charges sous Trajan. Il possédait toutes les qualités qui distinguent le bon père, le bon fils, le bon ami, l'excellent citoyen. Il plaida à Rome pour la première fois, à l'âge de dix-neuf ans, avec une approbation universelle. Il poursuivit cette carrière comme il l'avait commencée ; il lui arriva plusieurs fois de parler sept heures de suite et d'être seul fatigué. Il mettait son plaisir et sa gloire à défendre l'innocence et à poursuivre l'injustice. Il le faisait avec un désintéressement admirable, ne prenant jamais rien pour ses plaidoyers. Ses discours ne sont pas venus jusqu'à nous, non plus qu'une histoire de son temps dont on doit encore plus regretter la perte. On ne peut juger de son style et de sa manière que par ses *Lettres* et son *Panégyrique de Trajan*. Le plus grand mérite de cet ouvrage, c'est qu'au portrait d'un bon prince il oppose celui des tyrans qui l'avaient précédé, c'est qu'il loue par des faits et des faits attestés. Le style en est fleuri et brillant : les pensées y sont belles, en grand nombre, et souvent paraissent neuves ; mais la diction se sent trop du goût des antithèses, des pensées coupées, des tours recherchés qui dominaient de son temps. Il est difficile de le lire de suite, parce qu'il y a trop d'esprit. La même affectation règne dans ses lettres que les gens de goût mettent au-dessous de celles de Cicéron.

TACITE était contemporain et ami intime de Pline le jeune. Ils se corrigeaient mutuellement leurs ouvrages. Il plaida souvent à Rome avec un grand succès. Il fit aussi quelques éloges funèbres dont il ne nous reste rien non plus que de ses plaidoyers. Quoiqu'on ne le connaisse généralement que comme historien, il mérite cependant une place comme orateur, à cause de la vie d'Agricola son beau-père ; car cet ouvrage est un vrai panégyrique. La Harpe dit que c'est le chef-d'œuvre d'un homme qui n'a fait que des chefs-d'œuvre. Tacite, par l'heureuse fécondité de son génie, sait faire, d'un personnage assez obscur, un héros comparable aux plus grands hommes de l'antiquité. Il peint d'abord, avec une simplicité admirable, les talents et les vertus d'Agricola. Ensuite s'arrêtant sur une partie plus importante de sa vie, il entre dans des développements du plus haut intérêt. Ce n'est plus le simple abrégé d'une vie peu féconde ; c'est le récit d'une grande bataille, ce sont des personnages mis sur la scène, des généraux qui haranguent, de longues et de brillantes descriptions du combat, les détails de la victoire et de la fuite, du carnage et du triomphe, enfin tout ce qui distingue les mouvements animés d'une grande composition. L'admiration est au comble pour Agricola ; mais bientôt un intérêt touchant s'attache à lui, lorsqu'on le voit, à cause de ses victoires, courir le plus grand danger à la cour de l'empereur, être obligé d'employer plus d'art pour faire oublier sa gloire, qu'il ne lui en a fallu pour vaincre des armées et conquérir des provinces. Enfin après avoir employé la mâle sévérité de son pinceau pour tracer le caractère soupçonneux de Domitien, l'historien, ou plutôt l'orateur, termine par une péroraison d'un pathétique sombre, mais en même temps plein de noblesse. Fatigué des émotions douloureuses et profondes que lui ont données l'indignation du crime et le spectacle de la cour d'un tyran, il semble qu'il cherche, pour écarter ces images, à se reposer sur les sentiments les plus doux de la nature. C'est la sensibilité d'un grand homme qui tout à la fois vous attendrit et vous élève. *M. Laurentie, Etudes littéraires sur les historiens latins.*

Quelques auteurs attribuent encore à Tacite le *Dialogue sur les causes de la corruption de l'éloquence.* D'autres pensent qu'il est de Quintilien ; mais sans beaucoup de fondement. Ce qu'on peut assurer, c'est qu'il prouve de l'esprit et du talent dans son auteur, quel qu'il puisse être, et mérite d'avoir place parmi les ouvrages les plus estimés depuis le siècle d'Auguste. Ce dialogue, qui ne nous est parvenu qu'avec des lacunes considérables, assigne quatre causes à la décadence du goût, la paresse des jeunes gens, la négligence des parents, l'incapacité des maîtres et l'oubli des mœurs antiques.

CAUSES DE PERFECTION ET DE DÉCADENCE.

Nous pouvons maintenant jeter un regard sur l'espace que nous venons de parcourir, et contempler l'imposant spectacle que nous a présenté l'éloquence romaine. Nous avons vu ses premiers progrès, sa perfection et sa décadence. Pendant plusieurs siècles, elle demeure dans l'enfance et dans la barbarie. Elle n'est cultivée avec soin que lorsque Rome a étendu au loin sa puissance, et que ses mœurs sont adoucies par le commerce des Grecs. Alors de grands orateurs paraissent. Crassus et Antoine tiennent le premier rang. Ils font retentir leurs voix éloquentes dans les tribunaux et dans les assemblées du sénat et du peuple. Après eux viennent Sulpicius et Cotta qui ont été formés par leurs soins, mais qui leur sont inférieurs. Hortensius leur succède et se fait admirer long-temps par son esprit et les charmes d'une déclamation séduisante. Enfin Cicéron efface tous les autres, et porte tout d'un coup le talent de la parole au plus haut point. Il est à Rome, avec les différences que le caractère de son génie et les mœurs de sa nation demandaient, ce que Démosthène avait été à Athènes. Il finit sa carrière, et déjà la décadence a commencé. Cette décadence est rapide, malgré les efforts et l'exemple de quelques grands hommes.

Il peut paraître bien étonnant au premier coup-d'œil que le génie de l'éloquence ne commence à briller véritablement que lorsque la puissance militaire menace la liberté et que déjà les Romains s'avancent à grands pas vers la servitude. Mais si l'on y réfléchit, l'on comprendra que ces circonstances mêmes, sous plusieurs rapports, donnaient plus de dignité et d'importance aux combats de la parole. En effet si les grands orateurs qui s'illustrèrent à cette époque, avaient paru dans la république au temps où les Mélius et les Cassius bouleversaient d'une seule parole tout le forum, leur beau talent,

dégradé par des combats indignes d'eux, loin de prendre un
sublime accroissement, se serait perdu peut-être tout-à-fait
au milieu de ces disputes éternelles, d'où les tribuns sortaient
toujours vainqueurs, parce qu'ils s'y présentaient les plus
audacieux. Alors Cicéron, pour ne parler que de ce grand
homme, n'eût pas cru devoir renoncer à sa patrie pour
aller passer les plus belles années de sa jeunesse à l'école
des philosophes grecs; il eût à peine senti le prix de l'étude
et de la méditation, pour se former à l'éloquence, parce que
chaque jour il eût vu l'audace du langage triompher de la
sagesse dans les combats de la parole. Au contraire, il arriva
dans un temps où les harangues des tribuns commençaient à
troubler beaucoup moins un peuple qui tendait par faiblesse
au repos, et qui ne se précipitait plus sous les pas de ses
flatteurs pour en recevoir des impressions violentes et des
mouvements tumultuaires. Les esprits devenus plus graves,
étaient plus susceptibles de bien apprécier la véritable éloquence ; ce n'était plus au forum que se formaient les ambitions et les rivalités : c'est du sein des camps que sortaient
les réputations menaçantes pour la liberté, et cette tendance
nouvelle des esprits était une raison pour que les déclamateurs qui avaient si long-temps occupé la tribune, fissent
place enfin à des orateurs. En effet, dès l'instant où la
puissance militaire devenait un moyen de domination, et
que les passions ne s'agitaient plus aussi vivement à l'appel
d'un tribun séditieux, le talent qui recherchait une autre
espèce d'influence dans l'État, ne pouvait l'obtenir qu'en
se présentant avec tout l'appareil que donnent les longues
méditations et les études profondes. L'éloquence fougueuse
d'un Pétilius eût été impuissante à l'aspect des armes de
Marius ou de Sylla; celle d'Antoine mérita des triomphes,
parce que cet orateur avait senti le besoin d'opposer à
l'influence des hommes de guerre l'ascendant d'un génie
long-temps mûri par la réflexion. Ainsi furent encouragés

à perfectionner leur éloquence les orateurs qui le suivirent,
et qui, éloignés du bruit des combats, étaient également jaloux de porter la main au maniement des affaires.
Une ambition secrète se nourrissait dans l'ame du vertueux
Cicéron, lorsque animé par le sentiment de son génie, il
abandonnait tout-à-coup l'Italie pour voler aux leçons de la
Grèce. Renonçant à ses premiers succès, il songeait à en obtenir de plus brillants, et semblait s'exiler de sa patrie pour
y rentrer bientôt en conquérant, comme ces triomphateurs
qui arrivaient du fond de l'Asie ou de la Gaule, pour faire
servir leurs victoires à l'asservissement de leurs concitoyens.
M. Laurentie, Études littéraires sur les historiens latins.

Mais quels secours ces grands orateurs ne trouvaient-ils pas
pour agir sur les esprits dans les assemblées? Les victoires
lointaines remportées par les armées de la république, exaltaient leur génie. Ces victoires en effet élevaient Rome au
plus haut point de la puissance; c'est alors véritablement
qu'elle commandait à l'univers, qu'elle disposait à son gré
des royaumes et des couronnes : sans doute de nouveaux ennemis se formaient contre elle; des peuples opprimés s'agitaient
au fond des provinces; des rois belliqueux et impatients du
joug se mettaient à leur tête pour briser leurs fers ou pour
défendre les restes d'une liberté expirante; mais bientôt ils
étaient abattus et subjugués par les forces supérieures des
armes romaines. On sent combien ces triomphes devaient
flatter l'orgueil national. L'enthousiasme de la gloire s'emparait de tous les citoyens, et les orateurs, secondant ce
sentiment de patriotisme, célébraient avec transport et magnificence les brillantes conquêtes qui achevaient d'accomplir
les grandes destinées de la reine des nations.

Il est vrai qu'un sentiment de crainte s'élevait dans les
cœurs, lorsqu'on voyait les généraux de la république profiter de leurs victoires pour dominer par la force des armes;
mais ce sentiment lui-même était une autre source des plus

hautes inspirations. Les orateurs savaient s'en servir pour susciter aux hommes de guerre une opposition redoutable ; ils dévoilaient leurs projets ambitieux ; ils poussaient les premiers le cri d'alarme, et ce cri allait réveiller au fond des ames l'amour de la liberté et l'horreur de la tyrannie.

C'est dans le sénat surtout qu'ils trouvaient cette disposition avantageuse. Cette assemblée auguste possédait encore une grande partie de sa puissance. Elle discutait comme autrefois non-seulement les plus graves intérêts des peuples et des rois, mais ce qui concernait les affaires intérieures de l'État. Elle semblait même plus vénérable par la majesté des souvenirs. Elle était environnée de toute la gloire qu'elle s'était acquise de siècle en siècle depuis la fondation de Rome. Quelques-uns de ses membres s'étaient laissés corrompre et secondaient les vues criminelles de ceux qui désiraient abattre son pouvoir pour commander eux-mêmes. Mais la plupart étaient fortement attachés aux institutions anciennes ; ils s'indignaient de voir la liberté en péril et leurs droits menacés. Les plus grands orateurs de cette époque mémorable se déclarèrent les intrépides défenseurs de leur cause. Ils se livraient aux mouvements de la plus haute éloquence et conservaient en même temps à leurs discours toute la dignité que commandait un si imposant auditoire.

Ce qu'on eut à craindre des citoyens violents, tels que Clodius, qui exerçait publiquement d'odieux brigandages, ou des hommes pervers, comme Catilina et ses complices, qui conspiraient dans l'ombre pour tout détruire, dut être aussi pour les orateurs un puissant moyen d'agir sur les esprits. Ils peignaient avec des couleurs effrayantes ces dangers terribles dont la patrie et les particuliers étaient incessamment menacés. On connait le discours de Caton et ceux de Cicéron contre Catilina. Ces grands orateurs eurent occasion de développer avec feu les motifs les plus forts, les sentiments les plus profonds, en présence d'auditeurs qui délibéraient non

plus seulement sur les affaires de l'État, mais sur leurs intérêts les plus chers, sur leurs fortunes, sur leurs dignités, sur
leur existence même.

Telles sont, ce nous semble, les principales causes qui
donnèrent tant d'importance aux discours, particulièrement
dans les assemblées politiques. On pourrait ajouter que
Rome, malgré le déréglement de ses mœurs, conservait au
moins quelque reste de ses anciennes vertus, et que les
orateurs pour triompher, s'exerçaient à les ranimer dans les
ames : c'était un levier puissant dont ils pouvaient se servir
encore avec succès.

Mais bientôt ils n'eurent plus les mêmes secours. Rome,
sous les empereurs, descendit dans le dernier degré de la
corruption et de la bassesse. Elle n'était plus capable de la
liberté; elle aurait été esclave, même en conservant les formes
républicaines; elle était pour ainsi dire plus méprisable encore
que ses tyrans. Aussi Tibère, l'un d'entre eux, fit voir ouvertement le mépris qu'il avait pour les hommes. « C'était, dit
M. de Châteaubriand, un cri de joie qu'il ne pouvait s'empêcher de pousser, en trouvant le peuple et le sénat romain
au-dessous même de la bassesse de son propre cœur. Lorsqu'on vit ce peuple roi se prosterner devant Claude, et adorer
le fils d'Enobarbus, on put juger qu'on l'avait honoré en
gardant avec lui quelque mesure. Rome aima Néron. Long-
temps après la mort de ce tyran, ses fantômes faisaient
tressaillir l'empire de joie et d'espérance. C'est ici qu'il faut
s'arrêter pour contempler les mœurs romaines. Ni Titus, ni
Antonin, ni Marc-Aurèle, ne purent en changer le fonds. Si
donc les Romains tombèrent dans la servitude, ils ne dûrent
s'en prendre qu'à leurs mœurs. C'est la bassesse qui produit
d'abord la tyrannie, et, par une juste réaction, la tyrannie
prolonge ensuite la bassesse. » *Génie du Christianisme.*

Le changement dans la forme du gouvernement nuisit beaucoup sans doute à l'éloquence romaine; mais on voit que le chan-

gement dans les mœurs dut lui être encore bien plus funeste.
Elle était impossible chez un peuple aussi profondément avili.

Mais s'il faut rechercher dans la société les principales
causes des progrès et de la décadence de l'éloquence, on peut
remarquer aussi pour chaque orateur en particulier, l'influence de son caractère, de ses vertus ou de ses vices. Car
il a dû se peindre dans ses discours; le style est l'expression
de l'homme, de même que la littérature est l'expression de
la société. On trouve une preuve sensible de cette vérité
chez les écrivains de Rome. Qu'on se rappelle Hortensius,
Salluste, Sénèque, et d'un autre côté Cicéron, Tite-Live,
Quintilien, Pline, Tacite. Combien l'éloquence des premiers
n'a-t-elle pas souffert de leurs défauts, de leurs travers et
surtout de leurs vices! Combien celle des seconds n'a-t-elle
pas été agrandie et fortifiée par leur dévouement à la patrie,
par leur désintéressement, par leur zèle pour le malheur et
l'innocence, par leur haine de l'injustice, en un mot par les
sentiments nobles et généreux qui remplissaient leur cœur!
Ce rapport entre l'homme et son langage est si remarquable,
que lorsqu'il a manqué quelque chose aux vertus de ces
grands hommes, des défauts analogues se sont manifestés
dans leurs ouvrages. La vanité de Cicéron, par exemple,
est empreinte dans ses écrits. Ce serait en vain que l'orateur
et l'écrivain feraient des efforts pour ne pas se refléter dans
leurs compositions, ils ne pourraient y réussir; ils parvien-
draient tout au plus à tromper les esprits peu clairvoyants.
Témoin Sénèque dont les leçons auraient été plus pénétrantes
et plus belles, s'il eût été autre chose qu'un bel-esprit qui
débite de pompeuses maximes, tandis qu'au fond il est très-
éloigné de les suivre. Témoin Salluste qui laisse souvent
échapper sa haine contre les grands, quoiqu'il cherche à
paraître uniquement guidé par le sentiment d'indignation
que lui inspire le spectacle de la corruption et de la tyrannie.
Ses déclamations contre les désordres de son siècle auraient

été bien autrement touchantes, s'il n'eût pas été lui-même dégradé et corrompu. La vertu eût donné un autre ton, une autre couleur à son style.

On voit par là l'influence de la vertu; celle des croyances n'est pas moins sensible. Ce qui donne le plus grand intérêt aux histoires de Tite-Live, par exemple, c'est qu'elles sont dominées par un esprit éminemment religieux, par l'idée d'une Providence qui conduit les événements humains et dirige les empires. Ce qui, au contraire, nuit singulièrement aux ouvrages philosophiques de Sénèque, et même à ceux de Cicéron, c'est qu'ils laissent trop voir le doute et l'incertitude des écrivains, ou que du moins ils ne sont pas inspirés par une conviction assez forte et assez profonde. Les Romains se sont préservés pendant quelque temps des subtilités des Grecs, parce que les grands principes de la morale et de la société étaient encore gravés dans leurs cœurs. Mais aussitôt que ces croyances précieuses se furent affaiblies, ils donnèrent aussi dans des puérilités d'autant plus choquantes, qu'elles contrastaient avec le caractère grave et sérieux de leur nation. Le discours ne fut plus chez eux qu'un vain parlage, un ridicule charlatanisme.

Ces observations paraîtront encore plus frappantes de vérité lorsque nous les appliquerons, dans un sens contraire, aux orateurs et aux écrivains que le christianisme a formés.

SUPPLÉMENT

A

L'ÉLOQUENCE ANCIENNE.

————◆————

ÉLOQUENCE DE L'ÉCRITURE SAINTE.

————

Cedite, Romani scriptores, cedite Graii :
Nescio quid majus nascitur !
Prop.

Il y a dans tout l'ensemble des livres saints la trace profonde d'une création merveilleuse, qui ravit l'esprit et remplit d'enthousiasme. On voit que c'est Dieu même qui est l'inspirateur de ces pensées simples et sublimes. Ses prophètes parlent pour lui; ils ont assisté à ses conseils, ils publient ses secrets; ils sont armés de son tonnerre; ils menacent ou pardonnent en son nom : jamais la parole humaine n'eût pris cette grande autorité. *M. Laurentie, De l'étude et de l'enseignement des lettres.*

La beauté et l'éclat de ces ouvrages divins ne viennent point d'une élocution étudiée, mais du fond même des choses, qui sont par elles-mêmes si grandes et si élevées, qu'elles entraînent nécessairement la magnificence du style. Les ora-

teurs profanes, selon la remarque de Saint-Augustin, ont
cherché les ornements de l'éloquence, mais l'éloquence a
suivi naturellement les écrivains sacrés. Le dessein de Dieu,
en parlant aux hommes dans ses Écritures, n'a pas été sans
doute de nourrir leur orgueil, de plaire à leur imagination,
d'en faire des orateurs et des savants, mais de les attirer à
lui et de les rendre meilleurs. Cependant il est vrai aussi que
la sagesse divine mène à sa suite tous les biens, et qu'elle a
dans sa main toutes les qualités que le siècle respecte et
qu'il ne peut recevoir que d'elle. Et comment ne serait-elle
pas éloquente, elle qui ouvre la bouche des muets, et qui
rend éloquentes les langues des petits enfants?

Un lecteur frivole et amoureux de ce qui flatte l'oreille
sera peu capable d'admirer les beautés des livres saints; ils
lui inspireront quelquefois du dégoût et choqueront sa vaine
délicatesse; mais un auteur judicieux et d'un goût solide en
fera ses délices. Saint Jérôme, consommé dans la science
sacrée et profane, invite Paulin dans une épître à étudier
l'Écriture Sainte, et lui promet plus de charmes dans les
prophètes qu'il n'en a trouvé dans les poètes.

Pour sentir l'éloquence des livres saints, rien n'est plus utile
que d'avoir le goût de la simplicité antique. Il faut connaître
Homère, Platon, Xénophon et les autres des temps anciens,
et alors rien ne surprend dans l'Écriture. Ce sont presque
les mêmes coutumes, les mêmes narrations, les mêmes
images des grandes choses, les mêmes mouvements. La
différence qui est entre eux est tout entière à l'honneur de
l'Écriture : elle les surpasse tous infiniment en naïveté, en
vivacité, en grandeur. Jamais Homère même n'a approché
de la sublimité de Moïse dans ses cantiques, particulièrement
le dernier, que tous les enfants des Israélites devaient apprendre par cœur; jamais nulle ode grecque ou latine n'a pu
atteindre à la hauteur des psaumes. Par exemple, celui qui
commence ainsi (psaume 49) : *Le Dieu des Dieux, le*

Seigneur a parlé, et il a appelé la terre, surpasse toute imagination humaine. Jamais Homère, ni aucun autre poète, n'a égalé Isaïe peignant la majesté de Dieu, aux yeux duquel les royaumes ne sont qu'un grain de poussière, l'univers qu'une tente qu'on dresse aujourd'hui, et qu'on enlèvera demain. Tantôt ce prophète a toute la douceur et toute la tendresse d'une églogue dans les riantes peintures qu'il fait de la paix ; tantôt il s'élève jusqu'à laisser tout au-dessous de lui. Mais qu'y a-t-il dans l'antiquité profane, de comparable au tendre Jérémie, déplorant les maux de son peuple, ou à Nahum, voyant de loin, en esprit, tomber la superbe Ninive sous les efforts d'une armée innombrable ? On croit voir cette armée, on croit entendre le bruit des armes et des chariots; tout est dépeint d'une manière vive qui saisit l'imagination. Qu'on lise encore Daniel dénonçant à Balthasar la vengeance de Dieu toute prête à fondre sur lui, ou bien, dans le livre de Job, les magnifiques discours qui peignent avec tant de grandeur et d'énergie la sagesse et la puissance du Très-Haut, et l'on verra que l'on chercherait en vain des beautés d'un ordre aussi élevé dans les plus sublimes originaux des anciens. Au reste, tout se soutient dans l'Écriture, tout y garde le caractère qu'il doit avoir, l'histoire, le détail des lois, les descriptions, les endroits véhéments, les mystères, les discours de morale ; enfin il y a autant de différence entre les poètes profanes et les prophètes, qu'il y en a entre le véritable enthousiasme et le faux. Les uns, véritablement inspirés, expriment sensiblement quelque chose de divin; les autres, s'efforçant de s'élever au-dessus d'eux-mêmes, laissent toujours voir en eux la faiblesse humaine. *Fénelon, Dialogues sur l'éloquence.*

Mais il faut justifier notre admiration par quelques morceaux tirés des prophètes. Job avait osé proposer des doutes, et Dieu lui propose à son tour des mystères. Ce qu'il dit montre comment la raison humaine doit être humiliée.

9

« Quel est celui qui obscurcit la sagesse par des discours
» insensés ? Ceins tes reins comme un guerrier : je t'interro-
» gerai, réponds moi. Où étais-tu quand je jetais les fonde-
» ments de la terre ? dis le moi, si tu as l'intelligence. Qui
» en a établi les mesures, le sais-tu ? qui a étendu le cordèau
» sur elle ? sur quoi ses bases sont-elles affermies ? qui en a
» posé la pierre angulaire, lorsque tous les astres du matin
» me louaient, et que tous les fils de Dieu étaient ravis de
» joie ? Qui a renfermé la mer en ses digues, quand elle
» rompait ses liens comme l'enfant qui sort du sein de sa
» mère, lorsque je l'enveloppai des nuées comme d'un vête-
» ment, et que je l'entourai des ténèbres comme des langes
» de l'enfance ? Je lui ai marqué ses limites, je lui ai opposé
» des portes et des barrières ; et j'ai dit : Tu viendras
» jusque-là, et tu n'iras pas plus loin ; ici tu briseras l'or-
» gueil de tes flots. Est-ce toi qui depuis tes jours commandes
» à l'étoile du matin, qui montres à l'aurore le lieu où elle
» se lève, qui éclaires les extrémités de l'univers, et dissipes
» les impies par la lumière ? La terre, comme une molle
» argile, prend une face nouvelle; elle se pare d'un nouveau
» vêtement. Oteras-tu la lumière aux méchants ? briseras-tu
» leurs bras déjà levés ? As-tu pénétré dans la profondeur
» des mers ? as-tu marché dans le sein de l'abyme ? Les
» portes de la mort se sont-elles ouvertes devant toi ? as-tu
» vu l'entrée des ténèbres ? As-tu considéré l'étendue de la
» terre ? Parle, dis-moi si tu sais quel est le sentier de la
» lumière, et le lieu des ténèbres : en sorte que tu puisses
» les conduire à leur terme, et comprendre la voie de leur
» demeure. Sans doute tu savais que tu devais naître ; tu
» connaissais le nombre de tes jours. Es-tu entré dans les
» trésors de la neige ? as-tu vu les trésors de la grêle, que
» j'ai préparés pour le temps de la désolation, pour le jour
» de la guerre et du combat ? Par quelle voie se répand la
» lumière ? par quel chemin l'aquilon fond-il sur la terre ?

» Qui a ouvert un passage au torrent des nuées ? qui a tracé
» les sillons de la foudre ? Qui verse la pluie sur les champs
» arides, sur le désert où nul mortel n'habite, pour désal-
» térer les terres désolées, et y faire germer l'herbe de la
» prairie ? Qui a créé la pluie ? qui a formé les gouttes de
» la rosée ? D'où est sortie la glace ? et les frimats du ciel,
» qui les produit ? Les eaux se durcissent comme la pierre,
» et la surface de l'abyme s'affermit. Pourras-tu rapprocher
» les pléiades, ou disperser les étoiles d'Orion ? Appelleras-
» tu en leur temps des signes dans les cieux, l'ourse et sa
» brillante race ? Connais-tu l'ordre du ciel, et son influence
» sur la terre ? Élèveras-tu ta voix jusqu'aux nuées ? et des
» torrents d'eaux descendront-ils sur toi ? Enverras-tu la
» foudre, et elle ira, et, revenant, te dira-t-elle, me voici ?
» Qui a prescrit des lois à sa marche irrégulière, qui donne
» l'intelligence à des météores ? Qui peut compter les nuées,
» et faire descendre les eaux du ciel, quand la terre est
» durcie comme l'airain, et que ses glèbes ne peuvent se
» diviser ? Est-ce toi qui présentes sa pâture à la lionne, et
» qui rassasies les lionceaux, lorsque couchés dans leurs
» antres, ils épient leur proie du fond de leurs tannières ?
» Est-ce toi qui prépares au corbeau sa nourriture, quand
» ses petits errent çà et là, et que, pressés par la faim,
» ils crient vers le Seigneur ?

» Sais-tu quand enfantent les biches et les chèvres sau-
» vages ? As-tu compté combien de mois elles portent, et
» connais-tu le temps de leur délivrance ? Elles se courbent
» pour mettre bas leurs petits, et elles enfantent ; et elles
» jettent des cris de douleur. Ils se séparent et vont au
» pâturage ; ils sortent et ne reviennent point vers elles.
» Qui laisse aller l'onagre en liberté ? qui a rompu ses liens ?
» Qui lui a donné pour demeure la solitude, et pour retraite
» le désert ? Il se rit du bruit des villes, il n'entend pas les
» cris d'un maître. Il parcourt les pâturages des montagnes,

» il cherche les herbes fleuries. L'oryx voudra-t-il te servir?
» passera-t-il la nuit dans ton étable? Le lieras-tu au joug
» pour fendre les sillons, pour aplanir tes champs dans les
» vallées? Mettras-tu ton espoir dans sa force, et lui con-
» fieras-tu ton labeur? Crois-tu qu'il conduise tes moissons,
» et qu'il les transporte dans tes greniers? Est-ce toi qui a
» donné au paon son plumage, au héron son aigrette, à
» l'autruche ses ailes? Elle abandonne sur la terre ses œufs,
» que le sable doit réchauffer; elle oublie qu'ils seront
» peut-être foulés aux pieds, ou brisés par les animaux.
» Insensible pour ses petits, comme s'ils n'étaient pas les
» siens, elle ne craint pas de voir son enfantement inutile:
» car Dieu l'a privée de la sagesse, et ne lui a pas donné
» l'intelligence. Mais, lorsqu'il en est temps, quand elle
» élève ses ailes, elle se rit du cheval et du cavalier. Est-ce
» toi qui as donné la force au cheval, qui as hérissé son cou
» d'une crinière mouvante? Le feras-tu bondir comme la
» sauterelle? son souffle répand la terreur. Il creuse du pied
» la terre, il s'élance avec orgueil, il court au-devant des
» armes. Il se rit de la peur, il affronte le glaive. Sur lui le
» bruit du carquois retentit, la flamme de la lance et du
» javelot étincelle. Il bouillonne, il frémit, il dévore la terre.
» A-t-il entendu la trompette? C'est elle. Il dit, allons; et
» de loin il respire le combat, la voix tonnante des chefs et
» le fracas des armes. Est-ce à ton ordre que l'épervier
» s'élance dans les airs, et qu'il étend ses ailes vers le midi?
» A ta voix, l'aigle s'élèvera-t-il jusqu'aux nues? et placera-
» t-il son nid sur le sommet des rochers? Il habite le creux
» de la pierre, il demeure sur les rocs escarpés et les rochers
» inaccessibles; et de là il contemple sa proie, ses yeux la
» découvrent au loin, ses petits boivent le sang, et ils
» paraissent soudain là où gît un cadavre.
     » Alors Dieu adressa encore la parole à Job, et lui dit:
» Celui qui dispute avec le Tout-Puissant se taira-t-il si

» facilement? Que celui qui osait reprendre Dieu lui ré-
» ponde ! » *Chap.* 38° *et* 39°, *Traduction de M. de Genoude.*

« Les temps de Babylone s'approchent, dit Isaïe, ses jours
» ne sont pas éloignés. Le Seigneur aura pitié de Jacob; il
» choisira encore ses élus dans Israël; il les rétablira dans
» leur pays : les étrangers se joindront à eux, et s'uniront
» à la maison de Jacob. Les nations seront leurs guides,
» et les introduiront dans leur patrie : la maison d'Israël
» règnera sur eux dans la terre du Seigneur; elle les domi-
» nera : les captifs soumettront leurs vainqueurs, et subju-
» gueront leurs maîtres. Et dans ce jour-là, lorsque le
» Seigneur vous aura affranchis de vos travaux, de votre
» oppression et de la dure servitude sous laquelle vous
» avez gémi, vous parlerez ainsi en figures contre le roi de
» Babylone, et vous direz : Comment a cessé tout-à-coup
» ce maître impitoyable? qui a mis fin au tribut qu'il exi-
» geait de nous ? Le Seigneur a brisé la verge des impies,
» le sceptre des dominateurs, celui qui frappait les peuples
» d'une plaie incurable, celui qui commandait aux nations
» dans sa colère et les persécutait sans relâche. Toute la
» terre s'est reposée en silence; elle s'est réjouie, elle a jeté
» des cris d'allégresse. Les sapins et les cèdres du Liban
» ont vu avec joie ta ruine. Tu dors, ont-ils dit : qui
» maintenant s'élèvera contre nous ? A ton approche, le
» séjour de la mort a été troublé jusqu'au fond de ses
» abymes; au-devant de toi se sont élancés les princes qui
» l'habitent : les maîtres de la terre, les rois des nations,
» sont descendus de leurs trônes. Tous ont élevé leur voix,
» et ont dit : Eh quoi! tu as été blessé comme l'un de nous;
» tu es devenu semblable à nous. Ta gloire est tombée dans
» l'abyme, ton cadavre est étendu sur la terre; les insectes
» te dévorent, les vers forment ton vêtement. Comment es-
» tu tombé du ciel, astre brillant, fils de l'aurore ? Comment
» es-tu renversé sur la terre, toi qui frappais les nations? Tu

» disais dans ton cœur : « Je monterai par-dessus les cieux,
» j'établirai mon trône au-dessus des astres ; je me reposerai
» près de l'aquilon, sur la montagne du testament. Je m'élè-
» verai au-dessus des nues, je serai semblable au Très-Haut. »
» Mais tu seras jeté dans l'enfer, au plus profond de l'abyme.
» Ceux qui te verront se pencheront vers toi, te regarderont
» de près, et diront : « Est-ce là cet homme qui a troublé
» la terre, qui a ébranlé les royaumes ? qui a fait de l'univers
» une solitude, qui a renversé les villes, et qui n'a cessé
» d'appesantir ses fers sur ses captifs ? » Les rois des nations
» sont morts dans la gloire : tous ont leur tombeau. Pour
» toi, jeté hors du sépulcre, comme une racine souillée,
» comme des lambeaux couverts de sang, confondu avec des
» soldats tombés sous le glaive et précipités sans honneur
» dans la fosse, comme un cadavre hideux, tu n'entreras pas
» en partage de leur sépulture : tu as ruiné ton pays, tu as
» massacré ton peuple ; la race des méchants ne durera pas
» toujours. Préparez les enfants à leur ruine, à cause de
» l'iniquité de leurs pères : ils ne s'élèveront pas, ils n'héri-
» teront pas de la terre, ils ne rempliront pas l'univers de
» leurs villes. « Je m'armerai contre eux, dit le Seigneur
» des armées ; j'éteindrai le nom de Babylone ; je perdrai les
» restes, les rejetons, la race, dit le Seigneur. Je n'en ferai
» qu'un marais, repaire des animaux immondes : je promè-
» nerai sur elle la verge de la destruction. Le Seigneur des
» armées l'a juré : j'accomplirai mes pensées, je remplirai
» mes desseins : j'écraserai l'Assyrien dans mon empire, je
» le foulerai aux pieds sur mes montagnes ; je délivrerai
» mon peuple de son joug, et le déchargerai du fardeau qui
» lui est imposé. Voilà mes desseins sur toute la terre, et ma
» main sera étendue sur les nations. » Le Seigneur des
» armées l'a résolu : et qui peut affaiblir ses conseils ? Sa
» main va s'étendre : qui pourra la détourner ? Dans l'année
» de la mort d'Achaz, cette prédiction a été entendue : « Ne

» te réjouis pas, Philistin, d'avoir vu briser la verge de ton
» persécuteur : il sortira du serpent un basilic dont la race
» brûlera les oiseaux par son haleine. Les premiers nés de
» l'indigent jouiront de tous les biens, et les pauvres se
» reposeront avec sécurité : mais ceux qui sont nés de vous
» périront par la famine ; je perdrai les restes de votre
» nation. Porte, poussez des hurlements ; ville, faites en-
» tendre des cris lamentables : la terre des Philistins est
» désolée, car voilà que de l'aquilon s'élance un tourbillon
» de fumée ; rien ne résiste à l'approche de cette armée.
» Que diront alors les rois de la terre ? Que le Seigneur lui-
» même a fondé Sion, et les pauvres de son peuple espère-
» ront en lui. » *Chap.* 14ᵉ, *Traduction de M. de Genoude.*

Le roi prophète pénétré de la présence de Dieu, s'écrie :
« Où me cacher ? où fuir tes regards pénétrants ? Si j'em-
» prunte les ailes de l'aurore, et que je m'envole jusqu'aux
» bornes de l'Océan, c'est ta main même qui m'y conduit,
» et j'y rencontrerai ton pouvoir. Si je m'élance dans les
» cieux, t'y voilà ; si je m'enfonce dans l'abyme, te voilà
» encore. » *Psaume* 138. Il se livre à de saints transports à
la vue de la nature. « Je serai ravi en chantant les œuvres
» de tes mains. Que tes ouvrages sont grands, ô Seigneur !
» tes desseins sont des abymes ; mais l'aveugle ne voit pas
» ces merveilles, et l'insensé ne les comprend pas. »
Psaume 91. « Tu visites la terre dans ton amour, et tu la
» combles de richesses ! Fleuve du Seigneur, surmonte tes
» rivages ! prépare la nourriture de l'homme, c'est l'ordre
» que tu as reçu ; inonde les sillons ; va chercher les germes
» des plantes, et la terre, pénétrée de gouttes génératrices,
» tressaillera de fécondité. Seigneur, tu ceindras l'année
» d'une couronne de bénédictions ; tes nuées distilleront
» l'abondance ; des îles de verdure embelliront le désert ;
» les collines seront environnées d'allégresse ; les épis se
» presseront dans les vallées ; les troupeaux se couvriront

» de riches toisons ; tous les êtres pousseront un cri de joie.
» Oui ! tous diront un hymne à ta gloire. » *Psaume* 64. Il
est inépuisable lorsqu'il exalte la douceur et l'excellence de
la loi divine. Cette loi est « une lampe pour son pied mal
» assuré, une lumière, un astre qui l'éclaire dans les sentiers
» ténébreux de la vertu ; elle est vraie, elle est la vérité
» même : elle porte sa justification en elle-même, elle est
» plus douce que le miel, plus désirable que l'or et les
» pierres précieuses ; et ceux qui lui seront fidèles y trou-
» veront une récompense sans bornes. »

Cet homme extraordinaire, comblé de dons si précieux,
s'était néanmoins rendu énormément coupable ; mais l'expia-
tion enrichit ses hymnes de nouvelles beautés : jamais le
repentir ne parla un langage plus vrai, plus pathétique, plus
pénétrant. Prêt à recevoir avec résignation tous les fléaux du
Seigneur, « Il veut lui-même publier ses iniquités. Son
» crime est constamment devant ses yeux, et la douleur qui
» le ronge ne lui laisse aucun repos. » Au milieu de Jérusalem, au sein de cette pompeuse capitale destinée à devenir
bientôt la plus superbe ville de la superbe Asie, sur ce trône
où la main de Dieu l'avait conduit, « Il est seul comme le
» pélican du désert, comme l'orfraie cachée dans les ruines,
» comme le passereau solitaire qui gémit sur le faîte aérien
» des palais. Il consume ses nuits dans les gémissements,
» et sa triste couche est inondée de ses larmes. Les flèches
» du Seigneur l'ont percé. Dès lors il n'y a plus rien de
» sain en lui ; ses os sont ébranlés, ses chairs se détachent ;
» il se courbe vers la terre ; son cœur se trouble ; toute sa
» force l'abandonne ; la lumière même ne brille plus pour
» lui ; il n'entend plus ; il a perdu la voix ; il ne lui reste
» que l'espérance. » Aucune idée ne saurait le distraire
de sa douleur, et cette douleur se tournant toujours en
prière, comme tous ses autres sentiments, elle a quelque
chose de vivant qu'on ne rencontre point ailleurs.

Enfin David est sublime lorsqu'il célèbre les louanges de
Dieu. Il invite le genre humain tout entier à s'unir à lui,
et dans son enthousiasme : « Peuples de la terre, s'écrie-t-il,
» poussez vers Dieu des cris d'allégresse, chantez des hymnes
» à la gloire de son nom, célébrez sa grandeur par vos can-
» tiques ; dites à Dieu : La terre entière vous adorera ; elle
» célèbrera par ses cantiques la sainteté de votre nom.
» Peuples, bénissez votre Dieu, et faites retentir partout
» ses louanges. » *Psaume* 66.

On nous permettra de placer ici une réflexion de M. le
comte de Maistre, de qui nous avons tiré ce que nous venons de dire sur les psaumes. « Ses chants, dit-il en parlant
de David, participent de l'éternité ; les accents enflammés
confiés aux cordes de sa lyre divine retentissent encore
après trente siècles dans toutes les parties de l'univers. La
synagogue conserva les psaumes ; l'Eglise se hâta de les
adopter ; la poésie de toutes les nations chrétiennes s'en est
emparée, et depuis plus de trois siècles le soleil ne cesse
d'éclairer quelques temples dont les voûtes retentissent de
ces hymnes sacrés. On les chante à Rome, à Genève, à
Madrid, à Londres, à Québec, à Quito, à Moscou, à
Pékin, à Botany-Bay ; on les murmure au Japon. » *Soi-*
rées de Saint-Pétersbourg.

Les écrits des prophètes sont surtout frappants par l'élévation des pensées et par la magnificence du style ; l'histoire
et les instructions de J.-C., dans les Évangiles, respirent
une touchante simplicité qui est plus admirable encore. On
voit que c'est la sagesse éternelle qui s'entretient avec les
hommes. Quelle étonnante élévation dans les dogmes qu'il
enseigne ! quelle perfection dans la morale qu'il prêche !
quelle dignité et quelle onction dans tout ce qu'il dit ! Que
sont les brillantes maximes, les hautes pensées des plus
célèbres philosophes, auprès de ces paraboles simples et
sublimes tout à la fois, par lesquelles il a voulu se mettre à

la portée du commun des hommes, et offrir aux plus grands esprits des sujets inépuisables de profondes réflexions? Mais ce qui doit nous inspirer encore une plus grande admiration, c'est qu'il dit sans effort tout ce qu'il lui plaît; il parle du royaume et de la gloire célestes comme de la maison de son père. Toutes ces grandeurs qui nous étonnent lui sont naturelles; il y est né, et il ne dit que ce qu'il voit, comme il nous l'assure lui-même.

Les apôtres, au contraire, succombent sous le poids des vérités qui leur sont révélées; ils ne peuvent exprimer tout ce qu'ils conçoivent, les paroles leur manquent : de là viennent ces transpositions, ces expressions confuses, ces liaisons de discours qui ne peuvent finir. Toute cette irrégularité de style marque que l'esprit de Dieu entraînait le leur. Mais nonobstant tous ces petits désordres pour la diction, tout y est noble, vif et touchant. *Fénélon, Dialogues sur l'éloquence.* « C'est la vertu qui anime leur style, et lui donne cette vivacité, cette énergie, ces mouvements rapides que produit la passion dans les écrivains ordinaires. » *M. de Genoude, Dissertation sur le caractère des apôtres.*

Saint Paul, en particulier, dans ses épîtres, a une force et une véhémence que la fiction ne saurait jamais avoir. La sincérité, la candeur de cet illustre apôtre, la persuasion intime qui l'animait, sa grande ame victorieuse de tant de périls, de tant de persécutions, y paraissent dans le plus beau jour. On croit l'y voir, l'y entendre encore; rien n'est plus animé, plus vivant, et on peut lui appliquer ce qu'un ancien a dit d'un autre homme célèbre du même nom :

« Et Pauli stare ingentem miraberis umbram. »

Voyez Feller, Dict. hist.

Il ne cherche pas les discours persuasifs de la sagesse humaine; au contraire, il les méprise, et ne met sa confiance qu'en la vertu de la croix : cependant l'esprit de Dieu communique à ce qu'il dit une force et une onction merveilleuse. « Il a, dit Bossuet, des moyens de persuader que la Grèce n'enseigne pas, et que Rome n'a pas appris. Une puissance surnaturelle, qui se plaît à relever ce que les superbes méprisent, s'est répandue et mêlée dans l'auguste simplicité de ses paroles. De même qu'on voit un grand fleuve qui retient encore, coulant dans la plaine, cette force violente et impétueuse qu'il avait acquise aux montagnes d'où il tire son origine ; ainsi cette vertu céleste qui est contenue dans les écrits de saint Paul, même dans cette simplicité de style, conserve la vigueur qu'elle apporte du ciel d'où elle descend. » *Panégyrique de saint Paul.*

Outre cette éloquence générale qui se trouve dans les livres sacrés, ils renferment encore des discours proprement dits, des harangues de longue haleine, parfaitement adaptées aux circonstances dans lesquelles elles sont prononcées, et très-propres à produire un grand effet par la solidité des preuves, par la vivacité des images, par l'impétuosité des sentiments.

Le Pentateuque, contient plusieurs monuments de l'éloquence de Moïse. Nous citerons une partie du discours où le saint prophète expose aux Israélites ce qu'ils ont à espérer de leur fidélité à la loi, et ce qu'ils ont à redouter de l'infraction de cette même loi.

.... « Si tu ne veux point écouter la voix du Seigneur ton
» Dieu, afin de garder et de remplir tous ses commandements
» et les cérémonies que je te prescris aujourd'hui, toutes
» ces malédictions viendront sur toi et te saisiront..... Le
» Seigneur te frappera de misère et de pauvreté, de fièvre,
» de froid, et d'une chaleur brûlante, et de la corruption
» de l'air, et de la nielle, et il te poursuivra jusqu'à ce
» que tu périsses. Le ciel qui est au-dessus de toi sera
» d'airain, et la terre sur laquelle tu marches sera de fer.
» Le Seigneur répandra sur la terre de la poussière au lieu
» de pluie, et la cendre tombera du ciel sur toi jusqu'à ce

» que tu sois desséché. Le Seigneur te livrera chancelant à
» tes ennemis ; tu sortiras contre eux par une seule voie, et
» tu fuiras par sept , et tu seras dispersé dans tous les
» royaumes de la terre. Ton corps servira de pâture à tous
» les oiseaux du ciel et à toutes les bêtes de la terre , et
» nul ne les chassera.... Le Seigneur te frappera de délire,
» d'aveuglement et de fureur ; et tu marcheras à tâtons en
» plein midi comme l'aveugle a coutume de faire au milieu
» des ténèbres, et tu ne prospèreras point en tes voies : tu
» porteras en tout temps les outrages , et opprimé par la
» violence , tu n'auras personne pour te délivrer... Tu
» bâtiras une maison, et tu ne l'habiteras point. Tu planteras
» une vigne , et tu n'en recueilleras point le fruit. Ton
» bœuf sera immolé devant toi , et tu n'en mangeras point.
» Ton âne sera enlevé en ta présence, et il ne te sera pas
» rendu. Tes brebis seront livrées à tes ennemis, et nul ne
» sera là pour te secourir.... Le Seigneur amènera sur toi
» un peuple d'une terre lointaine, et des extrémités de la
» terre , un peuple qui fondra sur toi comme l'aigle , et
» dont tu ne pourras entendre la langue ; un peuple insolent
» qui ne respectera point les vieillards et n'aura pas pitié
» des enfants ; et il dévorera le fruit de tes troupeaux, et
» tous les fruits de ta terre jusqu'à ce que tu périsses , et il
» ne te laissera ni blé, ni vin, ni huile , ni troupeaux de
» bœufs, ni troupeaux de brebis, jusqu'à ce qu'il te détruise
» entièrement ; et il te foulera aux pieds dans toutes tes
» villes , et tes murailles fortes et élevées seront détruites,
» ces murailles en lesquelles tu avais mis ta confiance : tu
» seras assiégé dans toutes les villes de la terre que le
» Seigneur ton Dieu te donnera ; et tu mangeras le fruit
» de ton ventre et la chair de tes fils et de tes filles, que le
» Seigneur ton Dieu t'aura donnés : tant sera grande la
» désolation où t'auront réduit tes ennemis !.... Et vous
» demeurerez un très-petit nombre d'hommes , vous qui

» vous étiez d'abord multipliés selon la multitude des étoiles
» du ciel , parce que vous n'avez point écouté la voix du
» Seigneur votre Dieu. Et comme le Seigneur s'est réjoui
» auparavant en vous comblant de biens et en vous multi-
» pliant , ainsi il se rejouira en vous perdant et en vous
» détruisant, et en vous exterminant de la terre sur laquelle
» vous allez entrer pour la posséder. Le Seigneur vous dis-
» persera parmi tous les peuples d'une extrémité de la terre
» à l'autre ; et vous adorerez là des dieux que vous ignoriez,
» vous et vos pères, des dieux de bois et de pierre. Parmi ces
» peuples mêmes vous ne vous reposerez pas, et vous ne
» trouverez pas seulement où poser la plante de votre pied ;
» car le Seigneur vous donnera un cœur tremblant et des
» yeux languissants, et une ame dévorée de douleur. Votre
» vie sera comme en suspens devant vous ; vous tremblerez
» nuit et jour , et vous ne croirez pas à votre vie. Vous direz
» le matin : Qui me donnera de voir le soir ? Et le soir : Qui
» me donnera de voir le matin ? à cause du trouble de votre
» cœur et de tout ce que vous verrez dans vos yeux. Le Sei-
» gneur vous ramènera sur des vaisseaux en Égypte, que,
» selon ce qu'il vous avait dit, vous ne deviez jamais revoir.
» Là vous serez vendus à vos ennemis comme esclaves , et
» vos femmes comme servantes ; et nul ne se présentera pour
» vous acheter. » *Chap.* 28 , *Traduction de M. de Genoude.*

Quoique l'on connaisse généralement le beau discours de
St-Paul devant l'Aréopage, nous ferons remarquer, en citant
l'exorde, comment l'Apôtre profite adroitement d'une circonstance pour s'insinuer dans l'esprit de ceux qui l'écoutent.
« Athéniens , il me semble qu'en toutes choses vous êtes
» très-religieux. Car passant et voyant les statues de vos
» dieux , j'ai trouvé même un autel où était écrit : Au Dieu
» inconnu. Ce Dieu donc que vous adorez sans le connaître,
» est celui que je vous annonce. » *Actes des Apôtres ,*
chap. 17ᵉ , *V*. 22. *Traduction de M. de Genoude.*

Il y a dans les actes des apôtres plusieurs autres discours que l'on pourrait proposer comme des modèles d'éloquence ; par exemple les apologies que le même saint Paul prononce, soit devant le gouverneur Félix, soit en présence du roi Agrippa : il fait tant d'impression par la noble fermeté de sa défense, aussi bien que par une lumineuse et adroite exposition des faits, qu'il convainc entièrement ses auditeurs de son innocence, et leur fait admirer son talent et son savoir. Mais il pénètre des plus douces émotions, il attendrit jusqu'aux larmes, lorsque, sur le point de quitter, pour ne les plus revoir, les prêtres de l'Église réunis à Milet, il leur fait ces adieux si touchants : « Vous savez depuis le premier
» jour que je suis entré en Asie, comment j'ai été durant le
» temps que j'ai habité parmi vous, servant le Seigneur en
» toute humilité et avec larmes, parmi les traverses qui m'ont
» été suscitées par les Juifs, et je ne vous ai rien célé de tout
» ce qui est utile, rien ne m'ayant empêché de vous l'an-
» noncer, et de vous en instruire publiquement et dans vos
» demeures, exhortant les Juifs et les Gentils à revenir à
» Dieu par la pénitence, et à croire en notre Seigneur Jésus-
» Christ. Et maintenant voilà que, lié par l'esprit, je vais à
» Jérusalem, ignorant ce qui doit m'y arriver ; si ce n'est
» que dans toutes les villes par où je passe, le Saint-Esprit
» me dit que des chaînes et des tribulations m'attendent à
» Jérusalem. Mais je ne crains rien de tout cela, et je n'es-
» time pas ma vie plus précieuse que moi-même, pourvu
» que j'achève ma course, et que je remplisse le ministère
» que j'ai reçu du Seigneur Jésus, pour témoigner l'Évan-
» gile de la grace de Dieu. Et maintenant je sais que vous
» ne verrez plus mon visage, vous tous chez qui j'ai passé,
» prêchant le royaume de Dieu. C'est pourquoi je vous dé-
» clare aujourd'hui que je suis innocent du sang de vous
» tous. Car je n'ai point manqué de vous annoncer tous les
» conseils de Dieu. Soyez attentifs sur vous-mêmes, et sur

» le troupeau dont le Saint-Esprit vous a établis évêques,
» afin de gouverner l'Église de Dieu, qu'il a acquise par son
» sang. Car je sais qu'après mon départ, il entrera parmi
» vous des loups ravissants qui n'épargneront point le trou-
» peau; et que d'entre vous il s'élèvera des hommes qui
» prêcheront une doctrine perverse, afin d'attirer des dis-
» ciples après eux. C'est pourquoi veillez, vous souvenant
» que durant trois ans je n'ai point cessé nuit et jour d'aver-
» tir avec larmes chacun de vous. Et maintenant je vous
» recommande à Dieu, et à la parole de sa grace; à celui
» qui est puissant pour édifier, et pour vous donner part à
» son héritage avec tous les saints. Je n'ai désiré ni argent,
» ni or, ni vêtement de personne; et vous savez vous-
» mêmes que mes mains m'ont fourni, à moi et ceux qui
» étaient avec moi, tout ce qui était nécessaire. Je vous
» montre en tout que c'est en travaillant ainsi qu'il faut
» aider les faibles, et se souvenir de cette parole que le
» Seigneur Jésus a dite : « Qu'il est plus heureux de donner
» que de recevoir. » Et après qu'il eût dit ces paroles,
» ajoute l'écrivain sacré, il se mit à genoux, et pria avec eux
» tous. Or tous répandirent d'abondantes larmes; et, se
» jetant aux genoux de Paul, ils l'embrassaient, affligés
» surtout de ce qu'il leur avait dit qu'ils ne le verraient plus;
» et ils le conduisirent jusqu'au vaisseau. » *Chap.* 20, *Tra-*
duction de M. de Genoude.

Nous terminerons cet important sujet, en faisant remarquer
que les livres saints ont été pour les prédicateurs et pour les
poètes une source féconde des plus grandes beautés. Pour
s'en convaincre, il suffit de lire les chefs-d'œuvre de Bossuet,
de Bourdaloue et de Massillon; les chœurs de Racine et les
odes sacrées de Rousseau. Les poètes du dernier siècle qui
ont suivi d'autres routes se sont éloignés du véritable enthousiasme. M. de Lamartine, dont le beau génie est admiré de

toute la France, doit ses plus hautes inspirations à la religion
et en particulier à l'Écriture. On peut voir, par exemple,
l'ode sur Dieu, et le dithyrambe à M. de Genoude. Dans cette
dernière pièce il caractérise la poésie sacrée en se servant
des tours et des expressions des prophètes.

> « Dieu dit, et le jour fut; Dieu dit, et les étoiles
> » De la nuit éternelle éclaircirent les voiles ;
> » Tous les élémens divers
> » A sa voix se séparèrent:
> » Les eaux soudain s'écoulèrent
> » Dans le lit creusé des mers ;
> » Les montagnes s'élevèrent,
> » Et les aquilons volèrent
> » Dans les libres champs des airs.

> » Sept fois de Jéhova la parole féconde
> » Se fit entendre au monde,
> » Et sept fois le néant à sa voix répondit ;
> » Et Dieu dit : Faisons l'homme à ma vivante image.
> » Il dit, l'homme naquit: à ce dernier ouvrage
> » Le verbe créateur s'arrête et s'applaudit.

. . . .

> » Ah ! périsse à jamais (*paroles de Job*) le jour qui m'a vu naître!
> » Ah ! périsse à jamais la nuit qui m'a conçu :
> » Et le sein qui m'a donné l'être,
> » Et les genoux qui m'ont reçu !

> » Que du nombre des jours Dieu pour jamais l'efface !
> » Que, toujours obscurci des ombres du trépas,
> » Ce jour parmi les jours ne trouve plus sa place !
> » Qu'il soit comme s'il n'était pas !

. . . .

» Mais la harpe a frémi sous les doigts d'Isaïe :
» De son sein bouillonnant la menace à longs flots
» S'échappe ; un Dieu l'appelle, il s'élance, il s'écrie :
» Cieux et terre, écoutez ! Silence au fils d'Amos !

. . . .

» Ils sont enfin venus les jours de ma justice ;
» Ma colère, dit Dieu, se déborde sur vous !
   » Plus d'encens, plus de sacrifice
   » Qui puisse éteindre mon courroux !
» Je livrerai ce peuple à la mort, au carnage :
» Le fer moissonnera comme l'herbe sauvage
   » Ses bataillons entiers. »

Premières méditations poétiques.

Il est facile maintenant d'apprécier l'ignorance ou la mauvaise foi des incrédules, qui, formés à la honteuse école de la philosophie du dix-huitième siècle, déversent le mépris et le ridicule sur nos livres sacrés. Heureusement le bon sens public fait enfin justice de ces déclamations haineuses. Le rire voltairien paraît encore sur des lèvres impures ; mais il ferait rougir tout homme qui se respecte et qui a un sentiment d'honneur.

On peut consulter sur les beautés poétiques et oratoires des livres saints, Rollin, La Harpe, Maury, Lowth, M. de Châteaubriand, et beaucoup d'autres écrivains célèbres.

LIVRE SECOND.

ÉLOQUENCE DES SAINTS PÈRES.

———❧———

CHAPITRE PREMIER.

PRÉDICATION DES APOTRES.

———

Nous avons traité de l'éloquence des écrits des apôtres. Ici notre but est de montrer que dans leurs prédications ils furent de grands orateurs. Mais cette assertion, si elle était mal comprise, paraîtrait affaiblir la merveille de l'établissement du christianisme. Hâtons-nous donc de reconnaître avec Fénélon que l'enseignement de la foi n'a été fondé ni sur le raisonnement, ni sur la persuasion humaine; c'était un ministère dont toute la force venait d'en haut. La conversion du monde entier devait être, selon les prophéties, le grand miracle du christianisme. C'était ce royaume de Dieu qui venait du ciel, et qui devait soumettre au vrai Dieu toutes les nations de la terre. Jésus-Christ crucifié annoncé

aux peuples devait attirer tout à lui, mais attirer tout par
l'unique vertu de sa croix. Les philosophes avaient raisonné
sans convertir les hommes et sans se convertir eux-mêmes ;
les Juifs avaient été les dépositaires d'une loi qui leur montrait leurs maux sans leur apporter le remède ; tout était sur
la terre convaincu d'égarement et de corruption. Jésus-Christ
vient avec sa croix, c'est-à-dire qu'il vient pauvre, humble
et souffrant pour nous, pour imposer silence à notre raison
vaine et présomptueuse : Il ne raisonne point comme les philosophes, mais il décide avec autorité par ses miracles et par
sa grace ; il montre qu'il est au-dessus de tout : pour confondre
la fausse sagesse des hommes, il leur oppose la folie et le
scandale de sa croix, c'est-à-dire l'exemple de ses profondes
humiliations. Ce que le monde croit une folie, ce qui le
scandalise le plus, est ce qui doit le ramener à Dieu. Les
apôtres imitent son exemple. Ils ne recherchent point la vaine
pompe et les graces frivoles des orateurs payens ; ils ne s'attachent pas aux raisonnements subtils des philosophes, qui
faisaient tout dépendre de ces raisonnements dans lesquels
ils s'évaporaient, comme dit saint Paul ; ils se contentent de
prêcher Jésus-Christ, et Jésus-Christ crucifié ; en un mot,
ils foulent aux pieds l'éloquence et la sagesse humaine, et la
conversion du monde qu'ils opèrent a ce caractère divin de
n'être appuyé sur rien d'estimable selon la chair. *Dialogues
sur l'éloquence.*

Cependant Dieu qui a tout fait dans cette grande œuvre,
a voulu communiquer à l'instrument visible qu'il employait,
à la parole de ses envoyés, une onction céleste, une force
toute puissante, qui était une éloquence très-réelle, et bien
supérieure à toutes les conceptions du génie de l'homme.
Suivons dans leurs prédications ces orateurs d'un genre tout
nouveau. Ils commencent à Jérusalem. Après avoir reçu le
St-Esprit, ils paraissent tout-à-coup dans le temple ; quelque
chose de divin brille sur leur visage ; ils sont comme hors

d'eux-mêmes ; des paroles de feu s'échappent de leurs lèvres ; ils embrasent la multitude de leurs auditeurs également étonnés et de ce qu'ils voient et de ce qu'ils entendent. Ce n'est pas assez pour eux d'éclairer l'esprit et de toucher le cœur ; ils pressent vivement ceux qui les écoutent de céder à la lumière de la foi, de faire pénitence, de se convertir à Jésus-Christ. S'il y eut jamais de l'éloquence, ce fut dans ces discours brûlants que l'esprit de Dieu inspirait aux apôtres. Ils continuèrent quelque temps à prêcher ainsi dans la ville sainte. Saint Pierre surtout, comme le chef de tous, parle souvent dans le temple. Il rappelle toutes les prophéties de l'ancienne loi, il en explique le sens, il montre qu'elles se sont accomplies, et que celui que la nation juive a crucifié est le Messie qu'elle attendait. La grace de Dieu fécondant ses paroles, il opère des conversions innombrables. Les apôtres se répandent ensuite dans l'univers pour s'adresser aux Gentils ; et l'éloquence divine qui sort de leur bouche opère les mêmes prodiges.

« Il ira, dit Bossuet en parlant de saint Paul ; il ira, cet ignorant dans l'art de bien dire, avec cette locution rude, avec cette phrase qui sent l'étranger, il ira en cette Grèce polie, la mère des philosophes et des orateurs ; et, malgré la résistance du monde, il y établira plus d'églises que Platon n'y a gagné de disciples par cette éloquence qu'on a crue divine ; il prêchera Jésus dans Athènes, et le plus savant de ses sénateurs passera de l'aréopage en l'école de ce barbare. Il poussera encore plus loin ses conquêtes. Il abattra aux pieds de Jésus-Christ la majesté des faisceaux romains en la personne d'un proconsul, et il fera trembler dans leurs tribunaux les juges devant lesquels on le cite. Rome même entendra sa voix, et un jour cette ville maîtresse se tiendra bien plus honorée d'une lettre du style de Paul adressée à ses citoyens, que de tant de fameuses harangues qu'elle a entendues de son Cicéron. » *Panégyrique de saint Paul.*

Ce grand apôtre n'était-il pas éloquent lorsqu'il produisait de si étonnants effets ? Ne parlait-il pas de Dieu dans un langage sublime ? Ne faisait-il pas sentir d'une manière admirable la folie et l'absurdité des religions payennes ? Et dans les mouvements de son enthousiasme, ne cherchait-il pas tout à la fois et à convaincre les esprits par des raisonnements solides et à toucher les cœurs par des sentiments pathétiques ? Il méprisait tous les artifices d'une sagesse et d'une éloquence mondaine ; mais il cherchait cependant à raisonner juste et à persuader ; il était dans le fond un excellent philosophe et un grand orateur.

L'éloquence des apôtres et celle de leurs premiers disciples s'exerçait dans trois occasions principales : en présence des Juifs à qui ils expliquaient le sens des prophéties ; en présence des Gentils à qui ils annonçaient le vrai Dieu, et dans les assemblées des fidèles qu'ils instruisaient et fortifiaient dans la foi. Dans toutes ces occasions leur parole enflammée devait produire des effets surprenants. Qu'on se représente l'impression toute récente des grands mystères opérés par Jésus-Christ ; le contraste des vertus de ses disciples avec les vices et la corruption qu'offrait le monde à cette époque ; la pureté et l'élévation de la doctrine nouvellement apportée du ciel en opposition avec les fables ridicules ou abjectes qui jusqu'alors avaient régné ; le doute et l'incertitude auxquels étaient en proie les plus grands philosophes, tandis qu'une conviction profonde dominait tous les nouveaux chrétiens ; le danger que couraient les fidèles, le courage avec lequel la plupart savaient les braver, méprisant toutes les choses de ce monde, ne désirant que le ciel, se réjouissant des souffrances et des mépris qui les rendaient semblables à leur maître, soupirant même après les tourments et la mort, et regardant comme un bonheur insigne de sceller la foi de leur sang et de souffrir le martyre ; qu'on se représente toutes ces circonstances, et l'on comprendra que ces premiers orateurs de la religion

parlant avec l'autorité de l'apostolat, avec la force et l'onction que leur donnait une éminente sainteté, dûrent être,
nous ne craindrons pas de le dire, les hommes les plus éloquents que le monde ait jamais vus.

En signalant ainsi la supériorité de l'éloquence chrétienne
dans la prédication des apôtres, loin d'affaiblir la merveille
de la conversion des peuples, on ne fait au contraire que
la rendre plus manifeste. Il fallait la puissance d'en haut,
l'action de l'Esprit-Saint pour donner à des hommes simples
et ignorants cette élévation de pensées, cette force de langage, cette vivacité de sentiments que les plus grands philosophes et les plus célèbres orateurs n'avaient jamais pu
atteindre. Cette éloquence inconnue jusqu'alors est elle-même
un prodige aussi frappant que tous les autres prodiges.

Au reste, quoique miraculeuse, elle doit être, sous un
rapport, proposée pour modèle aux orateurs chrétiens. Ils
ne peuvent attendre de l'Esprit-Saint une inspiration comme
celle que reçurent les apôtres ; mais ils doivent, à leur
exemple, ne pas compter sur les moyens humains ; il faut
qu'ils s'oublient eux-mêmes, et se rendent dociles aux impressions intérieures de la grace ; il faut qu'ils ne soient occupés que du désir de procurer la gloire de Dieu, et de sauver
les ames ; c'est alors seulement qu'ils seront éloquents, c'est
alors seulement que les études profondes qu'ils ont faites,
que les connaissances qu'ils ont acquises seront utiles, et que
Dieu fera germer la semence du salut qu'ils répandront dans
les cœurs. C'est surtout dans la chaire que l'éloquence vient
de l'ame, et qu'elle ne consiste pas dans un vain arrangement de paroles ; il lui faut une conviction forte, une
émotion profonde : si l'idiôme qu'elle emploie est informe
et barbare, elle ne pourra transmettre ses inspirations à la
postérité ; toutefois elle agira puissamment sur ceux qui
l'entendront : mais, nous le répétons, pour trouver cette
éloquence du cœur, il faut être rempli de l'esprit de Dieu,

d'un zèle véritablement apostolique. L'éloquence chrétienne est placée à cette hauteur au – dessus de toute autre éloquence; elle n'a rien d'humain; et si elle emploie les pompes et la grandeur du langage, ces ornements, qui peuvent être ailleurs un savant artifice, ne doivent être ici qu'une inspiration. Nous verrons dans la suite que le désir de plaire ne peut produire que de vains efforts et le triste étalage d'une rhétorique mondaine.

CHAPITRE SECOND.

SIÈCLES DE PERSÉCUTION.

ARTICLE PREMIER.

APOLOGISTES.

Les premiers travaux des apôtres furent la prédication. Il suffisait d'abord d'annoncer la vérité au monde ; mais bientôt il fallut la défendre. Alors commença une seconde mission qui depuis n'a pas cessé de se mêler à la première ; toutes deux sont également utiles et également élevées ; toutes deux appelèrent les mêmes dangers et les mêmes persécutions sur les chrétiens qui furent destinés à les remplir. Pendant les trois premiers siècles, les Apologies de la religion furent surtout dirigées contre les payens qui la calomniaient. Nous devons rendre compte de cette lutte intéressante, en faisant connaître les éloquents défenseurs qu'elle a procurés à l'Église,

§ 1er. APOLOGISTES GRECS.

SAINT JUSTIN.

Saint-Justin, surnommé *le philosophe*, est le plus ancien de tous ceux dont les ouvrages sont parvenus jusqu'à nous. Né à Sichem, l'ancienne capitale de la Samarie, dans la Palestine, il fut élevé dans les erreurs et les superstitions de l'idolâtrie; mais en même temps il eut soin de cultiver son esprit par l'étude des belles lettres. Il chercha de bonne heure à connaître les sectes diverses de philosophes qui partageaient les écoles. Il raconte lui-même, dans son *Dialogue avec Tryphon*, qui est un traité de controverse contre les Juifs, quel chemin il parcourut avant de parvenir à la connaissance de la vérité. « Plein du dessein de me former à la philo-
» sophie, j'étais allé à l'école d'un stoïcien. J'y demeurai
» assez de temps jusqu'à ce que, voyant que je n'avançais
» point dans la connaissance de Dieu, que cet homme igno-
» rait jusqu'à la mépriser et ne la croire point nécessaire,
» je le quittai pour un autre de ceux qui se nomment péri-
» patéticiens. Celui-là, qui avait de lui-même l'idée la plus
» avantageuse, me garda quelque temps auprès de lui. Mais,
» un jour, m'ayant demandé son salaire, cette proposition
» me parut si peu digne d'un philosophe, que je me déter-
» minai à l'instant même à quitter son école.
» Mais le désir où j'étais d'être instruit de ce qui fait l'objet
» essentiel de la philosophie ne laissant aucun repos à mon
» esprit, je m'adressai à un pythagoricien, jouissant d'une
» grande considération, qui n'était pas moins que l'autre
» plein de son mérite, et lui demandai de m'admettre au
» nombre de ses disciples. Sa première question fut celle-ci :
» Savez-vous la musique, l'astronomie, la géométrie ? car,
» à moins de ces préliminaires, vous ne croyez pas sans

» doute pouvoir arriver à rien de ce qui mène à la béatitude,
» c'est-à-dire à la contemplation de l'Être, bonté et beauté
» essentielles et souveraines. » Sur ma réponse que je n'en
» savais pas un mot, il me renvoya. J'espérais être plus
» heureux auprès des platoniciens. C'étaient alors les plus
» accrédités. J'allai trouver l'un d'entr'eux qui passait pour
» le plus habile de cette école. Je la fréquentais assidument,
» et je fis d'assez rapides progrès dans la connaissance de sa
» doctrine. J'en étais enchanté ; la contemplation des idées
» intellectuelles semblait me donner des ailes pour m'élever
» bientôt jusqu'à la plus haute sagesse ; je le croyais du
» moins ; ce n'était qu'une erreur. Un jour que, m'aban-
» donnant à cette espérance, je marchais pour gagner le
» bord de la mer, comptant y être seul et pouvoir m'y livrer
» mieux à la méditation ; tout près d'arriver, j'aperçus à
» quelques pas de moi quelqu'un qui marchait derrière moi.
» C'était un homme d'un âge déjà fort avancé ; la douceur
» et la gravité paraissaient également sur son visage. Je
» m'arrêtai, et me retournai vers lui pour voir qui c'était ;
» et je le considérais attentivement sans rien dire. Ce fut lui
» qui engagea la conversation. — Est-ce que vous me con-
» naissez ? me dit-il. Je répondis que non. — D'où vient
» donc que vous me regardez si fixement ? — C'est, ré-
» pliquai-je, que je suis surpris de vous rencontrer dans un
» lieu où je me croyais tout seul. — Mais vous-même, qu'y
» étiez-vous venu faire ? J'exposai pourquoi. »

Le vieillard prend occasion des réponses de Justin, pour
lui apprendre les secrets d'une autre philosophie bien plus
certaine, bien plus nécessaire que toutes celles des écoles
profanes. Celui-ci argumente dans le sens des platoniciens
sur la nature des ames, sur l'essence divine, sur les récompenses et les châtiments à venir. Le vieillard le presse si fort,
tantôt par des questions agréables, tantôt par des comparaisons sensibles, tantôt par de solides raisons, qu'il le réduit

à avouer que les philosophes n'avaient pas connu la vérité. Alors Justin lui demandant à qui il fallait s'adresser pour entrer dans la véritable voie. « Long-temps avant que vos » philosophes existassent, répondit-il, il y a eu dans le » monde des hommes justes, amis de Dieu, et inspirés par » son esprit. On les appelle prophètes, parce qu'ils ont prédit » des choses futures qui sont effectivement arrivées. Leurs » livres, que nous avons encore, contiennent des instructions » lumineuses sur la première cause et la dernière fin de tous » les êtres. On y trouve beaucoup d'autres articles dont » la connaissance doit intéresser un philosophe. Ils n'em-» ployaient, pour établir la vérité, ni les disputes, ni les » raisonnements subtils, ni ces démonstrations abstraites qui » sont au-dessus de la portée du commun des hommes. On » les croyait sur leur parole, parce qu'on ne pouvait se re-» fuser à l'autorité qu'ils recevaient de leurs miracles et de » leurs prédictions. Ils inculquaient la créance d'un seul » Dieu, le père et le créateur de toutes choses, et de Jésus-» Christ son fils qu'il a envoyé au monde. » Il conclut son discours par ces paroles : « Quant à vous, faites d'ardentes » prières pour que les portes de la vie vous soient ouvertes. » Les choses dont je viens de vous entretenir sont de nature » à ne pouvoir être comprises, à moins que Dieu et Jésus-» Christ n'en donnent l'intelligence. » Après ces mots le vieillard se retira, et Justin ne le vit plus.

Cet entretien fit beaucoup d'impression sur l'esprit du jeune philosophe, et lui inspira une grande estime pour les prophètes. Il approfondit les motifs de crédibilité du christianisme, et se détermina peu après à l'embrasser. Ce qui contribua particulièrement à le convaincre fut l'innocence et la vertu des chrétiens. Il ne pouvait se lasser d'admirer la constance avec laquelle ils aimaient mieux souffrir les plus cruelles tortures, et même affronter la mort avec son plus terrible appareil, que de trahir leur religion, et de commettre

le moindre péché. Voici comment il s'exprime sur ce point :
« Je n'ignorais pas de combien de crimes la haine publique
» les chargeait ; mais en les voyant affronter la mort et ce
» qu'il y a de plus terrible, je reconnus qu'il était impos-
» sible que de tels hommes fussent coupables des crimes hon-
» teux qu'on leur reprochait. Car, comment une personne
» avide de plaisirs, abandonnée à la débauche, pourrait-elle
» recevoir avec joie une mort qui va la priver de tout ce
» qu'elle trouve d'heureux et d'agréable dans le monde ? Au
» contraire, ne fera-t-elle pas bien plutôt tous ses efforts
» pour prolonger par tous les moyens une vie qui est pour
» elle le bien suprême, et pour se dérober aux yeux des ma-
» gistrats, bien loin d'être soi-même son dénonciateur et
» son bourreau ? » *Apologie* 1re.

Saint Justin rendit compte de son changement de religion
dans un écrit qui a pour titre *Exhortation aux Gentils*, et
qui est partagé en deux discours. Il leur dit que c'est avec
connaissance de cause qu'il a renoncé au paganisme, dont le
culte ne lui présentait rien de saint, rien qui fut digne de
la divine majesté ; toutes les fictions des poètes qui fondent
la théologie du paganisme, n'étant que des monuments de
délire et d'impiété : « Quelle école de morale, demande-t-il,
» était-ce que les exemples de ces dieux, consacrés par les
» chants de la poésie et par les hommages de leurs adora-
» teurs ? Répondez, ô vous, habitants de cette Grèce si
» polie ! Vous vous indignez contre votre fils, quand vous le
» voyez s'abandonner à de coupables excès : votre Jupiter
» est-il moins coupable que lui ? Vous répudiez votre femme
» quand elle oublie ses devoirs : mais une Vénus a chez
» vous des temples. Si c'étaient d'autres qui vous parlassent
» ainsi, vous crieriez à l'outrage. Est-ce moi qui accuse vos
» dieux ? Ne sont-ce pas plutôt et vos poètes et vos histo-
» riens ? Laissez donc là ces fables ridicules. Venez prendre
» part à la sagesse incomparable qui se puise à la source de

» la divine parole. Reconnaissez, non un Jupiter souillé de
» crimes, mais un Roi du ciel, incapable de corruption;
» dont les héros ne savent pas verser le sang des peuples,
» mais ne répandent que le leur propre; qui n'accorde point
» sa prédilection ni à la vigueur des membres et à la beauté
» des formes, mais à la seule beauté de l'ame, à l'innocence
» et à la vertu. O puissance toute céleste, qui, du moment
» où elle s'est rendue maîtresse du cœur, y établit la paix,
» en chasse les passions ! O doctrine toute divine, qui forme
» non des poètes, des philosophes et des orateurs, mais qui
» de mortels nous fait devenir immortels, qui nous associe
» à la nature de Dieu lui-même, et qui de la terre nous
» élève dans le ciel ! Voilà celle dont le charme secret m'a
» conduit à la doctrine nouvelle que je professe. Venez avec
» moi; apprenez ce que j'ai appris; et puisque j'ai été ce
» que vous êtes, ne désespérez pas d'être un jour ce que je
» suis. » *Discours aux Grecs.*

Saint Justin composa encore d'autres écrits en faveur
de la religion chrétienne. Ses deux *Apologies*, adressées
aux empereurs, l'ont rendu particulièrement célèbre.

» Quand nous vous parlons du royaume de Dieu, l'objet
» de notre espérance, dit-il, dans la première qui est
» la plus importante, vous vous imaginez aussitôt qu'il
» s'agit d'un royaume tel que ceux de la terre. Désabusez-
» vous. Pour vous détromper, il vous suffirait d'assister à
» l'interrogatoire d'un chrétien. Quand on nous demande si
» nous le sommes, nous le confessons. Si nos espérances se
» bornaient à un royaume de la terre, nous nierions, nous
» nous cacherions pour éviter la mort et parvenir au terme
» de notre ambition; mais parce qu'elle n'est point limitée
» à ce cercle étroit des choses d'ici-bas, nous ne cherchons
» point à arrêter les coups qui nous frappent, sachant bien
» d'ailleurs qu'ils sont tôt ou tard inévitables. Sommes-nous
» moins que les autres citoyens en état d'entretenir et de

» cimenter l'ordre et la prospérité publique. Nous ensei-
» gnons que personne n'échappe aux regards de **Dieu**, ni
» le méchant, ni l'avare, ni le calomniateur secret, ni
» l'homme vertueux, et que chacun est destiné à un bonheur
» ou à un malheur éternel, en conséquence de ses œuvres.

» **Si** tous les hommes connaissaient bien cette doctrine,
» aucun d'eux ne voudrait se rendre criminel pour si peu
» de temps, et courir le risque d'un enfer qui durera au-
» tant que l'éternité ; il se contiendrait, à quelque prix
» que ce fût, et cultiverait la vertu, tant pour se garantir
» du châtiment que pour mériter les récompenses. Ce ne
» sont pas vos lois ni vos échafauds qui arrêtent le crimi-
» nel lorsqu'il agit dans l'ombre, et qu'il se croit assuré de
» l'impunité ; il sait bien que vous n'êtes que des hommes,
» et que l'on peut échapper à votre justice ; mais avec l'in-
» time conviction qu'il y a un **Dieu** à l'œil de qui rien n'é-
» chappe, pas même les plus secrètes pensées, n'y eût-il
» que la crainte du châtiment, ce seul frein ne serait-il pas
» un bienfait pour la société tout entière ? .... »

« **Autrefois** nous ne connaissions de plaisirs que ceux de la
» débauche : aujourd'hui la chasteté fait toutes nos délices.
» Au lieu de l'indigne commerce avec les démons que nous
» affections par l'usage des sortiléges et de la magie, nous
» nous dévouons tout entiers au **Dieu** bon et immortel. Nous
» étions impatients de nous enrichir par toutes sortes de
» moyens : maintenant nous mettons nos biens en commun,
» ou si nous les retenons, ce n'est que pour en faire part à
» tous ceux qui en ont besoin. Les haines, les sanguinaires
» emportements formaient nos mœurs habituelles : aujour-
» d'hui, unis par les liens d'une charité mutuelle, nous prions
» même pour nos ennemis. Ceux qui nous persécutent avec
» tant d'injustice, nous travaillons, par les seules voies de
» la douceur, à les gagner, en leur persuadant de vivre
» comme nous dans l'obéissance à la loi de **Jésus-Christ**,

» pour avoir droit aux mêmes récompenses qui nous sont
» promises. »

Saint Justin met sous les yeux de ses juges les principales
maximes de la morale chrétienne, rapportées textuellement
du livre des Évangiles, sur le devoir de la continence, de
la chasteté, de la charité, de l'aumône, du pardon des injures, de la soumission envers les princes, sur le culte de
Dieu, sur les serments, etc.

« Doctrine admirable, poursuit-il, qui a trouvé des
» disciples dans toutes les classes, a réformé les mœurs
» d'une foule innombrable de personnes que nous voyons
» encore avec orgueil persévérer jusqu'à l'âge le plus avancé
» dans la plus haute perfection ! »

« S'il en est parmi ceux qui se disent chrétiens, dont les
» mœurs ne soient pas conformes à ces maximes, (et Jésus-
» Christ n'a pas manqué de nous en avertir), ils ont cessé
» de l'être; car ce n'est point par la seule profession, mais
» par les mœurs que l'on est chrétien. Ceux-là, nous sommes
» les premiers à provoquer contre eux-mêmes la rigueur de
» votre justice. » *Traduction de M. Guillon, Bibliothèque
choisie des Pères de l'Église.*

Ces traits suffisent pour indiquer la manière de Saint Justin. Il dédaigne les ressources, le fard de l'éloquence; mais
il donne à son style la force, la précision, la noblesse.

Il avait défendu la foi dans ses écrits avec un noble courage; il la scella de son sang par un glorieux martyre. (167).

SAINT CLÉMENT D'ALEXANDRIE.

Ce fut aussi par l'étude que Saint Clément d'Alexandrie
découvrit les erreurs du paganisme et qu'il vit briller à ses
yeux les lumières de la foi. Devenu chrétien, il écrivit pour
éclairer ceux qui étaient dans les ténèbres de l'infidélité. Son
Exhortation aux gentils a pour objet de faire sentir l'absur-

dité des religions payennes; et cette absurdité devient singulièrement frappante par le précis historique qu'il donne de
la mythologie.

Saint Clément était versé dans toutes les sciences de la
Grèce, de l'Italie et de l'Orient, où il avait beaucoup voyagé.
Il a répandu dans ses ouvrages les plus vastes connaissances;
elles fortifient ses raisonnements et attachent agréablement le
lecteur. Mais très-souvent aussi elles sont mal digérées et
occasionnent une confusion fatigante. Son style est en général élégant et fleuri, mais trop chargé d'allégories et de
métaphores.

SAINT THÉOPHILE.

Saint Théophile, né de parents idolâtres, qui formèrent
avec soin son esprit par l'étude des lettres et des sciences, se
convertit à la religion chrétienne. Il la défendit ensuite avec
zèle et avec éloquence. Il nous reste de lui *trois livres à
Autolyque* qui sont une bonne apologie. On y admire la
noblesse, la douceur et l'élégance du style, la vivacité et
l'agrément dans le tour des pensées, le naturel et la beauté
dans les allégories et les similitudes. Saint Théophile com-
battit aussi les hérétiques de son temps, mais les ouvrages
qu'il composa à ce sujet ne sont point parvenus jusqu'à nous.
Ses vertus l'élevèrent sur le siége. d'Antioche vers le milieu
du second siècle.

ATHÉNAGORE.

Nous avons d'Athénagore, sous le titre de *Légation*, une
apologie de la religion chrétienne, qu'il présenta à Marc-
Aurèle et à son fils Commode. Il montre l'injustice avec laquelle on persécutait les chrétiens. « Pourquoi, demande-t-il,
» sous le règne de deux princes philosophes, et naturellement

11

» équitables , n'accorde–t–on pas aux chrétiens , qui font
» profession d'honorer la Divinité , la même liberté dont
» jouissent les superstitions les plus absurdes? Pourquoi ne
» procède-t-on pas. contre des hommes dont les mœurs sont
» innocentes, dans la même forme juridique que contre des
» malfaiteurs coupables des plus grands crimes? »

On estime cet ouvrage pour la méthode, la solidité et l'élégance ; on trouve seulement que le style en est trop diffus.

ORIGÈNE.

Quel que soit le mérite des grands écrivains dont nous venons de parler, il est de beaucoup inférieur à celui d'Origène. « Cet homme si justement célèbre naquit à Alexandrie, l'an 185. Il n'avait encore que dix-sept ans qu'il étonnait déjà par l'étendue et la précision de ses connaissances, ... grand homme dès son enfance, dit saint Jérôme. Ce Père affirme qu'outre les Saintes Écritures, dont son père lui avait appris la lettre et l'esprit, il savait très-bien la philosophie tout entière. Elle embrassait la dialectique, la géométrie, l'arithmétique ou mathématiques, la musique, la rhétorique, l'histoire de toutes les sectes de philosophes, même l'hébreu. Il fallait bien qu'il y eût dans ce jeune homme un savoir extraordinaire, puisque Démétrius, évêque d'Alexandrie, lui confia, à l'âge de dix-huit ans, la direction de l'école de cette ville, dont l'érudition et l'éloquence de saint Clément avait si fort accru la célébrité (*). Bientôt sa réputation éclipsa

(*) « Il y avait à Alexandrie une école fameuse dès le temps de saint Marc l'évangéliste. On y expliquait les Saintes Écritures , on y enseignait même les belles-lettres. Panténus, qui l'avait présidée avec le plus grand éclat, l'ayant quittée pour aller porter l'Évangile dans la Judée , se choisit pour successeur saint Clément, le plus laborieux de ses disciples. » *M. Guillon.*

celle de tous ses prédécesseurs. Elle parvint à la cour. L'empereur Alexandre et Mammée, sa mère, voulurent le connaître. Porphyre, aussi fameux par ses calomnies contre le christianisme qu'Origène par sa défense, témoigna une égale curiosité pour l'entendre durant son séjour en Palestine, où la persécution l'avait forcé de chercher un asile. Les évêques de cette contrée, réunis en concile, et présidés par saint Alexandre, évêque de Jérusalem, l'obligèrent, quoiqu'il ne fût encore que laïque, d'instruire le peuple en leur présence et d'expliquer les Écritures. Par là il se préparait à instruire l'Église tout entière par les excellents ouvrages sortis de sa plume. Les païens s'alarmèrent de tant de mérite. Dénoncé aux magistrats, obligé de changer à tous moments de maison pour échapper à ses persécuteurs, saisi par une populace furieuse, traîné par les rues, il courut souvent le risque de la vie, et n'échappa que par la magnanimité de sa foi. La mort de Sévère ayant rendu quelque paix à l'Église, Origène fit un voyage à Rome, poussé par le désir de voir cette église si ancienne; et peu de temps après il revint à Alexandrie reprendre son école. Sa renommée, qui augmentait tous les jours, attirait sans cesse près de lui un prodigieux concours d'auditeurs de tout âge et de tout rang. C'étaient non-seulement les chrétiens, mais les juifs et les païens, mais les philosophes eux-mêmes (*)....

Il enseignait toutes les sciences avec autant de succès que la théologie. On vit sortir de son école un grand nombre de

---

(*) « La renommée d'Origène était répandue dans tout le monde romain, et les polythéistes même admiraient le docteur chrétien. Étant un jour entré dans l'école de Plotin au moment où celui-ci faisait sa leçon, Plotin rougit, interrompit son discours et ne le continua qu'à la sollicitation de son illustre auditeur, dont il fit un pompeux éloge en reprenant la parole. » *M. de Châteaubriand, Études historiques.*

docteurs et de prêtres qui éclairèrent l'Église par leurs lumières autant qu'ils l'honorèrent par leurs vertus ; et plusieurs d'entre eux ont obtenu la couronne du martyre. A l'exercice de son enseignement, Origène joignait l'étude continuelle des livres saints et la composition. Le nombre de ses ouvrages est si considérable, ont dit saint Jérôme et Vincent de Lérins, qu'il est devenu très-difficile, non-seulement de les lire tous, mais de les recueillir (*). Le plus célèbre comme le plus important, après ceux qu'il a publiés sur l'Écriture-Sainte, c'est le *Traité contre Celse*, apologie du christianisme, que Bossuet appelle le plus exact et le plus savant de tous ses ouvrages. Sous quelqu'aspect que l'on considère ce grand homme, partout il s'élève au premier rang, tant pour l'immensité de son savoir et la vigueur de sa dialectique, que par la force de son génie et la fécondité de son imagination. Mais c'est plus particulièrement encore dans celui-ci qu'il fait preuve de ces rares qualités. Eusèbe renvoie à ce livre tous ceux qui, aimant la vérité, voudront connaître ce que c'est que le christianisme, et affirme que non-seulement toutes les difficultés proposées avant lui contre sa vérité, mais que toutes celles qui pourraient s'élever dans la suite, s'y trouvent à l'avance combattues et refutées victorieusement.

« Le philosophe Celse se vantait de lui avoir porté le coup mortel par son livre publié sous le titre de *Discours véritable*. En effet, l'ouvrage était composé avec beaucoup d'artifice. Son titre semblait justifié par un ton de franchise, et surtout par un caractère d'assurance propre à éloigner tous les doutes. Une érudition fastueuse appuyait de tout son poids une argumentation vive, serrée, qui avait épuisé toutes les ressources

---

(*) « Il composa un si grand nombre d'ouvrages que sept sténographes étaient occupés à écrire chaque jour sous sa dictée. » *M. de Châteaubriand, Études historiques.*

du sophisme, et l'apparente austérité du sujet s'y trouvait tempérée adroitement par une piquante ironie qui lui assurait des lecteurs dans toutes les classes de la société. Ce n'étaient plus les fausses interprétations données par l'ignorance et par le fanatisme des peuples à une religion qui enveloppait ses mystères des ombres du secret; nos premiers apologistes l'avaient tirée du sanctuaire : c'était la philosophie et la raison armées de nos propres aveux, s'avançant contre la religion nouvelle en connaissance de cause, procédant par une marche régulière, sapant dans ses bases l'édifice tout entier de la foi chrétienne, la mettant au creuset, l'attaquant dans son principe, dans ses dogmes, dans son histoire et ses institutions.

» L'Église commençait à s'alarmer d'un si dangereux adversaire. Origène se chargea de la défendre. Sa réputation portée aussi loin que l'empire romain, soixante ans de travaux et de triomphes, la confiance des fidèles, des évêques eux-mêmes qui avaient voulu l'entendre, lorsqu'il n'était encore que simple laïque, expliquer les écritures ; les vœux de l'amitié; tout déférait à ce grand homme l'honneur d'entreprendre une si belle cause. Origène publia sa réponse, et il resta démontré à tous les siècles que la vérité, sortie victorieuse d'un combat en apparence si redoutable, n'avait pas plus à craindre les sophistes que les bourreaux.

» Le savant apologiste ne se contente pas de détruire les objections de son adversaire, qu'il poursuit pied-à-pied, au risque même de revenir quelquefois sur ses pas, parce que Celse le ramène souvent aux mêmes objections ; il établit doctement la vérité de la religion chrétienne. Il la démontre par le raisonnement, par les faits, par les prophéties, par les miracles, par les mœurs de ses disciples; et ce vaste cercle est toujours parcouru avec une inébranlable fermeté. » *M. Guillon*.

Le début est remarquable par le ton d'une franchise courageuse que donnait à l'auteur la supériorité de sa cause.

« Jésus-Christ notre Sauveur et notre maître, accusé calom-
» nieusement par de faux témoins, ne répondit pas; il savait
» bien que sa vie entière lui tenait lieu d'apologie, et parlait
» plus haut que ses accusateurs. Et vous voulez, pieux Am-
» broise (*son compagnon d'études et son ami*), que je ré-
» ponde aux invectives que Celse s'est permises contre les
» Chrétiens et contre la foi de leur Église, comme si elles
» ne se refutaient pas d'elles-mêmes ; comme si notre doc-
» trine, plus éloquente que tous les écrits, ne confondait pas
» la calomnie, et ne lui ôtait pas jusqu'à l'ombre de la vrai-
» semblance. »

Le morceau qu'on va lire fera juger du corps de l'ouvrage.

« Pourtant le voilà qui vient à l'histoire de Moïse. Mais
» c'est pour faire le procès à ceux qui en donnent des expli-
» cations allégoriques. Mais ce judicieux critique, ce grand
» homme, qui intitule son écrit *Discours véritable*, ne serait-
» on pas fondé à lui dire : Vous qui découvrez de si beaux
» mystères dans les étranges aventures que vos sages poëtes,
» que vos graves philosophes nous racontent de ces prétendus
» dieux, incestueux, parricides, bourreaux ou victimes;
» d'où vient que vous déplorez l'aveuglement de ceux qui ont
» reçu les lois de Moïse, qui ne nous apprend rien de pareil
» de Dieu ni des saints anges, et n'a même jamais eu à mettre
» sur le compte d'aucun homme, quelque coupable qu'il pût
» être, rien d'égal à ces fameux exploits dont vous composez
» l'histoire d'un Saturne ou d'un Jupiter, père des Dieux et
» des hommes?

» Proposons ce défi à nos adversaires : Qu'ils comparent
» livre à livre, d'un côté les productions ramassées d'un Li-
» nus, d'un Musée, d'un Orphée, d'un Phérécide; de l'autre
» Moïse seul. Qu'ils établissent un parallèle de leurs histoires
» avec la sienne, de toutes leurs morales avec ses lois et ses
» enseignements; et que l'on essaie qui d'entre eux tous sera

» plus propre à opérer sur les mœurs la plus salutaire ré-
» forme.

» De plus, que l'on fasse attention que ces écrivains pré-
» conisés par Celse, tenant leur philosophie cachée dans les
» ombres du sanctuaire, l'ont renfermée sous le voile des
» emblêmes et des allégories qui la rendent peu accessible au
» commun des lecteurs ; au lieu que Moïse, en orateur con-
» sommé, toujours plein de son sujet, ne dit rien dans son
» Pentateuque qui n'intéresse également la multitude et les
» savants ; la multitude qui n'y trouve que des leçons de la
» plus saine morale ; les savants, qui peuvent percer plus
» avant et y découvrir les principes des plus hautes spécu-
» lations. Aussi toute la sagesse de vos grands hommes n'a-
» t-elle pu empêcher la perte de leurs ouvrages, qui assu-
» rément se seraient mieux conservés, si l'utilité en avait
» paru sensible ; au lieu que les livres de Moïse, encore
» entiers, ont fait sur les esprits une impression telle, que
» des lecteurs même étrangers à la religion des Juifs, ont
» bien su y reconnaître l'ouvrage de Dieu, créateur de l'u-
» nivers, dont Moïse, ainsi qu'il l'annonce, ne fut que
» l'organe. Il convenait sans doute que celui qui avait tiré le
» monde du néant, voulant lui donner des lois, imprimât à
» ses paroles une vertu capable de se faire sentir à tous les
» hommes. »....

« Celse en vient enfin à Jésus, fondateur de la société qui
» s'appelle les chrétiens. Il dit qu'*ayant paru au monde de-*
» *puis fort peu d'années, il y a été le premier auteur de*
» *cette doctrine, et qu'il a passé parmi les chrétiens pour le*
» *fils de Dieu.* — Je l'arrête dès la première ligne : Puisqu'il
» n'y a pas si long-temps, puisqu'il n'y a qu'un fort petit
» nombre d'années que Jésus a paru dans le monde, com-
» ment a-t-il pu se faire autrement que par l'intervention de
» Dieu, comment, dis-je, a-t-il pu se faire que, depuis ce
» petit nombre d'années que Jésus a commencé de prêcher

» sa doctrine, elle se soit répandue par tout l'univers au
» point qu'une foule de Grecs et de Barbares, de savants et
» d'ignorants l'aient embrassée jusqu'à consentir à perdre la
» vie plutôt que d'y renoncer. Que l'on nous cite une autre
» croyance religieuse, quelle qu'elle soit, de qui l'on puisse
» en dire autant : preuve irrécusable que c'est là l'œuvre de
» Dieu. Je n'ai garde de rien exagérer en faveur de ma reli-
» gion ; mais je ne crains pas d'avancer que personne ne
» peut rendre la santé aux corps sans l'assistance de la divi-
» nité, et l'on croira que, si quelqu'un vient à bout de
» guérir les ames des vices qui les infectent, de leur intem-
» pérance, de leur injustice, de leur mépris pour la divinité,
» que s'il réussit à faire pratiquer la vertu et la religion, je
» suppose, à cent personnes, il puisse opérer un tel prodige
» sans le secours de la Divinité? Tout homme sensé qui ré-
» fléchira sur ce que je viens de dire, sera convaincu qu'il
» n'arrive au monde rien de bon que par l'ordre de la pro-
» vidence. Appliquons ce principe à la révolution que Jésus-
» Christ a opérée dans le monde. Que l'on rapproche les
» mœurs actuelles des chrétiens de celles où ils vivaient au-
» paravant : à quel désordre de passions, à quel excès de
» corruption, de libertinage et d'impiété ils se trouvaient
» tous livrés, avant de s'être laissé séduire, comme par-
» lent Celse et ses adhérents, par cette religion qu'ils ac-
» cusent d'être la perte du genre humain ! Depuis qu'ils
» l'ont embrassée, quelle différence ! quel empire sur toutes
» les passions, au point qu'il n'est pas rare parmi nous
» d'en voir qui portent la perfection dans la vertu jusqu'à
» s'abstenir même des plaisirs légitimes ! Un plan de reli-
» gion tel que Jésus l'a conçu était au-dessus des forces
» humaines, il l'a exécuté : un homme pourrait-il faire
» rien de semblable? Car, dès le commencement, tous les
» obstacles imaginables s'opposaient aux progrès de sa doc-
» trine ; rois, empereurs, généraux d'armée, magistrats, peu-

» ples, soldats, en un mot tout ce qui avait quelque autorité
» ou quelque puissance dans le monde, lui ont déclaré la
» guerre. Plus forte que tous ses ennemis, elle a triomphé :
» elle s'est soumis toute la Grèce et une grande partie
» des Barbares ; elle a engagé une multitude innombrable
» d'hommes à adorer Dieu.

» Celse invective contre l'auteur de notre religion, lui
» reprochant d'être *né d'une pauvre villageoise qui ne vi-*
» *vait que du travail de ses mains.* Je sais bien que, dans
» l'ordre commun des choses, la noblesse de l'extraction et
» l'illustration de la patrie, les soins donnés à l'éducation,
» les richesses et les dignités que les ancêtres ont possédées,
» contribuent à donner aux hommes de l'éclat et de la cé-
» lébrité ; mais lorsque, sans être soutenu par aucun de
» ces moyens, avec tout ce qu'il y a de plus contraire,
» on parvient à s'élever de soi-même, à remplir la terre
» de son nom, à remuer tous les cœurs, à mettre tout l'u-
» nivers en mouvement, n'est-on point porté, dès le pre-
» mier aperçu, à conjecturer qu'un tel changement suppose
» un grand caractère, soit d'habileté soit d'éloquence ? Que
» de cette proposition générale l'on en vienne à une appli-
» cation particulière, ne demandera-t-on pas comment un
» homme né dans la pauvreté, dénué de toutes les ressources
» de l'éducation, sans aucune teinture des arts et des sciences,
» qui servent à convaincre les esprits et à toucher les cœurs,
» a pu entreprendre d'établir une religion nouvelle, d'abolir
» les croyances de son pays, sans cependant déroger à l'au-
» torité de ses prophètes, de renverser les coutumes reli-
» gieuses des Grecs ? On demandera où le même homme,
» qui, de l'aveu de ses détracteurs, ne dut rien à aucun
» homme, a pu puiser les connaissances également certaines
» et sublimes qu'il est venu apporter au monde sur l'essence
» divine, sur les jugements de Dieu, sur les châtiments des-
» tinés au crime, sur les récompenses préparées à la vertu ;

» persuader les savants, comme les ignorants, les esprits les
» plus relevés comme les plus grossiers, les hommes les plus
» capables d'examiner par eux-mêmes et de juger une doc-
» trine dont la première vue n'offre rien que de rebutant ? Un
» habitant de Sériphe reprochait à Thémistocle qu'il devait
» sa réputation non à ses vertus guerrières, mais à sa patrie.
» Celui-ci répondit : « Il est vrai que si j'étais né à Sériphe,
» je n'aurais pas acquis tant de renommée ; mais vous, quand
» vous seriez né à Athènes, vous n'auriez jamais été Thémis-
» tocle. » Et notre Jésus, à qui l'on reproche d'être né dans
» un hameau non de la Grèce, ni d'aucun autre pays tant
» soit peu notable ; d'avoir eu pour mère une femme pauvre,
» réduite à gagner sa vie par le travail de ses mains ; d'avoir
» été contraint lui-même à fuir en Égypte ; d'avoir exercé
» un vil métier dans une terre étrangère ; notre Jésus, en
» quelque sorte le dernier des Sériphéens ; c'est lui qui a
» ébranlé, qui a changé l'univers, qui a fait ce que n'ont pu
» ni un Thémistocle ni un Platon, ni tout ce qu'il y eut
» jamais de sages, de capitaines et de potentats !

» Pour peu qu'on réfléchisse, on ne verra pas sans éton-
» nement que, du sein de l'ignominie, Jésus se soit élevé au
» comble de la gloire, et qu'il ait effacé les plus illustres
» personnages. On en trouve peu qui se soient rendus cé-
» lèbres à la fois par plusieurs endroits différents ; l'un est
» fameux par sa sagesse, un autre par ses talents militaires ;
» Jésus, outre tant d'autres vertus, s'est fait admirer et
» par sa sagesse et par ses prodiges, et par l'autorité de
» ses lois. Pour se faire des disciples, il n'a employé ni
» la violence ni la tyrannie, qui proclame la révolte, ni
» l'audace du brigandage, qui arme des satellites ; il ne
» s'est servi ni de l'opulence qui paie des flatteurs, ni
» d'aucun des artifices ordinaires à l'imposture : il ne s'est
» montré que comme le docteur d'une religion, d'une science
» toute divine qui apprend à mériter les faveurs du ciel,

» Ni Thémistocle, ni aucun autre fameux personnage,
» n'ont trouvé d'obstacles à la gloire. Mais Jésus, outre
» ceux dont nous venons de parler, et qui étaient en effet
» de nature à retenir dans l'obscurité le plus heureux gé-
» nie, l'ignominie de ses souffrances et sa mort sur la croix
» étaient bien faites, ce semble, pour anéantir toutes celles
» qu'il aurait pu acquérir auparavant, pour le couvrir du
» titre d'imposteur, et détourner à jamais de sa religion
» tous ceux qui auraient pu se laisser séduire par lui,
» comme le prétendent les ennemis de sa doctrine.

» Si donc ses disciples n'avaient pas été les témoins de
» sa résurrection et des miracles qui l'accompagnèrent,
» s'ils n'avaient pas été pleinement convaincus de sa divi-
» nité, conçoit-on qu'ils eussent pu consentir à s'exposer à
» tous les dangers qui les menaçaient d'une fin pareille à
» celle de leur maître, à les braver, à quitter leur pa-
» trie, pour aller par le monde prêcher la doctrine que
» Jésus-Christ leur avait enseignée? Non. Pour peu qu'on
» examine ce fait de sang-froid, personne au monde n'i-
» maginera que les apôtres aient choisi à dessein un genre
» de vie errante et vagabonde, pour se faire les prédica-
» teurs d'un Dieu crucifié, sans la ferme confiance, que leur
» maître seul pouvait leur donner, qu'ils étaient obligés
» non-seulement de vivre eux-mêmes conformément à ses
» préceptes, mais d'y faire vivre les autres. Car, dans la
» situation actuelle des choses, ce que l'on avait à attendre
» en voulant établir de nouveaux dogmes et en les pres-
» crivant à tous, c'était de s'attirer la haine de tous, et
» par conséquent vouloir courir à la mort. Croira-t-on
» qu'ils fussent assez aveugles pour ne pas voir à quel dé-
» nouement allait aboutir la prédication d'un Évangile qui
» tendait à prouver non-seulement aux Juifs, par les écrits
» des prophètes, que Jésus était le Messie prédit par leurs
» oracles, mais à persuader à tous les peuples du monde

» qu'un homme crucifié la veille avait souffert volontairement
» la mort, qu'il s'était dévoué pour le salut des hommes,
» afin de les arracher à la tyrannie du démon ? »

Les plus belles vertus du christianisme honorèrent constamment la vie d'Origène, et semblèrent rehausser encore
l'éclat de ses talents. Il fut confesseur de la foi dans les temps
de persécution et sut inspirer à un grand nombre de chrétiens
le désir de souffrir pour Jésus-Christ. Quelques erreurs qui
lui échappèrent sur l'éternité des peines et sur d'autres points,
donnèrent lieu dans la suite à des sectaires de s'appuyer fortement de son autorité. C'est de là que leur vint le nom
d'*Origénistes*. Pour lui il n'eut jamais cette opiniâtreté qui fait
les hérétiques, et il mourut dans la communion de l'Église,
à Tyr, en 255.

§ 2. APOLOGISTES LATINS.

TERTULLIEN.

Ainsi les Pères grecs, et surtout Origène, ont repoussé
avec un grand talent toutes les attaques dirigées contre la
religion ; mais Tertullien, prêtre de Carthage, a procuré aux
latins, par la grandeur de son génie, une supériorité remarquable. « Il publia son *Apologétique* vers l'an 194 de Jésus-
Christ. Il l'adressa aux magistrats romains, soit à ceux même
qui siégeaient dans la capitale de l'empire et du monde, soit
au proconsul et aux autres officiers qui tenaient leur tribunal
à Carthage. »

« L'Apologétique, dit l'abbé Fleury, est la plus ample et
» la plus fameuse de toutes les apologies des chrétiens. »
Saint Augustin et saint Jérôme ont vanté la prodigieuse
érudition de l'auteur, son éloquence mâle et généreuse, toute
en raisonnements, en images, en mouvements pathétiques.
Fière et imposante, elle attache l'esprit par l'élévation des

principes, la profondeur, quelquefois même la hardiesse des pensées, et le cœur par une sorte de mélancolie sombre et presque dramatique, qui la rend plus intéressante encore; c'est celle du héros calme, mais sensible, qui marche à la mort en bravant ses assassins, mais en déplorant l'iniquité de ses juges. Jamais auteur ne s'est mieux peint dans ses ouvrages que Tertullien. On sait que saint Cyprien, qui l'appelait son maître, ne passait pas un jour sans le lire. Et dans un siècle plus récent, notre Bossuet a bien fait voir quels disciples un tel maître pouvait former. Vincent de Lérins le nomme sans difficulté le premier écrivain de l'église latine, (il est vrai qu'il n'a pu parler de Saint Augustin.) Il ne voit personne à qui le comparer sous les rapports de l'érudition tant sacrée que profane. Il se plait à louer sa vivacité d'esprit, la véhémence entraînante de sa dialectique, toujours irrésistible, soit dans l'attaque, soit dans la défense, l'énergie inimitable de son style et l'éclat de ses sentences. Sa plume est la foudre; elle brille, elle tonne, elle renverse, et ne laisse dans les lieux qu'elle frappe que des ruines. Sa critique n'est pas seulement la lumière qui éclaire, c'est la flamme qui dévore. Lactance, qui juge sa diction plus sévèrement, n'en rend pas moins hommage à sa prodigieuse science et aux services qu'il a rendus. Nous ne désavouerons pas en effet que le style de Tertullien est dur à force de vigueur, obscur à force de précision, enflé même, si l'on veut, parce que l'idiôme qu'il parle, quelque riche qu'il soit, secondant mal la grandeur de sa pensée et la chaleur de son sentiment, il sort de la règle et de l'usage pour se créer un langage nouveau. Au reste, ces défauts, qui tiennent à son pays autant qu'à son propre génie, sont rachetés par tant de beautés, qu'on peut les exagérer, même sans nuire à la réputation de l'auteur. »

Balsac compare son éloquence à l'ébène qui tire son prix de sa couleur noire; il dit que son style est de fer, mais qu'avec ce fer il a forgé d'excellentes armes. Selon M. de

Châteaubriand , de fréquents barbarismes, une latinité africaine , déshonorent ce grand orateur. Il tombe souvent dans
la déclamation et son goût n'est jamais sûr : Néanmoins il
est le Bossuet des Pères , de même que saint Ambroise en
est le Fénélon.

« Quant à la conduite de l'ouvrage, elle est sans reproche ;
la méthode en est régulière , la marche vive et pressante , les
matières sagement graduées. Les conséquences les plus déci-
sives viennent toujours s'y enchaîner aux principes les plus
lumineux. L'esprit , le bon sens, l'érudition s'y font remarquer également. L'imagination vive et brillante de l'auteur fait
à tout moment jaillir de sa pensée des expressions éclatantes,
souvent des traits de génie qu'il devient difficile de transporter dans toute autre langue. » *M. Guillon*.

C'est dès l'exorde qu'il s'élève comme il convenait à son
génie et à la noble cause qu'il avait à défendre.

« S'il ne vous est pas libre, souverains magistrats de l'em-
» pire romain, qui rendez vos jugements en public et dans
» le lieu le plus éminent de cette capitale, s'il ne vous est
» pas libre sous les yeux de la multitude, de faire des infor-
» mations exactes sur la vie des chrétiens ; si la crainte ou
» le respect humain vous portent à vous écarter en cette
» seule occasion des règles de la justice ; si la haine du nom
» chrétien, comme il arriva dernièrement, trop disposée à
» recevoir les relations domestiques , ferme les oreilles à
» toute défense judiciaire : que du moins la vérité puisse se
» faire jour jusqu'à vous , en vous adressant par écrit ces
» modestes réclamations. Elle ne demande point de grace,
» parce que la persécution ne l'étonne pas. Étrangère ici-bas,
» elle s'attend bien à y trouver des ennemis. Fille du ciel,
» c'est là qu'elle a son trône et son berceau , ses espérances,
» son crédit et son triomphe. Pour le présent, tout ce qu'elle
» demande, c'est de n'être pas condamnée sans être en-
» tendue. »

On reprochait aux chrétiens de ne pas honorer l'empereur et d'être les ennemis de l'État : « Ils sont donc les ennemis
» de l'État, s'écrie-t-il, parce qu'ils ne rendent point à la
» majesté impériale des honneurs illusoires, mensongers,
» sacrilèges; parce que, consacrés comme ils le sont à la vraie
» religion, ils célèbrent les jours de fête de l'empereur par
» une joie tout intérieure, non par la débauche. Grande
» preuve de zèle en effet, d'allumer des feux et de dresser
» des tables dans les rues, d'établir des banquets par les
» places publiques, de transformer Rome en taverne, de
» faire couler des ruisseaux de vin, de courir par troupes çà
» et là, pour se provoquer les uns les autres par des injures,
» par de scandaleux défis, par d'impudiques regards! La
» joie publique ne se manifeste-t-elle donc que par la honte
» publique? Ce qui viole les bienséances à tout autre jour,
» devient-il bienséance aux fêtes de l'empereur? Faut-il,
» pour honorer César, fouler sous les pieds ces mêmes lois
» qu'ailleurs on observe par respect pour César? Quoi! la
» licence et la dissolution seraient piété? et de scandaleuses
» orgies s'appelleraient religion? Oh! que nous sommes
» vraiment dignes de mort, d'acquitter les vœux pour les
» empereurs, et de prendre notre part de l'allégresse géné-
» rale, sans cesser d'être chastes, modestes et réservés dans
» nos mœurs! Quel crime de manquer dans un jour de joie
» à couvrir nos portes de lauriers, à allumer des flambeaux
» en plein midi! Apparemment que l'honnêteté commande,
» dans ces sortes de réjouissances, de donner à sa maison
» l'air d'un lieu de prostitution!....

« Si, comme nous l'avons dit, il nous est ordonné d'aimer
» nos ennemis, qui pourrions nous haïr? S'il nous est dé-
» fendu de nous venger de ceux qui nous offensent, pour ne
» pas leur ressembler, qui pourrions nous offenser? Vous-
» mêmes, je vous en fais juges, combien de fois vous êtes-
» vous déchaînés contre les chrétiens, autant pour satisfaire

» à vos préventions que pour obéir à vos lois! Combien de
» fois, sans même attendre vos ordres, le peuple, de son
» seul mouvement, ne nous poursuit-il pas les pierres ou
» les torches à la main! Dans la fureur des bacchanales, on
» ne laisse pas les chrétiens en paix dans leurs tombeaux;
» on les arrache de cet asile de la mort, sans pitié pour
» leurs restes méconnaissables; on les outrage, on les mutile
» encore après la mort, on les met en lambeaux. Cependant,
» nous a-t-on vus jamais chercher à nous venger, nous que
» l'on poursuit avec un si furieux acharnement, nous que
» l'on n'épargne pas jusque dans les liens de la mort? Pour-
» tant il nous suffirait d'une seule nuit et de quelques flam-
» beaux, pour nous donner une ample vengeance, s'il nous
» était permis de repousser la violence par la violence. Mais
» à Dieu ne plaise qu'une religion divine ait recours, pour
» la vengeance, à des moyens humains, ni qu'elle s'afflige
» des épreuves qui la font connaître. Que si, au lieu d'agir
» sourdement, nous en venions à des représailles ouvertes,
» nous ne manquerions ni de forces ni de troupes. Les Maures,
» les Marcomans, les Parthes même, quelque nation que ce
» soit, renfermée dans ses limites, est-elle plus nombreuse
» qu'une nation qui n'en a d'autres que l'univers? Nous ne
» sommes que d'hier et nous remplissons toute l'étendue de
» vos domaines, les villes, les forteresses, les colonies, vos
» bourgades, vos conseils, vos camps, vos tribus, vos dé-
» curies, le palais, le sénat, le forum; nous ne vous laissons
» que vos temples. Quelle guerre ne serions-nous pas capables
» d'entreprendre, même à forces inégales, nous qui nous
» laissons tuer si volontiers, si dans nos principes il ne valait
» pas mieux souffrir la mort que de la donner? Nous pour-
» rions, sans même prendre les armes, sans nous révolter
» ouvertement, nous pourrions vous combattre, simplement
» en nous séparant de vous. Que cette immense multitude
» vînt seulement à vous quitter pour se retirer dans quelque

» contrée lointaine, la perte de tant de citoyens de tous
» états eût décrié votre gouvernement, et vous eût assez
» punis. Nul doute qu'épouvantés de votre solitude, de ce
» funèbre silence du monde tout entier comme frappé de
» mort, vous auriez cherché à qui commander. Il vous se-
» rait resté plus d'ennemis que de citoyens. »

Voici sous quels traits il peint les mœurs des Chrétiens :
» A quoi donc s'occupe cette faction chrétienne ? C'est ce que
» je vais exposer. Après l'avoir justifiée du mal qu'on lui
» impute, il est bon de faire connaître le bien qu'elle fait.
» Unis ensemble par les nœuds d'une même espérance,
» d'une même discipline, nous ne faisons qu'un corps. Tous
» dirigeant nos prières vers le Seigneur, nous formons une
» sainte conjuration pour lui faire une sorte de violence,
» toujours sûrs de lui plaire. Nous l'invoquons pour les em-
» pereurs, pour leurs ministres, pour toutes les puissances,
» pour l'état présent du siècle, pour la paix, et pour le
» retardement de la dissolution générale de l'univers. Nous
» nous assemblons pour lire les Écritures, où nous puisons,
» selon les circonstances, les lumières et les avertissements
» dont nous avons besoin. Cette sainte parole nourrit notre
» foi, relève notre espérance, affermit notre confiance ; et,
» dans le feu de la persécution, fortifie la discipline et l'atta-
» chement aux préceptes divins.....

» Des vieillards recommandables président ; ils parviennent
» à cette distinction, non par argent, mais par le témoignage
» d'un mérite éprouvé : car rien de ce qui concerne le culte
» de Dieu, ne s'achète ; et si nous avons une sorte de trésor,
» il ne s'amasse pas aux dépens de la religion. Chacun ap-
» porte chaque mois son modique tribut, lorsqu'il le veut
» et comme il le veut, en raison de ses moyens ; car personne
» n'y est obligé ; tout est volontaire. C'est là comme un dépôt
» de piété, qui ne se consomme point en repas ni en stériles
» dissipations : il s'emploie à la nourriture des indigents,

12

» aux frais de leur sépulture, à l'entretien des pauvres or-
» phelins, des domestiques épuisés par l'âge, des naufragés.
» Qu'il y ait des chrétiens condamnés aux mines, relégués
» loin de leur patrie ou détenus dans les prisons, unique-
» ment pour la cause de Dieu, on pourvoit à leur subsis-
» tance.

 » Il est vrai que cette charité même qui s'élève parmi nous,
» a fourni un nouveau prétexte à la calomnie. *Voyez*, dit-
» on, *comme ils s'aiment !* cela étonne nos censeurs, parce
» qu'ils sont bien loin de nous ressembler ; *voyez comme ils
» sont prêts à mourir les uns pour les autres !* Eux, ils sont
» bien plutôt disposés à s'entr'égorger. Quant au nom de
» frères que nous nous donnons, ils le décrient, parce que,
» chez eux, tous les titres de parenté ne sont que des expres-
» sions trompeuses d'attachement. Nous sommes aussi vos
» frères par le droit de la nature, notre commune mère....
» Mais combien avons-nous plus de droits de nous regarder
» comme tels, ayant tous un même père, qui est Dieu,
» éclairés par le même esprit de sainteté, enfantés à la
» même vérité, après être sortis du sein commun de l'igno-
» rance!... Ne formant tous qu'un cœur et qu'une ame,
» nous ne faisons aucune difficulté de partager nos biens
» entre nous; tout dans notre société est commun, hormis
» les femmes. Nous sommes distingués des autres hommes
» par le seul point qui les unit. Ailleurs on fait un pacifique
» échange des droits du mariage, apparemment à l'imitation
» des sages les plus vantés de la Grèce et de Rome, qui
» voyaient un Socrate, un Caton abandonner à leurs amis
» des femmes qu'ils avaient épousées, pour en avoir des
» enfants dont ils ne devaient pas être les pères. Était-ce
» malgré elles? J'en doute fort. Indignement prostituées par
» leurs propres maris, auraient-elles fait grand cas de la
» chasteté conjugale? Bel exemple de la gravité romaine et
» de la sagesse attique ! Un philosophe, un censeur, donner

» leçon d'impudicité ! Que l'on s'étonne après cela d'entendre
» calomnier la charité qui règne parmi les chrétiens ? »

La péroraison est digne du reste de l'ouvrage.

« Nous combattons pour soutenir la vérité devant les tri-
» bunaux où l'on nous traîne ; notre victoire, c'est d'obtenir
» le prix pour lequel nous avons combattu, la gloire de
» plaire à Dieu, la conquête de la vie éternelle. Nous
» perdons la vie : c'est là ce que nous demandions. En mou-
» rant, nous triomphons ; nous échappons à nos ennemis.
» Appelez-nous gens de poteaux et de sarments, à cause que
» vous nous faites périr dans les flammes ; ce sont là les
» palmes dont nous nous parons, ce sont nos chars de
» triomphe. Les vaincus ont bien sujet de ne pas nous ai-
» mer ; ils nous regardent comme des furieux, des déses-
» pérés. Mais cette fureur et ce désespoir, quand ils sont
» ailleurs le produit d'un vain amour de gloire et de renom-
» mée, on en fait l'étendard de l'héroïsme. Scévola soutient,
» sans se plaindre, la main sur un brasier : quelle force
» de courage ! Empédocle se précipite dans l'Etna : quelle
» énergie ! La fondatrice de Carthage, je ne sais quelle
» Didon, prend un bûcher pour un second autel nuptial :
» quelle chasteté ! Régulus ne veut pas qu'on l'échange
» contre plusieurs ennemis, et se résigne aux plus affreuses
» tortures : c'est là de la grandeur d'ame, ce qui s'appelle
» être libre dans les fers ! Anaxarque, tandis qu'on le
» broyait dans un mortier, s'écriait : frappe, frappe l'enve-
» loppe d'Anaxarque, car pour lui-même il n'en sent rien.
» Quel héroïsme de conserver sa gaieté en mourant d'une
» pareille mort !.....

» C'est là une gloire légitime, parce que c'est une gloire
» humaine. Il n'y a là ni préjugé, ni fanatisme, ni désespoir
» dans le mépris de la vie et des supplices. Il est permis
» d'endurer pour la patrie, pour l'empire, pour l'amitié,
» ce qu'il est défendu d'endurer pour Dieu. Vous érigez des

» statues à ces héros profanes, vous gravez leurs éloges sur
» le marbre et sur l'airain, pour éterniser leur nom, s'il
» était possible, pour leur créer après la mort une exis-
» tence nouvelle : le héros chrétien, qui attend de Dieu la
» vraie résurrection et souffre pour lui dans cette espérance,
» n'est à vos yeux qu'un insensé.

» Pour vous, dignes magistrats, assurés comme vous
» l'êtes des applaudissements du peuple, tant que vous lui
» immolerez des chrétiens, condamnez-nous, déchirez nos
» corps, appliquez-les à la torture, foulez-nous sous les
» pieds, vos barbaries sont les preuves de notre innocence :
» c'est pourquoi Dieu permet que nous soyons persécutés.
» Dernièrement, en condamnant une femme chrétienne à
» être exposée dans un lieu infame, plutôt que dans l'am-
» phithéâtre, vous avez reconnu que la perte de la chasteté
» est pour nous le plus grand des supplices et pire que la
» mort elle-même.

» Mais à quoi aboutissent enfin tous vos raffinements de
» cruauté ? A enflammer de plus en plus le désir d'être
» chrétien. Nous multiplions à mesure que vous nous mois-
» sonnez ; notre sang devient une semence de chrétiens.
» Plusieurs de vos philosophes ont écrit des traités pour
» engager à supporter la douleur et la mort ; mais les
» exemples des chrétiens sont bien plus éloquents que tous
» les ouvrages des philosophes. Ce prétendu entêtement que
» vous nous reprochez, est la plus puissante instruction.
» Est-il possible d'en être témoin, sans être porté à recher-
» cher ce que c'est que cette religion ; de la rechercher sans
» s'y attacher, et désirer bientôt de souffrir pour obtenir en
» échange la plénitude de la grace de Dieu, pour acheter au
» prix de son sang le pardon de ses péchés ? Car tout est
» mérité et gagné par le martyre. C'est pour cela que nous
» vous remercions des arrêts que vous rendez contre nous.
» Mais que les jugements de Dieu sont loin des jugements

» des hommes ! Tandis que vous nous condamnez, Dieu
» nous absout. » *Traduction de M. Guillon.*

Tertullien a composé encore plusieurs autres ouvrages
apologétiques. Il a de plus déployé la vigueur de son génie dans des écrits de morale et dans divers traités contre
les hérétiques, parmi lesquels on distingue le *Livre des
Prescriptions.* Mais après avoir combattu toutes les nouveautés en matière de foi, après avoir établi sur les principes
les plus solides l'autorité de l'Église catholique, il se montra
malheureusement lui-même rebelle à ses enseignements. Il
fut séduit par les rêveries du fanatique Montan (*), et ce qui
est plus déplorable, il ne rougit pas de devenir le disciple
de deux aventurières, Priscille et Maximille. Il continua
d'écrire après sa chute; mais on aperçoit dans les ouvrages
qui datent de cette époque ce que fit perdre à son talent l'attachement opiniâtre qu'il eut pour ses erreurs. Il semble dé-
pourvu des premières notions du bon sens, lorsqu'il veut les
soutenir; il porte l'enthousiasme jusqu'au ridicule, comme
lorsque, sur l'autorité de ses nouveaux docteurs, il dispute
sérieusement sur la couleur et la figure d'une ame humaine.
On ne voit nulle part qu'il soit revenu à la doctrine de
l'Église. Il mourut dans un âge très-avancé, vers 245.

(*) MONTAN, eunuque de Phrygie, prétendit que Dieu avait voulu
sauver le monde par Moïse et par les prophètes ; qu'ayant échoué
dans ce dessein, il s'était incarné : et que n'ayant pas encore réussi,
il était descendu en lui par le Saint-Esprit, et dans deux prophé-
tesses, Priscille et Maximille, toutes deux femmes de qualité,
mais de vie déréglée, qui abandonnèrent leurs maris pour suivre
ce nouveau prophète. Affectant une doctrine extrêmement sévère,
il prescrivit à ses disciples des jeûnes extraordinaires, condamna
les secondes noces, défendit de fuir dans la persécution, refusa
la pénitence et la communion à tous les pécheurs qui étaient
tombés dans de grands crimes, et soutint que ni les prêtres ni les
évêques n'avaient le pouvoir de les absoudre.

MINUTIUS FÉLIX.

« Tout ce que nous savons de cet illustre apologiste, c'est qu'il exerçait à Rome la profession d'avocat. Lui-même nous apprend que la nature de ses fonctions, (et peut-être la réputation que lui avait méritée la manière dont il les remplissait,) l'avait appelé comme juge ou assesseur dans les causes de la religion. Il est bon de l'entendre lui-même :

« Nous étions persuadés que les chrétiens adoraient des » monstres, qu'ils dévoraient des enfants et s'abandonnaient » à là dissolution dans leurs festins. Nous ne réfléchissions » pas qu'on n'avait pas même cherché à vérifier de pareilles » accusations, bien loin de les avoir prouvées ; que parmi » tant de prétendus coupables il ne s'en était pas trouvé un » seul qui eût avoué son crime, quelque sûr qu'il fût et de » l'impunité et de la récompense ; qu'au contraire ils faisaient » gloire de leur religion, et ne se repentaient que d'une chose, » de ne l'avoir pas embrassée plutôt. Tandis que nous ne » faisions pas difficulté de défendre des hommes coupables » de sacrilége, d'inceste, de parricide, nous ne voulions pas » même entendre les chrétiens. Quelquefois, touchés d'une » compassion cruelle, nous leur faisions subir la torture pour » les forcer à se sauver en niant qu'ils fussent chrétiens. » Nous nous servions, pour arracher un mensonge de leur » bouche, de ce qui n'a été établi que pour tirer l'aveu de la » vérité. Si quelque chrétien faible, succombant à la violence » des tourments, reniait sa religion, nous lui applaudissions, » comme si, par ce lâche mensonge, il se fût purgé de tous » les crimes qu'il avait dû commettre selon nos préjugés. »

« On conjecture qu'il était né en Afrique, parce que son style a quelque chose d'étranger qui semble appartenir à la patrie de Tertullien et de Saint-Cyprien, plutôt qu'à celle des Hortensius et des Cicéron. Lié avec un romain de la

même profession que lui, nommé Octave, converti au christianisme, il eut occasion d'apprendre à mieux connaître les
chrétiens. La lumière approchait insensiblement de ses yeux.
Il finit par se rendre à son éclat; et parce que la vérité ne
sait pas se renfermer dans les ténèbres, Minutius voulut que
ses concitoyens égarés comme il l'avait été lui-même, parta-
geassent le bienfait dont il commençait à jouir, et publia sa
défense du christianisme. Il lui a donné la forme du dialogue,
à l'imitation de ceux de Cicéron sur la nature des Dieux, et
le titre d'*Octave*, comme l'orateur celui de *Brutus* et d'*Hortensius* à ceux de ses dialogues où l'un ou l'autre est le principal interlocuteur. » *M. Guillon, Bibliothèque choisie des
Pères de l'Église.*

« Minutius se promène un matin au bord de la mer, à
Ostie, avec Octavius, chrétien, et Cécilius, attaché au paganisme. Les trois interlocuteurs regardent d'abord des enfants
qui s'amusaient à faire glisser des cailloux applatis sur la
surface de l'eau; ensuite Minutius s'assied entre ses deux
amis. Cécilius, qui avait salué une idole de Sérapis, demande
pourquoi les chrétiens se cachent? pourquoi ils n'ont ni
temples, ni autels, ni images? Quel est leur Dieu? D'où
vient-il? Où est-il ce Dieu unique, solitaire, abandonné,
qu'aucune nation libre ne connaît, Dieu de si peu de puissance qu'il est captif des Romains avec ses adorateurs? Les
Romains, sans ce Dieu, règnent et jouissent de l'empire du
monde. Vous, chrétiens, vous n'usez d'aucuns parfums;
vous ne vous couronnez point de fleurs; vous êtes pâles et
tremblants; vous ne ressusciterez point, comme vous le
croyez, et vous ne vivez pas en attendant cette résurrection
vaine.

» Octavius répond que le monde est le temple de Dieu,
qu'une vie pure et les bonnes œuvres sont le véritable sacrifice. Il réfute l'objection tirée de la grandeur romaine, et
tourne à leur avantage le reproche de pauvreté adressé aux

disciples de l'Évangile : Cécilius se convertit. Peu de dialogues de Platon offrent une plus belle scène et de plus nobles discours. » *M. de Chateaubriand, Études historiques.*

ARNOBE.

» Arnobe naquit à Sicque, ville d'Afrique, dans la province proconsulaire. Il y professait la rhétorique avec la plus haute réputation sous l'empire de Dioclétien, lorsque, pressé par de secrets avertissements du ciel, il voulut examiner de plus près cette religion chrétienne dont le nom ne retentissait autour de lui qu'avec les qualifications les plus propres à exciter contre elle le mépris et la haine. Toutes ses préventions cédèrent à l'évidence, et il abjura le paganisme pour la religion de Jésus-Christ. Transfuge de l'idolâtrie, Arnobe voulut signaler par une profession de foi éclatante son entrée dans le christianisme, et donner à sa religion nouvelle des ôtages qui lui méritassent la grace du baptême; car il n'était encore que catéchumène quand il publia son ouvrage contre les Gentils. Les conjectures les plus probables en rapportent la publication à l'an 303 de Jésus-Christ, vers la dix-huitième année du règne de Dioclétien. »

A cette époque, on accusait les chrétiens d'être la cause des malheurs de l'empire. Les dieux courroucés vengeaient, disait-on, par l'irruption des Barbares et la défaite des armées romaines, leurs autels abandonnés et les progrès toujours croissants de l'Évangile. C'est pour répondre à cette accusation qu'Arnobe entreprit son ouvrage. Dès le premier livre il montre que tous les événements, dans l'ordre politique, comme dans l'ordre naturel, sont dans la main de Dieu, seul maître des rois et des empires, seul souverain, seul puissant, se jouant à son gré des passions des hommes, qu'il rend tributaires de sa sagesse ou victimes de sa justice, et préparant toutes les révolutions humaines pour le règne immortel de Jésus-Christ et de son Église. Puis s'interrompant par une éloquente exclamation : « Oh ! s'il était possible, » s'écrie-t-il, de rassembler tous les hommes de la terre dans » une même enceinte, et que là ma voix pût se faire entendre » à ce vaste auditoire, je leur dirais : Nous, coupables » d'impiétés ! nous, accusés d'être des athées, de mauvais » citoyens, quand nous honorons le Dieu principe et con- » servateur des choses, quand nous lui rendons les plus » profonds hommages ! ces noms odieux, à qui conviennent- » ils à plus juste titre qu'à ceux qui parlent d'un autre Dieu? » N'est-ce pas à lui que nous sommes tous redevables du » premier des bienfaits, celui d'exister, d'être au rang des » hommes, de goûter avec le présent de la vie les charmes » qui l'embellissent ? Ce monde que vous habitez, à quel » maître appartient-il ? Qui vous a donné d'en recueillir les » fruits? D'où vous vient ce globe lumineux qui vous éclaire » et dont la chaleur vivifiante anime la nature et féconde les » éléments? Vous mettez le soleil, la lune au rang des divi- » nités, sans songer qui leur a donné l'être. Vous ne vous » occupez pas davantage de rechercher pourquoi vous êtes » dans le monde, sous la dépendance de qui vous y vivez... » O Créateur ! Souverain universel ! essence sublime, qui » échappe à tous les regards comme à toutes les intelligences, » c'est à vous, à vous seul qu'appartiennent les hommages » de la reconnaissance et de l'adoration ; vous, la première » des causes, le fondement de tout ce qui existe ; vous, es- » prit incréé, immortel, immense, au-dessus de tout lan- » gage, au-dessus de toute conception humaine, qu'il est » également impossible de définir et de comprendre autre- » ment que par l'adoration ! Vous êtes, ô grand Dieu ! vous » êtes, voilà ce qu'on sait de vous ; vous n'êtes rien de ce » que nous sommes. Rien de ce que nous voyons, rien de » ce qu'on dit de vous, n'exprime ce que vous êtes. Il faut » se taire et se retirer au-dedans de soi-même ; toutes les

» choses extérieures étant bannies, saisir une ombre de ce
» que vous êtes, quand elle passe devant notre esprit; car
» enfin il serait étonnant que l'homme comprit la grandeur
» de votre être; il ne l'est pas qu'il ne vous comprenne
» point. » *Traduction de M. Guillon, Bibliothèque choisie
des Pères de l'Église.*

Les raisonnements de l'auteur, dans tout l'ouvrage, sont
pleins de force et présentés avec cette grace que communique
le coloris délicat d'une imagination brillante. Il y a beaucoup
de sel dans la manière dont il raconte l'histoire et les aventures des divinités du paganisme. Il traite son sujet avec un
ton de facilité et de décence qui suppose en lui une grande
finesse d'esprit. Cependant on rencontre quelquefois dans son
style des expressions emphatiques et des phrases embarras-
sées. Comme il était novice dans la foi, il lui est échappé
aussi quelques méprises sur les mystères.

LACTANCE.

« Ce que nous avons de plus certain sur la vie de Lactance, c'est qu'il était né et qu'il persévéra long-temps dans
le paganisme; qu'il étudia la rhétorique, c'est-à-dire l'éloquence à Sicca, sous Arnobe; qu'il fut appelé d'Afrique à
Nicomédie pour en donner des leçons, et qu'il y resta durant
la persécution de Dioclétien; que ce furent même les attaques
dirigées contre le christianisme par Hiéroclès et Porphyre,
autant que la violence des persécuteurs, qui l'amenèrent à
connaître la vérité chrétienne; que vers l'an 317, il fut envoyé dans les Gaules par l'empereur Constantin, pour présider aux études de Crispe, son fils; qu'au sein de l'opulence
il vécut pauvre, jusqu'à manquer quelquefois du nécessaire:
c'est l'expression d'Eusèbe, son contemporain. Nous n'avons
point de certitude précise sur l'année et le lieu de sa naissance,
pas plus que sur l'époque de sa mort. »

Un mérite particulier à Lactance est de mettre une grande méthode dans ses compositions. Son plan est parfaitement régulier ; chaque chose y est à sa place : c'est une chaine d'idées qui s'entretiennent par une liaison naturelle et imperceptible. Les raisonnements sortent pour ainsi dire les uns des autres, et sont tellement assortis au sujet qu'on ne peut résister à l'évidence qui résulte de leur ensemble. Quant au style, il est pur, égal, naturel, fleuri et tellement semblable à celui de Cicéron, que de bons critiques ont eu de la peine à trouver de la différence entre l'un et l'autre. Aussi Lactance est appelé le *Cicéron chrétien.* Il est plus remarquable par la perfection du langage, que par l'élévation des pensées. Cependant les grandes idées de la religion animent aussi son talent; il développe admirablement les principes de la morale, et il parle quelquefois de Dieu d'une manière sublime. On doit reconnaitre qu'il a mêlé dans la théologie trop d'idées philosophiques, et qu'il lui est arrivé, comme à Arnobe, de ne pas s'exprimer sur tous les mystères de la foi avec autant d'exactitude et de précision que la plupart des autres Pères.

Son principal ouvrage a pour titre : *Des Institutions divines;* il est partagé en sept livres qui tous tendent à renverser le système de l'idolàtrie et à établir sur ses ruines le culte du vrai Dieu. On distingue ensuite le *Traité de la mort des persécuteurs,* qu'il composa pour justifier la providence dans la cause des chrétiens. Nous choisirons de préférence nos citations dans ce traité parce qu'elles auront pour nous l'intérêt de l'histoire. « Le Seigneur a exaucé, dit-il, les prières que » vous ne cessez de lui adresser, mon cher Donat, et celles » de nos frères, qui, par une glorieuse confession, ont » cherché à mériter la couronne immortelle promise aux » œuvres de la fói. La paix est rendue au monde ; l'Église, » que ses ennemis venaient d'abattre, se relève de ses ruines, » et, graces à la miséricorde divine, un nouveau temple se » construit à la place de celui qui nous fut enlevé. Les

» princes que Dieu nous a donnés, ont aboli les édits
» sanguinaires de la tyrannie ; ils ont écouté la voix de
» l'humanité tout entière ; les nuages funèbres qui nous
» enveloppaient sont dissipés ; des jours plus sereins ont
» commencé à luire, et ont rouvert tous les cœurs à la joie ;
» Dieu s'est laissé fléchir par les prières de ses serviteurs ;
» une protection toute céleste a mis fin à nos angoisses ; elle
» a confondu les projets de l'impiété et séché nos pleurs.
» Ceux qui avaient osé lutter contre le Tout-puissant, sont
» terrassés à leur tour ; ils n'avaient renversé son saint
» temple que pour être précipités eux-mêmes avec plus
» d'éclat ; et ces bourreaux, teints de notre sang, frappés
» par les vengeances du ciel, ont exhalé leurs criminelles
» ames dans les tourments qu'ils avaient bien mérités. Dieu
» punit tard, mais d'une manière terrible autant que légitime.
» Il n'avait différé leur châtiment que pour apprendre aux
» hommes, par de grands et terribles exemples, qu'il n'y a
» qu'un Dieu, et que Dieu sait, par des châtiments propor-
» tionnés aux crimes, se venger des impies et des persécu-
» teurs de ceux qui le servent. Je vais parler de la mort de
» ces persécuteurs, afin que ceux qui n'étaient point sur les
» lieux et ceux qui viendront après nous, sachent de quelle
» manière le Dieu unique et suprême a manifesté sa puissance
» et sa majesté dans la punition des ennemis de son nom.
» J'ai cru que ce serait une chose utile que de raconter
» quels ont été les persécuteurs de l'Église et comme la jus-
» tice divine s'en est vengée. »

« Les principaux furent Néron, Domitien, Dèce, Valé-
rien, Dioclétien et ses associés à l'empire, Sévère, Galère,
Maximin-Hercule, Maximin-Daïa. Après en avoir rapporté
la fin tragique : » « D'après d'aussi terribles châtiments,
» s'écrie l'orateur, n'est-il pas surprenant qu'il se soit ren-
» contré de nouveaux persécuteurs qui aient eu la sacrilége
» insolence, je ne dis pas seulement d'outrager, mais de

» penser même à outrager la majesté du suprême modéra-
» teur de l'univers ? »

Voici comment il retrace la. persécution ordonnée par
Dioclétien et par Galère : « On arrêtait les prêtres, tous
» les ministres de la religion, et sans les entendre, sans les
» interroger même, on les traînait au supplice. Les chrétiens,
» sans distinction d'âge ni de sexe, étaient condamnés aux
» flammes ; et, comme ils étaient en très-grand nombre,
» les exécutions ne se faisaient plus séparément, mais col-
» lectivement. On jetait les domestiques dans la mer, après
» leur avoir attaché une meule au cou. La persécution n'é—
» pargnait personne. Les juges s'étaient répandus dans les
» temples, et là ils forçaient tout le monde à sacrifier. Les
» prisons étaient pleines. On imaginait de nouveaux genres
» de tortures ; et, de peur que, sans y penser, on ne rendît
» justice à quelqu'un, on dressait des autels devant les greffes
» et devant les tribunaux, afin que les clients offrissent des
» sacrifices avant de plaider leur cause. Ainsi l'on se présen-
» tait devant les juges comme devant les Dieux. Toute la
» terre, excepté les Gaules, depuis l'orient jusqu'à l'occident,
» était livrée en proie à la fureur de trois bêtes féroces. »

Il est plus énergique encore en parlant de Galère en particulier : « Galère étant parvenu à la puissance souveraine,
» ne s'en servit que pour le malheur de l'univers. Parlerai-je
» de ses jeux et de ses divertissements ? Il avait fait venir de
» toutes parts dés ours d'une grandeur prodigieuse et d'une
» férocité pareille à la sienne. Lorsqu'il voulait s'amuser, il
» faisait venir quelques-uns de ces animaux qui avaient
» chacun leur nom, et leur donnait des hommes plutôt à
» engloutir qu'à dévorer, et quand il voyait déchirer les
» membres de ces malheureux, il se mettait à rire. Sa table
» était toujours abreuvée de sang humain. Le feu était le
» supplice de ceux qui n'étaient pas constitués en dignités.
» Non-seulement il y avait condamné les chrétiens, il avait

» de plus ordonné qu'ils seraient brûlés lentement. Lorsqu'ils
» étaient attachés au poteau, on leur mettait un feu modéré
» sous la plante des pieds, et on l'y laissait jusqu'à ce qu'elle
» fût détachée des os ; on appliquait ensuite des torches
» ardentes sur tous leurs membres, afin qu'il n'y eût aucune
» partie de leur corps qui n'eût son supplice particulier.
» Durant cette effroyable torture, on leur jetait de l'eau sur
» le visage, et on leur en faisait boire, de peur que l'ardeur
» de la fièvre ne hâtât leur mort, qui pourtant ne pouvait
» être différée long-temps ; car, quand le feu avait consumé
» leur chair, il pénétrait jusqu'au fond de leurs entrailles ;
» alors on les jetait dans un grand brasier pour achever de
» brûler ce qui restait encore de leurs corps ; enfin, on ré-
» duisait leurs os en poudre, et on les jetait dans la rivière
» ou dans la mer. »

Mais l'heure de la vengeance arrive. « Dieu frappa Galère
» à la dix-huitième année de son règne, d'une plaie absolu-
» ment incurable. Il se forma dans une partie de son corps
» un abcès qui fit bientôt des progrès considérables. Les
» amputations furent inutiles ; un nouvel ulcère perce la
» cicatrice ; une veine rompue rend une telle quantité de sang,
» que le malade court risque de la vie. Cependant on parvient
» à arrêter le sang ; il s'échappe encore une fois. On finit par
» cicatriser la plaie : un léger mouvement du corps la fait
» rouvrir ; le sang coule avec plus d'abondance ; l'empereur
» devient pâle et sans force. Le ruisseau de sang se tarit
» encore ; mais le mal est trop violent : tous les remèdes
» échouent. Il survient un cancer qui gagne les parties voi-
» sines ; plus les chirurgiens coupent, plus il s'étend ; les
» médicaments ne servent qu'à l'aigrir. On appelle de toutes
» parts les médecins les plus célèbres ; mais les secours
» humains sont inutiles. On a recours aux idoles ; on implore
» l'assistance d'Apollon et d'Esculape, Apollon indique un
» remède. On l'essaie, le mal empire. La mort approche ;

» elle s'est déjà saisie des parties inférieures : les médecins
» redoublent de soins, quoique sans espérance ; ils ont beau
» attaquer le mal de toutes les manières, il ne leur est pas
» possible de le vaincre ; il rentre en dedans et se jette sur les
» parties internes, où il s'engendre des vers. Une odeur in-
» supportable se répand dans tout le palais ; les vers rongent
» le corps du malade, qui se fond en pourriture, et lui causent
» d'insupportables douleurs. De temps en temps il lui échappe
» des cris, ou plutôt d'horribles mugissements. On lui ap-
» plique des animaux vivants, dans l'espérance que la chaleur
» attirera les vers en dehors; mais quand on nettoie les plaies,
» il ressort une fourmillière de ces animaux voraces, et
» ses entrailles en deviennent une source intarissable. Les
» parties du corps avaient perdu leur forme ordinaire ; le
» haut jusqu'à l'ulcère n'était qu'un squelette. Une maigreur
» affreuse avait attaché la peau sur les os ; les pieds, par leur
» enflure extraordinaire, ne ressemblaient plus à des pieds.
» Cette épouvantable maladie dura un an entier. Enfin,
» Galère, vaincu par cet assemblage de maux, fut contraint
» de reconnaître le vrai Dieu. Durant les intervalles d'une
» douleur nouvelle, il s'écrie qu'il rétablira l'Église des
» chrétiens, et qu'il expiera son crime. Étant à l'extrémité,
» il publia l'édit par lequel il accorde aux chrétiens le libre
» exercice de leur religion.

» Le récit de tous ces événements est appuyé sur le té-
» moignage de personnes dignes de foi. J'ai cru devoir les
» consigner par écrit afin que les historiens ne puissent en
» altérer la vérité, en passant sous silence soit les crimes de
» tant d'empereurs, soit la vengeance que Dieu en a tirée.
» Que d'actions de graces ne devons-nous pas lui rendre
» pour avoir daigné jeter les yeux sur la terre, ramassé son
» troupeau ravagé et dissipé par tant de loups ravissants,
» exterminé les monstres qui avaient désolé si long-temps les
» bergeries ! Où sont maintenant ces surnoms de Joviens et

» d'Herculiens, autrefois si révérés des nations, que Dioclé-
» tien et Maximien s'étaient insolemment arrogés, et qui
» passèrent inutilement à leurs successeurs ? Le Seigneur
» les a fait disparaître de dessus la terre. » *Traduction de
M. Guillon, Bibliothèque choisie des Pères de l'Église.*

ARTICLE SECOND.

ÉCRITS CONTRE LES HÉRÉTIQUES.

Pendant que l'Église repoussait les attaques des ennemis
du dehors, elle était déchirée au dedans par des enfants
ingrats qui corrompaient sa doctrine. On n'a pas assez remarqué ce nouveau combat que la religion chrétienne eut à
soutenir dès sa naissance ; il n'était pas cependant le moins
terrible. Les persécutions servaient à montrer le courage
héroïque des fidèles : les calomnies qu'on répandait contr'eux
tombaient d'elles-mêmes tôt ou tard, parce qu'elles étaient
trop absurdes ; mais les innovations des sectaires, attaquant
les dogmes de la foi, tendaient à détruire l'unité sans laquelle
l'Église ne pourrait manquer de périr. Mais Dieu qui veillait
sur elle, ne permit les hérésies que pour lui procurer tous
les genres de triomphes. Les différentes sectes qui se formèrent alors eurent la destinée de toutes celles qui vinrent
dans la suite : elles furent comme des branches séparées de
l'arbre, elles se desséchèrent : et l'Église au contraire reprit
une nouvelle vie par le retranchement de ces branches mortes
ou corrompues.

Mais ce que nous devons considérer ici, ce sont les efforts
des défenseurs de la foi contre les progrès de l'erreur. Saint

Paul, dans ses écrits, avait donné l'exemple ; il avait averti les fidèles, avec la force et l'éloquence que lui inspirait un zèle tout divin. Les grands docteurs qui le suivirent, firent aussi briller avec éclat la doctrine reçue des apôtres, ils montrèrent qu'il fallait s'attacher à celle-là uniquement et la recevoir de l'Eglise qui seule avait l'autorité pour l'enseigner. Nous ne les suivrons pas dans cette nouvelle carrière qu'ils parcoururent avec gloire. Nous citerons seulement quelques traits de Tertullien et de saint Cyprien, parce qu'entre tous les docteurs de cette époque, ils furent ceux qui portèrent les coups les plus vigoureux à l'hérésie ; le premier dans son ouvrage des *Prescriptions* que nous avons déjà nommé, et le second dans le *Traité de l'unité de l'Église catholique.*

« Le fidèle à qui les oracles de l'Évangile et des Apôtres » sont présents, ne doit point s'étonner de voir des hommes » superbes, ennemis déclarés du pur don de Jésus-Christ, » s'éloigner de l'Église, ou lever contre elle la bannière, » après que l'Évangile et les apôtres nous avertissent qu'il y » aura de ces scandales. »

» Qu'importe que les auteurs de ces hérésies vantent des » talents illustres et tous les prestiges de l'éloquence et du » génie ? Auraient-ils les lumières des esprits célestes, saint » Paul nous apprend que quand un ange descendrait du ciel » pour nous prêcher un autre évangile, il n'y a pour lui que » des anathêmes. Quel qu'il soit, et quelques perfections » qu'il ait, celui-là n'est point chrétien qui n'est point dans » l'Église de Jésus-Christ, parce qu'il a perdu la charité de » Jésus-Christ. » *Saint Cyprien.*

» Quoi ! s'écrie Tertullien, comme pour prévenir le scan- » dale que sa chute donna dans la suite, si un évêque, si » une vierge, si un docteur, si un martyr même tombe dans » l'hérésie, en sera-t-elle plus vraie ? Jugeons-nous de la foi » par les personnes ou des personnes par la foi ? Point de » sage que le fidèle, point de grand homme que le chrétien,

13

» point de chrétien que celui qui aura persévéré jusqu'à la
» fin. »

Il est certains caractères auxquels les hérétiques se font reconnaître. « Je ne dois pas omettre de décrire ici la conduite
» des hérétiques; combien elle est frivole, terrestre, hu-
» maine, sans gravité, sans autorité, sans discipline, parfai-
» tement assortie à leur foi. On ne sait qui est cathécumène,
» qui est fidèle..... Le renversement de toute discipline, ils
» l'appellent simplicité; et notre attachement à la discipline,
» ils le traitent d'affectation. Ils donnent la paix à tout le
» monde indifféremment. Opposés les uns aux autres dans
» leur croyance, tout leur est égal, pourvu qu'on se réunisse
» pour triompher de la vérité.

» Tous sont enflés d'orgueil; tous promettent la science;
» il n'y a pas jusqu'à leurs femmes qui n'osent dogmatiser,
» disputer.... Habiles seulement pour détruire, ils n'enten-
» dent rien à édifier. Sans cesse ils varient, ils s'écartent de
» leurs propres règles. Chacun tourne à sa fantaisie la doc-
» trine qu'on lui a enseignée, comme celui de qui il l'a
» reçue l'avait inventée à sa fantaisie. L'hérésie, dans ses
» progrès, ne dément point sa nature et son origine. Les
» Valentiniens et les Marcionites ont autant de droits d'innover
» à leur gré dans la religion que Valentin et Marcion. Pas
» une secte, si on l'examine à fond, qui retienne en général
» les sentiments de son auteur. » *Tertullien.*

La vérité ne peut exister avec cette confusion de croyance;
car l'Église de Jésus-Christ est nécessairement une. « Comme
» il n'y a qu'un épiscopat, ainsi n'y a-t-il qu'une seule église,
» répandue dans la vaste multitude des membres qui la com-
» posent. De même que l'on voit sortir du soleil une foule de
» rayons, mais qu'il n'y a qu'un seul centre de lumière; que
» du corps d'un arbre sortent des rameaux en grand nombre,
» mais que le corps tout entier tient à un tronc fortement
» attaché à la terre par sa racine; que d'une même source

» s'épanchent divers courants d'eau, qui remontent à leur
» commune origine, malgré l'abondance des ruisseaux qui
» la diversifient : vous ne sauriez séparer un rayon du corps
» du soleil : plus de lumière, là où il n'y a plus de rapport
» avec le principe de la lumière : détachez une branche de
» l'arbre, la branche rompue ne prendra point racine ; isolez
» un ruisseau de sa source, il va tarir et disparaître. Telle
» est l'image de l'Église : la divine lumière qui la pénètre,
» embrasse dans son rayon le monde tout entier, mais elle
» vient d'un point unique qui distribue la clarté dans tous
» les lieux, sans que l'unité du principe soit divisée ; son
» inépuisable fécondité propage ses rameaux sur toute la terre;
» elle épanche au loin ses eaux abondantes ; c'est partout le
» même principe, partout la même origine, la même mère
» manifestant sa force par le nombre de ses enfants.

» C'est là le sein qui nous a enfantés à la vie, le lait qui
» nous a nourris, l'esprit qui nous anime. L'épouse de Jésus-
» Christ n'admet point d'alliance adultère; elle est chaste,
» elle est inviolable, elle ne connaît qu'une maison ; elle se
» dérobe à tout profane embrassement. C'est elle qui nous
» conserve à Dieu, elle qui nous marque pour le royal héritage
» auquel ses enfants sont destinés par le droit de la naissance.
» Il n'est plus possible d'avoir Dieu pour père, alors qu'on
» n'a plus l'Église pour mère.... Notre maître a dit : Mon
» père et moi sommes un. Et son apôtre, parlant du Père,
» du Fils et du Saint-Esprit : ces trois, dit-il, ne font qu'un.
» Et l'on viendrait nous dire que cette unité, qui a pour
» fondement l'infaillibilité de la parole divine, pour ciment
» les sacrements venus du ciel, puisse impunément être
» rompue dans l'Église, et anéantie par l'opposition des
» sentiments! Qui ne tient pas à l'unité, ne tient pas davan-
» tage ni à la foi du Père et du Fils, ni à la vérité qui est
» nécessaire au salut.

» Ce sacrement de l'unité, ce lien indissoluble de la

» concorde entre tous les membres de la famille, nous est
» représenté par la tunique de notre Seigneur, respectée
» dans son intégrité par ses bourreaux eux-mêmes, qui la
» tirèrent au sort plutôt que de la mutiler en la partageant. »

« Le saint docteur parcourt les autres images par lesquelles
cette union est encore retracée dans l'Écriture. La comparaison qu'il en fait avec la colombe, d'après ces paroles
de l'Écriture, *una est columba mea*, lui fournit un mouvement plein de chaleur. »

« La colombe est, dit-il, un oiseau plein de simplicité et
» d'agréments ; sans fiel, sans amertume, qui n'a point ni de
» dents pour mordre, ni de serres pour déchirer ; fidèle
» dans ses attachements, amie de l'homme et de la vie com-
» mune : telles sont les qualités auxquelles l'Église se fait
» reconnaître, tel est le modèle qu'elle présente à ses enfants.
» Que fait dans une ame chrétienne la sanguinaire férocité
» des loups ? Qu'y fait le mortel venin du serpent ? Laissez
» se séparer de l'Église ceux qui y portent de telles mœurs ;
» ils ne s'y rencontrent que pour faire la guerre aux colombes
» de Jésus-Christ, que pour infecter le troupeau de Jésus-
» Christ. L'amertume ne s'assortit pas avec la douceur, les
» ténèbres avec la lumière, la guerre avec la paix, ni les
» tempêtes avec le calme. Tant mieux pour l'Église, quand
» de tels hommes se séparent d'elle. Les colombes et les
» agneaux n'ont plus à craindre le danger de la contagion. »

« Ce ne sont pas les bons qui se séparent de l'Église ; il
» n'y a que la paille légère qui soit emportée par le vent,
» le froment reste. Il n'y a que les faibles arbrisseaux qui
» cèdent à l'orage ; l'arbre qui tient à de profondes racines,
» se rit de la tempête. »

» La doctrine de l'Église catholique est la plus ancienne,
elle est donc la véritable ; la vérité est la première partout.
» Voulez-vous satisfaire une louable et salutaire curiosité ?
» Parcourez les églises apostoliques où président encore, et

» dans les mêmes places, les chaires des apôtres, où lorsque
» vous entendrez la lecture de leurs lettres originales, vous
» croirez les voir eux-mêmes, entendre le son de leur voix.
» Êtes-vous près de l'Achaïe ? vous avez Corinthe; de la
» Macédoine? vous avez Philippes et Thessalonique. Passez-
» vous en Asie? vous avez Éphèse; êtes-vous sur les fron-
» tières de l'Italie? vous avez Rome, à l'autorité de qui nous
» sommes aussi à portée de recourir. Heureuse Église, dans
» le sein de qui les apôtres ont répandu et leur doctrine et
» leur sang! où Pierre est crucifié comme son maître, où
» Paul est couronné comme Jean-Baptiste; d'où Jean l'évan-
» géliste, sorti de l'huile bouillante sain et sauf, est relégué
» dans une île! Voyons donc ce qu'a appris et ce qu'enseigne
» Rome, et en quoi elle communique particulièrement avec
» les Églises d'Afrique. »

« Qui êtes-vous? peut dire l'Église aux novateurs; depuis
» quand et d'où êtes-vous venus? que faites-vous chez moi,
» n'étant pas des miens? à quel titre, Marcion, coupez-vous
» ma forêt? Qui vous a permis, Valentin, de détourner
» mes canaux? Qui vous autorise, Apelle, à ébranler mes
» bornes? Comment osez-vous penser à vivre ici à discrétion?
» C'est mon bien. Je suis en possession depuis long-temps;
» je suis en possession la première; je descends des anciens
» possesseurs et je prouve ma descendance par des titres au-
» thentiques. Je suis héritière des apôtres, et je jouis con-
» formément aux dispositions de leur testament, au serment
» que j'ai prêté. Pour vous, ils vous ont renoncés et déshérités,
» comme étrangers et comme ennemis. Mais pourquoi les
» hérétiques sont-ils étrangers et ennemis des apôtres? parce
» que la doctrine que chacun d'eux a inventée ou adoptée
» suivant son caprice, est directement opposée à la doc-
» trine des apôtres. » *Tertullien. Traduction de M. Guillon,*
Bibliothèque choisie des Pères de l'Église.

ARTICLE TROISIÈME.

TRAITÉS DE MORALE.

Une troisième espèce d'éloquence, que les Pères des premiers siècles présentent à notre admiration, se trouve dans les traités qu'ils composaient pour l'instruction des fidèles. Ils exposaient d'une manière touchante et sublime les dogmes de la foi et les principes de la morale. Ils exhortaient à la pratique des vertus qu'inspire le christianisme, prémunissaient contre les dangers, et fortifiaient contre la crainte des persécutions. Les plus célèbres dans ce genre d'écrits sont Tertullien, Origène et saint Cyprien. Nous parlerons ici particulièrement de ce dernier.

SAINT CYPRIEN, ÉVÊQUE DE CARTHAGE.

Né d'un des principaux sénateurs de Carthage, il vécut long-temps au milieu des plaisirs et de toutes les pompes de la grandeur. Mais un saint prêtre nommé Cécilius, avec lequel il se lia d'une amitié très-étroite, lui ayant découvert l'excellence de la religion chrétienne et la sainteté de la morale évangélique, il renonça aux superstitions payennes et se convertit à la foi. Il décrit dans sa *Lettre à Donat*, les combats qu'il eut à soutenir avec lui-même.

« J'étais dans les ténèbres : je flottais sur la mer orageuse
» de ce monde, sans connaître la lumière et sans savoir
» où fixer mes pas. Je pensais à ce que l'on me disait de la
» régénération, et je trouvais impraticable le moyen de salut
» proposé par la bonté divine. Je ne pouvais concevoir

» comment un homme recevait dans le baptême le principe
» d'une nouvelle vie, comment il était possible qu'il cessât
» d'être ce qu'il était auparavant, qu'il devînt un être nou-
» veau, qu'en conservant le même corps il se dépouillât
» du vieil homme pour être entièrement renouvelé dans son
» intérieur. Comment, me disais-je à moi-même, un tel
» changement peut-il s'opérer ? Comment quitter en un
» instant des habitudes invétérées dans lesquelles j'ai vieilli ?
» Comment un homme renoncera-t-il à ses premières incli-
» nations, en restant toujours au milieu des objets qui ont
» si long-temps et si puissamment charmé ses sens ? Ces
» inclinations et ces habitudes dont je dois me dépouiller,
» me sont devenues naturelles et sont attachées à mon être
» de la manière la plus intime. A-t-on des exemples d'un
» homme qui, après avoir vécu dans l'abondance et les
» délices, se soit réformé au point de devenir un modèle
» de tempérance et de frugalité ? Peut-on se réduire à ne
» porter que des vêtements simples et pauvres, quand on a
» toujours été couvert d'or et de pierreries ? Un homme qui
» a des vues de fortune, qui se complaît en lui-même, qui
» se glorifie de paraître avec les marques extérieures du
» pouvoir et de l'autorité, pourra-t-il jamais aimer l'obs-
» curité d'une vie privée ?..... C'est une espèce de nécessité
» de se laisser dominer par l'amour du vin, enfler par l'or-
» gueil, enflammer par la colère, dévorer par la soif des
» richesses, séduire par l'ambition et tyranniser par la
» volupté, lorsqu'on a été long-temps esclave de ces
» différentes passions. Voilà ce que je me disais à moi-
» même. Comme j'étais profondément plongé dans de vieilles
» erreurs auxquelles il me paraissait impossible de m'arra-
» cher, cette pensée de désespoir jointe à la complaisance
» que j'avais pour mes inclinations vicieuses, ne faisait que
» leur donner une nouvelle force. Je m'embarrassais de
» plus en plus dans ma chaîne, qui m'était devenue si

» naturelle, que je la regardais comme une partie de moi-
» même. Mais aussitôt que les eaux du baptême eurent lavé
» les taches de mon ame, que mon cœur eut reçu la lumière
» de la céleste vérité, que l'esprit de Dieu fut descendu sur
» moi et que par là je fus devenu une nouvelle créature,
» mes difficultés s'évanouirent, mes doutes furent résolus,
» et mes anciennes ténèbres se dissipèrent. Ce que j'avais
» jugé difficile et impraticable, ne me parut plus tel. Je fus
» convaincu que je pouvais faire ou souffrir ce que j'avais
» cru auparavant au-dessus des forces de la nature. Je vis
» que le principe terrestre que je tenais de ma naissance,
» m'exposait au péché et à la mort, et que le nouveau
» principe que j'avais reçu de l'esprit de Dieu par la régé-
» nération, me donnait de nouvelles idées, de nouvelles in-
» clinations, et me faisait diriger toutes mes pensées vers
» Dieu. »

En effet saint Cyprien, depuis l'époque de sa conversion,
pratiqua les vertus chrétiennes dans un degré héroïque ; il
montra un courage admirable au milieu des persécutions
et reçut enfin la couronne du martyre (258).

Saint Jérôme et Lactance donnent de justes éloges à son
éloquence. « Il ressemble, dit le premier, à une eau très-
pure, dont le cours est doux et paisible, mais qui, grossi
par l'orage, devient un torrent qui entraîne tout. » Il a
suivant le second, une invention facile, variée, agréable,
et, ce qu'il y a de plus essentiel, beaucoup de clarté et de
netteté dans les idées. Sa narration est ornée et devient plus
intéressante par la facilité de l'expression. Il raisonne presque toujours avec autant de justesse que de force. Il y a
trop de travail dans sa lettre à Donat ; mais dès qu'il s'anime
fortement, il laisse là tous les jeux d'esprit et prend un
tour véhément et sublime. Dieu, selon saint Augustin, a
permis qu'il lui échappât quelques vains ornements de rhétorique, dans le premier ouvrage qu'il fit après sa conversion,

pour montrer combien l'esprit de la simplicité chrétienne influa sur son style et eut de pouvoir pour le contenir dans les bornes de la véritable éloquence. Les écrits qu'il composa depuis peuvent être proposés pour modèles. On y admire une éloquence douce, naturelle et fort éloignée de la déclamation. Il y montre une ame grande, remplie des plus beaux sentiments. Il s'exprime d'une manière noble et touchante ; il parle d'abondance de cœur. Quoiqu'il emploie des mots qui paraissent s'éloigner de la pureté de la langue latine ; quoiqu'il ait quelque chose du génie africain, et même de la dureté de Tertullien, son style cependant est généralement assez bon, et l'on peut dire qu'après Lactance, il occupe, pour le goût, la première place parmi les Pères qui ont écrit dans cette langue.

Pour ajouter quelques extraits à ceux que nous avons déjà cités, nous prendrons dans le *Traité de ceux qui sont tombés dans la persécution*, parce que cet ouvrage montre jusqu'à quel point le saint évêque est quelquefois véhément et pathétique.

« La paix a donc été rendue à l'Église, nos très-chers
» Frères ; et ce qui paraissait naguère difficile aux incrédules,
» impossible aux apostats, la toute puissante justice du
» Seigneur l'a fait. Nous respirons enfin, nos cœurs peuvent
» s'ouvrir à la joie ; l'orage qui grondait sur nos têtes, et
» les vapeurs sombres dont nous étions environnés se sont
» dissipées, et nous voyons luire les rayons d'un jour plus
» serein. Au Seigneur en appartient la gloire. Que notre
» reconnaissance en rapporte l'hommage à sa bienfaisante
» miséricorde. Au sein même de la persécution, nos voix
» n'avaient pas cessé de lui adresser nos actions de grace ;
» car la puissance donnée à l'ennemi n'ira jamais jusqu'à
» pouvoir nous empêcher, nous qui aimons le Seigneur de
» tout notre cœur, de toute notre ame, de toutes nos forces,
» de le louer, de célébrer sa gloire en tout temps et en tous
» lieux.

» Quelle joie pour nous de contempler ces illustres con-
» fesseurs, dont la foi courageuse s'est montrée avec éclat,
» de leur témoigner par nos saints embrassements, et le
» regret de leur séparation et le désir où nous étions de les
» revoir. Les voilà, ces généreux athlètes de Jésus-Christ
» dont l'héroïque fermeté a triomphé des plus violents efforts
» de la persécution. Prêts à endurer et les cachots et les
» horreurs de la mort, vous avez constamment résisté au
» siècle; vous avez donné à Dieu un spectacle magnifique,
» et un grand exemple à tous les frères appelés à vous suivre.
» Votre voix a fidèlement confessé Jésus-Christ, et n'a pas un
» moment démenti la noble profession du christianisme; vos
» mains, accoutumées à nos saints exercices, ne se sont point
» souillées par des sacrifices impies. Vos bouches, consacrées
» par le céleste aliment du corps et du sang de notre Seigneur,
» ont repoussé les mets impurs offerts aux idoles. Vos têtes
» ne se sont pas courbées sous les voiles dont une profane
» superstition charge les têtes des coupables adorateurs des
» fausses divinités. Vos fronts purifiés par le signe de notre
» foi chrétienne, auraient rougi de porter d'autre couronne
» que celle de notre maître. Avec quelle vive allégresse
» l'Église vous reçoit dans son sein maternel au retour du
» combat! Quel bonheur, quel triomphe pour elle d'ouvrir
» ses portes à ces bataillons sacrés, venant lui apporter les
» trophées conquis sur l'ennemi terrassé! »

« Saint Cyprien parcourt les ordres divers de confesseurs
de tout sexe et de tout âge qui avaient signalé leur foi sans
être ébranlés par les menaces de l'exil, des tortures, de la
confiscation, de la mort avec les plus cruels supplices; et
vient à la défection de ceux qui avaient succombé, et dont
la chute mêlait une douleur amère à la sainte joie que donnait à l'Église la persécution des autres. »

« Je pleure, mes frères, je pleure avec vous; et ce n'est
» pas un adoucissement à la douleur qui me presse, de

» penser que je n'ai reçu personnellement aucune blessure.
» Celles qui affectent le troupeau sont bien plus sensibles
» pour le pasteur. Comme l'apôtre, je ramasse dans mon
» cœur toutes les affections particulières ; je porte le poids
» de toutes les douleurs ; je gémis avec ceux qui gémissent ;
» je me crois à terre avec ceux qui sont abattus. Les traits
» dont l'ennemi les a percés sont arrivés jusqu'à moi. Ils
» m'ont pénétré tout entier ; ils ont déchiré mes entrailles,
» et la persécution, qui ne m'a point renversé, n'en a pas
» moins atteint mon ame, puisque mon affection pour ceux
» de nos frères qui ont été blessés me fait ressentir toutes
» leurs blessures. »

« Le saint évêque voit dans la justice du ciel la cause de
la persécution qui s'est déchaînée sur la terre. »

« Dieu a voulu éprouver la fidélité des uns et châtier le
» relâchement des autres. Une longue paix avait altéré la
» discipline, la foi était endormie dans les ames, l'amour
» des biens terrestres avait gagné jusqu'au sanctuaire. Tout
» avait dégénéré. Devenus coupables, à quels châtiments
» ne devions-nous pas nous attendre ? Aux premières me-
» naces de l'ennemi, un grand nombre a trahi la foi, et
» c'est moins la violence de la persécution que leur volonté
» propre qui les a entraînés dans la chute. Et pourtant,
» qu'y avait-il, dites-moi, dans ces événements, de si
» extraordinaire, de si nouveau ? Etaient-ce là de ces atta-
» ques si imprévues, qu'elles dûssent prévaloir sur la sainteté
» du serment fait à Jésus-Christ ? N'avaient-elles pas été
» annoncées long-temps à l'avance par les prophètes et les
» apôtres ? L'Esprit-Saint dont ils étaient remplis, n'avait-il
» pas prédit par leur bouche, pour tous les temps, des
» adversités pour les justes, et des outrages de la part des
» infidèles ! Pouvait-on avoir oublié et les commandements
» du Seigneur et les menaces de l'Évangile contre les pré-
» varicateurs ? Mais hélas ! toutes ces instructions se sont

ÉLOQUENCE DES SAINTS PÈRES.

» effacées de leur mémoire. Ils n'ont pas seulement attendu,
» pour se présenter aux tribunaux, qu'on les y traînât, ni
» qu'on les interrogeât, pour renier Jésus-Christ ; la plupart
» ont été vaincus, avant même d'avoir combattu. Terrassés
» avant l'attaque, ils ne se sont pas même ménagé la triste
» ressource de paraître n'avoir sacrifié aux idoles que malgré
» eux. C'est de leur propre mouvement qu'ils se sont portés
» par-devant les tribunaux, qu'ils se sont pressés de courir
» à la mort, comme s'ils fussent enfin arrivés au terme de
» leur vœu, comme s'ils n'eussent attendu qu'une occasion
» long-temps désirée.

» Que dirons-nous de ceux qui, remis au lendemain par
» le magistrat, à cause des approches de la nuit, ont été
» jusqu'à demander la grace de périr plutôt? Le malheureux !
» prétextera-t-il, pour colorer son crime, la violence qui
» lui ait été faite, quand c'est lui qui s'est fait violence à
» lui-même pour le commettre ? Quoi ! alors qu'il se rendait
» de son plein gré au Capitole, quand il venait librement
» acquiescer au plus énorme de tous les attentats, ses pieds
» n'ont pas commencé à chanceler, ses regards à se troubler,
» ses entrailles à se soulever, ses mains à retomber sous leur
» propre poids ! Quoi ! ses sens n'ont pas été glacés d'épou-
» vante ? sa langue tremblante a pu proférer les paroles de
» l'apostasie ? Un serviteur de Dieu a pu soutenir une
» contenance ferme, ouvrir la bouche pour renoncer à Jésus-
» Christ, lui qui avait renoncé au démon et au monde ?
» Quoi ! dans cet autel où vous alliez sacrifier votre ame,
» vous n'avez pas vu votre bûcher funèbre ? N'auriez-vous
» pas dû fuir avec horreur cet antre du démon, où vous
» aviez vu fumer auparavant un sacrilége encens, plutôt que
» d'y porter votre ame en holocauste ? Qu'aviez-vous besoin
» d'y porter une victime, quand vous deveniez vous-même
» la victime du sacrifice? Ces flammes impies, allumées par
» vos mains, ont dévoré votre salut, vos espérances, votre
» foi.

» Encore en a-t-on vu qui, ne se contentant pas de se
» donner la mort à eux-mêmes, s'exhortaient mutuellement
» à se perdre ensemble, et se passaient tour à tour la coupe
» empoisonnée; et pour qu'il ne manquât rien à l'énormité
» des attentats, on a vu des pères porter leurs enfants à
» l'autel idolâtre, ou s'y faire accompagner par eux. Infor-
» tunés enfants, qui perdaient, à leur entrée dans la vie, le
» don précieux qui venait de leur être conféré ! Au jour du
» dernier jugement, ne seront-ils pas en droit de dire :
» Ce n'est pas nous qui avons été coupables; nous n'avons
» point quitté la table du Seigneur pour aller de nous-mêmes
» nous asseoir à la table du démon; nous sommes les vic-
» times d'une infidélité étrangère. Ce sont nos pères, ou
» plutôt des parricides qui nous ont donné la mort, eux qui
» n'ont pas voulu que l'Église fut notre mère, que nous
» eussions Dieu pour père. Trop jeunes encore et sans
» expérience, nous ignorions le crime où l'on nous engageait,
» et nous ne sommes coupables que parce que d'autres le
» furent.

» De quelle excuse prétendrait-on colorer une aussi cou-
» pable faiblesse? L'amour de la patrie, la menace d'être dé-
» pouillé de son bien ! Patrie, fortune, plutôt renoncer à tout
» que de risquer son salut, que de sacrifier ses immortelles
» espérances. Êtes-vous entrés dans le monde à d'autres
» conditions que celles d'en sortir ? *Sortez, sortez de cette*
» *terre de corruption !* vous criait le prophète : en la fuyant,
» vous échappiez à ses crimes et à ses châtiments; en y
» restant, c'était vous associer à ses iniquités. Jésus-Christ
» nous recommande dans son Évangile, et par son propre
» exemple, de fuir durant la persécution ; car la couronne
» du martyre étant une grace privilégiée qu'on ne peut
» recevoir que quand Dieu daigne y appeler au moment
» qu'il a marqué lui-même, quiconque demeure fidèle à
» Jésus-Christ se retire, ne renie point la foi ; mais attend

» le moment ; au lieu que celui qui ne s'étant pas retiré, a
» renié Jésus-Christ, n'est demeuré que pour le renier.

» Ne déguisons point la vérité, mettons la blessure à nu :
» la cause de l'aliment du mal, c'est l'attachement aux biens
» de la terre : passion aveugle, qui a fait parmi nous bien
» des coupables. Arrêtés par ces misérables affections comme
» par autant de chaînes, ils se sont trouvés sans force et sans
» vertu. Ils ont présenté au serpent tentateur une proie facile
» et sans défense.

» Mais, dit-on, les tortures étaient prêtes, et le refus de
» sacrifier allait être puni par les plus affreux supplices ! Que
» celui-là accuse les tortures, qui n'a été vaincu que par leur
» rigueur, à la bonne heure : on peut s'en prendre à l'excès
» de la douleur, quand on ne l'a pas surmontée. On peut
» alors demander grace et répondre : J'étais bien dans la
» résolution de combattre jusqu'à la fin et d'être fidèle à mes
» serments ; mais la diversité des supplices et la longueur du
» martyre ont lassé ma constance. Je me promettais un cou-
» rage égal à ma foi, long-temps mon ame a lutté immobile
» contre les pointes déchirantes de la souffrance ; mais, hé-
» las ! un juge sans pitié, redoublant contre un corps déjà
» affaibli, exténué par ses premières tortures, en proie aux
» fouets dont j'étais déchiré ; meurtrie de coups, étendue sur
» un chevalet, entamée par les ongles de fer, lentement dé-
» vorée par le feu, ma chair n'a manqué dans une si vive
» attaque ; la nature a fléchi : ce n'est point l'ame, c'est le
» corps tout seul qui a succombé. Voilà la faute qui peut
» aisément obtenir qu'on lui pardonne ; voilà un malheur qui
» appelle la compassion. Ainsi avons-nous vu quelques-uns
» de nos frères qui avaient eu le malheur de fléchir dans un
» premier combat, réservés à des épreuves nouvelles, ra-
» cheter leur défaite par un glorieux triomphe. Ils deman-
» daient grace, non par des larmes, mais par leurs blessures.
» Ce n'était point par des gémissements, mais par leurs ci-

» catrices sanglantes , mais en exposant à nos regards les
» lambeaux d'une chair que le fer ou la flamme avait mutilée,
» qu'ils désarmaient notre sévérité. Mais vous, quelles bles-
» sures attestent votre résistance ? Vous, du moins, pour
» pallier votre défaite, parlez-nous d'entrailles palpitantes ,
» montrez-nous vos membres déchirés, vous qui , loin d'at-
» tendre le combat, êtes allé au-devant de l'ennemi. Venez
» après cela vous plaindre de violence là où il ne faut ac-
» cuser que votre lâcheté. »

Le saint évêque ne parlait aux coupables avec tant de force
que pour les porter à une pénitence salutaire.

« Toutefois , à Dieu ne plaise que je cherche à charger
» les coupables ! non , je ne veux qu'exciter nos frères à la
» prière et à la satisfaction. J'ai sous les yeux la parole du
» prophète, qui dit : Ceux qui vous disent heureux, vous
» trompent et vous égarent. Flatter le pécheur par une
» indulgence à contre-temps, c'est lui ménager de nouvelles
» occasions de pécher , c'est entretenir la faute et non la
» réprimer ; mais celui qui reprend son frère et lui donne
» des conseils généreux, lui ouvre la porte du salut. Ainsi
» le prêtre du seigneur ne doit point tromper le coupable
» par une complaisance pernicieuse, mais le guérir par de
» salutaires remèdes. Médecin ignorant ! votre main timide
» craint de sonder cette plaie dont elle ose à peine toucher
» la superficie : vous laissez le venin au fond de la blessure ;
» il y fermente, il l'aigrit. Plongez, enfoncez le fer , coupez
» les chairs, employez de plus vigoureux moyens. Que le
» malade crie et se plaigne , que sa douleur s'exhale e n
» reproches, il changera de langage quand vous l'aurez
» guéri...... » *Traduction de M. Guillon.*

Telle est l'éloquence de saint Cyprien, dans ses traités de
morale, lorsqu'il est fortement ému. Voici celle de Tertullien,
qui l'avait précédé. Des chrétiens infidèles à leur vocation,
ne rougissaient pas de fréquenter les théâtres avec les ado-

rateurs des faux dieux. « Vous êtes trop étranger à vous-
» même, ô chrétien ! vous êtes trop avide de plaisirs et de
» délices, quand vous les prévenez en les cherchant dans
» le monde. Ou plutôt quel aveuglement d'appeler cela du
» plaisir ! Certains philosophes s'y entendaient bien mieux ;
» ce n'était pas dans de bruyantes dissipations qu'ils pre-
» naient le plaisir, mais dans le calme et dans la paix ! Eh !
» dites-moi, je vous prie, ne pouvons-nous vivre sans plai-
» sir, nous qui devons en trouver jusque dans la mort ?
» Car où doivent tendre nos vœux, sinon, comme l'apôtre
» l'exprimait, à sortir du siècle pour nous réfugier dans
» le sein de Dieu ? Nos plaisirs sont là où est l'objet de
» nos vœux. Il vous faut des plaisirs : eh ! dès à présent,
» n'en trouvez-vous pas sur la route de la vie ! Ingrat !
» vous n'êtes pas satisfait de ceux que la main d'un Dieu
» libéral vous dispense avec profusion ! Vous ne les recon-
» naissez pas ? Mais quelle source plus féconde de voluptés
» saintes, que d'avoir été réconcilié avec votre Seigneur
» et votre Dieu ; que d'avoir été appelé à la connaissance
» de la vérité, à la révélation de vos erreurs, au pardon des
» péchés que vous avez commis ? Quel plaisir plus délicieux
» que de mépriser le plaisir même, de s'élever au-dessus de
» tout ce qui tient au siècle ? que de jouir d'une liberté vraie,
» de sa conscience tout entière, d'une vie pleine et inno-
» cente ? de ne redouter pas même la mort, de fouler sous
» ses pieds les dieux des nations, de mettre en fuite les
» démons, de vivre pour Dieu ? Ce sont là les plaisirs du
» chrétien, ses spectacles purs, sans relâche, et qui ne lui
» coûtent rien. Voilà pour vous les jeux du cirque et les
» nobles exercices de votre pélerinage. Comptez et le temps
» qui s'écoule, et l'espace qui s'échappe ; transportez-vous
» au terme de votre course, éveillez-vous, allez vous ranger
» sous l'étendard de votre Dieu. Debout, chrétiens ! voici
» l'ange qui sonne de la trompette, voici le moment du

par l'autorité et l'enchaînement des preuves ; il est grand et
simple lorsqu'il raconte ses souffrances et celles de l'Église;
il est sublime de conviction en quelque sorte ; mais il est peu.
varié et n'a pas les riches ornements de la tribune antique ;
il hérisse trop souvent son langage des épines théologiques ;
il ne cherche point à plaire par l'imagination ; il se défend le
pathétique ; on dirait qu'il ne veut pas être un orateur véhément et persuasif, mais l'invariable témoin, le dépositaire
impassible des dogmes de la foi.

Grégoire de Nazianze , au contraire , saint Basile et plus
encore saint Jean Chrysostôme appellent à leur secours toutes
les inspirations et tous les artifices du talent oratoire. Docile
à leur génie, la langue grecque exprime tous les enseignements de la foi chrétienne , en paraissant encore l'idiôme
antique des Lysias et des Platon. On reconnaît le génie grec
presque dans sa beauté première , doucement animé d'une
teinte orientale , plus abondant et moins attique , mais toujours harmonieux et pur. *M. Villemain et M. Guillon.*

Nous allons d'abord occuper le lecteur de saint Grégoire
de Nazianze et de saint Basile. L'époque de leur naissance,
la conformité de leurs études , la ressemblance de leur vie , et
surtout leur étroite amitié , ne nous permettent pas de séparer
leur histoire.

SAINT GRÉGOIRE DE NAZIANZE

ET

SAINT BASILE LE GRAND.

Le premier, surnommé *le Théologien*, à cause de la connaissance profonde qu'il avait de la religion, naquit vers l'an
328 à Arianze , petit bourg du territoire de Nazianze en
Cappadoce. Il apprit la grammaire dans son pays, et vint
ensuite à Césarée en Palestine , où était une école célèbre

de rhétorique. Il étudia aussi quelque temps dans Alexandrie. Mais Athènes avait la réputation de posséder les plus habiles maîtres ; on s'y rendait de toutes parts pour se former à cette pureté de langage et à cette élégance attique qui ont rendu si fameux les anciens écrivains de la Grèce : il y vint donc lui-même dans le but de perfectionner ses talents et d'étendre de plus en plus ses connaissances.

Le second, issu d'une famille, où l'on comptait une longue suite de héros, naquit à Césarée, métropole de la Cappadoce, vers la fin de l'année 329. Après la mort de son père, qui lui avait enseigné les premiers éléments de la littérature, il continua quelque temps ses études dans sa ville natale. Mais bientôt ses parents l'envoyèrent à Constantinople, où le célèbre Libanius donnait des leçons publiques avec un applaudissement universel. Ce grand maître sut le distinguer dans la foule de ses disciples ; il ne pouvait se lasser d'admirer en lui les plus heureuses dispositions pour les sciences, jointes à une modestie rare et à une vertu extraordinaire. Il dit dans ses lettres qu'il se sentait comme ravi hors de lui-même toutes les fois qu'il l'entendait parler en public. Il entretint toujours depuis avec lui un commerce d'amitié et il ne cessa de lui donner des marques de cette haute estime qu'il avait conçue pour son mérite. (*)

(*) « Quand vous fûtes retourné dans votre pays, écrit Libanius à saint Basile, je me disais : « Que fait maintenant Basile ? Plaide-t-il au barreau ? Enseigne-t-il l'éloquence ? J'ai appris que vous aviez suivi une meilleure voie : que vous ne vous étiez occupé qu'à plaire à Dieu, et j'ai envié votre bonheur. » « Basile est mon ami, s'écrie-t-il dans une autre lettre ; Basile est mon vainqueur, et j'en suis ravi de joie. » « Je tiens votre harangue, lui écrivait saint Basile à son tour : je l'ai admirée : ô Muses ! ô Athènes ! que de choses vous enseignez à vos élèves ! » M. de Chateaubriand, Études historiques.

Basile cependant quitta Constantinople pour se rendre à
Athènes, à l'exemple de Grégoire de Nazianze, avec lequel il
avait déjà formé, à Césarée, sa patrie, la liaison la plus intime. Il serra de plus en plus les liens qui l'unissaient à son
ami. On citera toujours ces deux grands hommes comme des
modèles accomplis d'une amitié tendre et sainte. Attentifs à
éviter les compagnies dangereuses, ils ne fréquentaient que
ceux de leurs condisciples en qui l'amour de l'étude se trouvait réuni à la pratique de la vertu. Jamais on ne les voyait
assister aux divertissements profanes. « Nous ne connaissions,
» dit saint Grégoire, que deux rues dans la ville ; l'une con-
» duisait à l'église et aux ministres sacrés qui y célébraient
» les divins mystères ; l'autre conduisait aux écoles et chez
» ceux qui nous enseignaient les sciences. » Ils priaient assidument et vivaient dans une mortification continuelle de leurs
sens. Avec cette vigilance sur eux-mêmes, ils trouvaient dans
leur amitié réciproque mille consolations et mille moyens pour
s'entr'exciter à la pratique du bien. Ils demeuraient ensemble
et avaient une table commune. L'esprit de propriété ne régnait point parmi eux. Dans toutes leurs actions, ils n'envi-
sageaient que la gloire de Dieu ; c'était là qu'ils rapportaient
leurs travaux, leurs études, leurs veilles et généralement
l'emploi de toutes les facultés de leur ame.

Ce zèle pour la piété chrétienne ne nuisait point au progrès de leurs études. Ils se rendirent très-habiles non-seulement dans l'éloquence, mais dans la philosophie, dans la
poésie et dans toutes les autres parties de la littérature. Nous
apprenons de saint Grégoire que son illustre ami prit même
une teinture générale de la géométrie, de la médecine et
d'autres sciences semblables.

Cette universalité de connaissances, et les rares talents
qu'ils faisaient paraître, leur attirèrent une grande réputation dans Athènes. Les étudiants et les maîtres de cette ville
admiraient surtout Basile. Ils employèrent toutes sortes de

moyens pour le fixer parmi eux , mais ils ne purent y réussir.
Il revint dans sa patrie, dont il devait être l'ornement : il
y professa pendant quelque temps la rhétorique et plaida
plusieurs causes avec un brillant succès. Mais , dégoûté du
monde , craignant d'ailleurs que ce double emploi dans lequel
il éclipsait tous ses rivaux , n'influât sur son caractère en
l'enorgueillissant, il y renonça pour se consacrer entièrement
à Dieu. Il donna la plus grande partie de son bien aux
pauvres et parcourut les monastères de la Syrie , de l'Égypte
et de la Lybie , où la vie édifiante des solitaires le consola
des ravages de l'arianisme , et lui inspira la résolution d'imiter
leur exemple. Il se retira dans les déserts du Pont , où saint
Grégoire, dominé par le même zèle , vint bientôt le rejoindre.
Ce fut de cette retraite qu'il écrivit en divers temps des lettres
et des conseils , que la plupart des religieux ont pris pour
leur règle et où les fondateurs de monastères de l'occident
même ont puisé plusieurs points de leurs constitutions. Il ne
sortit de la solitude que pour exercer des œuvres de charité
et de zèle. Son éloquence ramenait les esprits à la vérité et
opérait des prodiges en faveur des pauvres. Devenu malgré
lui archevêque de Césarée , une dignité si importante fit briller
d'un nouvel éclat ses talents et ses vertus. Il montra une fermeté admirable dans la persécution. L'empereur Valens , par-
tisan fanatique des Ariens , envoya Modeste , préfet d'Orient ,
avec ordre de soumettre par les promesses ou par les menaces
l'archevêque de Césarée. En vain on le menace de la confiscation, de l'exil, des tourments , de la mort. « Cela ne me
» regarde point , répondit Basile, celui qui n'a rien est à
» couvert de la confiscation ; je ne puis craindre non plus
» l'exil dont vous parlez : toute la terre est un exil et le ciel
» seul est ma patrie. Pour les tourments , quel empire auront-
» ils sur moi , puisque je n'ai pas de corps en quelque sorte
» pour les souffrir ? Il n'y aura que le premier coup qui
» trouvera prise. Et quant à ce qui est de la mort , je la re-

» garde comme une grace, elle me mènera plutôt à Dieu,
» pour qui seul je vis. » Irrité de cette réponse, Modeste
s'écria que jamais personne ne lui avait parlé avec tant de
hardiesse. « C'est, reprit Basile, que vous n'avez jamais ren-
» contré d'évêque. Dans le cours ordinaire de la vie, nous
» sommes les plus doux et les plus soumis des hommes ;
» quand il s'agit de la religion, nous méprisons tout pour
» Dieu, rien n'est capable de nous ébranler. » Le repos du
saint évêque fut enfin respecté. Il en profita pour travailler
à la destruction de l'hérésie ; mais ses travaux abrégèrent ses
jours. Il mourut en 379. Les païens et les juifs le pleurèrent
avec les chrétiens; tous déploraient la perte de celui qu'ils
regardaient comme leur père commun et comme le plus célèbre docteur du monde. « Après sa mort, dit M. de Châteaubriand, Basile fut en si grande renommée qu'on cherchait
à l'imiter jusque dans ses défauts ; on affectait sa pâleur, sa
barbe, sa démarche, sa lenteur à parler, car il était pensif
et recueilli. On s'habillait comme lui, on se couchait comme
lui, on se nourrissait de choses dont il aimait à se nourrir. »
Études historiques.

Saint Grégoire, qui était venu dans la solitude pour se
sanctifier avec son ami, fut comme lui obligé d'en sortir pour
le bien de l'Église. Il exerça aussi les fonctions du saint ministère, fut sacré, malgré sa résistance, évêque de Sazime,
et placé ensuite sur le siége de Constantinople, où il opéra
des fruits extraordinaires par ses vertus et par son éloquence.
Mais après de longues persécutions, se voyant de nouveau
en butte aux dissentions et aux cabales, il crut devoir, pour
le bien de la paix, se démettre du gouvernement d'une église
qu'il avait presque créée ; il reprit paisiblement le chemin du
désert, où il employa les dernières années de sa vie à des ouvrages de poésie et de dévotion. Il mourut en 389 à l'âge de
62 ans.

ÉLOQUENCE DE SAINT GRÉGOIRE DE NAZIANZE.

Il reste de ce **Père** un grand nombre d'ouvrages dont les principaux sont *cinquante-cinq Sermons; un grand nombre de Lettres*, la plupart intéressantes, et des *Poésies*, qui furent presque toutes le fruit de sa retraite et de sa vieillesse, mais où l'on trouve cependant tout le feu et toute la sensibilité d'un jeune poète. Son imagination vive et fleurie est en général naturelle et féconde; il est aussi exact que sublime dans l'explication des mystères; mais on peut lui reprocher quelquefois de l'affectation et du faux brillant. « Si l'on veut, dit M. Villemain, se former une idée générale du talent de saint Grégoire, on doit le considérer comme un écrivain agréable et brillant, plein de politesse et d'élégance. Ce n'est pas un orateur sublime : il a trop peu de mouvement et trop d'artifice dans le style; peut-être aussi manque-t-il de pathétique. Il ne sait pas, dans l'oraison funèbre, fondre assez habilement les faits et la morale; il fait des digressions sans mesure et sans intérêt. Son goût n'est pas irréprochable, non qu'il laisse échapper des idées et des expressions bizarres, mais il a les défauts d'une composition trop soignée, trop symétrique. Ses pensées, vives et brillantes, se forment presque toujours d'un contraste ingénieux, d'un rapprochement inattendu. Sa diction, qui paraît d'une extrême pureté, devient uniforme, par le retour trop fréquent des antithèses. Fénélon le trouve plus concis et plus poétique que saint Chrysostôme; mais cette concision ne produit pas la rapidité dans le style; elle tient à la coupe des phrases, à l'opposition des mots; elle ressemble à celle de **Pline** le jeune et de Sénèque, qui tournent très-vite, mais très-long-temps autour de la même idée. Saint Grégoire a souvent été comparé à Isocrate, dont il paraît l'imitateur. Sans doute il n'est pas au-dessous de son modèle, on lui trouvera même plus de grandeur et de feu, grace aux inspirations d'un ordre

supérieur ; riche en images, en similitudes, en termes mé-
taphoriques, il plaît surout à l'imagination. Il a quelques
morceaux d'une éloquence aussi forte que pure, et qui
prouvent que s'il se borne habituellement à l'éloquence timide
et soignée du style tempéré, ce n'est pas faute de vigueur et
d'élévation dans la pensée. Il excelle, comme Fléchier, à
saisir finement les idées morales, et à les rendre avec cette
expression piquante qui leur donne plus de prix et même
plus de nouveauté. » *Essai sur l'Oraison funèbre.*

M. Villemain, dans ce jugement, nous semble blâmer
trop et ne pas louer assez. Ailleurs il s'exprime ainsi : « Ses
éloges funèbres sont des hymnes; ses invectives contre Julien
ont quelque chose de la malédiction des prophètes. » *Nouveaux Mélanges.*

Parmi les éloges funèbres composés par saint Grégoire,
celui de saint Basile inspire un intérêt particulier.

La ville de Césarée était en proie aux divisions et les
Ariens travaillaient à corrompre sa foi. « Qu'attendez-vous,
» Chrétiens, dit l'orateur, qu'attendez-vous du généreux
» athlète de Jésus-Christ ? Il ne fallut pas de longs discours
» pour l'engager à venir à notre secours. C'était moi qui
» étais chargé de lui porter l'expression du vœu général;
» commission honorable qui me confiait aussi bien qu'à lui le
» dépôt des intérêts de la foi. Sitôt qu'il m'aperçut, sa haute
» sagesse lui fit comprendre en un moment que, s'il était
» quelquefois permis de se montrer sensible à l'injure...,
» il y avait aussi des circonstances, celles de la nécessité et
» du commun péril, où il fallait s'élever au-dessus de son
» ressentiment. Sans balancer donc, Basile quitte le Pont
» pour me suivre. L'image de la vérité qu'on opprime,
» enflamme son cœur d'un saint zèle; il est le premier à
» nous offrir son assistance et à se dévouer tout entier au
» service de l'Église. Et ne croyez pas que ce fût ici l'effet
» d'un enthousiasme peu réfléchi; non, sa conduite fut tout

» ce qu'elle devait être; son zèle éclata, mais non aux dépens
» de la sagesse ; et la sagesse ne l'empêcha point de braver
» les dangers. Ne croyez pas qu'il ait conservé dans son cœur
» aucune animosité contre son évêque. Au contraire; se
» réconcilier, délibérer avec lui, concerter ensemble le plan
» de défense et d'attaque, fut un seul et même acte. Il
» anéantit les disputes qui divisaient les catholiques, écarte
» les inimitiés et les pierres de scandale ; tout ce qui avait
» donné à l'hérésie la confiance de nous attaquer. Il s'unit
» aux forts, il soutient les faibles, il repousse les adversaires ;
» pour les uns, mur impénétrable, rempart invincible pour
» les autres, marteau qui brise les plus durs rochers, ou
» comme parle l'Écriture, feu allumé dans les épines, dé-
» vorant comme la paille ces blasphémateurs de la Divinité
» de Jésus-Christ. Que si le Barnabé qui dit et qui écrit
» ces choses, a eu quelque part au combat de Paul, c'est à
» Paul qu'il en est redevable, puisque c'est lui qui l'a choisi
» et l'a associé à ce combat. »

Le panégyriste s'élève lorsqu'il veut célébrer l'éloquence
de saint Basile. « Mais qu'est-ce encore que ces qualités, si
» vous les comparez à ces prodiges d'éloquence et d'érudition
» par lesquels il semble avoir rapproché les parties les plus
» éloignées de l'univers ? Nous ne sommes encore qu'au
» pied de la montagne, à une grande distance du sommet.
» Nous sommes encore à traverser le détroit, quand nous
» sommes appelés sur la vaste étendue de l'Océan. S'il y
» eut jamais, si même il peut jamais y avoir de trompette
» dont les sons éclatants pénètrent jusqu'à la plus sublime
» région de l'air, si la voix de Dieu retentit jusqu'aux ex-
» trémités de la terre, ou si l'on a vu de violentes secousses
» et des tremblements de terre extraordinaires ébranler le
» monde, ces images pourront vous fournir quelque idée
» de cette éloquence et de ce génie, aussi fort au-dessus de
» celui des autres hommes, que ceux-ci l'emportent sur les

» animaux par l'excellence de leur nature. Qui jamais ap-
» porta de plus sérieuses préparations pour se rendre le
» digne organe des oracles de l'Esprit-Saint ? quel homme a
» été plus éclairé des rayons de la science ? a pénétré plus
» avant dans la profondeur des divins mystères ? a porté
» une lumière plus vive sur les choses de la religion ? Qui
» jamais sut donner à sa pensée une expression plus claire,
» comme à son expression un sens plus profond ?.... Il
» avait puisé dans la méditation les connaissances nécessaires
» pour enseigner à toutes sortes de personnes à régler sain-
» tement leurs mœurs, à parler dignement de nos augustes
» vérités, à détacher leurs esprits des choses périssables pour
» les élever vers les choses éternelles. David loue la beauté
» du soleil, qu'il compare à celle d'un jeune époux : sa
» grandeur à celle d'un géant ; la rapidité de sa course,
» comme parcourant tous les jours la terre, d'une extrémité
» à l'autre ; sa vertu merveilleuse, qui ne diminue point
» par ses influences continuelles et universelles. La beauté
» de Basile a été sa vertu ; sa grandeur, la manière sublime
» dont il a parlé de Dieu ; sa course a été son avancement
» continuel vers Dieu ; son activité, son application infati-
» gable à donner et à répandre partout ses instructions ; en
» sorte que je ne crains pas de lui appliquer ce mot de
» l'Écriture : Que le son de sa voix a retenti par toute la
» terre, et s'est fait entendre aux extrémités de l'univers.
» Ses doctes écrits font aujourd'hui les délices de toutes les
» assemblées, du barreau, des églises, des monastères, de ceux
» qui ont renoncé au tumulte des affaires et de ceux qui
» sont encore dans l'embarras du siècle, de ceux qui se li-
» vrent à des études profanes, comme de ceux qui ont
» embrassé notre discipline. Tous ceux qui ont écrit après
» lui empruntent de ses livres la matière de leurs ouvrages.
» On ne parle plus des anciens qui se sont appliqués à l'in-
» terprétation de l'Écriture ; c'est Basile que l'on cite. C'est

» être savant que de le bien posséder ; éloquent, que de
» le répéter. Il peut seul tenir lieu de tous les autres livres.
» Lorsque j'ai dans mes mains ou sur les lèvres son *Hexa-*
» *méron* (l'œuvre des six jours), transporté avec lui sur le
» trône du créateur, je comprends toute l'économie de son
» ouvrage ; j'apprends à admirer le sublime auteur de
» toutes choses, plus que je n'avais fait en les contemplant.
» Lorsque je lis les réfutations diverses qu'il a publiées,
» je crois voir le feu qui consume Sodome, reduire encore
» en cendres les langues sacriléges des impurs habitants de
» cette ville, ou la vengeance tomber sur cette tour de
» Babel, dont le Ciel arrêta l'orgueilleuse construction : ce
» qu'il a écrit sur le Saint-Esprit, j'y trouve le Dieu que
» j'adore, et je prêche la vérité avec une ferme assurance,
» dirigé que je suis par le flambeau que me présente ce grand
» théologien : les explications qu'il a composées pour des
» intelligences moins relevées, les partageant dans les trois
» sens (littéral, moral et allégorique), je ne m'arrête pas à
» l'écorce extérieure de la lettre ; je vais plus avant ; j'entre
» de profondeur en profondeur ; d'un abîme j'invoque un
» autre abîme, et je passe d'une lumière à une autre, jusqu'à
» ce que je sois enfin parvenu au sommet de la vérité : ses
» éloges des martyrs ; plein de mépris pour ma chair, je me
» sens transporté dans la compagnie de ces généreux confes-
» seurs, et prêt à m'associer à leurs combats : les harangues
» qu'il a prononcées sur la règle et la conduite des mœurs ;
» mon cœur, ma chair elle-même purifiés se transforment en
» un temple consacré par la présence du Très-Haut, en un
» instrument dont l'Esprit-Saint anime les cordes pour chan-
» ter sa gloire et sa puissance. Ces pieux écrits m'apprennent
» à me corriger de mes défauts, à orner mon cœur des vertus
» chrétiennes, à devenir tout différent de moi-même par un
» changement tout divin. »

La péroraison est très-touchante ; en voici la fin. « Mais

» sera-ce assez de mêler nos pleurs à son éloge? Plutôt, en
» traçant le tableau de sa vie, que l'image de ses vertus,
» offerte par mes faibles mains, devienne, et pour chacun de
» nous et pour tous les fidèles répandus dans l'Église chré-
» tienne, le portrait et la loi vivante de nos mœurs! Vous
» qu'il a formés à la doctrine sainte! le fruit que vous devez
» recueillir de ce discours, c'est de prendre Basile pour
» votre modèle, d'agir comme s'il était sans cesse en votre
» présence et vous en la sienne. Venez, ô vous tous com-
» pagnons de Basile, ministres des autels, peuple confié à
» nos soins, citoyens, étrangers! approchez tous, faisons
» ensemble son éloge; que chacun raconte quelqu'une de ses
» vertus; célébrez tous, les grands, un législateur; les magis-
» trats, l'oracle de la vérité; le peuple, son guide; les savants,
» leur maître; les vierges, leur introducteur à la cour du
» céleste époux; les épouses, la règle de leur conduite; les
» solitaires, les mains qui les détachaient de la terre pour
» les porter au ciel; les religieux, un juge. Dites vous-mêmes,
» comment il fut le conducteur des simples, le docteur des
» esprits curieux; comment il réprimait les saillies de la joie,
» consolait les affligés, soutenait la vieillesse, instruisait les
» jeunes gens, soulageait l'indigence et faisait des riches les
» économes des pauvres. Je vois et les veuves, et les orphe-
» lins, et les pauvres, et les voyageurs, et les frères, et les
» malades, s'empresser de louer celui qui fut leur patron,
» leur père, leur ami, leur ménagea ou des asiles ou des
» remèdes: tous, en un mot, celui qui savait se faire tout à
» tous, afin de les gagner tous à Jésus-Christ. Recevez, ô
» Basile! cet hommage d'une voix qui vous fut chère, d'un
» homme que les années et les honneurs rapprochaient de
» vous. Si peut-être ce discours n'est pas indigne de vous,
» cela même est votre ouvrage: je ne l'avais entrepris que
» grâce à votre secours. Si je suis resté trop au-dessous de
» mon sujet et de vos espérances; pouvais-je faire mieux,

» faible orateur , accablé sous le poids de l'âge , des maladies
» et de mes regrets ? Mais le Seigneur nous sait gré de faire
» ce que nous pouvons. Pour vous , ame sainte et bienheu-
» reuse ! du haut du ciel où vous êtes, abaissez sur nous vos
» regards ; aidez-nous par vos prières à triompher de la chair
» dont l'aiguillon nous a été donné pour servir d'exercice à
» la vertu ; dirigez chacun de nos pas vers le terme où
» doivent tendre nos souhaits les plus ardents. Recevez-nous
» au sortir de cette vie , à vos côtés, dans les tabernacles
» éternels, afin que , réunis à vous , contemplant désormais,
» sans voile, sans nuages , l'adorable Trinité dont nous n'a-
» percevons ici-bas que l'ombre obscure , heureux à jamais,
» il ne nous reste plus de vœux à former, plus de ces combats
» que nous avons ou livrés ou soutenus.... »

A la suite de cette péroraison, nous transcrirons celle du
discours par lequel le saint archevêque fait la demande de sa
retraite, motivée sur son grand âge et sur ses infirmités. Il
parlait en présence de cent cinquante évêques, réunis à
Constantinople dans la grande église de cette ville. Il y rend
compte de la manière dont il s'est conduit dans son administration , rappelle en quel état il avait trouvé son vaste diocèse,
et fait voir, avec étendue, dans quelle situation il le laissait.
Il explique ensuite la foi qu'il y avait constamment prêchée ;
proteste, comme Samuel, de son désintéressement , et , pour
toute récompense de ses travaux , demande la permission de
se retirer dans la solitude. « Tant et de si puissants motifs
» ont-ils déterminé vos cœurs ? ai-je gagné ma cause ? Faut-
» il quelque chose de plus fort et de plus convaincant ? Je
» vous en supplie , au nom de la Trinité même que nous
» adorons de concert, au nom de nos communes espérances ;
» je vous en supplie, ne me refusez pas la grace que je vous
» demande. Consentez à ma retraite : donnez-la moi par écrit,
» comme les empereurs la donnent par écrit aux soldats après
» de longs services. Si j'ai pu mériter quelque bienveillance

» de votre part, rendez-moi un témoignage honorable, afin
» que ma réputation soit en sûreté; sinon, faites ce que vous
» jugerez à propos, je n'entrerai point en jugement contre
» vous. Que Dieu prenne soin de moi, il ne me reste plus
» de vœux à former. Mais quel successeur vous donnera-t-
» on, demandera quelqu'un? Dieu y pourvoira; il saura bien
» trouver un pasteur, comme il trouva autrefois une victime
» pour être immolée. Tout ce que je désire après cela, c'est
» que vous choisissiez un pasteur dont la vertu courageuse
» ne laisse point appréhender de sa part de lâches et serviles
» complaisances; qui ose affronter, s'il le faut, la haine du
» peuple pour les intérêts de la vérité. Recevez donc et mes
» adieux et les dernières paroles que je vous adresse. Adieu,
» adieu Anastasie (c'était l'église catholique bâtie sur l'empla-
» cement de la maison qui lui avait servi de retraite durant la
» persécution des Ariens), qui reçûtes votre nom de la piété.
» C'est vous qui avez ressuscité de ses ruines la saine doc-
» trine tombée dans l'avilissement. Vous êtes le trophée de la
» victoire, une autre Silo, où s'est d'abord arrêtée l'arche
» sainte, après avoir long-temps erré dans le désert. Temple
» à jamais célèbre, vous devez votre grandeur à la doctrine
» du salut, que vous avez recueillie dans votre enceinte. Si
» faible à vos commencements, vous êtes devenue par nos
» soins une Jérusalem nouvelle. Adieu, auguste basilique,
» qui le disputez presque à celle-ci en magnificence; vous,
» lieux sacrés, qui unissez presque toutes les parties de la
» ville! Grace à la bonté divine, vous avez obtenu de moi,
» dans des circonstances, ce semble, désespérées, les mi-
» nistres nécessaires à tous vos besoins. Adieu, saints apôtres,
» qui, du ciel que vous habitez, m'avez servi de guides dans
» mes combats! Si j'ai célébré vos fêtes avec moins d'assi-
» duité que je n'aurais dû le faire, peut-être n'en faut-il
» accuser que l'ange de Satan. Adieu, chaire pontificale,
» trône éclatant, mais périlleux, et trop exposé aux regards

» de l'envie. Adieu, pontifes, prêtres, plus vénérables encore
» par vos vertus que par votre âge ; vous tous, ministres
» des sacrés autels, qui avez l'honneur d'approcher si près
» du Dieu vivant ! Adieu, chœur de Nazaréens, douceur de
» la psalmodie, stations nocturnes, vierges chastes, femmes
» si modestes, assemblées des veuves et des orphelins,
» pauvres qui avez toujours les yeux tournés vers Dieu et
» vers moi, hôpitaux où moi-même j'ai trouvé un asile dans
» mes infirmités ! Adieu, auditeurs si empressés à m'entendre,
» que l'on vous voyait accourir de loin pour recueillir mes
» paroles et les consigner par écrit ! Adieu, empereurs, pa-
» lais, courtisans ! Cette voix, qui vous semblait si redoutable,
» là voilà qui, désormais, va être réduite au silence. Mais
» si ma langue est muette, mes écrits du moins et ma plume
» sauront toujours bien combattre pour la vérité. Adieu,
» ville célèbre, si distinguée par l'éclat de sa foi et de son
» amour envers Jésus-Christ ! car je dois ce public hommage
» à la vérité, quoique peut-être le zèle ne soit pas ici selon
» la science : nos dissentions ont servi du moins à nous
» rendre plus doux. O vous, qui ne vous êtes pas rangés
» encore dans le parti de la vérité ! convertissez-vous ; reve-
» nez à Dieu, servez-le mieux que vous n'avez fait par le
» passé ; ce qu'il y a de honteux, ce n'est pas de changer
» de sentiments et de conduite, c'est de s'opiniâtrer dans le
» mal. Adieu, Orient et Occident, pour qui j'ai tant com-
» battu et qui m'avez livré tant de combats ! si mon exemple
» peut engager quelques personnes à m'imiter, en perdant
» nos siéges, du moins nous ne perdrons pas le Seigneur ;
» il nous donnera en échange des trônes bien plus éclatants
» et bien plus assurés. J'élèverai la voix pour m'écrier : anges
» tutélaires de cette église, qui m'avez gardé durant mon
» épiscopat, et qui me garderez encore durant ma retraite,
» si Dieu ne m'abandonne pas ; Trinité sainte, objet de mes
» pensées et de ma gloire, que mon peuple vous soit tou-

» jours fidèle ! conservez-le. Il sera toujours mon peuple
» chéri, dans quelque situation que je me trouve. Puissé-je
» apprendre qu'il se rend de jour en jour plus illustre par
» ses vertus, par la régularité de ses mœurs ! Adieu ! mes
» enfants, gardez bien le dépôt de la foi qui vous a été
» confié. Souvenez-vous de mes souffrances ! Que la grace
» de notre Seigneur Jésus-Christ soit avec nous tous ! »

Nous venons d'entendre l'orateur, prêtons un instant l'o-
reille aux accents du poète :

Hymne à Dieu.

« Être au-dessus de tous les êtres ! cet hommage est le
» seul qui ne soit point indigne de toi. Quelle langue
» pourrait te louer, toi, dont toutes les langues ensemble
» ne sauraient représenter l'idée ? Quel esprit pourrait te
» comprendre, toi dont toutes les intelligences réunies ne
» sauraient atteindre la hauteur ? seul tu es ineffable à toutes
» les bouches, parce que c'est toi qui as départi la parole à
» toutes les bouches. Seul tu es incompréhensible, parce
» que c'est de toi que sont émanées toutes les intelligences.
» Tout célèbre tes louanges ; ce qui parle, te loue par des
» acclamations ; ce qui est muet, par son silence. Tout révère
» ta majesté, la nature vivante et la nature morte. A toi
» s'adressent tous les vœux, toutes les douleurs ; vers toi
» s'élèvent toutes les prières. C'est toi que les esprits célestes,
» seuls confidents de ta divinité, célèbrent incessamment
» dans leurs silencieux cantiques. Tu es la vie de toutes les
» durées, le centre de tous les mouvements, tu es la fin de
» tout, tu es seul, tu es tout, ou plutôt, ô vanité des mots !
» tu n'es ni le tout, ni unité dans le tout ; tous les noms te
» conviennent, et aucun ne te désigne. Seul dans la nature
» immense, tu n'as point de nom. Comment pénétrer par-
» delà tous les cieux dans ton sanctuaire impénétrable ? Sois-

» nous favorable, Être de tous les êtres! cet hommage est
» le seul qui ne soit point indigne de toi. »

Sur les infortunes de sa vie.

(EXTRAIT.)

« Tel, aux bords d'un fleuve grossi par les hivers, ce
» plane ou ce pin, qui avait conservé durant toute l'année
» ses rameaux verdoyants, est d'abord attaqué dans ses
» racines par l'impétuosité des flots : ses appuis sont ébranlés,
» le terrain s'éboule, l'arbre est comme en l'air sur le pré-
» cipice. Bientôt les faibles liens qui le retiennent, sont
» rompus ; l'onde l'arrache enveloppé de ses branches,
» l'entraîne dans ses gouffres et le poussant avec bruit, le
» jette enfin parmi les rochers : la pluie et l'humidité achè-
» vent sa destruction : il n'en reste sur le rivage que de
» misérables débris.

» Telle autrefois mon ame florissait devant le Seigneur ;
» les efforts violents de l'ennemi l'ont renversée, il me l'a
» ravie presque tout entière. Ce qui m'en reste, errant çà
» et là, cherche à recouvrer sa vigueur dans la force de son
» Dieu. »

« O mon Dieu, je me prosterne devant toi. Tu vois les
» tourments infinis qui m'accablent. Daigne envoyer Lazare,
» afin qu'il trempe dans l'eau le bout de son doigt pour
» rafraîchir ma langue embrasée. Que les barrières du cahos
» ne repoussent pas loin du sein d'Abraham un malheureux
» qui n'est riche qu'en faiblesses. Que ta main puissante me
» soutienne ; guéris mes douleurs, fais éclater en moi tes
» prodiges, comme tu faisais autrefois. Dis un mot, et le
» flux de sang s'arrêtera : dis un mot, et la légion immonde
» se précipitera dans les flots ; dissipe la lèpre qui me
» couvre : rends la vue à mes yeux ; l'ouïe à mes oreilles,
» les chairs et le sang à ma main desséchée ; romps les liens

» de ma langue ; affermis mes pas tremblants ; rassasie-moi
» avec un peu de pain ; calme les vagues irritées de la mer ;
» brille avec plus d'éclat que le soleil ; rejoins mes membres
» dissous ; ressuscite un corps qui commence à pourrir, et
» ne me condamne point comme le figuier stérile que tu
» avais maudit. » *Traduction de M. Guillon.*

ÉLOQUENCE DE SAINT BASILE.

« Saint Basile, dit M. Villemain, écrivain mâle et sévère,
est digne, par la pureté de son goût, des plus beaux temps
de l'ancienne Grèce. » *Essai sur l'Oraison funèbre.*

Mais il faut, pour se faire une juste idée de son éloquence,
le considérer successivement dans les principaux ouvrages
qu'il nous a laissés. Et d'abord combien il est touchant de
contempler le saint évêque expliquant aux pauvres habitants
de Césarée les merveilles de la création, dans des discours
où la science de l'orateur, formé dans Athènes, se cache sous
une simplicité persuasive et populaire ! C'est le sujet des
homélies qui portent le nom d'*Hexaméron.* Parmi des erreurs
de physique communes à toute l'antiquité, elles renferment
beaucoup de notions justes, de descriptions heureuses et
vraies : on croirait lire parfois de belles pages détachées des
Études de la Nature ; c'est le même soin pour montrer partout Dieu dans son ouvrage : c'est la même intelligence, la
même imagination pour exprimer les bontés du Créateur.

Quel charme dans le début de quelques-unes de ses homélies ! « Il est des villes, dit l'éloquent orateur, qui, depuis
» le lever du jour jusqu'au soir, repaissent leurs regards du
» spectacle de mille jeux divers ; elles ne se lassent pas
» d'entendre des chants dissolus qui font germer la volupté
» dans les âmes ; et souvent on nomme heureux de tels
» hommes, parce que, laissant les soins du commerce et les
» arts utiles à la vie, ils passent dans la mollesse et le plaisir
» le temps qui leur est assigné sur la terre. Ils ne savent pas

16

» que le théâtre de ces jeux impurs est une école de vices
» pour ceux qui s'y rassemblent.

» Quelques autres qui sont passionnés pour les courses de
» chevaux, croient combattre en songe, attèlent leurs chars,
» changent leurs écuyers, et, dans le sommeil, ne sont pas
» délivrés de la folie qui les tourmente le jour, et nous que
» le Seigneur, le grand artisan des merveilles, appelle à la
» contemplation de ses ouvrages, nous lasserons-nous de les
» regarder, ou serons-nous paresseux d'entendre les paroles
» de l'Esprit-Saint ? Ne nous presserons-nous pas plutôt
» autour de ce grand atelier de la puissance divine? et,
» reportés en esprit vers les temps passés, ne saurons-nous
» pas embrasser d'un regard tout l'assemblage de la créa-
» tion? »

« Fidèle à ce plan théologique et poétique, l'orateur expliquait chaque matin et chaque soir l'ordre des saisons, les
mouvements de la mer, les divers instincts des animaux,
leurs migrations régulières, l'existence de l'homme et les
merveilles de sa nature. » *M. Villemain, Nouveaux Mélanges.*

Sur les productions de la terre.

« Réfléchissez à cette parole : *Que la terre produise.* Au-
» paravant stérile et morte, elle a entendu cette simple pa-
» role ; et, à l'instant, pareille à la jeune épouse qui s'est
» dépouillée de ses lugubres vêtements, elle se montre ornée
» de la plus éclatante parure. Elle ouvre son sein qui tres-
» saille d'allégresse, et devenue mère féconde, empressée
» de répandre ses trésors nouveaux, elle a fait éclore ces
» familles innombrables de plantes que vous voyez. »

Sur les reptiles.

« *La mer*, dit le Psalmiste, *est d'une vaste étendue ; elle
» renferme un nombre infini de reptiles, une multitude de
» grands et petits animaux.* Cependant il règne parmi eux

» un ordre et une police admirables. Les espèces diverses se
» répandent dans les régions analogues à leur tempérament
» et n'en changent pas ; vous ne les voyez pas envahir le
» domaine étranger ; mais elles restent dans les limites qui
» leur furent assignées. Où est le géomètre qui leur ait dis-
» tribué leur habitation ? quelles murailles les enferment dans
» une enceinte déterminée ? Un instinct naturel leur a mar-
» qué les lieux auxquels ils s'enchaînent. Sommes-nous plus
» sages que les animaux ? *Nous remuons sans cesse ces*
» *bornes immuables que nos pères avaient posées ; nous par-*
» *tageons la terre, nous joignons maison à maison, champ*
» *à champ*, afin de nous enrichir aux dépens du prochain.

» Ce n'est pas qu'il n'y ait aussi des poissons voyageurs.
» Ceux-là, comme s'il y avait eu une délibération commune
» qui les reléguât dans des plages étrangères, et les condam-
» nât au bannissement, ceux-là, dis-je, vous les voyez
» s'exiler et partir tous à la fois au signal convenu. Qu'est-
» ce qui les a mis en marche ? où est l'édit du prince ? à
» quelle place publique, sur quelles affiches ont-ils lu l'ordre
» du départ ? qui les guidera dans ces lointaines excursions ?
» Ne reconnaissez-vous point une providence divine, qui
» ordonne, exécute tout, jusqu'aux moindres détails ? Le
» poisson ne contrarie point la loi que Dieu lui impose ; et
» nous, nous ne savons que désobéir aux commandements
» du salut. »

Sur la formation de l'homme.

« Grand nombre de sciences et d'arts se sont occupés du
» corps humain. On s'est engagé là-dessus dans des questions
» interminables ; et néanmoins il reste encore à savoir ce
» qu'est l'homme, parce qu'on ne s'étudie pas à le connaître.
» Ne dédaigne pas, ô homme ! d'apprendre les merveilles qui
» sont en toi. Tu te crois peu de chose : je vais te découvrir
» toute ta grandeur. Écoutez l'Écriture : *Votre sagesse*, dit

» le Psalmiste, *se fait admirer en moi.* Que veut-il dire?
» En m'étudiant moi-même, en considérant bien ce faible,
» mais admirable mécanisme, j'en ai conclu à l'excellence de
» l'ouvrier.

» *Faisons l'homme à notre image et à notre ressemblance.*
» Nous avons démontré suffisamment ailleurs quel est celui
» qui parle et à qui s'adressent ces paroles : *Faisons l'homme.*
» Apprenez dès ce début à vous connaître vous-même. Un
» pareil langage ne s'était fait encore entendre dans aucune
» autre création. La lumière a été produite par une simple
» parole de commandement : *Fiat lux.* Le ciel, les étoiles,
» la mer et les eaux, les animaux divers l'ont été de même,
» sans délibération préalable; *Dixit et facta sunt :* Dieu a dit
» et tout a été fait. L'homme n'existe pas encore et Dieu dé-
» libère sur l'homme. Vous ne lisez point ici comme aupa-
» ravant : *Que l'homme soit.* Avant de le créer, Dieu tient
» conseil : Dieu semble s'étudier lui-même sur l'organisation
» à donner à quelque chose de plus excellent qui va sortir
» de ses mains : la sagesse elle-même consulte : le tout-
» puissant ouvrier délibère. Est-ce que son art est embar-
» rassé? ou plutôt n'est-ce pas pour apprendre à l'homme
» qu'il est le chef-d'œuvre de ses mains.....

» *Faisons l'homme à notre image.* Si nous sommes faits à
» l'image de Dieu, le divin original a donc un corps fait
» comme l'homme? Bannissez de votre esprit ces grossières
» idées; loin de vous ce judaïque langage. N'imaginez dans
» Dieu rien de corporel. Ne rétrécissez point, par ces ab-
» surdes rapprochements, la pensée que vous devez vous
» faire de la divinité. Sa grandeur est immense; elle échappe
» à tous les sens, comme à tous les efforts de l'intelligence.
» Comment donc faut-il entendre ces expressions de l'Écri-
» ture! Elle s'explique d'elle-même : *Faisons,* ajoute-t-elle,
» *l'homme à notre image, et qu'il commande aux poissons.*
» Par où donc avez-vous cet empire sur les poissons (c'est-

» à-dire sur tous les animaux)? Est-ce par le corps ou par
» la raison? Tenez-vous cette autorité de l'ame ou de la
» chair ? Combien d'animaux à qui nous le cédons par la
» force ! mais tout ce qui nous manque sous ce rapport,
» nous le remplaçons par la supériorité de la raison. L'image
» de Dieu , c'est donc l'intelligence dont il nous a doués....

» Dieu ne dit pas : *Faisons l'homme à notre image ;* et
» qu'il se laisse dominer par la colère , par la cupidité ,
» par la tristesse. Ce ne sont pas les passions qui font la
» ressemblance avec Dieu ; mais la raison ; laquelle soumet
» les passions avec empire , commande à tous les objets
» extérieurs, et s'élève au-dessus des choses visibles et trom-
» peuses.

» Reconnaissez donc les tendres soins du Dieu qui, dès
» votre entrée dans le monde, vous a investis de l'empire
» et d'un commandement perpétuel , et contre lequel rien
» ne peut prescrire. Un homme qui reçoit la puissance d'un
» homme, est un mortel qui reçoit d'un mortel, qui em-
» prunte à celui qui lui-même ne possède que d'emprunt,
» condamné à perdre aussitôt qu'il reçoit. Vous, c'est de
» Dieu que vous tenez votre puissance ; les titres en sont
» ineffaçables, parce qu'ils ne sont pas écrits sur des tables
» de pierre, sur des chartes périssables , que la corruption
» menace, mais qu'ils sont imprimés dans cette parole sou-
» veraine : *Qu'il commande.* Dès lors tout a été assujetti à
» l'empire de l'homme et l'est jusqu'à la consommation des
» choses.

» O homme né pour le commandement, pourquoi te
» ranges-tu sous le joug des passions ? pourquoi dégrades-
» tu la dignité de ton être, en te laissant asservir par le péché
» et enchaîner par le démon ? Tu fus créé pour donner des
» lois ; et tu renonces au titre de ta noblesse originelle ! Élevé
» au rang de maître du monde, tu es appelé par un rigou-
» reux devoir à maintenir ton ame et ta raison dans l'indé-

» pendance, à la rendre maîtresse de ses passions et de ses
» penchants déréglés; pour n'être pas le jouet et la risée de
» tes sujets, quand ils verront leur souverain et leur mo-
» narque indignement asservi, traîné comme un vil esclave,
» comme un captif misérable. »

L'orateur voit éclater la grandeur de l'homme dans les in-
ventions de son génie, s'assujettissant les animaux par la force
ou par l'adresse. « Voyez ce lion terrible, dont le nom seul
» répand l'épouvante et dont les rugissements font trembler
» la terre. Quelle force assez puissante pour résister à ses
» attaques? Tous les autres habitants des forêts ont fui à sa
» présence. Regardez : le voilà enchaîné dans un étroit ré-
» seau. Qui donc en a triomphé? qui en a fait son captif? qui
» a forgé ces liens où il se débat vainement? qui a tissu ces
» nœuds si artistement combinés qu'il ne puisse leur échapper
» et qu'il y respire avec liberté? Qui? n'est-ce pas l'homme,
» qui se joue des animaux les plus furieux? L'adresse de
» l'homme lui a conquis tous les éléments. » *Traduction de*
M. Guillon.

On le voit, « partout les vérités morales viennent se mêler
aux descriptions que trace l'orateur; et quand il a parcouru
le spectacle du monde matériel et de la nature vivante, il
revient à ses auditeurs par des allocutions d'un charme inex-
primable.

» A-t-il expliqué devant le peuple de Césarée la création
et les mouvements de la mer, il termine par ces paroles
pleines d'un enthousiasme oriental : « Mais puis-je apercevoir
» la beauté de l'Océan, tel qu'il parut aux yeux de son créa-
» teur? Que si l'Océan est beau et digne d'éloges devant Dieu,
» combien n'est pas plus beau le mouvement de cette as-
» semblée chrétienne, où les voix des hommes, des enfants,
» des femmes, confondues et retentissantes comme les flots
» qui se brisent au rivage, s'élèvent, au milieu de nos
» prières, jusqu'à Dieu lui-même! »

« Cette imagination sensible et pittoresque se retrouve dans tous les autres discours de saint Basile, dans ses lettres, dans ses moindres écrits. Passionné pour l'éloquence, il voulait apprendre aux jeunes chrétiens à lire avec fruit les auteurs profanes ; et il montre dans un discours ingénieux l'accord si fréquent de leur morale avec celle du christianisme. Lui-même il envoyait de Cappadoce un grand nombre de disciples au rhéteur païen Libanius.

» Plusieurs de ses homélies ne sont que des traités de morale contre l'avarice, l'envie, l'abus de la richesse ; mais il faut l'avouer : l'onction évangélique leur donne un caractère nouveau. Saint Basile est surtout le prédicateur de l'aumône ; il a compris, mieux que personne, ce grand caractère de la loi chrétienne, qui ramenait l'égalité sociale par la charité religieuse. Le triomphe de ses efforts, c'est d'attendrir le cœur des hommes, c'est de les rendre secourables l'un à l'autre. L'état malheureux du monde le voulait ainsi. Ce n'était pas une fiction oratoire que le passage où saint Basile décrit le désespoir et les incertitudes d'un père forcé de vendre un de ses enfants pour avoir du pain. La misère, née de la tyrannie, rendait ces exemples communs ; la loi les permettait. N'était-ce pas alors une providence, que la voix de l'orateur qui s'élevait pour prohiber ces barbares commerces, pour consoler le pauvre, pour émouvoir le riche ?

» Sans doute l'orateur s'emporte trop loin, lorsqu'il n'établit aucune distinction entre le riche et le voleur, considérant le bien que le riche refuse aux pauvres comme un larcin qu'il leur fait. Mais telle était cette éloquence des premiers temps, énergique, passionnée, frappant avec force sur des ames engourdies par la mollesse ; elle contre-pesait tous les vices d'une société dure et corrompue ; elle tenait lieu de la liberté, de la justice et de l'humanité qui manquaient à la fois ; elle promettait le ciel, pour arracher quelques bonnes actions sur la terre. C'est à saint Basile qu'appartient cette belle idée si

souvent développée par Massillon, que le riche doit être sur
la terre le dispensateur des dons de la Providence, et, pour
ainsi dire, l'intendant des pauvres.

» Saint Basile n'excelle pas moins dans les peintures de la
brièveté de la vie, du néant des biens terrestres, de la trom-
perie des joies les plus pures. Après les anciens philosophes,
il est éloquent d'une autre manière sur ce texte monotone
des calamités humaines. La source de cette éloquence est dans
la Bible dont il aime à emprunter la poésie, plus pittoresque
et plus hardie que celle des Grecs. Il renouvelle les fortes
images de la muse hébraïque; mais il y mêle ce sentiment
tendre pour l'humanité, cette douceur dans l'enthousiasme,
qui faisait la beauté de la loi nouvelle. Les yeux élevés vers
le ciel, il tend des mains secourables à toutes les misères : il
veut soulager autant que convertir.

» Ses discours font aisément concevoir la puissance qu'il
avait sur l'esprit du peuple. Faible de corps, consumé par la
souffrance et les austérités, un zèle ardent le soutenait dans
ses prédications continuelles, ses courses pastorales, ses
voyages.....

» Que si maintenant, à quinze siècles de distance, loin de
ces mœurs étranges, loin de cette société où le polythéisme,
l'Évangile, les fables populaires, les philosophes, les martyrs, avaient tant agité l'imagination des peuples, on cherche
l'orateur de Césarée dans les pages d'un livre, combien
n'admire-t-on pas son ame et son génie ! Peut-être même
cette éloquence est-elle plus à l'épreuve du temps que les
harangues des grands orateurs profanes; car enfin la cause
de l'humanité est plus durable que celle d'un citoyen ou
d'une république célèbre; et les variations de costumes sont
peu de chose, quand il s'agit de l'intérieur de l'homme, de
ses incertitudes, de ses espérances, de toutes ses misères et
de son besoin d'immortalité. Ces idées, si présentes dans la
réalité, nous échappent cependant bien vite, quand l'imagi-

nation ne les fixe pas en nous par l'énergie du langage. L'écrivain moraliste surtout doit être éloquent pour être écouté : c'est la puissance de l'orateur de Césarée ; tout devient image dans sa langue expressive et poétique. Les comparaisons, les allégories rendent visibles toutes ses pensées. « De même, dit-il, que ceux qui dorment dans un
» navire, sont poussés vers le port, et, sans le savoir, em-
» portés vers le terme de leur course ; ainsi, dans la rapi-
» dité de notre vie qui s'écoule, nous sommes entraînés d'un
» mouvement insensible et continu vers notre dernier terme.
» Tu dors, le temps t'échappe ; tu veilles et tu médites, la vie
» ne t'échappe pas moins. Nous sommes comme des coureurs
» obligés de fournir une carrière. Tu passes devant tout, tu
» laisses tout derrière toi ; tu as vu sur la route des arbres,
» des prés, des eaux et ce qui peut se rencontrer d'agréable
» aux regards. Tu as été un moment charmé et tu as passé
» outre ; mais tu es tombé sur des pierres, des précipices, des
» rochers, parmi des bêtes féroces, des reptiles venimeux et
» d'autres fléaux. Après avoir un peu souffert, tu les a laissés
» derrière toi. Telle est la vie : ni ses plaisirs ni ses peines ne
» sont durables. » M. Villemain, Nouveaux Mélanges.

Exorde d'une homélie prononcée dans un temps de famine et de sécheresse.

» Le lion rugira : qui ne sera pas saisi de frayeur ? Le
» Seigneur Dieu a parlé, et qui est-ce qui ne prophétisera
» pas ? Ces paroles sont du prophète Amos à qui nous allons
» emprunter les salutaires conseils qu'il donnait à son peuple
» dans une calamité pareille à celle que nous éprouvons.
» Autrefois ce saint homme, affligé de voir les Israélites, in-
» fidèles au culte de leurs pères, profaner insolemment la
» loi divine, et s'abandonner à une infame idolâtrie, fit re-
» tentir partout le cri de la pénitence, exhorta son peuple à
» se convertir et à conjurer les justes et sévères châtiments

» dont il était menacé. Fasse le ciel que je sois pénétré du
» même zèle que ce prophète antique ; mais non pas que nous
» ayons à gémir des mêmes maux qu'Israël !

 » Ce peuple, opiniâtre dans ses résistances, et tel qu'un
» coursier fougueux, indocile au frein, refusa constamment
» de se prêter aux sages directions qui auraient pu le sauver ;
» et s'emportant sans règle et sans mesure à travers les pré-
» cipices, il a fini par tomber dans cette ruine épouvantable,
» que ses crimes avaient trop bien méritée. Daigne la bonté
» divine écarter de vous de semblables malheurs, ô mes en-
» fants, que j'ai engendrés par l'Évangile, que j'ai comme
» enveloppés de langes par la bénédiction de mes mains !
» Recevez mes paroles et mes avertissements avec une con-
» fiance filiale : imprimez-les dans vos cœurs : qu'ils y restent
» gravés profondément, afin que tous nous puissions recueil-
» lir, moi, le fruit heureux de mes travaux, vous, la ré-
» compense de votre docilité. »

 » Que voyons-nous maintenant, mes frères ? sur nos têtes,
» un ciel d'airain, qui nous refuse impitoyablement ses nuages
» et ses bienfaisantes rosées ; un calme, une sérénité funestes
» que nous avions auparavant sollicités par tous nos vœux,
» dans le temps où ce même ciel, enveloppé d'une obscurité
» profonde, ne laissait point la lumière du soleil parvenir
» jusqu'à nous. Aujourd'hui une affreuse sécheresse dévore la
» terre dépouillée, flétrie, sans fruit et sans moissons, entre-
» coupée de toutes parts et recevant jusque dans ses entrailles
» les rayons ardents qui la brûlent. Les fontaines ne nous
» donnent plus leurs eaux vives, dont le cours n'était jamais
» interrompu ; le lit des plus grandes rivières est à sec : rien
» qui supplée au manque d'eau pour la plupart d'entre nous,
» réduits par ce défaut à la plus déplorable extrémité. Comme
» les Israélites dans le désert, nous implorons un nouveau
» Moïse, dont la baguette toute-puissante fasse sortir l'eau
» du rocher, ou tomber du ciel une manne nourricière, pour

» étancher la soif et la faim qui nous pressent à la fois.

» Elles sont telles, hélas ! que cette ville infortunée sera
» peut-être un jour citée comme un exemple de la colère
» du ciel. Mes yeux se sont portés sur les campagnes qui
» l'environnent ; et, à leur aspect, ils se sont baignés de
» larmes ; et mon ame navrée de douleur s'est répandue
» dans les plus tristes gémissements. Les grains ensemencés
» n'avaient pas commencé encore à lever, que déjà ils
» s'étaient desséchés ; ou, si quelques-uns parvenaient à
» éclore, brûlés par le soleil, ils subissaient bientôt la même
» destinée ; en sorte que nous pouvons bien dire, en ren-
» versant les paroles de l'Évangile : *Il y a beaucoup d'ou-*
» *vriers, mais point de moisson.* Les laboureurs, assis dans
» les campagnes, les mains abattues sur leurs genoux,
» contemplent avec effroi ces plaines arides, tant de sueurs
» et de travaux en pure perte, leurs petits enfants, leurs
» épouses qui leur demandent du pain, sans pouvoir leur
» répondre autrement que par des pleurs et des sanglots. Ils
» touchent et retouchent les épis avortés ; et vous les enten-
» dez qui se lamentent comme des pères à qui la mort vient
» d'enlever des fils au berceau. C'est donc à nous aussi que
» le même prophète peut adresser ces paroles : *J'ai empêché*
» *la pluie d'arroser vos champs, lorsqu'il restait encore trois*
» *mois jusqu'à la moisson ; j'ai fait, ou qu'il a plu sur*
» *une ville, et qu'il n'a point plu sur une autre ; ou qu'il*
» *a plu sur un endroit d'une ville, et que l'autre est demeuré*
» *à sec, parce que j'ai empêché qu'il n'y plût. Deux ou trois*
» *villes sont allées à une autre pour y trouver de l'eau à*
» *boire, et ils n'ont pu apaiser leur soif, parce que vous*
» *n'êtes point revenus à moi, dit le Seigneur.*

» Apprenons de ces paroles, que c'est pour nous punir de
» nous être éloignés de lui, que Dieu nous a infligé ce châ-
» timent ; non pour nous détruire, mais pour nous corriger,
» comme fait un père tendre dont la rigueur, en châtiant

» ses enfants, a pour but, non de leur être nuisible, mais
» de les ramener à leur devoir. » *Traduction de M. Guillon,
Bibliothèque choisie des Pères de l'Église.*

SAINT GRÉGOIRE DE NYSSE.

Saint Basile eut un frère presque aussi célèbre que lui dans
l'histoire de l'Église, mais qui ne saurait trouver la même
place dans celle de l'éloquence. On peut dire de saint Grégoire de Nysse (tel était son nom et celui de son siége),
qu'il a beaucoup de talent et peu de goût. Il serait facile d'ex-
traire de ses ouvrages des morceaux éloquents. Par exemple, dans une homélie sur la résurrection, il s'exprime ainsi :
« L'incrédule ne combat la résurrection que par l'opinion
» où il est que Dieu ne peut pas ressusciter un corps anéanti
» par la mort ; et il mesure la toute puissance de l'Être sou-
» verain par sa propre faiblesse. Il est facile de tirer d'objets
» existants, ou qui ont existé autrefois, la preuve de la
» vérité de cet ordre de choses à venir, dont on accuse l'im-
» possibilité. Un peu de boue, façonnée par les mains du
» Créateur, a fait l'homme. Vous le savez. Apprenez-moi, je
» vous le demande, vous, dont la science prétend pénétrer
» tous les mystères, par quel mécanisme un peu de poussière
» s'est transformée en chair ; comment un limon grossier
» a produit et les os et la peau, et toute la structure de
» l'homme, tant à l'extérieur que dans les parties diverses
» qui composent cette substance si savamment organisée, et
» qui, toutefois, n'est qu'une si faible portion de l'universalité
» des êtres. Ce mystère vous échappe ; vous ne concevez rien
» à la naissance de l'homme ; et pourtant vous ne pouvez la
» nier. Pourquoi nieriez vous sa régénération ? Car c'est le
» même Dieu qui opère dans l'une ou dans l'autre..... Le
» potier qui a fait un ouvrage de terre, peut le refaire quand
» il vient à se briser ; et le Tout-Puissant ne pourrait refaire

» son propre ouvrage ! Ecoutez saint Paul : Quand vous
» jetez en terre une semence, ce que vous semez n'est pas
» la substance elle-même qui doit en provenir dans son
» temps. Ce grain , par exemple , que vous répandez au
» hasard sur la terre, il s'y corrompt; il a l'apparence de la
» mort; bientôt vous le verrez qui lève, devient épi, se
» développe; il a repris la vie pour se multiplier.....

» Ah! de grace, ne nous enlevez pas notre plus glorieuse
» espérance , le soutien et le remède de notre faiblesse, la
» seconde naissance qui nous enfantera à une vie nouvelle
» où on ne meurt plus : nous en avons Dieu lui-même pour
» garant. Et quels sont les ennemis de cette foi ? Des hommes
» ennemis de toute vertu , ames basses et dégradées par la
» passion et par le crime , plongées tout entières dans les
» brutales voluptés des sens. Que ceux-là repoussent la
» résurrection , ils ont trop d'intérêt à la craindre ; ils s'ef-
» fraient , avec raison, d'un renouvellement qui les fera
» comparaître par-devant le souverain juge, pour y recevoir
» le châtiment d'une vie toute pleine d'iniquités : serviteurs
» infidèles, qui, après avoir dissipé les biens qui leur avaient
» été confiés, se livrent contre leurs maîtres aux plus inso-
» lents complots, s'étourdissent sur les suites, et s'imaginent
» que rien n'arrivera qu'en conséquence de leurs vœux et de
» leurs espérances. Loin de tout esprit sage de semblables
» pensées. A quoi servirait-il de pratiquer la justice ? Quel
» avantage recueillerait-on d'avoir été vrai, bon , honnête ?
» Quel fruit promettrait-on à ses laborieux sacrifices ? S'il
» n'y a pas de résurrection : à quoi sert de s'appliquer à
» l'étude de la sagesse, de maitriser ses sens, de dompter
» ses passions, d'obéir aux saintes lois de la tempérance et
» de la pudeur ; de n'accorder au sommeil que peu de temps,
» d'endurer les plus dures privations ? S'il n'y a point de
» résurrection : plus de vie après la mort. La mort est
» l'anéantissement ! Supprimez, et toute législation qui con-

» damne le crime, et tous les tribunaux qui les punissent,
» qu'il soit permis à l'homicide de tremper impunément ses
» mains dans le sang de sa victime; laissez l'adultère violer
» librement la sainteté du nœud conjugal; que le riche avare,
» que les spoliateurs du bien d'autrui jouissent en paix du
» fruit de leurs rapines; qu'aucun frein n'arrête ni le calom-
» niateur, ni le parjure; tout est égal à la mort entre eux
» et l'homme juste, fidèle observateur de sa parole et de tous
» ses devoirs; car s'il n'y a point de châtiment pour le crime,
» il n'y a point non plus de récompense pour la vertu. On
» peut être sans pitié pour le pauvre, puisqu'il n'y a rien à
» attendre pour le miséricordieux. Une pareille doctrine, à
» quoi est-elle bonne? A verser dans la société un déluge
» de crimes; la raison elle-même s'en révolte; elle ne peut
» convenir qu'à des scélérats et à des brigands, pour les exci-
» ter au crime et leur en assurer l'impunité.

» Il n'y aurait pas de résurrection? mais que deviennent
» les oracles de nos livres saints? Ce ne serait donc plus
» qu'une fable, qne l'histoire de Lazare et du mauvais riche
» de l'Évangile, que la prophétie d'Ézéchiel, alors que,
» transporté en esprit dans une vaste plaine couverte d'osse-
» ments, il vit tous les morts se lever sur leurs pieds; leurs
» chairs se réunir et reprendre la vie; image frappante de
» la résurrection générale. Ce n'est point l'ame qui ressus-
» citera; immortelle de sa nature, elle n'avait pu mourir.
» Il faudra donc qu'au jour du jugement, elle retrouve le
» même corps dont elle avait fait, durant leur commun séjour
» sur la terre, le compagnon de ses bonnes ou mauvaises
» actions. Chaste ou adultère, innocente ou criminelle,
» elle n'avait pas été seule; le corps avait été de moitié dans
» ses œuvres; plus souvent encore, il avait été l'instrument
» des prévarications de l'ame coupable; et l'ame serait jugée
» indépendamment du corps? S'il fut son complice, il doit
» être puni comme elle. S'il fut associé à ses sacrifices, il

» doit être récompensé comme elle. » *Traduct. de M. Guil-*
lon, Bibliothèque choisie des Pères de l'Église.

SAINT JEAN CHRYSOSTOME.

Saint Jean Chrysostôme naquit à Antioche, en 344. Sa
famille, une des plus illustres de cette ville, ne négligea rien
pour développer les dispositions extraordinaires qu'il manifesta dès son enfance. Il reçut de Libanius les premières
leçons d'éloquence. Ses progrès furent si rapides et si étonnants, qu'il fut bientôt en état d'égaler et même de surpasser
son maître. Celui-ci voulant, un jour, donner une idée de la
merveilleuse capacité de son disciple, lut dans une assemblée
de connaisseurs, une déclamation que Jean avait composée à
la louange des empereurs. Cette lecture fut écoutée avec les
plus grands applaudissements, et avec ces transports qui sont
le langage de l'admiration. « Heureux le panégyriste, s'écria
Libanius, d'avoir eu de tels empereurs à louer ! heureux
aussi les empereurs d'avoir régné dans un temps où le monde
possédait un si rare trésor ! » Ce sophiste prouva encore,
avant de mourir, quelle estime il faisait de notre saint. Ses
amis lui ayant demandé, dans sa dernière maladie, lequel de
ses disciples il voudrait avoir pour successeur. « Je nom-
merais Jean, répondit-il, si les Chrétiens ne nous l'avaient
enlevé. » Si Jean avait eu de l'ambition, il aurait pu
prétendre aux premières dignités de l'empire. Outre l'avantage de la naissance, les succès extraordinaires qu'il obtint
au barreau, où il plaida quelque temps, rendaient son
avancement très-facile. Mais la grace avait touché son cœur.
Déjà mort aux vanités terrestres, brûlant de se consacrer à
Dieu, il résolut d'abandonner la brillante perspective que lui
offrait le monde, pour se retirer parmi les anachorètes qui
habitaient les montagnes voisines d'Antioche. C'est là que,
revêtu d'un habit de pénitent, le corps ceint d'un cilice, ce

grand homme passa quatre années dans les exercices de la vie
cénobitique. Il quitta ses compagnons de retraite, pour chercher dans un désert une solitude encore plus profonde; il la
trouva dans une grotte ignorée, qu'il ne put habiter que deux
ans; car les veilles, les mortifications qu'il s'imposait, l'in-
salubrité de sa demeure, ayant altéré sa santé, il fut obligé de
revenir à Antioche. Il y rentra l'an 381. La même année il fut
ordonné diacre par saint Mélèce; et en 386, saint Flavien ayant
succédé à ce dernier, Chrysostôme fut élevé par lui au sacerdoce, et chargé d'instruire le peuple de la parole de Dieu;
fonction qu'il remplit avec d'autant plus de succès, qu'au
don de la plus haute éloquence, il joignait des mœurs célestes.
Il mit le soin et l'instruction des pauvres au nombre de
ses devoirs les plus essentiels. Son amour pour les malheureux ne connaissait point de bornes, et il n'était jamais
plus éloquent que quand il les recommandait à la charité
des fidèles. Quoique la ville d'Antioche comptât cent mille
Chrétiens, son zèle suffisait à leur annoncer à tous la parole
sainte. Il prêchait plusieurs fois la semaine, et souvent plusieurs fois le même jour. Le fruit de ses prédications fut si
grand, qu'il vint à bout d'exterminer le vice, de déraciner
les abus les plus invétérés. Il avait aussi un talent singulier
pour la controverse, et il la maniait si habilement dans ses
discours, que les juifs, les païens et les hérétiques qui venaient l'écouter, y trouvaient la plus solide réfutation de
leurs erreurs.

Ce fut Saint Jean Chrysostôme qui composa le discours que
Flavien adressa à l'empereur Théodose, pour obtenir le
pardon des habitants d'Antioche. Pendant l'absence de son
évêque, il tâchait de relever le courage du peuple abattu par
le désespoir. Après son retour il continua ses travaux évangéliques avec le même zèle et le même succès. Il était l'ornement et les délices d'Antioche et de tout l'Orient; car sa
réputation avait pénétré jusqu'aux extrémités de l'empire :

mais Dieu, pour la gloire de son nom, le plaça sur un nouveau théâtre où il préparait à son éloquence d'autres triomphes, à sa vertu d'autres épreuves et d'autres couronnes. Il fut sacré archevêque de Constantinople en 398.

Enflammé d'un saint zèle, il commença son épiscopat par la réforme des abus qui s'étaient introduits dans le clergé, retrancha les dépenses que ses prédécesseurs avaient jugées nécessaires à leur dignité, et en affecta le produit à la fondation de plusieurs hôpitaux. Ses aumônes étaient si abondantes, que tout ce qu'il possédait était devenu le patrimoine du pauvre. Sa charité lui mérita le nom de *Jean l'Aumônier*. Ardent propagateur de l'Évangile, il envoya des missionnaires chez les Goths, chez les Scythes nomades, d'autres dans la Perse et dans la Palestine. Ses vertus néanmoins n'eurent pas la récompense dont elles étaient dignes. Chrysostôme, incapable de transiger avec le pouvoir, fidèle à la voix de sa conscience, tonnait avec force contre l'orgueil, le luxe et la violence des grands de l'empire; il eut bientôt une foule d'ennemis, le tyran Gaïnas, à qui il refusa une église pour les Ariens; tous les sectateurs d'Arius qu'il avait fait bannir de Constantinople; Théophile, patriarche d'Alexandrie, qu'un zèle outré contre les Origénistes animait contre Chrysostôme, s'imaginant que le saint archevêque les favorisait; mais surtout l'impératrice Eudoxie, qui s'était trouvée vivement blessée d'un discours de Chrysostôme contre le luxe des femmes, parce qu'elle y trouvait le reproche de sa conduite. Une sentence d'exil fut prononcée contre le saint. Avant de quitter son troupeau, il lui fit les adieux les plus touchants. « Une » tempête violente, dit-il, m'environne de toutes parts; mais » je ne crains rien, parce que je suis sur un rocher inébran- » lable. La fureur des vagues ne pourra submerger le vaisseau » de Jésus-Christ. La mort n'est pas capable de m'effrayer, » elle est un gain pour moi. Redouterais-je l'exil? toute la » terre est au Seigneur. Appréhenderais-je la perte des biens?

17

» Je suis entré nu dans le monde, et j'en sortirai dans le
» même état. Je méprise les menaces et les caresses du monde;
» je ne désire de vivre que pour votre utilité. Jésus-Christ
» est avec moi; qui pourrais-je craindre? Oui; je le répète,
» en vain suis-je assailli d'un violent orage; en vain suis-je
» en butte à la fureur des princes, tout cela me paraît plus
» méprisable qu'une vile toile d'araignée..... Je ne cesse de
» dire : Seigneur, que votre volonté s'accomplisse. Je ferai
» et souffrirai avec joie, non pas ce que telle ou telle créature
» voudra, mais ce qu'il vous plaira d'ordonner. Je trouve
» dans cette disposition de mon cœur une solide consola-
» tion, une ferme ressource. Encore une fois, si telle est la
» volonté de Dieu, qu'elle soit faite; en quelque lieu qu'il
» veuille que je sois, je lui rends graces. » Il dit ensuite
à ses auditeurs qu'il était prêt à donner mille vies pour eux,
et qu'il ne souffrait que parce qu'il n'avait rien négligé pour
sauver leurs ames.

Cependant le peuple, attaché à son pasteur, refusait de le
laisser partir, et menaçait de se révolter. Mais Chrysostôme
va secrètement trouver l'officier chargé de l'arrêter, et part
pour son exil. La nuit suivante, un violent tremblement de
terre se fait sentir; Eudoxie effrayée court supplier l'empereur de rappeler le saint. Il est reçu dans la ville comme en
triomphe. Mais le calme n'est pas de longue durée. Quelques
mois à peine s'écoulent, et son devoir l'oblige de blâmer
hautement des fêtes, mêlées de superstitions extravagantes,
qui avaient eu lieu en l'honneur de l'impératrice. Cette liberté
apostolique amena de nouveau son exil. « Précipité, comme
Démosthènes, de la tribune dont il était la gloire, enlevé de
l'autel où il avait donné un asile à Eutrope, Chrysostôme
reçoit l'ordre de quitter Constantinople. Il dit aux évêques,
ses amis : « Venez, prions; prenons congé de l'ange de cette
église. » Il dit aux diaconesses : « Ma fin approche; vous
ne reverrez plus mon visage. » Il descendit par une route

secrète aux rives du Bosphore pour éviter la foule, s'embarqua et passa en Bithynie. Exilé à Cucuse, les peuples, les moines, les vierges, accouraient à lui ; tous s'écriaient : « Mieux vaudrait que le soleil perdit ses rayons, que Jean Bouche-d'Or ses paroles. »

« Tout banni qu'il était, les ennemis de Chrysostôme le redoutaient encore, et sollicitèrent pour lui un exil plus lointain. Il fut enjoint au confesseur de se transporter à Pytione, sur le bord du Pont-Euxin. Le voyage dura trois mois : les deux soldats qui conduisaient Chrysostôme, le contraignaient de marcher sous la pluie ou à l'ardeur du soleil, parce qu'il était chauve. Quand ils eurent passé Comane, ils s'arrêtèrent dans une église dédiée à saint Basilisque, martyr : le saint se trouva mal ; il changea d'habits, se vêtit de blanc, communia (il était à jeûn), distribua aux assistants ce qui lui restait ; prononça ces paroles qu'il avait ordinairement à la bouche : « Dieu soit loué de tout : » Puis allongeant les pieds, il dit le dernier *Amen.* » *M. de Châteaubriand*, *Études Historiques.* (407.)

Le nom de Chrysostôme, c'est-à-dire *Bouche-d'Or*, lui fut donné peu de temps après sa mort, et la postérité lui a confirmé ce titre. On l'a nommé *le Cicéron de l'église grecque*. Mais la religion et les vertus qu'elle inspire, lui donnaient un avantage sur le prince des orateurs romains ; car on ne peut s'empêcher de sentir avec Sozomène, en lisant plusieurs de ses discours, que ses expressions, comme ses pensées, ont souvent quelque chose de divin qui surpasse la capacité de l'homme. « Il s'est reposé, dit Cassien, sur le sein de Jésus, comme l'apôtre dont il porte le nom, et, comme lui, il y a puisé ces traits de flamme qui embrasent les cœurs du divin amour. »

« L'Écriture Sainte, qu'il savait tout entière par cœur, est le fonds ordinaire et pour ainsi dire unique de sa prédication. C'est par là que, conformément au précepte du divin Législa-

teur : *Prædicate Evangelium*, il se montre véritablement le
ministre, le dispensateur de la parole divine. Il lui doit son
génie peut-être autant qu'à la nature, de qui d'ailleurs il
avait reçu toutes les qualités qui font l'orateur. Elle lui prête
non pas un texte isolé, pris au hasard, mais la substance qui
résulte du bel emploi de son ensemble, de la notion des principales circonstances, de l'intelligence du sens propre, de
l'onction particulière qui s'attache à son langage. Il l'explique
verset par verset, non arbitrairement, mais par la tradition;
non à la manière du critique ou du grammairien qui épilogue,
établit des dates, disserte sur les questions accidentelles,
confronte pesamment le sacré et le profane, c'est là le défaut
qui domine dans la chaire protestante; ni à la manière des
mystiques qui ramènent tout à l'allégorie, substituant la figure
à la vérité, c'est là le genre de mérite qu'il faut chercher dans
Origène, saint Irénée, saint Clément d'Alexandrie, saint Gau-
dence et saint Bernard. Saint Jean Chrysostôme se contente
de l'interprétation littérale, claire, précise, décisive, sans
nulle recherche d'esprit, ni d'érudition; toujours suffisante
pour la connaissance du texte et l'éclaircissement des difficultés; la plus profitable pour la direction de la foi et des mœurs.

» Il prélude d'ordinaire par un exorde assez étendu sur
l'ouvrage, sur une circonstance, sur la solennité ou sur l'office divin; procède avec calme; expose avec netteté ce qui
va faire le sujet de l'entretien; dissipe les nuages, mais par
une clarté douce; s'insinue dans les esprits avant de pénétrer
jusqu'aux cœurs; et ce n'est qu'après avoir ainsi préparé les
avenues, qu'il s'élance, s'abandonne, lance les foudres,
s'épanche avec l'abondance d'un grand fleuve; c'est l'expression de Suidas : presse, interroge, argumente, s'interrompt
lui-même; va, revient, et paraît oublier sa matière pour
un autre objet que lui suggère une circonstance inattendue,
un souvenir subit, et l'inspiration du moment, jetant avec
une sorte de profusion, les trésors de l'imagination; des-

criptions vives , tableaux animés et pittoresques , oppositions
frappantes de vérité et d'énergie , mouvements pleins de
chaleur et quelquefois de ce saint enthousiasme qui du ciel
tombait dans l'ame des prophètes; traits édifiants empruntés
à l'histoire des temps antiques ou des événements contemporains; figures hardies, similitudes et comparaisons prises le
plus souvent dans les spectacles de la nature, dans les arts et
les sciences, dans les usages de la vie civile; entremêlant
aux discussions les plus lumineuses, les exhortations les plus
pressantes; remuant avec une égale souplesse les deux ressorts
qui toujours agissent avec force sur le cœur de l'homme, la
crainte ou l'espérance; unissant le reproche à la prière, le
raisonnement au pathéthique, l'autorité d'un juge à tous les
épanchements d'une tendresse vraiment paternelle. Parce que
l'unique but qu'il se propose est de convertir, il prend aussitôt
conseil, soit de l'occasion d'un vice ou d'un scandale dominant, soit du caractère de l'impression qu'il a faite sur l'auditoire, pour déterminer son sujet, ou pour diriger la marche
de son action.....

« Il était dans l'usage de prêcher plusieurs fois la semaine;
le matin avant la célébration des saints mystères, quelquefois avant la première heure du jour, sans doute pour que le
travail du peuple n'en souffrît pas; le soir durant le carême,
et le plus souvent sans s'être préparé. Il fallait donc que l'esprit divin , dont il était véritablement rempli , diversifiât son
langage, pour l'approprier de la sorte aux tribus diverses qui
formaient son immense auditoire. Non-seulement les faits
d'une importance générale, tels que les solennités religieuses,
les persécutions violentes auxquelles il ne cessa pas d'être en
butte , de la part de l'impératrice et des évêques , le renversement des statues, la disgrâce d'Eutrope, mais les circonstances de détail, ce semble les plus indifférentes, fournissaient
à son inépuisable génie des discours et des exhortations qui
les agrandissaient, et tournaient au profit de l'instruction,

« Cette variété, dont le mérite devait être si fort goûté de
ses contemporains, répand encore aujourd'hui sur l'ensemble
de ses compositions un intérêt vraiment dramatique. Que
l'affluence fût moins nombreuse ou moins attentive, l'éloquent
évêque savait bien le remarquer; et le zèle sacerdotal s'animait pour venger avec éclat l'honneur de la parole sainte.
Mais aussi, que le concours et le recueillement des auditeurs
répondit aux efforts du prédicateur; avec quelle paternelle
effusion vous l'entendez remercier ses enfants, et s'en applaudir
avec eux ! Le peuple ne se lassait pas d'écouter son évêque,
ni l'évêque d'instruire son peuple. Un jour qu'il se crut obligé
de s'excuser d'avoir la veille parlé trop long-temps, il le fit
en ces termes : « Je me suis étendu avec une sorte de diffu-
» sion et jusqu'à une prolixité sans mesure, peut-être sans
» exemple. Je n'étais plus maître de l'ardeur qui dévorait
» mon ame et dont les transports redoublaient avec mes
» paroles elles-mêmes. Mais c'est vous qu'il en faut accuser;
» ce sont vos applaudissements, et vos acclamations extraor-
» dinaires qui m'entraînaient dans ces écarts. Ainsi la flamme,
» dont la fournaise s'allume, n'est point, à ses commence-
» ments, vive, éclatante, mais bientôt se faisant jour à
» travers les corps étrangers qui l'environnent, on la voit qui
» s'élève, s'échappe et s'emporte. De même croissant avec
» l'affluence et l'ardeur progressive de mes auditeurs, mon
» zèle a franchi toutes les bornes; et, cédant au plaisir
» que vous goûtiez à m'entendre, je me suis abandonné,
» malgré moi-même, à toute la fécondité du sujet que j'avais
» entrepris. »

« Quel était donc le ressort qui agissait avec une si puissante
énergie sur des esprits et des affections aussi diverses ? Par
quels liens saint Jean Chrysostôme réussissait-il à enchaîner des
volontés aussi contraires, et à faire de toute cette vaste multitude *comme un seul homme*, selon l'expression de l'Écriture?
Fortement persuadé lui-même, il lui en coûtait peu pour

persuader. Voilà tout le secret de son éloquence. L'éloquence,
nous disent tous les maîtres, est tout entière dans le cœur :
Motus animi continuus. Chrysostôme n'expose jamais les oracles de la loi que comme Moïse, descendu de la montagne,
paraissait aux yeux d'Israël la tête ceinte de rayons de feu.
Nulle ostentation de parole, jamais de faux ornements,
jamais le moindre retour sur lui-même, que quand la cause
de son ministère est liée à l'intérêt des ames. Tout, chez lui,
est sentiment, transport, joie, tristesse, passion, trouble,
désordre. Le salut de son peuple est son unique besoin ; il
ne parle, il ne vit, il ne respire que pour lui. On le pressait
de parler contre les païens accourus pour l'entendre ; il répond qu'il ne le fera que quand il n'y aura plus de chrétiens
à convertir. Son ame est embrasée, ses entrailles émues,
déchirées : il s'en échappe des cris de douleur, les accents
plaintifs de la miséricorde ; et, alors même qu'il s'indigne,
il supplie, il demande grace. Ses larmes coulent ; bien
loin d'en rougir, il s'accuse de n'en point assez répandre. Il
voudrait même donner tout son sang pour le troupeau qui lui
est si cher. Ce n'est pas la conquête d'un seul pécheur qu'il
faut à ses saintes ardeurs ; c'est son peuple tout entier. Qu'un
seul périsse ; c'en est assez pour verser dans son ame toutes
les amertumes, et toutes les angoisses. « Vous me tenez lieu
» de père, de mère, de frère, d'enfants, leur dit-il, vous
» êtes tout pour moi ; et je n'ai ni joie, ni douleur qui me
» soit sensible, en comparaison de ce qui vous touche. Je
» n'aurais pas à répondre de vos ames, que je n'en resterais
» pas moins inconsolable, si vous veniez à vous perdre ; de
» même qu'un père ne se console point de la perte d'un fils,
» quoiqu'il ait fait tout ce qui fut en son pouvoir pour le
» sauver. Que je sois un jour trouvé coupable, que je sois
» justifié au redoutable tribunal, ce n'est pas là le plus pres-
» sant objet de mes sollicitudes et de mes craintes ; mais que
» vous soyez sauvés tous sans nulle exception, tous à jamais

» heureux : voilà ce qui suffit , et qui est nécessaire à mon
» propre bonheur.... Eh ! qu'importe encore par qui vous
» soyez sauvés, pourvu que vous le soyez ? Si quelqu'un
» s'étonne de m'entendre parler de la sorte , c'est qu'il ignore
» ce que c'est qu'être père. »

« De cette plénitude de sentiment devait donc s'épancher
sans nul effort sur tout son langage, une élocution facile et
impétueuse , vive et entraînante , variée et soutenue. Vrai
modèle d'atticisme , disent saint Isidore de Peluse et saint
Jérôme , qui le déclarent supérieur à tout ce qu'il y eut jamais de plus excellent parmi les Grecs et les Latins. Saint
Augustin ne s'éloigne pas de ce sentiment. Et il suffit de le
lire , mais dans sa langue, pour y reconnaître cette beauté ,
cette perfection de style qui consiste à revêtir sa pensée d'expressions les plus justes et les plus claires pour instruire, les
plus pittoresques pour décrire, les plus énergiques pour exhorter, les plus pathétiques pour reprendre et pour consoler.
C'est la majesté du langage de Cicéron , jointe à la vigueur
de Démosthène. » *M. Guillon, Bibliothèque choisie des Pères
de l'Église.*

« On trouve cependant le style de saint Jean Chrysostôme
un peu asiatique, ou trop diffus; mais en même temps, et
jusque dans ses longueurs , on trouve tant d'esprit , tant
d'agréments , et surtout tant de traits d'une imagination vive
et brillante , qu'entraîné dans la lecture par un charme inex-
primable, on ne peut se résoudre à en rien omettre. C'est là
ce qu'on éprouve au moins dans les ouvrages de ses belles
années. Car on sent une différence considérable entre ceux
qui furent composés à Antioche , et ceux qu'il composa depuis
sur le siége épiscopal de la seconde Rome, où la multiplicité
de ses occupations et de ses travaux ne lui permirent pas de
leur donner le même degré de perfection.

» Ce fut même avant d'être chargé de l'instruction publique, avant d'être engagé dans le sacerdoce qu'il écrivit ses

traités et tous ses longs ouvrages, entre lesquels on admire surtout ses livres du sacerdoce, chef-d'œuvre en ce genre, et l'une des plus belles sources où l'Église ait puisé les règles cléricales. On compte encore parmi ses meilleurs traités, ceux qui sont contre les Gentils, ses avis aux veuves, son apologie de la vie monastique; son exhortation au moine Théodore, tombé dans l'apostasie, et le sublime parallèle où il élève le vrai solitaire au-dessus des princes du monde. Le traité de la componction remplit si parfaitement son objet, en excitant à la contrition par la confiance en la grandeur infinie de la divine miséricorde, qu'on en appela le pathétique et sage auteur, la langue de la miséricorde et l'œil de la pénitence. C'était là, avec l'aumône et avec le danger des faux biens de ce monde, le champ le plus ordinaire de son éloquence.

» Parmi les productions les plus dignes du grand Chrysostôme, on compte encore la suite des homélies sur saint Mathieu et sur les épîtres de saint Paul, avec un grand nombre de panégyriques et de sermons détachés.... On vante avec justice plusieurs lettres écrites par ce saint orateur du lieu de son exil, où la continuité du péril et des souffrances, l'acharnement de ses persécuteurs, le dévouement plus grand encore de ses amis, et le concours de mille circonstances attendrissantes, rendirent à son style le feu et les graces de son plus bel âge.

» Quant à l'interprétation des divines Écritures, c'est tout dire, d'un mot, que saint Jean Chrysostôme occupe entre les Pères grecs le même rang que saint Jérôme entre les latins. Mais quand il expose la sublimité de la doctrine, au moins de la morale et des maximes de l'apôtre saint Paul, on doit avouer qu'entre tous les interprètes de tous les temps et de toutes les langues, seul, et incontestablement, il occupe le premier rang. Il semble souvent que l'esprit de Paul s'exprime par la bouche de Chrysostôme, dont l'admiration pour cet apôtre allait jusqu'au transport et à un saint enthousiasme.

On assure qu'en écrivant, il en avait toujours le portrait sous les yeux ; qu'en le regardant fixement, et en l'interrogeant de l'œil, il montait son génie sur celui de son modèle, et s'élévait pour ainsi dire avec lui jusqu'au troisième ciel : c'est ainsi que le plus éloquent des apôtres a formé le plus éloquent des Pères de l'Église. » *Bérault-Bercastel, Histoire de l'Église.*

Mais il est temps de faire connaître le saint orateur par quelques morceaux choisis.

Et d'abord quelle élévation en parlant de l'évangéliste saint Jean! « Par où débute-t-il? *Au commencement était le Verbe.* » N'admirez-vous pas avec quelle assurance il s'énonce? Nulle » hésitation, rien de conjectural. C'est l'autorité imposante, » la déclaration franche, décisive du docteur qui affirme ce » qu'il enseigne, comme n'en ayant aucun doute....

» Maintenant, vous le voyez, ce n'est point sans fonde- » ment que j'ai dit que l'évangéliste nous parle du haut du » ciel, prenant dès son début un essor sublime. A quelle » hauteur il élève l'esprit et l'ame de ses auditeurs ! Il s'est » élancé par-delà tout ce qui tombe sous les sens; par-delà » le globe terrestre, la mer et les cieux; par-delà les ché- » rubins, les séraphins, les trônes, les principautés, les puis- » sances; il nous entraîne avec lui par-delà tout ce qui fut » créé. Encore, dans cette région supérieure trouvera-t-il » un point où s'arrêter? Non. Mais, tel qu'un homme qui, » vous voyant contempler d'un port élevé des villes et des » rivages, vous transporterait en haute mer, loin des pre- » miers aspects qui avaient fixé vos regards, pour ne plus » apercevoir qu'un océan sans bornes; tel le saint Évangé- » liste, reculant bien loin de nous tout ce qui fut créé, nous » reportant au-delà de tous les siècles, déploie sous nos yeux » un horison immense, où ils plongent sans rencontrer un » point où se fixer, parce que l'éternité n'en a pas. Dans les » efforts qu'il fait pour arriver jusqu'à ce verbe de Dieu qui

» était au commencement, il voudrait déterminer quel est ce
» commencement : mais de plus en plus ébloui par les rayons
» de l'impénétrable lumière qui s'en échappe, il cède et se
» rabat à dire : Au commencement était le verbe ; c'est-à-
» dire qu'il était avant tout commencement et avant tous les
» temps.

» Il n'en est donc point de notre philosophie et de notre
» croyance religieuse, comme des dogmes de la gentilité, qui
» assigne des temps dans l'âge de ses dieux, en fait parmi
» eux d'anciens et de nouveaux. S'il y a un Dieu, comme
» la chose est incontestable, il n'y a rien avant lui ; s'il est
» le créateur de toutes choses, il est donc avant toutes choses;
» s'il est le seigneur et le souverain de tous les êtres, tous les
» êtres ne sont qu'après lui, et les créatures et les siècles. »
Homélie sur ces paroles : Au commencement était le Verbe.

Mais écoutons saint Chrysostôme célébrer les sublimes vertus de l'apôtre des nations. « Paul ne compte pour rien, ni
» la faiblesse de sa constitution, ni la foule des embarras qui
» l'assiégent, ni la violence des combats de la chair, rien au
» monde; son ardeur s'accroît avec les dangers. Aussi l'en-
» tendez-vous, dans le saint enthousiasme qui l'anime, s'é-
» crier : *J'oublie ce qui est derrière moi, pour tendre vers*
» *ce qui est devant moi.* La perspective de la mort qui le
» menace, bien loin de rallentir son courage, ne fait que
» l'enflammer et le pénétrer d'une vive allégresse; il vou-
» drait associer tous les cœurs à ses transports de joie :
» *Réjouissez-vous,* écrit-il à ce sujet aux Philippiens, *et*
» *félicitez-moi.* S'il est assailli par les tribulations, par les
» insultes et les outrages, il écrit à ceux de Corinthe : *Je me*
» *plais dans mes adversités, dans mes opprobres, dans mes*
» *persécutions.* C'est là ce qu'il appelle *l'armure de la justice,*
» parce que ce sont les gages des biens spirituels, parce que
» chacun de ces combats est pour lui l'occasion d'autant de
» victoires et de glorieux trophées qu'il érige en l'honneur du

» Dieu qui l'a fait vaincre. Il n'attend pas que les tribula-
» tions viennent à lui, il court à elles, elles font ses délices;
» plus avide de mourir que de vivre, plus jaloux de pau-
» vreté que de richesse; appelant et le travail et l'affliction
» plus que les autres n'aspirent après le repos et les plaisirs;
» priant pour ses persécuteurs avec plus d'instance que
» d'autres n'en mettent dans leurs vœux contre leurs en-
» nemis. Pour lui, l'ordre des choses semble avoir changé
» de nature. Que dis-je? c'est par nous qu'il est interverti.
» Paul n'y déroge pas; il conserve fidèlement l'esprit de leur
» première institution. Tout ce qui est l'objet de ses vœux,
» c'est ce qu'il y a de plus conforme à la nature; tout ce
» qu'il dédaigne et fuit, la nature est la première à le com-
» battre. Car enfin qu'y a-t-il de plus naturel que de craindre
» d'offenser Dieu, de plus naturel que de chercher surtout
» à lui plaire? Voilà et le vrai mal et le vrai bien. Paul
» n'en connaît pas d'autre; pour cela il suffit d'être homme,
» de bien se connaître soi-même. Non-seulement la terre
» ne lui offre rien qui soit digne de son estime : autorité,
» richesses, puissance, gloire de commander à des nations,
» de diriger de nombreuses armées, rien de tout cela n'excite
» ses désirs; mais le ciel lui-même ne possède qu'un seul
» objet qui les embrasse tous. La gloire des anges et des ar-
» changes s'éclipse à ses yeux. Jésus-Christ seul occupe sa
» pensée et remplit ses affections. Avec lui, il est au comble
» des félicités; sans lui, la compagnie des principautés et des
» puissances célestes n'a plus rien qui ne lui devienne indif-
» férent. Avec lui, il consent à être le dernier; bien plus, à
» être, s'il est possible, au nombre des réprouvés. L'amour
» de Jésus-Christ lui vaudra et toutes les richesses et tous les
» honneurs. Être séparé de l'amour de Jésus-Christ, Paul
» ne saurait supporter cette idée : elle est pour lui tous les
» supplices, la seule torture qu'il redoute; elle est tout l'en-
» fer. Posséder l'amour de Jésus-Christ, c'est pour lui la

» seule vie, c'est tout l'univers, c'est le ciel, c'est tout, et
» le présent et l'avenir; c'est régner, c'est recueillir la pro-
» messe, c'est être au centre de tous les biens. Donc la vie
» présente n'a plus pour un saint Paul ni amertume ni com-
» bat. Le monde entier n'est à ses yeux que comme l'herbe
» desséchée, que l'on foule sous les pieds. Vainement la ty-
» rannie dresse ses échafauds; les peuples furieux conspirent
» et menacent, la mort déploie ses tortures ! Paul est heu-
» reux d'avoir quelque chose à souffrir pour Jésus-Christ.
» Les chaînes dont il est garotté, sont pour lui un plus ma-
» gnifique ornement que le diadème dont Néron pare sa tête.
» La prison qu'il habite s'est changée en un ciel anticipé; les
» plaies dont son corps est sillonné, voilà ses palmes de
» triomphe; les coups dont on l'accable, voilà ses récom-
» penses, ce qu'il appelle *des graces;* pourquoi ? mourir
» pour aller s'unir à Jésus - Christ, c'eût été un bienfait;
» prolonger sa vie, c'était prolonger ses combats; mais
» telle est sa charité, que, pour étendre le règne de Jésus-
» Christ, il consent que le bienfait soit différé, que les com-
» bats s'accumulent; *il est,* dit-il, *plus. nécessaire que je*
» *vive.* »

Sur les chaînes de saint Paul. « Du sein de sa prison, saint
» Paul écrit de Rome, où il est enchaîné, aux Philippiens.
» Vous savez combien il y a loin de Rome à la Macédoine.
» Mais ni les distances, ni le temps, ni l'embarras des af-
» faires, ni l'incommodité d'une détention rigoureuse ne
» sauraient altérer son cœur, ni la charité de l'apôtre, ni le
» souvenir de ses disciples. Il les porte tous dans son cœur.
» Les chaînes dont ses mains sont captives, le pressent moins
» étroitement que les liens de la charité qu'il ressent pour
» eux tous. Vous diriez un roi, qui, du trône où il est assis,
» se fait apporter chaque matin les requêtes qui lui sont
» adressées de tous les points de son empire : tel, au fond
» de son cachot, comme dans un palais, l'apôtre entretient

» avec toutes les parties de l'univers une correspondance bien
» autrement sérieuse et étendue, non pas seulement avec les
» peuples soumis à la domination romaine, mais avec les
» barbares eux-mêmes. Le Dieu à qui la terre et la mer
» appartiennent, lui a assujetti le monde tout entier. Tout
» occupé qu'il est de cette vaste administration, confiée à ses
» sollicitudes, vous le voyez descendre dans tous les détails
» et s'occuper d'un seul homme comme de tout l'univers. Il
» écrit en faveur d'Onésyme, en faveur de l'incestueux de
» Corinthe. Ne lui dites point que ce sont, l'un un esclave
» transfuge, l'autre un misérable souillé d'un crime infame.
» Ce sont des hommes créés à l'image du divin auteur de leur
» être, ce sont des ames pour qui Jésus-Christ a répandu
» tout son sang. »

Et ailleurs. « Saint Paul nous parle encore ici de ses
» chaînes; *Pour moi*, dit-il, *je suis dans les liens*. Combien
» j'aime à l'entendre parler de sa captivité, combien ces
» chaînes m'exaltent, combien je le voudrais voir cet il-
» lustre prisonnier de Jésus-Christ, dans les liens, écrivant,
» prêchant, baptisant, répandant l'Évangile! Il est moins
» chargé du poids de ses fers que du soin de toutes les
» églises. Paul est enchaîné; et c'est surtout alors qu'il agit
» avec le plus de liberté, qu'il édifie le plus d'églises. Il est
» enchaîné, la parole de Dieu ne l'est pas. Ce docteur des
» nations, qui est parvenu jusqu'au troisième ciel, où il a en-
» tendu les plus ineffables mystères, se trouve réuni, confondu
» avec les malfaiteurs, dont il partage les liens; et jamais
» sa course ne fut plus rapide. On s'est imaginé qu'en le
» chargeant de chaînes on arrêterait l'œuvre de son ministère.
» Insensés! maîtres de son corps, vous ne l'êtes pas de cette
» ame qui a pris son essor vers le ciel! Quels liens sur la
» terre pourraient suspendre ou ralentir l'ardeur de sa course?
» Voyez ce soleil qui nous éclaire; enchaînez ses rayons;
» arrêtez sa course si vous le pouvez. Moins encore cet astre

» nouveau, qui répand une lumière bien plus vive, bien
» plus efficace. »

Dans un autre discours sur le même apôtre, saint Chrysostôme se fait cette objection : *Que si l'infidèle venait à nous*
dire : Pourquoi Dieu ne m'a-t-il pas fait la même grace qu'à
Paul, en faisant entendre d'en haut une voix qui m'appelle ?
et voici, après plusieurs autres, une de ses réponses. « Mais
» de tous les miracles, le plus éclatant, n'est-ce pas ce que
» nous voyons ? La croix est prêchée dans tout l'univers ; et
» l'univers tout entier vient tomber à ses pieds. Nous pu-
» blions un Dieu mort sur un gibet ; et d'une extrémité de
» la terre à l'autre on l'adore. Mais n'y a-t-il pas eu avant
» lui des milliers d'hommes morts sur la croix ? Lui-même,
» en mourant ainsi, voyait deux voleurs à ses côtés, expirant
» par le même supplice. L'univers ne compte-t-il pas, et par
» milliers, des sages et des hommes puissants ? Nommez-m'en
» un seul qui ait acquis une gloire égale à la sienne ? Parmi
» tant de rois conquérants, citez-m'en un seul qui ait soumis
» le monde tout entier avec une aussi prodigieuse rapidité...
» Ne sont-ce pas là des oracles encore plus éloquents que ne
» le serait cette voix qui se ferait entendre du Ciel ? Car
» enfin, l'Évangile qui a triomphé avait contre lui et les rois
» et les peuples, et les tyrans et les bourreaux. Que l'on
» m'explique comment cela s'est fait. Par le secours, nous
» dit-on, de la magie et des enchantements. Voilà, certes,
» un magicien bien extraordinaire, et qui seul fut en pos-
» session de la toute-puissance. La Perse et l'Inde ont eu
» autrefois de ces magiciens ; elles en ont encore ; pas un
» seul dont le nom même se soit conservé jusqu'à nous. On
» nous parle d'un Apollonius de Thyane, dont on a vanté
» quelque part les prestiges ; mais où et combien de temps
» a-t-on parlé de cet imposteur ? Toute sa renommée n'a
» duré qu'un moment. Où est l'église qu'il ait établie : le
» peuple qui s'honore de l'avoir pour législateur ? Rien ne

» reste de lui que la mémoire de ses artifices. Dites-moi si les
» dieux eux-mêmes ont pu mieux se soutenir. Que sont
» devenus et leurs temples et les oracles de Dodone et de
» Claros? Tous ces ateliers de mensonge et d'impiété sont
» réduits au silence; leur culte est anéanti; tandis qu'au
» nom seul de notre Jésus crucifié, au seul nom de ses mar-
» tyrs, à la seule approche de leurs cendres, les démons
» tremblent et restent sans voix; qu'au seul mot de la croix
» de Jésus-Christ, ils prennent la fuite.... Qu'y a-t-il donc
» dans cette croix qui leur paraisse si auguste et si imposant,
» elle qui retrace un supplice honteux, et une mort, de
» toutes, la plus infamante, au jugement des Juifs et des
» Gentils? Les démons trembler à l'aspect de la croix! Qui
» donc leur inspire tant d'effroi, si ce n'est la vertu de celui
» qui y fut attaché? Est-ce l'horreur de l'infamie qui l'accom-
» pagne? Voilà pour des dieux un étrange scrupule! Mais
» encore Jésus-Christ n'est pas le seul qui ait subi ce genre
» d'infamie. Que l'on s'avise d'invoquer quelqu'autre de ceux
» qui sont morts de la même manière, croyez-vous que le
» démon cède la place, et qu'il s'enfuie en tremblant? Il n'en
» aura garde. Prononcez en sa présence le nom de Jésus
» de Nazareth, aussitôt vous l'allez voir disparaître, chassé
» comme par les atteintes d'une flamme dévorante. Qu'avez-
» vous à nous répondre? Reconnaissez donc qu'il y avait
» dans Jésus-Christ une vertu vraiment divine, telle qu'il
» la fallait pour triompher de tous les obstacles, et pour se
» communiquer, comme elle l'a fait, à des hommes de
» néant, à un saint Paul, par exemple, à un misérable
» artisan; et voilà qu'à peine elle s'est fait sentir à lui que
» moins de trente années lui suffiront pour courber sous le
» joug de la foi évangélique, et les Romains, et les Perses,
» et les Parthes, et les Mèdes, et les Indiens, et les Scythes,
» et les Ethiopiens, et les Sarmates, et le genre humain tout
» entier. Répondez-moi: Est-ce dans son atelier obscur,

» dans les laborieux exercices de sa profession abjecte, que
» cet ignorant, sans science et sans lettres, a pu s'élever à
» cette haute philosophie, et en apprendre tous les secrets
» à tous les peuples du monde. Il ne craint pas de s'accuser
» lui-même d'être *grossier dans ses paroles*, d'être sans
» argent, assiégé tous les jours, ainsi qu'il le déclare, par
» la faim, par la soif, par la nudité, par la persécution.
» Quels ont donc été ses moyens pour exécuter une si éton-
» nante révolution ? La noblesse du nom et des aïeux ? Vous
» les préjugez aisément à la profession qu'il exerce ; l illus-
» tration de la patrie ? Elle le désavoue. La qualité de ses
» disciples ? Tous pour la plupart sont pauvres, ignorants
» comme leur maître. Le talent de l'éloquence et les res-
» sources du savoir ? Écoutez-le lui-même : *Je ne suis point*
» *venu vers vous, dit-il aux Corinthiens, vous annoncer par*
» *la sublimité de mon discours et de ma sagesse, le témoi-*
» *gnage que Jésus-Christ nous a rendu ; car je n'ai point*
» *prétendu, parmi vous, savoir autre chose que Jésus et*
» *Jésus crucifié ; et je ne vous ai point parlé, ni prêché,*
» *avec des paroles que la sagesse humaine emploie pour per-*
» *suader ce qu'elle désire, mais avec la démonstration de*
» *l'esprit et de la puissance.* Peut-être encore le caractère
» même de sa doctrine, et l'attrait de son enseignement ?
» Tant s'en faut ; car, dit-il encore lui-même : *Les Juifs*
» *demandent des miracles, et les Grecs cherchent la sagesse ;*
» *mais nous prêchons Jésus-Christ crucifié, qui est un sujet*
» *de scandale aux Juifs et semble une folie aux Gentils.* Du
» moins, m'objecterez-vous, il prêchait en toute liberté. Dites
» plutôt qu'il n'a point passé un seul jour sans alarmes. *J'ai*
» *été dans l'infirmité, dans la crainte et dans le tremble-*
» *ment.* Et non-seulement lui, mais ses disciples. *Souve-*
» *nez-vous, écrit-il à ceux de la Judée, souvenez-vous de*
» *ce premier temps auquel, après avoir été baptisés, vous*
» *eûtes de grands et rudes combats à soutenir, étant, d'une*

18

» *part, exposés aux opprobres et aux afflictions; de l'autre,*
» *sentant la douleur de ceux qu'on traitait de la même sorte;*
» *car vous avez compâti à ceux qui étaient dans les chaînes,*
» *et vous avez souffert avec joie qu'on vous ravit vos biens.*
» Chacune de ses épitres témoigne que ses disciples et lui n'é-
» taient pas plus épargnés que ne l'avaient été Jésus-Christ
» et les prophètes anciens. Comment, avec de si faibles
» moyens, est-il donc parvenu à surmonter tous les obstacles
» et à vaincre tous les ennemis, à triompher des démons et
» des enfers, à tout changer dans le monde? N'est-il pas
» incontestable et de la dernière évidence, qu'une semblable
» révolution n'a pu se faire que par la toute-puissance divine
» qui le dirigeait? Car enfin, quels étaient ses moyens,
» comparés avec les obstacles qu'il avait à surmonter? Ses
» moyens? Il n'a rien de ce qui fait le succès dans le monde.
» Les obstacles? Tout était contre lui. D'un côté, le paga-
» nisme tout entier s'avançait au combat, tel qu'un puissant
» monarque à la tête d'une armée, déployant l'appareil de
» guerre le plus formidable; de l'autre, un seul homme nu,
» sans escorte, sans armes. A qui restera le champ de bataille?
» Au premier sans doute? Non, c'est à Paul que reste la
» victoire. Incrédules, tombez aux pieds du crucifié qui la
» lui donne. Quoi, le paganisme, ce puissant monarque,
» avec ses armées immenses, avec ses cités et ses remparts
» inexpugnables, avec son épouvantable attirail de guerre,
» avec tous ses trésors, il ne peut avancer d'un pas; et cet
» athlète misérable, qui n'a pas même un javelot pour dé-
» fense, il soumet, non pas une ville seulement, mais des
» milliers; il parcourt à pas de géant l'univers tout entier; il
» en fait sa conquête : et vous diriez encore qu'il n'y a
» rien ici que d'humain?

» Non-seulement donc rien ne favorisait les progrès de la
» prédication; mais tout se réunissait pour l'anéantir. Qu'est-
» ce, demandait-on, que ce Jésus, que ce monarque étranger

» que l'on vient nous prêcher? On ne parlait point de ce
» royaume céleste que Jésus-Christ venait fonder, ni de la
» gloire de cet empire qui lui était promis pour l'éternité;
» on ne les connaissait pas. On affectait de n'y voir qu'un
» de ces usurpateurs qui veulent mettre les peuples sous leur
» joug, et de toutes parts peuples et particuliers s'étaient
» ligués contre l'Évangile. Les peuples l'accusaient d'en vou-
» loir à leurs institutions et à leurs lois; les particuliers,
» de jeter le trouble et la dissention dans les familles; tous
» réclamaient leurs fêtes, leurs dieux et leurs temples; tous
» s'excitaient à l'envie à déployer contre la religion nouvelle
» les plus affreux supplices. Paul brave intrépidement ces
» cruelles inimitiés; il s'élance au milieu de ces loups altérés
» de sang. En butte à tous les coups, non-seulement il n'en
» est pas renversé, mais c'est lui qui les entraîne à sa suite.
» Quelle est donc son armure? *Les armes de notre milice*
» *ne sont pas, répond-il, des armes charnelles, mais des*
» *armes divines, pour détruire les places fortes, pour*
» *renverser les conseils des hommes, et toute hauteur qui*
» *s'élève contre la volonté de Dieu.* Voilà ce qui le fait
» triompher, et réduire au néant tous les obstacles qu'on lui
» oppose, avec autant de facilité que la flamme dévore le
» chaume. Tout cède à l'ardeur de sa prédication, et les
» démons, et leur culte sacrilége, et leurs assemblées, et
» leurs fêtes impies, et les mœurs du pays, et les fureurs des
» peuples, et les menaces des tyrans, et les jalousies do-
» mestiques, et les artificieuses manœuvres des faux frères.
» Et comme on voit aux premiers rayons du jour les ténèbres
» se dissiper, les animaux féroces se retirer au fond de leurs
» tanières, le voleur et l'assassin, l'adultère et le violateur
» des tombeaux, s'éloigner du théâtre de leurs crimes, trem-
» blants d'être surpris; ainsi, à la voix de l'apôtre, l'erreur
» fuit, la vérité fait briller sa lumière; le sang des victimes
» impures cesse de couler, les autels de la superstition sont

» déserts, leurs chants de joie et les solennités que consacre la
» débauche cessent d'être en honneur ; l'Évangile se propage,
» et les obstacles mêmes qui semblaient l'anéantir, aident à
» ses triomphes. Comparez nos apôtres avec les philosophes
» les plus vantés, un Platon, un Pythagore, un Diagoras,
» un Clazomène, tant d'autres ; quelles oppositions trouvaient-
» ils à l'enseignement de leurs systèmes, soutenus d'ailleurs
» par l'éloquence de leurs auteurs, par les ressources du
» crédit, de la puissance, de l'orgueil national ? Où sont
» aujourd'hui leurs disciples ? L'erreur n'a besoin que d'elle-
» même pour se détruire. La vérité a beau être combattue ;
» elle finit par l'emporter. »

On voit, par ce morceau, comment saint Jean Chrysostôme ramenait, dans ses discours, le développement des
preuves de la religion. Mais il faut l'entendre surtout lorsqu'il a pour but direct de combattre les ennemis de la foi.
Par exemple, quelle pressante logique, lorsqu'il accable par
les faits le peuple aveugle qui refusait de reconnaître Jésus-
Christ pour le Messie que ses prophètes avaient annoncé !
« Si les Juifs n'avaient jamais eu la pensée de rétablir leur
» temple, ils pourraient dire que s'ils eussent voulu l'en-
» treprendre, ils en seraient venus à bout. Mais nous avons
» tous la preuve que s'ils ne l'ont pas fait, ce n'est point faute
» par eux d'en avoir conçu le dessein, sans pouvoir jamais
» l'exécuter, et cela jusqu'à trois fois ; trois fois ils sont
» revenus à la charge, et toujours repoussés, ils sont contraints
» de céder à l'Église le champ de bataille et l'honneur de la
» victoire.

» Les empereurs Vespasien et Tite avaient porté la dévas-
» tation dans la Judée. Peu après, sous le règne d'Adrien,
» ce peuple remuant et séditieux s'était révolté, dans le dessein
» de rétablir son ancien gouvernement ; aveugle, qui ne pré-
» voyait pas qu'il se déclarait contre Dieu lui-même, dont
» les oracles avaient prononcé sa ruine pour tous les siècles,

» et que là où Dieu combat, toute résistance est vaine! Ils
» ne firent donc que provoquer contre leur propre ville de
» nouveaux décrets de mort. L'empereur, après les avoir
» défaits, fit disparaître tout ce qui restait encore de Jéru-
» salem; et pour leur ôter l'envie de rien entreprendre à
» l'avenir, il fit placer sa statue sur le sol de la cité. Et parce
» qu'une statue n'était point un monument assez durable de
» sa vengeance, il enleva à Jérusalem jusqu'à son nom,
» et lui donna celui d'*Élia*, qu'elle conserve de nos jours.
» S'étant révoltés de nouveau, sous Constantin, ce prince
» voulut imprimer sur leurs corps mêmes le signe de leur
» rebellion, en leur faisant couper les oreilles comme à des
» esclaves fugitifs, et les promenant partout, ainsi mutilés,
» afin que l'ignominie de leur châtiment servît désormais
» de leçon. Ces faits étaient déjà anciens quoiqu'ils fussent
» connus des plus âgés d'entre nous. En voici un qui l'est
» même des plus jeunes. Ce n'est point sous les règnes
» d'Adrien ou de Constantin, qu'il s'est passé, mais de nos
» jours, sous un prince dont nous avons été tous les contem-
» porains; il ne remonte pas à vingt ans. Julien, qui a laissé
» bien loin derrière lui les princes les plus fameux par leur
» impiété, était jaloux de mettre les Juifs dans son parti, e
» voulait les amener à s'associer au culte des idoles. Il essaya
» d'abord de les gagner par l'espérance d'être rétablis dans
» le culte du dieu de leurs pères. — Qui vous empêche, leur
» disait-il, d'honorer Dieu comme le faisaient vos ancêtres?
» — A quoi ceux-ci étaient obligés de répondre ce que nous
» leur opposons aujourd'hui, qu'il ne leur était pas permis
» de sacrifier hors de Jérusalem, sous peine de contrevenir à
» la loi; que l'empereur réintégrât le saint des saints, et avec
» lui l'arche et les sacrifices, tels qu'ils avaient lieu autrefois.
» Ils ne rougissaient pas de faire de semblables demandes à
» un prince livré à toutes les impiétés du páganisme, d'invi-
» ter des mains sacriléges à rebâtir le sanctuaire. Insensés

» qui tentaient l'impossible, et ne songeaient pas que si la
» ruine de leur temple eût été l'œuvre d'une main humaine,
» une main humaine eût bien pu le relever, mais que Dieu
» même l'ayant consommée, il n'était pas au pouvoir des
» hommes d'aller à l'encontre de ses décrets! *Ce que le Dieu*
» *trois fois saint a ordonné*, dit le prophète, *quel mortel*
» *pourra le changer? Quel homme pourra arrêter l'action de*
» *son bras tout-puissant?* Il est donc également impossible
» à l'homme et de renverser ce qui fut établi par lui pour
» demeurer toujours, et de relever ce qu'il a détruit pour
» jamais. Eh bien ! pourtant je suppose encore, ô Juifs, que
» Julien vous eût rendu le temple, qu'il eût relevé l'autel,
» comme vous en aviez conçu la folle espérance ; cela suffisait-
» il ? Non. Avait-il à sa disposition le feu du ciel pour le faire
» descendre au jour de la nouvelle inauguration? Et si la
» flamme ne venait pas consumer l'holocauste, qu'était-ce que
» le sacrifice ? Le seul crime des enfants d'Aaron, crime qui
» leur coûta la vie, fut d'avoir mêlé à l'encensoir un feu
» étranger. Au mépris de toutes ces considérations, les Juifs
» n'en sollicitaient pas moins le prince de s'unir à eux pour
» le rétablissement du temple. Celui-ci masquant ses desseins
» ultérieurs sous l'air de la protection, fournit aux dépenses,
» fit venir de tous côtés des ouvriers, envoya sur les lieux des
» personnes considérables, chargées de présider à l'ouvrage,
» ne ménagea ni dépenses ni moyens d'exécution : tout fut
» sacrifié au désir de faire mentir l'oracle de Jésus-Christ,
» qui frappait le temple d'une ruine éternelle.

» Mais celui qui surprend les sages dans leurs propres
» artifices, ne tarda pas à lui faire connaître, par les faits
» mêmes, combien les décrets de Dieu prévalent sur tout ;
» combien est invincible la puissance de ses paroles. A peine
» on avait commencé cette criminelle entreprise, en dé-
» blayant la terre qui recouvrait les fondements... que tout-
» à-coup un feu souterrain s'élançant par tourbillons, dévore

» un grand nombre d'ouvriers, soulève et disperse au loin
» les pierres déjà mises en place; oblige non-seulement
» les entrepreneurs, mais les Juifs en grand nombre, témoins
» du phénomène, de renoncer à leur coupable espérance.
» L'empereur, informé du prodige, n'osa pas, malgré toute
» l'ardeur avec laquelle il avait embrassé son projet, s'y en-
» têter davantage, et se vit contraint de céder avec toute
» la nation juive. Transportez-vous à Jérusalem: vous y verrez
» ces fondements à découvert; et si vous demandez pourquoi,
» personne ne démentira ce qui vient de vous être rapporté.
» Nous sommes tous témoins de ce fait, car il s'est passé de
» nos jours, il n'y a pas un grand nombre d'années : et voyez
» tout l'éclat de cette victoire. Ce prodige ne s'est pas opéré
» sous des empereurs chrétiens; on aurait pu soupçonner
» que c'étaient des chrétiens qui avaient trouvé moyen d'em-
» pêcher l'exécution de cette entreprise; mais lorsque nous
» étions nous-mêmes sous l'oppression, tous exposés aux
» dangers de perdre la vie, et que nous ne jouissions pas
» d'une ombre de liberté; que le paganisme seul était en
» crédit, que tout ce qu'il y avait de fidèles étaient réduits
» ou à se tenir cachés dans ses foyers, ou à s'ensevelir dans
» les retraites les plus profondes, sans oser se montrer au
» grand jour.

» Et vous doutez encore, Juifs incrédules, lorsque vous
» êtes confondus par la prédiction de Jésus-Christ, par celle
» de vos prophètes et par le témoignage des faits eux-
» mêmes ? » *Discours* 5ᵐᵉ *contre les Juifs.* »

Ce qui suit est plus animé :

« Comment les Juifs expliqueraient-ils la réprobation dont
» ils sont aujourd'hui frappés, si la captivité à laquelle nous
» les voyons maintenant réduits, devait finir ? Les prophètes
» n'auraient pas manqué de la prédire : toutes celles qui
» avaient précédé l'avaient été. Nous vous avons fait voir ail-
» leurs que les prophètes avaient annoncé, avec la plus rigou-

» reuse exactitude, l'époque, la durée, le terme de chacune
» d'elles. Celle-ci, bien loin de lui assigner un terme, Daniel,
» qui a prédit la désolation actuelle, a déclaré expressément
» qu'elle durerait jusqu'à la consommation des siècles. Depuis
» si long-temps qu'elle a commencé, pas la plus légère appa-
» rence de changement qui leur promette un plus heureux
» avenir; bien qu'ils aient tenté à plusieurs reprises de re-
» lever leur temple, sous Adrien, sous Constantin et plus
» récemment sous Julien. Trois fois ils l'ont entrepris, trois
» fois ils ont échoué; les deux premières par la résistance
» des forces militaires, opposées à leur entreprise; la der-
» nière par les éruptions des feux souterrains, qui, s'élançant
» avec impétuosité, ruinaient tous leurs travaux. Pourquoi
» donc aujourd'hui cette différence? Après un séjour de
» quatre cents années en Egypte, vous avez recouvré, ô Juifs,
» votre patrie; captifs à Babylone, vous êtes rentrés dans
» Jérusalem. Opprimés sous Antiochus, vous avez vu finir
» vos maux; vous avez retrouvé votre temple, vos sacrifices,
» votre ancien état: d'où vient qu'aujourd'hui il n'y a pour
» vous rien de semblable? D'où vient que, loin d'espérer
» aucune amélioration, votre situation ne fait qu'empirer de
» jour en jour, et vous enlève jusqu'à l'espérance? Peut-
» être ils diront que c'est en punition de leurs péchés. Un
» tel aveu, sans doute, est précieux dans la bouche de ces
» mêmes hommes qui, toutes les fois que leurs prophètes leur
» reprochaient, avec tant de force, les iniquités et les meur-
» tres dont ils se souillaient, ne savaient que leur résister
» et nier avec impudence. Mais encore, leur répondrai-je,
» c'est, dites-vous, en punition de vos péchés! Lesquels?
» Aujourd'hui que faites-vous de si nouveau, de si extraor-
» dinaire? Est-ce donc aujourd'hui seulement que vous vivez
» dans le péché? Était-ce auparavant votre habitude de vivre
» selon les lois de la justice et de l'équité! Rappelez-vous
» votre histoire; elle n'est qu'un long tissu d'infidélités? Que

» faisiez-vous du temps d'Ézéchiel , quand il accusait vos
« prostitutions à des divinités étrangères? Du temps de
» Moïse, quand vous l'accabliez des plus mauvais traitements,
» quand vous attentiez à sa vie, quand vous ne cessiez de
» blasphémer le Seigneur? Et pourtant le Seigneur ne vous
» a point rejetés alors; il n'en a pas moins signalé sa prédi-
» lection toute particulière en votre faveur, par les prodiges
» les plus inouïs. Maintenant que vous ne trempez plus vos
» mains dans le sang des prophètes, que vous ne blasphêmez
» plus le Seigneur, que vous n'êtes plus livrés à l'idolatrie,
» que vous n'immolez plus vos enfants, une vengeance im-
» placable pèse sur votre nation. Dieu était-il autre alors
» qu'il n'est à présent ? n'est-ce pas le même Dieu qui vous
» protégeait alors d'une manière si éclatante , et qui vous
» punit avec tant de sévérité? Si magnifique dans ses bien-
» faits, quand vous étiez plus criminels, pourquoi mainte-
» nant que vous l'offensez moins, vous a-t-il rejetés, livrés
» à un éternel opprobre? Pourquoi? Vous n'osez me le dire,
» Je vais le dire, moi; ou plutôt ce n'est pas moi, c'est la
» vérité qui va le déclarer. C'est parce que vous avez mis à
» mort Jésus-Christ, que vous avez porté sur l'oint du Sei-
» gneur une main sacrilége; que vous avez versé un sang
» précieux. C'est pour ce seul crime que vous avez perdu
» tout moyen de rentrer en grace, toute espérance dans
» l'avenir. Vos anciens attentats n'eurent pour victimes que
» des serviteurs. Vos iniquités étaient grandes, la mort du
» fils de Dieu en a comblé la mesure. Dieu vous supporta,
» quand vous immoliez vos enfants; aujourd'hui, il venge
» le sang de son divin fils. Pour donner couleur à votre
» parricide, vous avez l'insolence d'accuser Jésus-Christ
» d'infraction à la loi. Si Jésus fut coupable, comme vous
» osez le dire, sa mort ne fut qu'un acte de justice, que le
» Seigneur n'aurait pas manqué de récompenser, comme il fit
« pour Phinéés, dont le zèle, en l'armant contre un coupable,

» arrêta la colère divine contre toute la nation. Vous, au con-
» traire, elle ne cesse de vous poursuivre ; c'est donc qu'en
» immolant le juste, vous vous êtes rendus plus coupables
» que vos pères, plus coupables que vous ne le fûtes jamais.

   » Combien de fois Dieu ne vous avait-il pas dit par la
» bouche de ses prophètes : *Vous méritiez de souffrir tous*
» *les maux; mais je vous épargne pour que mon nom ne*
» *soit pas profané parmi les infidèles;* et encore : *Maison*
» *d'Israël, ce n'est pas à cause de vous que je vous ménage,*
» *mais à cause de mon nom.* C'est-à-dire : vous méritiez les
» châtiments les plus sévères ; mais je vous défends, je vous
» protège, pour que l'on ne dise pas que c'est par faiblesse,
» par impuissance de les sauver, que Dieu a livré les Juifs à
» leurs ennemis. En supposant donc que Jésus-Christ eût
» été ce que vous dites, quand vous auriez commis une in-
» finité de crimes beaucoup plus horribles que les précédents,
» Dieu vous les aurait pardonnés, pour que son nom ne fût
» pas profané, pour que le nom de son ennemi ne fût pas
» exalté, et qu'on ne pût pas dire que sa mort avait causé
» vos désastres. Oui, s'il est reconnu que Dieu fermait les
» yeux sur vos péchés à cause de sa gloire, il l'aurait fait
» bien plus aujourd'hui, il aurait accepté la mort d'un im-
» posteur, comme un sacrifice capable d'expier toutes vos
» fautes. Mais, puisqu'il vous rejette absolument, n'est-il
» pas de la dernière évidence que, par ce courroux et cet
» abandon total, il démontre aux plus opiniâtres que celui
» que vous avez mis à mort, n'était point un infracteur de la
» loi, mais le Messie, mais le vrai législateur, l'auteur de
» tous les biens ? Voilà pourquoi, vous, qui l'avez traité
» outrageusement, vous êtes avilis et dégradés ; tandis que
» nous, qui l'adorons, nous qui, auparavant, étions plus
» décriés et plus oubliés que vous tous, nous sommes à pré-
» sent, par la grâce du Seigneur, plus respectés que vous
» tous et plus favorisés.

» Mais encore, me diront les Juifs, qui est-ce qui prouve
» que nous soyons rejetés de Dieu? Je vous le demande à
» vous-mêmes ; qu'est-il besoin de raisonnements quand les
» faits parlent ; quand ils se font entendre avec plus d'éclat
» que le son de la trompette, par la ruine de votre ville, par
» la destruction de son temple, par tous les maux que vous
» avez éprouvés? — Ce sont les hommes qui nous les ont
» faits, et non pas le Seigneur. — Les hommes, dites-vous ;
» mais les hommes auraient-ils pu y réussir, si le Seigneur
» ne l'avait permis? Lorsque autrefois un barbare étranger
» vint fondre sur votre pays avec toutes les forces de la
» Perse ; qu'il vous tenait assiégés dans votre ville, comme
» renfermés dans un filet, vous n'eûtes pas besoin alors de
» combattre ni de vous défendre. Dieu vous protégeait. L'en-
» nemi laissa dans votre pays près de deux cent mille morts,
» et s'enfuit, trop heureux de sauver sa personne. Le Sei-
» gneur n'a-t-il pas terminé de la sorte, pour vous, une
» infinité d'autres guerres? Si donc, aujourd'hui, il ne vous
» avait pas entièrement abandonnés, les hommes qui ont
» triomphé de vous, qui ont détruit votre ville, ruiné votre
» temple, n'en seraient pas venus à bout ; le sol de cet
» édifice ne serait pas resté désert jusqu'à ce jour ; et tant
» d'efforts que vous avez tentés pour son rétablissement, ne
» l'auraient pas été en vain. Que ce désastre eût été l'ouvrage
» des hommes, votre dégradation eût dû s'arrêter là et ne
» pas avoir d'autres suites. Mais non, ce ne sont pas seule-
» ment vos murailles qui ont été renversées ; et je veux bien
» supposer que ce soit là l'ouvrage des hommes ; sont-ce les
» hommes qui ont fait taire les prophètes, qui vous ont ravi
» la grace de l'Esprit-Saint, qui vous ont dépouillés d'autres
» priviléges augustes ; par exemple, des oracles qui sortaient
» du propitiatoire, de la vertu particulière de l'onction, des
» signes que donnaient les ornements du souverain pontife?
» Prodiges qui n'en subsistèrent pas moins du temps de vos

» pères, malgré les crimes dont ils se souillaient. Non-
» seulement le Seigneur a permis la ruine totale de la ville
» et du temple qui lui fut consacré, il a fait encore dispa-
» raître ces prodiges qui ne pouvaient venir que du ciel, la
» flamme qui consumait la victime, la voix qui se faisait
» entendre du propitiatoire, l'éclat dont brillait la poitrine
» du grand-prêtre et tous les autres de même nature. Rien
» de tout cela n'existe à présent; car que l'on ne nous parle
» pas de leurs patriarches, de ces vils marchands travestis
» en pontifes, dont la vie est scandaleusement irrégulière.
» Quelle sorte de prêtres, là où il n'y a plus cette onction
» sainte ni aucune de ces vénérables institutions qui si-
» gnalaient l'ancien sacerdoce ? Qu'y a-t-il, dans ces prêtres
» de théâtre, qui rappelle l'antique consécration d'Aaron et
» de ses fils ? « *Discours 6e contre les Juifs ; Traduction
de M. Guillon, Bibliothèque choisie des Pères de l'É-
glise.*

Le discours sur la disgrace d'Eutrope et celui de l'évêque
Flavien à Théodose sont, comme on sait, deux monuments
célèbres de l'éloquence de saint Jean Chrysostôme.

ARTICLE SECOND.

PÈRES LATINS.

« On ne pouvait espérer dans l'Occident cette succession
de grands génies dont s'honore l'Église orientale. La décadence de Rome et de l'Italie, la civilisation récente et toute
latine de la Gaule et de l'Espagne n'offrait pas à l'imagination

autant de secours que les lettres grecques mêlées à l'Évangile. Constantin victorieux, en portant vers l'Orient son trône et l'étendard de sa foi, semblait décourager l'essor du génie dans l'Occident ; mais le culte chrétien avait pénétré trop avant dans les ames, pour ne pas se fortifier de lui-même. Dans le nombre de ses sectateurs multipliés chaque jour, il rencontra des génies qui s'éveillèrent à sa voix, et les églises de Gaule, d'Espagne et de Mauritanie se vantèrent de leurs orateurs, comme celles de la Grèce et de l'Asie. » M. *Ville-main*, *Nouveaux Mélanges.*

D'ailleurs l'hérésie n'avait pas seulement infecté l'Église d'Orient ; elle étendait ses ravages jusque dans l'Église latine, elle s'y livrait aux mêmes excès, aux mêmes violences contre les catholiques ; elle y trouvait aussi des adversaires redoutables, de saints docteurs qui la poursuivaient sans relâche, et dont le talent se montrait avec plus d'éclat dans la persécution même. Ce fut le même combat sur un autre théâtre.

SAINT HILAIRE DE POITIERS.

Une petite ville de la Gaule eut son Athanase, saint Hilaire, né à Poitiers d'une famille païenne, vers le commencement du quatrième siècle. Lorsqu'il eut fini ses études, qui furent brillantes, il voulut connaître tous les orateurs juifs, chrétiens et païens : il acquit une si grande érudition, qu'il était regardé comme l'un des plus savants hommes de son temps. Les livres de Moïse le frappèrent par l'idée sublime qu'ils donnent de la divinité. A son étonnement succéda l'envie de s'instruire, et de connaître cette puissance infinie, dont il avait trouvé une si belle peinture dans l'écrivain sacré. Il lut les Évangiles et fut saisi d'admiration, lorsqu'il y vit que Dieu s'était fait homme ; qu'il était venu lui-même s'offrir pour victime ; qu'il avait lavé dans son sang les péchés du monde.

Il se rendit à la lumière de la foi qui brillait à ses yeux et reçut le baptême. Dès-lors sa conduite ne fut plus réglée que sur les maximes de l'Évangile. Le peuple de Poitiers, touché de ses vertus, voulut l'avoir pour évêque (350 ou 355). Zélé défenseur de la foi de Nicée, il encourut la disgrace de Constance, trompé par les Ariens, et fut envoyé en exil. Lorsqu'il revint, après plusieurs années, « les églises des Gaules le reçurent, dit saint Jérôme, comme un héros sortant de l'arène, illustré par ses combats contre les hérétiques. » Il finit une vie pure et remplie de traverses, par une mort sainte et tranquille (367 ou 368).

« Saint Jérôme nous a donné la plus haute idée de son éloquence en la comparant au plus rapide de nos fleuves, *eloquentiæ latinæ Rhodanus.* Cette noble image n'a rien que de juste dans tous ses rapports ; sa dialectique vigoureuse, abondante dans ses raisonnements, nourrie de la doctrine qui vient d'en haut, vive, pressante, impétueuse dans sa marche, soutenue par le nombre et la pompe de ses périodes accumulées, par l'harmonie éclatante de son expression, se précipite et roule avec majesté, renversant, entraînant toutes les résistances. » *M. Guillon.*

Quelquefois cependant ces beautés conduisent saint Hilaire à des défauts. Il tombe dans la recherche, il s'embarrasse dans la longueur de ses périodes, et sa concision se borne à l'énergie de l'expression, qui devient par là obscure, inintelligible même et hors de la portée des simples.

Celui de ses ouvrages qu'il faut placer au premier rang, non-seulement parmi ses écrits, mais parmi ceux que nous a laissés l'antiquité, c'est son *Traité de la Trinité*, le plus ample, le plus méthodique et le plus complet que nous ayons sur ce dogme.

Mais l'histoire doit surtout recueillir les grands traits d'éloquence qui se trouvent dans les *trois Livres* ou *Requêtes* adressées par saint Hilaire à *l'empereur Constance.* Dans le premier, écrit du lieu de son exil, il se plaint de l'injustice de ses accusateurs, qui l'ont fait condamner au bannissement. « Si j'ai fait quelque chose qui soit indigne, je ne dis pas du » caractère sacré de l'épiscopat, mais de la piété du plus » simple fidèle, je ne demande point la grace d'être conservé » dans le sacerdoce, je demande à vieillir dans la pénitence » au rang des laïques. Je m'abandonne là-dessus à votre » discrétion; et ne vous parlerai plus désormais de moi, pas » plus que de mon dénonciateur, qu'autant que j'en recevrai » l'ordre de votre part. Seulement, dans une cause où il y va » du salut du monde et où le silence deviendrait criminel, » qu'il me soit accordé une conférence, où l'intérêt de la foi » ne reste pas sans défenseurs. Eh! n'est-ce pas là un bien » qui vous appartient comme à moi et à tout ce qui est ca- » tholique? Vous désirez la connaître et votre vœu n'est pas » toujours exaucé.

» Vous interrogez des hommes qui prêchent leurs propres » conceptions, nullement les paroles de la divine vérité.... » Pourquoi ne pas s'en tenir à la simple profession de foi » jurée dans le baptême, et qui consiste à reconnaître le » Père, le Fils et le Saint-Esprit, sans déguisement, sans » nulle innovation? Mais on élude, on change, on intervertit » le sens naturel des paroles établies dans le sacrement de la » régénération. Une fois que l'on s'est jeté dans ces innova- » tions, on ne sait plus à quoi s'en tenir..... Autant de for- » mules que d'opinions; autant de doctrines diverses que » de fantaisies particulières. »

Constance ne daigna pas répondre.

Le second écrit a pour but de faire cesser la persécution que les catholiques éprouvaient de la part des Ariens. Saint Hilaire sollicite le rappel des évêques exilés, et accuse les violences exercées contre saint Athanase et les autres confes- seurs. Cette nouvelle requête n'eut pas plus de succès que la précédente. L'intrépide défenseur de la vérité crut alors ne

devoir plus rien ménager. Il écrivit, (mais il ne publia pas,
dit M. Guillon) les paroles qu'on va lire. « Prévoyant il y
» a déjà long-temps tous les dangers où la foi allait se trou-
» ver engagée, je puis ici invoquer le témoignage de tous
» ceux avec qui j'ai des liaisons plus intimes, de ceux mêmes
» à qui je m'en suis simplement ouvert après le bannissement
» de nos plus saints évêques, Paulin, Eusèbe, Lucifer et
» Denis; je me suis abstenu, moi et tous les évêques des
» Gaules, de toute communication avec Saturnin, Ursace et
» Valens durant le cours de ces cinq dernières années, lais-
» sant à leurs adhérents la faculté de revenir à des sentiments
» meilleurs, voulant tout à la fois et ménager un retour vers
» la paix, et, par le retranchement de quelques membres
» corrompus, arrêter les progrès d'une contagion qui mena-
» çait tout le corps; ma conduite était en tout point con-
» forme à celle de ces vénérables confesseurs.....

       « Si donc je romps aujourd'hui le silence que j'avais gardé
» si long-temps, j'en appelle à tout homme raisonnable, on
» ne m'accusera pas ou de m'être tû par indifférence, ou de
» parler par emportement. Point d'intérêt qui m'anime que
» l'intérêt de Jésus-Christ. Pourquoi, ó mon Dieu! ne m'avez-
» vous pas fait naître plutôt du temps des Dèce et des Néron ?
» Avec quelle ardeur, soutenu par votre grace toute-puis-
» sante et par la miséricorde de votre divin fils Jésus-Christ,
» j'aurais affronté les tortures pour la confession de votre
» nom! L'aspect des chevalets m'eût rappelé le prophète Isaïe
» mourant par un pareil supplice; la flamme des bûchers
» eût retracé à ma mémoire le courage des trois jeunes Hé-
» breux chantant au milieu de la fournaise de Babylone;
» j'aurais envié la croix et le brisement des os du larron à
» qui du haut de votre croix vous ouvrites le paradis, les
» gouffres profonds des mers, les naufrages de Jonas et de
» votre apôtre saint Paul; j'aurais béni des combats à sou-
» tenir contre des ennemis déclarés. Plus alors d'équivoque

» sur le caractère des persécuteurs ; on savait que c'était au
» milieu des supplices, sous le tranchant du glaive et sur les
» échafauds que la foi chrétienne se montrait avec honneur :
» nous aurions paru avec une assurance intrépide en pré-
» sence des bourreaux, et vos peuples fidèles auraient marché
» sans crainte sur nos traces comme sous une bannière com-
» mune. Mais ici nous avons affaire à un ennemi qui ne se
» montre pas, qui ne s'avance que sous le masque, ne
» procède que par artifice et que par séductions. Ici c'est
» l'Antechrist sous le nom de Constance, armé non pas de
» fouets, mais de caresses, non d'arrêts de proscriptions,
» mais de manœuvres hypocrites. C'est une persécution qui
» n'ouvre pas les cachots, d'où l'on sort affranchi de tous les
» maux de la vie présente, mais des palais, où l'on n'entre
» que pour ramper dans une honteuse servitude ; il n'en veut
» point à la vie, mais à l'ame. Ce n'est point par le fer qu'il
» menace ses victimes, c'est par l'attrait des récompenses qu'il
» cherche à corrompre la foi ; et si nous ne voyons point les
» feux allumés dans les places publiques, il n'en creuse pas
» moins sourdement l'enfer sous nos pas. Il ne professe Jésus-
» Christ que pour le mieux trahir, ne parlant d'union que
» pour troubler la paix, ne comprimant l'hérésie que pour
» empêcher qu'il y ait des Chrétiens, n'honorant le sacerdoce
» que pour anéantir l'épiscopat, ne bâtissant des églises que
» pour sacrifier la foi. Votre nom, ô divin Jésus, est sur
» ses lèvres, et tous ses actes n'ont d'autre but que de vous
» dépouiller, vous, de votre divinité, votre Père céleste,
» de ce titre auguste de Père. Loin donc de ceux qui nous
» écoutent la pensée que nous nous laissions égarer par la
» prévention et par l'envie de dire du mal. Non ; qui dira la
» vérité si ce n'est les ministres de la vérité ? Si nous accusons
» à tort, nous nous dévouons à l'opprobre qui appartient
» au calomniateur ; mais si tout ce que j'avance est prouvé
» rigoureusement, je n'excède pas les bornes de la liberté ni

19

» de la sagesse apostolique lorsqu'à la fin je romps le silence.
» On se choquera peut-être de m'entendre appeler l'empe-
» reur du nom d'Antechrist. A qui verrait dans cette expres-
» sion de l'emportement plutôt que l'accent de la fermeté, je
» répondrai : Oubliez-vous les paroles du saint précurseur
» au roi Hérode, *Prince, cela ne vous est pas permis?*
» Oubliez-vous la généreuse réponse de l'un des Machabées
» au roi Anthiochus, *Vous nous faites perdre, ô très-méchant*
» *prince, la vie présente, mais le roi du monde nous ressus-*
» *citera un jour pour la vie éternelle, après que nous serons*
» *morts pour la défense de ses lois?* Et encore : *Vous faites*
» *ce que vous voulez, parce que vous avez reçu la puissance*
» *parmi les hommes, quoique vous soyez vous-même un*
» *homme mortel; mais ne vous imaginez pas que Dieu ait*
» *abandonné notre nation : attendez seulement un peu, et*
» *vous verrez quelle est sa puissance et de quelle manière*
» *il vous tourmentera vous et votre race.* Ainsi parlaient de
» jeunes enfants. Non moins courageuse que ses intrépides
» fils, la mère de ces jeunes héros, s'adressant au tyran :
» *Vous qui êtes l'auteur de tous les maux dont on accable les*
» *Hébreux, vous n'éviterez point la main de Dieu. Car pour*
» *nous, c'est à cause de nos péchés que nous souffrons toutes*
» *ces choses ; et si le Seigneur notre Dieu s'est un peu mis en*
» *colère contre nous pour nous châtier et nous corriger, il se*
» *réconciliera de nouveau avec ses serviteurs.* Ce n'est point
» là de la témérité, mais du zèle, de la foi ; ni de la passion,
» mais le droit naturel ; ni un faux enthousiasme, mais une
» noble confiance. Animé du même esprit, je vous parlerai
» hautement, ô Constance ! le langage que j'aurais tenu à
» Néron lui-même, à Dèce, à Maximilien : vous faites la
» guerre à Dieu et à son Église ; vous êtes l'ennemi de ses
» saints que vous persécutez, vous déchaînez vos fureurs
» contre les apôtres de Jésus-Christ, vous sapez par ses
» fondements la foi chrétienne. Votre tyrannie s'exerce non-

» seulement contre les hommes, mais contre Dieu. Vous
» affectez les dehors de chrétien ; on ne s'y méprend point.
» Vous ajoutez votre nom à la liste des persécuteurs du
» christianisme ; vous anticipez sur les temps de l'Antechrist
» et vous accomplissez à l'avance l'œuvre de sa conjuration.
» Vous anéantissez la foi par vos œuvres contraires à la foi.
» Les profanes vous croient quelque science : les autres n'en
» sont pas dupes. Vous réservez les évêchés pour vos com-
» plices ; aux bons évêques vous substituez les mauvais ; vous
» incarcérez les prêtres ; vous faites marcher vos légions pour
» tenir l'Église dans l'effroi ; vous enchaînez les conciles ;
» vous faites ployer la foi des Occidentaux sous la terreur de
» vos ordonnances impies ; vous les enfermez dans l'enceinte
» d'une seule ville, et là vous les subjuguez par les plus
» terribles menaces, vous les circonvenez par les rigueurs
» du froid et de la faim, vous les subornez par de menson-
» gères protestations. Pour les Orientaux, vous fomentez
» artificieusement les divisions qui les partagent, faisant
» jouer à la fois tous les ressorts de la fourberie, décrédi-
» tant les anciennes traditions, appuyant les doctrines nou-
» velles, vous livrant à tous les excès de la barbarie, avec la
» seule précaution de nous enlever l'honneur du martyre.
» Vous qui faisiez ruisseler dans tous les lieux du monde les
» flots du sang chrétien, Néron, Dèce, Maximilien ! vous
» serviez bien mieux par vos fureurs les intérêts de la foi
» chrétienne ; elles l'aidaient à triompher du démon. Les
» démons vaincus par la voix des saints confesseurs, con-
» traints d'abandonner à leur commandement le corps qu'ils
» possédaient, se vengeaient de leur défaite par les chevalets
» et les bûchers : aujourd'hui il ne nous est plus donné de
» faire triompher la foi par les tortures ; aujourd'hui le
» martyre est sans gloire, la confession du nom chrétien sans
» profit pour le christianisme. Tyran plus cruel que ce qu'il
» y eut jamais de tyran sur la terre, votre persécution avec

» ses raffinements, nous laisse à nous bien moins de moyens
» d'y échapper, et vous rend, vous, bien plus criminel.

» Vos victimes n'auront pas à présenter au souverain juge,
» pour excuser leur défaite, des commencements de tortures
» et quelques cicatrices imprimées sur leurs corps, et la
» faiblesse de la nature qui a succombé. Votre politique
» barbare s'y prend bien mieux : elle dérobe à l'apostasie
» l'apparence du crime, et le mérite du martyre à la con-
» fession. Par-dessous cette feinte douceur, nous voyons bien
» percer l'humeur farouche de l'ennemi du troupeau. Vous
» embrassez les prêtres de Jésus-Christ, mais c'est pour les
» trahir comme il l'a été lui-même par un baiser perfide ;
» vous les admettez à votre table : ce fut au sortir de la
» table de Jésus-Christ que Judas alla vendre son maître ;
» vous dotez le sanctuaire de l'or de l'État, mais le sanctuaire
» lui-même vous le dépouillez de ses ministres; vous vous
» relâchez de vos droits pour l'acquittement du tribut dû à
» César, mais le tribut qui est dû à Dieu, vous le lui déro-
» bez. Voilà la peau de brebis; mais le cœur du loup, c'est
» aux œuvres qu'on le connaît. Vos œuvres à vous, pour ne
» parler que de celles qui nous intéressent (les autres je les
» abandonne à la rumeur publique, qui sait bien en faire
» justice), les vôtres, les voici : Vous avez dépossédé de
» l'épiscopat des hommes que personne n'osait condamner ;
» j'ai pour garant tout Alexandrie, dont vous avez fait le
» théâtre de tant de violences et de convulsives agitations.
» Une guerre entreprise contre la terre vous aurait moins
» coûté que celle que vous avez faite contre ce grand homme.
» Destitution de gouverneurs remplacés par des hommes dont
» on était plus sûr, corruption dans le peuple, mouvements
» dans les légions, tout a été mis en œuvre pour empêcher
» Athanase de prêcher Jésus-Christ. Je ne parlerai point
» d'autres cités de moindre importance dans tout l'Orient,
» que l'on a réussi à remplir de terreurs ou de combats. »

Les évêques, les prêtres, les fidèles, ont été cruellement persécutés parce qu'ils professent la foi de Nicée sur la divinité de Jésus-Christ. « Parce que vous ne pouvez expliquer
» le mystère de la régénération du Verbe, est-ce une raison
» de ne point l'admettre? Telle est notre téméraire curiosité et l'audace de notre présomption. S'il ne tenait qu'à
» nous, nous voudrions escalader le ciel, réformer le soleil,
» changer le cours de ses révolutions, soumettre toute la
» nature à nos caprices, et porter de parricides mains sur
» les œuvres du Tout-Puissant. Heureusement l'impuis-
» sance de notre nature met obstacle à cet excès d'audace.
» Que n'oserions-nous pas si nous le pouvions, quand une
» profane témérité ose se mettre en révolte ouverte contre
» la vérité même, et déclarer à la parole de Dieu une guerre
» impie? Vous accusez nos mystères, parce que vous ne
» les comprenez pas. Eh bien! je ne vous appellerai point
» dans la vaste étendue des cieux, pour vous demander
» compte de leurs phénomènes; je ne vous ferai point des-
» cendre dans les abîmes; une simple question me suffira :
» Expliquez-moi le mystère de votre propre génération à
» vous-même : le savez-vous? — Non. — Faible créature,
» vous ignorez votre propre naissance, et vous voulez son-
» der celle du créateur! Vous êtes tout entier une énigme
» pour vous; votre intelligence, vos organes, votre mou-
» vement, tout vous arrête à chaque pas : vous l'avouez,
» vous ne craignez pas de reconnaître votre ignorance dans
» tout ce qui vous est personnel, et vous osez décider
» insolemment sur l'essence de Dieu! » *Traduction de M.
Guillon, Bibliothèque choisie des Pères de l'Église.*

SAINT AMBROISE.

Ce fut aussi la Gaule qui donna le jour à saint Ambroise. (340.) Son père, l'un des premiers dignitaires de l'empire,

était préfet de la Gaule méridionale. Il tenait à Trèves ou à
Lyon le siége de son gouvernement, qui s'étendait sur une
partie de la Germanie, de l'Espagne et de la Mauritanie.

Paulin raconte que ce qu'on a dit de Platon se renouvela
pour saint Ambroise, lorsqu'il était enfant. « Un jour qu'il
dormait la bouche entr'ouverte, dans une des cours du palais
de son père, un essaim d'abeilles vint voltiger autour de son
berceau. Quelques-unes de ces abeilles s'étant arrêtées sur
son visage, entraient dans sa bouche, et en sortaient les unes
après les autres. Elles s'envolèrent quelque temps après, et
s'élevèrent si haut qu'on les perdit entièrement de vue. Cet
événement fut regardé comme un présage de la force et de
la douceur de l'éloquence future de Saint Ambroise. » *M.
Guillon.*

Il fit ses études à Rome, et vint ensuite à Milan, pour y
suivre la carrière du barreau. Il y déploya tant d'habileté que
Pétronius Probus, préfet d'Italie et d'Illyrie, le choisit pour
un de ses conseillers, et le nomma ensuite gouverneur des
provinces consulaires de la Ligurie et de l'Émilie, en lui re-
commandant d'agir, dans son gouvernement, non en juge,
mais en évêque. Cette leçon s'accordait trop avec le caractère
d'Ambroise, pour qu'il ne la retînt pas : sa douceur et sa
sagesse lui gagnèrent le respect et l'affection des peuples,
dans un temps où l'Italie et le pays de Milan étaient déchirés
par les fureurs de l'arianisme.

Lorsqu'il fut question d'élire un évêque, après la mort
d'Auxence, la ville se divisa en deux partis, dont chacun
voulait l'emporter; les uns demandaient un arien, les autres
un catholique. La fermentation des esprits faisait craindre
une sédition. Ambroise, pour la prévenir, se rendit à l'église
où se tenait l'assemblée; il fit un discours rempli de sagesse
et de modération, et dans lequel il exhorta ceux qui composaient l'assemblée à procéder à l'élection dans un esprit de
paix et sans tumulte. Pendant qu'il parlait encore, un enfant

cria : *Ambroise, évêque.* Le tumulte cessa sur le champ ; la voix de l'innocence parut être l'oracle du ciel ; les catholiques et les ariens se réunirent, et proclamèrent unanimement le gouverneur, évêque de Milan.

Lorsqu'il eut été placé sur la chaire épiscopale, malgré toutes ses résistances, il ne se regarda plus comme un homme de ce monde ; et pour rompre tous les liens qui pouvaient l'y attacher, il distribua ce qu'il avait d'or et d'argent à l'église et aux pauvres. Il fit dès-lors éclater en lui toutes les vertus d'un grand évêque. Il montra surtout une fermeté inébranlable à l'égard des princes de la terre. L'impératrice Justine, arienne furieuse, voulait l'obliger de céder aux sectaires la basilique Porcienne ; mais il résista courageusement à ses ordres, et, bravant ses menaces et ses violences, il parvint à renverser ses projets et ceux des ennemis de la foi. La ville de Thessalonique s'étant révoltée contre son gouverneur, qui fut massacré dans une sédition, l'empereur Théodose, pour venger ce meurtre, avait ordonné de faire périr sept mille habitants. Ambroise, pénétré d'une profonde douleur de n'avoir pu empêcher l'exécution de cet ordre barbare, écrivit au prince pour lui représenter l'énormité de son crime et le prévenir qu'il lui refuserait l'entrée de l'église. Quelque temps après Théodose veut s'y présenter ; le saint pontife en est averti, et sortant du sanctuaire, pour l'attendre jusqu'au-delà du vestibule, il s'avance vers lui, dès qu'il le voit paraître, et lui défend d'avancer plus loin : « Prince, lui » dit-il, il semble que vous ne sentez point encore l'énor- » mité du massacre commis par vos ordres. L'éclat de la » pourpre ne doit point vous empêcher de reconnaître la » faiblesse de ce corps si magnifiquement couvert. Vous » êtes pétri du même limon que vos sujets : il n'y a qu'un » Seigneur, qu'un Maître du monde ! Avec quels yeux » considérez-vous son temple ? avec quels pieds foulerez- » vous son sanctuaire ? Oserez-vous en priant élever vers

» lui ces mains encore teintes d'un sang injustement répan-
» du ? Retirez-vous donc, et n'allez pas aggraver par un
» nouveau crime celui dont vous êtes coupable. Recevez
» avec soumission le joug que le Seigneur vous impose ;
» il est dur, mais salutaire, et il procure la guérison de
» l'ame. » Sensiblement touché de ce discours, Théodose
cherche cependant à excuser son crime ; il rappelle le pardon
accordé autrefois au roi David. « Vous l'avez imité dans son
» péché, lui répond Ambroise ; imitez-le donc aussi dans
» sa pénitence. » L'empereur appréciant la force toute
chrétienne du saint prélat, se soumit à son arrêt sans se
plaindre.

Ambroise vécut encore plusieurs années dans le tranquille
exercice de son ministère. Il mourut en 397.

Dans les règles qu'il prescrit à l'orateur, il exige un style
simple, clair, plein de force et de gravité, qui exclue l'affectation et les ornements recherchés. Il est cependant tombé
lui-même dans les défauts qu'il blâmait. Mais les pointes et les
jeux d'esprit qu'il emploie, n'empêchent pas qu'on ne trouve
dans ses ouvrages beaucoup de force, de pathétique et
d'onction. Les livres qu'il a travaillés avec soin, sont polis,
ingénieux, ornés de fleurs et de figures : en général son style
est noble, concis, sentencieux, étincelant de traits d'esprit ;
il plait par un certain mélange d'agrément et de douceur. Ses
lettres, celles surtout qu'il écrivit aux empereurs sont d'un
grand mérite ; elles font voir que le saint connaissait le monde
et les affaires, et qu'il savait s'accommoder à tous les rangs.

« Saint Ambroise, dit M. de Châteaubriand, est le *Fénélon
des Pères de l'Église*. Il est fleuri, doux, abondant, et, à
quelques défauts près qui tiennent à son siècle, ses ouvrages
offrent une lecture aussi agréable qu'instructive. Pour s'en
convaincre, il suffit de parcourir le *Traité de la Virginité* et
l'*Éloge des Patriarches*. » *Génie du Christianisme*.

« Saint Ambroise, qui s'est immortalisé en osant punir

Théodose, coupable, dit M. Villemain, mérita dans son siècle
la réputation de grand orateur. Aujourd'hui la gloire de sa
vertu est mieux établie que celle de son éloquence. Cependant, malgré l'affectation trop fréquente dans ses écrits, il
n'est pas indigne d'être étudié. Il a de l'imagination et du
feu ; son ame exhale des sentiments vifs et naturels, qu'il
ne peut étouffer entièrement sous les pensées fausses et les
phrases recherchées. Fénélon était frappé de son génie. Il
admire surtout l'expression de sa tendresse dans l'éloge funèbre de son frère Satyre. Ce discours est le meilleur que saint
Ambroise ait prononcé. Le début a beaucoup de grandeur et
de majesté. » *Essai sur l'Oraison funèbre.* « Nous venons,
» mes très-chers frères, d'amener à l'autel du sacrifice la
» victime qui m'a été demandée ; victime pure, agréable à
» Dieu, Satyre, mon guide et mon frère. Je n'avais pas ou-
» blié qu'il était mortel. Je n'ai pas été trompé par une vaine
» espérance ; mais la grace a triomphé. Bien loin donc
» d'avoir à me plaindre, je dois à Dieu des actions de graces,
» comme ayant toujours souhaité que, dans le cas de malheurs
» qui viendraient menacer l'Église ou ma personne, l'orage
» tombât plutôt sur moi et sur ma famille. Donc, graces au
» Seigneur, puisque dans l'alarme universelle où nous jette
» la défiance des Barbares, qui remuent de toutes parts, j'ai
» satisfait à la commune affliction, par mes chagrins parti-
» culiers, et que c'est moi qui ai été frappé, quand j'avais à
» craindre pour tous ; et daigne le Ciel, arrêtant ici le terme
» de nos épreuves, agréer ma douleur comme un acquit de
» la douleur publique. »

Ce discours, ou plutôt ce traité, n'est point susceptible
d'analyse. Ce sont des plaintes, des regrets, des souvenirs
exprimés avec l'effusion et le désordre de la douleur. Souvent
l'orateur s'adresse à l'ombre de son frère ; et presque toutes
ses apostrophes sont éloquentes.

« Pourtant, ô mon frère, dois-je m'abandonner à une

» affliction sans mesure, infidèle à mon ministère et à la
» grace divine ?

» Quelle consternation la nouvelle de votre maladie avait
» répandue dans mon ame ! Trompeuse espérance ! Nous
» l'avions cru rendu à nos vœux ; ce n'était qu'un ajour-
» nement...... Toutefois, je vous rends graces, ô Dieu
» Tout-Puissant et Éternel ! de ne nous avoir point refusé
» cette dernière consolation, de nous ramener mon bien-
» aimé frère des contrées de la Sicile, et de l'Afrique, au
» moins pour quelques moments ; son trépas devant suivre
» de si près son retour, qu'il semblait n'avoir été reculé que
» le temps nécessaire pour le recevoir.

» J'ai donc dans les mains un gage assuré qu'aucun éloi-
» gnement ne pourra m'en détacher à l'avenir ! j'ai donc au
» moins des restes à presser dans mes bras ; un tombeau,
» un sépulcre que je puis couvrir de mon corps, où j'irai
» m'étendre. J'ai donc l'espérance d'être plus favorablement
» accueilli de Dieu, parce que j'irai reposer un jour sur les
» ossements d'un saint corps ! Oh ! que n'ai-je pu, au mo-
» ment où la mort vous frappait, opposer à ses coups ma
» propre chair ! Si j'avais vu des glaives dirigés contre vous,
» c'est moi que j'aurais voulu à votre place opposer à leurs
» pointes meurtrières ; et s'il m'eût été possible de rappeler
» votre ame fugitive, c'est la mienne que j'aurais offerte pour
» victime. Il ne m'a donc servi de rien d'avoir recueilli son
» haleine mourante ; d'avoir collé ma bouche sur ses lèvres
» à demi éteintes. Vainement j'essayais ou de faire passer la
» mort dans mon sein, ou de lui communiquer ma vie !
» Gages pleins à la fois d'amertume et de douceur ! Funestes
» embrassements, durant lesquels je sentais son corps se
» roidir et se glacer, et son dernier souffle s'évanouir ! Je le
» serrais dans mes bras entrelacés, et j'avais déjà perdu celui
» que je tenais encore !.... »

Saint Ambroise se livre aussi quelquefois aux mouvements

d'une sensibilité très-vive en déplorant la mort de l'empereur Valentinien, quoique l'ouvrage qu'il a composé sur ce sujet soit moins une oraison funèbre, qu'*un Traité de consolation*, comme son titre le porte.

« Peuples, unissez-vous à moi, pour élever ensemble
» vers le Seigneur nos mains suppliantes ; voilà les seuls
» hommages que nous puissions désormais rendre à ses
» vertus. »

L'orateur se retrace les adieux que lui adressait le prince expirant, les paroles qui échappaient de sa bouche mourante.
« Je crois le voir revêtu du plus radieux éclat ; je crois l'en-
» tendre me dire : Voici l'aurore du beau jour de l'éternité
» qui commence à luire pour moi ! voici les premiers rayons
» d'un jour qui ne finira plus ; les ombres terrestres se sont
» repliées ; plus de nuit. Pareil à l'aigle, il est entré dans le
» séjour de la lumière. De la région supérieure où il est porté,
» ses regards s'abaissent encore sur nous.... Les chœurs des
» anges l'environnent, et se demandent quel est ce nouvel
» habitant de la céleste cour qui monte vers nous, appuyé
» sur son frère ? »

Mêlant l'éloge de Gratien à celui de Valentinien. « Heu-
» reux l'un et l'autre, si mes prières sont exaucées. Tous
» les jours vous serez présents à ma pensée ; dans tous mes
» entretiens, votre éloge viendra se placer sur mes lèvres ;
» toutes mes nuits vous apporteront le tribut de mes prières ;
» votre nom sera mêlé à toutes nos offrandes.... Si jamais je
» vous oublie, ô couple sacré, ô ames pacifiques et saintes !
» que plutôt j'oublie l'usage de ma main ; que ma langue
» desséchée s'attache à mon palais, si je venais à perdre la
» mémoire de vos vertus, si j'oublie de vous placer au
» commencement de tous mes cantiques de réjouissance. »

Et puisant à la même source des Saintes Écritures un nouveau pathétique : « Comment tous les deux ont-ils péri ?
» Comment sont morts les puissants ? Comment le cours de

» leur vie s'est-il précipité plus vite que les flots du Rhône ?
» O Gratien ! ô Valentinien ! ô princes si chers à mes
» yeux et à mon cœur, quelles étroites limites ont fermé
» pour vous la carrière de la vie ! Avec quelle rapide suc-
» cession la mort a frappé ses coups et rapproché vos tom-
» beaux ! O Gratien ! ô Valentinien ! je cède au besoin de
» répéter ces noms chéris, au charme que j'éprouve à me
» reposer sur ces douces images. O Gratien ! ô Valentinien !
» ô princes chers à tous les yeux comme à tous les cœurs !
» Inséparables durant la vie, vous n'avez pu être séparés
» même par le trépas ; et le tombeau n'a pu désunir des
» cœurs qu'unissait la plus étroite affection.... Je pleure sur
» vous, ô Gratien, ô mon fils ! vous que j'ai si tendrement
» aimé ! vous m'avez donné de si éclatantes marques de votre
» attachement ! vous m'appeliez au milieu de tous vos dan-
» gers, vous m'appeliez encore à vos derniers moments ;
» votre douleur la plus vive était celle qu'allait me causer
» votre perte. Je pleure aussi sur vous, ô Valentinien, ô
» mon fils ! vous que j'aimais tant à voir ! Vous pensiez que
» je pourrais vous sauver du péril dont vous étiez menacé.
» Vous m'aimiez, et non-seulement vous m'aimiez à l'égal
» d'un père, mais votre confiance allait jusqu'à voir en moi
» votre salut, votre libérateur. Vous disiez : croyez-vous
» qu'il me soit permis de voir mon père ? Espoir trompeur !
» hélas ! il se reposait sur un homme ! Mais que dis-je ? cet
» homme était le pontife du Très-Haut ! c'était là le motif
» de votre espérance. »

L'oraison funèbre de l'empereur Théodose nous fournirait
encore plusieurs morceaux touchants. Mais il faut entendre
le saint orateur dans un autre genre d'éloquence. Reportons-
nous à cette époque de sa vie où la violence veut lui faire
abandonner aux Ariens une église consacrée au culte catholique. Il s'est retiré dans cette église pour y implorer le secours de Dieu ; il y est suivi par tout son peuple qui veille

nuit et jour à sa défense. Il y est assiégé par des soldats que l'on avait envoyés pour s'emparer de la basilique par la force des armes. Dans cette circonstance, il prononce ce discours.

« J'aperçois dans cette assemblée une agitation soudaine et
» extraordinaire : Vous vous empressez autour de moi avec
» inquiétude. Quelle en peut être la cause ? Serait-ce parce
» que vous avez vu les tribuns s'approcher de moi, pour
» m'enjoindre, de la part de l'empereur, d'aller où je vou-
» drais, avec la permission, à qui voudrait, de m'accompa-
» gner ? Vous avez donc craint que je n'abandonnasse l'église
» et que je vous quittasse pour me sauver. Mais vous avez
» pu connaître la réponse que j'ai faite : qu'il ne pouvait
» entrer dans ma pensée d'abandonner mon église, parce
» que je crains plus le Seigneur, maître du monde, que
» l'empereur de ce siècle ; que si l'on m'en arrachait par la
» violence, on pouvait en arracher mon corps et non pas
» mon esprit ; que si l'on agissait en prince, je saurais agir
» en évêque. De quoi donc êtes-vous troublés ? Je ne vous
» abandonnerai jamais volontairement, mais je ne sais point
» non plus résister à la force. Je pourrai m'affliger, je pour-
» rai pleurer et gémir ; je n'ai contre les armes, contre les
» soldats et les Goths, d'autres défenses que des pleurs : un
» évêque n'en connaît pas d'autres. Mais aussi ce n'est pas
» moi qui fuirai, moi qui déserterai l'église par la crainte
» du traitement le plus rigoureux. Vous savez bien vous-
» mêmes que je défère aux empereurs, mais que je ne leur
» cède pas, et que je suis toujours dévoué aux persécutions
» sans les redouter.

» Si j'avais l'assurance que l'église ne dût pas être livrée
» aux Ariens, j'irais, sans répugnance, me jeter aux pieds
» de l'empereur, autant que la dignité épiscopale n'aurait
» pas à en souffrir, pour disputer nos droits dans un palais
» plutôt que dans une église. Mais quand Jésus-Christ paraît
» au conseil impérial, c'est pour y être jugé, non accusé.

» Qui peut mettre en doute que les choses de la foi ne doi-
» vent pas être traitées ailleurs que dans l'église ?

» Ni les soldats qui nous environnent, ni le bruit de leurs
» armes ne peuvent rien contre ma foi. Seulement je tremble
» que, dans ce moment où vous me retenez, on ne prenne
» quelque résolution funeste à votre salut. Car je ne sais
» plus craindre et trembler que pour vous.... On m'a pro-
» posé de livrer les vases sacrés : j'ai répondu que, si l'on
» me demandait ma terre, mon or, mon argent, je le don-
» nerais volontiers ; mais que je ne pouvais faire au temple
» du Seigneur aucun larcin, ni livrer rien de ce que je n'ai
» reçu que pour le garder ; qu'en cela je servais la cause
» de l'empereur comme la mienne ; je le suppliais d'écouter
» avec bonté un évêque qui lui parlait avec franchise, et de
» ne pas compromettre ses intérêts en s'attaquant à Jésus-
» Christ.

» Il y a sans doute, dans un pareil langage, et la discrétion
» et la charité que tout évêque doit au souverain. Mais,
» parce que nous avons à lutter, *non pas seulement contre*
» *la chair et contre le sang*, mais, ce qui est bien plus
» formidable encore, *contre les puissances des ténèbres ;* le
» démon redouble ses attaques, par les menaces qu'il dirige
» contre ma personne. Que je sois frappé, les blessures qu'il
» peut me faire, ne donnent pas la mort, elles ne font que
» prolonger la vie. N'empêchez point le combat ; réservez-
» vous pour en être spectateurs. Que font les épées et les
» Barbares à qui ne craint point de mourir, et ne connaît
» point sur la terre de plaisir qui l'y attache ?

» Si le Seigneur a résolu l'épreuve, vous aurez beau veiller
» à ma garde, durant une longue suite de jours et de nuits,
» la volonté du Seigneur n'en sera pas moins accomplie.
» Maître tout-puissant, il exécute tout ce qu'il ordonne ; et
» nous ne gagnerions rien à contrarier ses divins décrets....
» Quelque chose que j'aie à souffrir, c'est pour Jésus-Christ

» que je souffrirai, pour le souverain législateur qui a dit :
» *Celui qui aura perdu sa vie pour l'amour de moi, la trou-*
» *véra.* Que s'il juge à propos de différer le combat, pourquoi
» tant d'alarmes? Le serviteur de Jésus-Christ est bien mieux
» gardé par la Providence, que par toutes les précautions
» humaines. Le prophète Élisée se trouvait investi par une
» armée entière, que le roi de Syrie avait envoyée pour le
» saisir. Son domestique s'effraie. Le prophète demande au
» Seigneur que les yeux de Giézi soient ouverts; *Regardes,*
» *lui dit-il, et vois combien le nombre de ceux qui sont pour*
» *nous l'emporte sur le nombre de nos ennemis.* Giézi aper-
» çoit des milliers d'anges. Pierre était en prison. L'Église
» prie pour lui. Durant qu'il dormait, un ange vient délier
» ses chaînes, et le remettre en liberté; pour cette fois il
» échappe à la mort. Le même apôtre, après la victoire qu'il
» avait remportée sur Simon le magicien, s'étant appliqué à
» répandre parmi le peuple la semence de l'Évangile, irrita
» les païens qui le cherchaient de toutes parts pour lui ôter
» la vie. Les chrétiens l'ayant su, le conjurèrent avec tant
» d'instances de se réserver pour les instruire et les affermir
» dans la foi, que tout avide de souffrances qu'il était, il se
» laissa fléchir à leurs prières. Déjà il était sorti hors des murs
» de la ville de Rome, Jésus-Christ lui apparut sur le chemin
» qui y conduisait. L'apôtre lui ayant demandé où il allait,
» le Seigneur lui répondit : « Je vais à Rome pour y être
» crucifié une seconde fois. » Cela fit comprendre à saint
» Pierre qu'il devait être crucifié lui-même, Jésus-Christ ne
» pouvant plus l'être, depuis qu'il l'avait été une fois; qu'il
» ne pouvait donc l'être que dans la personne de son apôtre.
» A l'instant Pierre retourna sur ses pas; et, quelques jours
» après, ayant été découvert, il honora Jésus-Christ par le
» supplice de la croix. Notre Seigneur lui-même échappait,
» quand il le voulait, aux mains de ses ennemis, passant au
» milieu d'eux sans qu'ils le vissent, parce que le moment de

» son sacrifice n'était pas encore venu. Couvert de sa protec-
» tion, n'ai-je pas moi-même traversé impunément les rangs
» de ceux qui me cherchaient, allant, venant à l'église, près
» des tombeaux des martyrs, jusque dans les palais, sans
» que l'on pensât à exécuter les complots tramés ouvertement
» contre moi. Je m'attendais, je ne le dissimule pas, à
» quelque violent orage à essuyer pour le nom de Jésus-
» Christ. Au lieu de souffrances, ils me ménageaient des
» délices. Mais il faut à l'athlète de Jésus-Christ, non des
» délices, mais des souffrances. On faisait partout circuler
» le bruit que j'allais être envoyé en exil, condamné à mort.
» Je ne crains pas la mort, et ne quitte point ce lieu-ci; car,
» où irai-je, où tout ne soit plein de gémissements et de
» larmes, puisque l'on ordonne par toutes les églises de
» chasser les évêques catholiques, de punir de mort ceux qui
» résistent, de proscrire tous les officiers de ville qui n'exé-
» cuteront pas cet ordre ? Et c'est un évêque qui l'écrit de
» sa main, et qui le dicte de sa bouche ! C'est Auxence qui
» envoie dans toutes les villes cette épée volante, représentée
» par la faux du prophète Zacharie, pour tuer, en un mo-
» ment, s'il le pouvait, tous les peuples de l'empire, les uns
» par le glaive, les autres par le sacrilège..... Si l'empereur
» demande un tribut, nous ne le lui refusons pas; les terres
» de l'Église paient tribut. S'il veut nos terres, il peut les pren-
» dre; les aumônes des pauvres suffisent encore pour nourrir
» les pauvres. Qu'on ne nous rende point odieux par la pos-
» session où nous sommes de ces terres; qu'ils les prennent
» si l'empereur les veut; je ne les donne point, mais je ne
» les refuse pas. La contribution du peuple est plus que
» suffisante pour les pauvres. On nous reproche l'or que
» nous leur distribuons, loin de le nier, j'en fais gloire.
» Les prières des pauvres font ma défense, ces aveugles,
» ces boiteux, ces vieillards sont plus forts que les guer-
» riers les plus robustes. Le tribut appartient à César, à

» Dieu son Église ; elle ne peut être à César , car l'autorité
» de César ne s'étend point sur le temple de Dieu. Assu-
» rément , ce n'est point là manquer de respect à l'em-
» pereur ; car est-il rien de plus honorable pour lui que
» de s'entendre nommer fils de l'Église ? L'empereur est
» dans l'Église, non au-dessus d'elle. Un sage empereur
» recherche l'appui de l'Église , il ne le repousse pas. Nous
» ne nous en prévalons pas ; mais aussi ne le dissimulons-
» nous pas. Quoi ! vous ne redoutez pas les glaives , les
» bûchers , les bannissements ? Non , pour qui ne craint
» rien, ce ne sont là que traits en l'air décochés par la main
» d'un faible enfant. » *Traduction de M. Guillon, Bibliothèque choisie des Pères de l'Église.*

Saint Ambroise n'était pas seulement orateur, il fut aussi
poète. Les hymnes qu'il avait composés devinrent si célèbres qu'au lieu de dire un hymne, on disait une *Ambroi-
sienne*. Nous en avons encore plusieurs d'une simplicité si
noble et si touchante que toute l'élégance moderne n'a point
paru digne de leur être préférée. C'est à lui encore que l'on attribue communément le cantique *Te Deum laudamus* , qu'il
aurait composé conjointement avec saint Augustin , après
qu'il lui eut administré le baptême. On dit que dans l'enthousiasme d'une piété tendre et sublime, ces deux docteurs
prononcèrent alternativement les versets de ce majestueux
cantique.

SAINT JÉROME.

Éloigné des affaires et du monde , saint Jérôme n'eut aucune des grandes occasions de régner sur les esprits, qui
s'offraient naturellement au génie des Athanase , des Augustin et des Chrysostôme. Toujours errant ou solitaire ,
sans autre titre dans l'Église que celui de prêtre de Jésus-
Christ, il ne parut ni à la cour, ni aux funérailles d'aucun

20

prince ; il ne fut point chargé d'instruire ou de consoler le
peuple de quelque grande cité. Mais il a montré son génie
dans les livres qu'il a composés. Ses *ouvrages de Controverse* et *ses Épîtres chrétiennes* , qui sont de véritables
traités ou des éloges funèbres, l'ont placé au premier rang
des orateurs qui ont illustré le christianisme. *M. Villemain,
Nouveaux Mélanges.*

Né à Stridonium , sur les confins de la Dalmatie et de la
Pannonie , vers 331 , il fit des études brillantes sous les
plus habiles maîtres, voyagea dans presque toutes les parties
de l'empire , et passa une grande partie de sa vie à Rome
et dans la solitude de Bethléem , où il mourut vers l'an 420.

« Comme savant , il est peu d'hommes qui aient autant
de titres à cet éloge. Il est parmi les Latins ce qu'Origène
est parmi les Grecs, et il a joint avec plus de supériorité
la connaissance des lettres à la profonde étude de l'antiquité.
Pas un écrivain de la Grèce et de Rome qui ne lui soit familier ; et s'il pèche, c'est par la profusion de textes étrangers
qu'il mêle à ses plus graves compositions ; mais ce défaut
est racheté le plus souvent par la justesse des applications. »

A peine sorti de l'école de rhétorique , il voulut com-
menter le prophète Abdias. Ce n'était là qu'un prélude à
des travaux d'une bien plus difficile exécution ; et ce premier essai , dont lui seul ne fut pas content , lui fit sentir
que c'était dans leur langue même qu'il fallait étudier nos
Livres saints. C'est à lui que nous sommes redevables de la
version de l'Ancien et du Nouveau Testament, que nous
employons aujourd'hui et qui est connue sous le nom de
Vulgate. Saint Augustin , qui s'était d'abord effrayé de la
difficulté de l'entreprise, la jugeant sans doute supérieure
aux forces d'un seul homme, n'attendit pas sa pleine exécution pour changer de langage, et pour en féliciter à la
fois et l'auteur et la religion à qui il rendait un si éminent
service.

« Comme écrivain, il n'étonne pas moins par son abondance et son énergique concision. Vif, impétueux, entraînant,
son style prend la teinte de son caractère. Il n'a pas toujours
la pureté et l'élégance châtiée du beau siècle de la littérature
latine : saint Jérôme eût dédaigné de s'asservir à une correc-
tion méthodique et régulière ; ses expressions n'en sont que
plus mâles et plus grandes. Les questions les plus arides per-
dent sous sa plume leur sécheresse naturelle ; et les ouvrages
les plus sérieux ne sont pas les moins agréables. Il traite ses
matières quelquefois avec la pompe et toute la chaleur de
l'éloquence, toujours avec la vigueur d'une dialectique consommée. La véhémence, la précipitation, si l'on veut, avec
laquelle il écrivait, ne nuit presque jamais à la solidité de
son raisonnement, ni à la clarté de ses discussions, parce
que la pénétration de son esprit allait droit au point de la
difficulté. Ce mérite se fait sentir plus particulièrement dans
tout ce qu'il a écrit sur l'Écriture sainte. C'est là que ce torrent tombé de la montagne roule avec calme dans le vallon ses
eaux limpides et abondantes. On voit qu'il y fait effort sur lui-
même pour n'être pas orateur. Son génie le trahit, et à défaut
du nombre des périodes, de la magnificence des images,
des ornements du discours, et d'un certain luxe d'érudition,
qu'il déploie jusque dans ses lettres, avec une sorte de
complaisance, ce même génie se concentre dans une concision
pittoresque, dans une élocution sentencieuse, variée par les
tours et les mouvements. » *M. Guillon.*

Nous devons ajouter à ce jugement sur saint Jérôme, que,
dans plusieurs de ses ouvrages de controverse, il pousse la
véhémence au-delà des bornes ; elle dégénère en invectives
pleines d'amertume, en traits sanglants, et ressemble trop
au langage de la passion. La rigidité de son caractère, aug-
mentée encore par une vie dure et pénitente, donnait à son
zèle dans certaines circonstances, une espèce d'âpreté qui
influait sur son éloquence.

Éloge funèbre de Népotien, adressé à Héliodore son oncle.

« ...... Népotien, mon fils, le vôtre, notre bien à tous
» deux, qui appartenait à Jésus-Christ, et sur qui, par cela
» même, nous avions encore plus de droit, Népotien nous a
» abandonné, nous sur le déclin de la vie, en proie aux
» regrets de sa perte, et plongés à jamais dans la plus amère
» affliction. A la place de ce brillant espoir, qui nous pro-
» mettait un successeur, il ne nous reste qu'un tombeau. A
» qui désormais Jérôme consacrera-t-il ses veilles laborieuses?
» Dans le sein de qui ses pensées les plus secrètes aimeront-
» elles à s'épancher? Où est-il cet instigateur de mes travaux,
» qui les animait par des sons plus doux que les derniers
» chants du cygne? Mon esprit accablé demeure sans force,
» ma main est tremblante, un voile épais s'est appesanti sur
» mes yeux, ma langue est incapable de rien articuler. En
» vain voudrais-je parler : Népotien ne m'entend plus. Tout
» autour de moi me semble muet. Ma plume elle-même lan-
» guissante et morne, le papier obscurci par mes pleurs, se
» refusent à retracer l'expression de ma pensée, comme s'ils
» partageaient le sentiment de ma douleur. Chaque fois que
» j'essaie de lui donner un libre cours, et de répandre quel-
» ques fleurs sur cette tombe chérie, aussitôt mes yeux se
» remplissent de larmes, et ma tristesse, qui se réveille, me
» replonge avec lui dans la même poussière. Autrefois c'étaient
» les enfants qui venaient faire à la tribune l'éloge de leurs
» pères, en présence de leurs dépouilles mortelles, et faire
» entendre des hymnes lugubres, pour exciter à les pleurer
» et à gémir avec eux. Aujourd'hui l'ordre des choses est
» interverti, et, par un funeste échange, la nature s'est
» écartée de son cours ordinaire. Le tribut que la jeunesse
» devait à nos cheveux blancs, c'est nous qui le payons à la
» jeunesse. Que ferai-je donc? mêlerai-je mes larmes à vos
» pleurs? Mais j'entends la voix de l'apôtre qui les condamne,

» en nous disant que, pour les chrétiens, la mort n'est qu'un
» sommeil. Ainsi, dans l'Évangile, notre maître avait dit :
» *Cette fille n'est point morte, mais elle sommeille.* Lazare n'é-
» tait qu'*endormi*, quand il fut ressuscité. Dois-je ouvrir mon
» cœur à la joie dans la pensée que Dieu l'a appelé à lui parce
» qu'il l'aimait, et de *peur que cette ame ne fût souillée par la*
» *malignité du siècle?* Ah! j'ai beau vouloir retenir mes larmes,
» je les sens qui inondent mon visage. La profonde affliction
» qui m'accable absorbe les lumières de ma foi; elle prévaut
» sur les conseils de la loi évangélique et sur l'espérance de
» la résurrection à venir. Cruelle et impitoyable mort, qui
» sépares les frères d'avec les frères, et qui romps les liens
» qu'avait tissus l'amitié! *Le Seigneur,* dit le prophète, *a*
» *fait venir un vent brûlant* qui s'est élevé du fond du désert
» et qui a mis tous les ruisseaux à sec, et a tari jusqu'à la
» source elle-même. Oui, tu as englouti notre Jonas, mais
» il n'a été que déposé dans ton sein; il y est vivant encore;
» il y est entré avec le simulacre de la mort, pour calmer,
» par son sacrifice, les flots soulevés du siècle, et sauver
» notre Ninive par sa prédication. Il est, oui, il est un vain-
» queur qui a triomphé de toi, qui t'a percé de son glaive.
» Tel que le prophète dans sa fuite, il quittait sa maison, il
» abandonnait son céleste héritage, pour venir ici-bas se li-
» vrer aux perfides mains qui cherchaient à le perdre; c'était
» lui qui autrefois te faisait déclarer, par la bouche du pro-
» phète Osée, cet arrêt menaçant : *O mort, je serai un jour ta*
» *mort; ó enfer, je serai ta ruine.* L'oracle s'est justifié. En
» mourant, il t'a donné la mort; en mourant, il nous a
» donné la vie. Tu l'as cru dévoré; c'est lui qui t'a dévorée
» toi-même. Le corps mortel dont il s'était revêtu, il parut
» l'abandonner à tes fureurs; et au moment où tu croyais
» en faire ta proie, il a laissé au fond de tes entrailles l'ai-
» guillon qui t'immole à ton tour. O Christ sauveur! nous
» vous rendons graces, nous qui sommes vos créatures, de

» nous avoir fait triompher, par votre mort, d'un aussi
» formidable ennemi. Avant sa défaite, quoi de plus misé-
» rable que l'homme, qui, écrasé sous le terrible anathème
» d'une mort éternelle, ne goûtait le sentiment de la vie que
» pour penser qu'il devait mourir ? Jésus-Christ meurt,
» les portes du royaume des cieux nous sont rouvertes. Plus
» d'épée de feu, plus de chérubin préposé à sa garde, qui
» nous en défende l'entrée....

   » Permettez donc que l'on applique sur votre blessure
» quelqu'appareil ; prêtez l'oreille à l'éloge d'un neveu dont
» la vertu vous donne de si douces consolations. Pensez à
» Népotien, moins pour regretter ce que vous avez perdu que
» pour vous réjouir de l'avoir possédé. Agréez cette faible
» esquisse, si loin d'être un portrait fidèle.... »

   L'orateur entre ensuite dans l'éloge de Népotien, dont il
peint les vertus de la manière la plus touchante. Il sait donner
du charme et de l'importance même aux plus petits détails.

   « Ce que je vais dire semblera minutieux auprès de ce
» que je viens de raconter. Mais le caractère perce et se res-
» semble jusque dans les moindres détails. Ce n'est point
» seulement l'aspect du ciel (et de tant de merveilles répan-
» dues dans la nature) qui nous fait reconnaître la toute-
» puissance du créateur ; il ne se laisse pas moins admirer
» dans celles de ses productions dont les noms même nous
» échappent. De même, l'ame pleine de Dieu apporte aux
» plus petites choses la même attention qu'aux plus grandes,
» instruite qu'elle est qu'il nous sera demandé compte d'une
» parole oiseuse. Persuadé de cette vérité, Népotien avait
» soin que l'autel, le sanctuaire, les vases sacrés, que les
» murailles, que le pavé de l'église fussent proprement entre-
» tenus ; que le portier fut exact à son office ; que toutes les
» cérémonies se fissent avec décence.... L'Écriture parle avec
» éloge de Beseléel, d'Hyram, né d'une femme tyrienne,
» remplis de la sagesse et de l'esprit de Dieu, pour avoir

» travaillé, l'un à la décoration du tabernacle, l'autre à celle
. » du temple. Comme on voit les terres fortes nourricières
» produire d'elles-mêmes des herbages étrangers, ainsi du
» fond des ames généreuses, et de la plénitude des vertus
» qui les pénètre, se répand une sève féconde qui fait éclore
» des talents divers. D'où vient que la Grèce a comblé d'é-
» loges le philosophe (Hippias) qui se vantait d'avoir fait
» de ses propres mains tout ce qui servait à son usage, jus-
» qu'à son anneau et son manteau. Nous pouvons bien don-
» ner ici la même louange à un prêtre qui se plaisait à orner
» les chapelles de son église et les autels des martyrs de
» fleurs et de guirlandes, témoignant son zèle pour la maison
» de Dieu, et n'y présentant aux regards que des objets ca-
» pables de les attacher. Courage, ô excellent jeune homme!
» Quels heureux présages pour l'avenir, que de tels commen-
» cements ! »

Sur la fin de l'ouvrage les malheurs de l'empire lui fournissent une digression qui ne peut manquer d'être pour nous
du plus grand intérêt.

» Que fais-je encore! pourquoi parler toujours d'une dou-
» leur que le temps et la raison doivent avoir déjà calmée,
» plutôt que de vous appeler au spectacle que mettent sous
» nos yeux les calamités du siècle présent, et les infortunes de
» nos maîtres, pour vous faire comprendre que nous devons
» moins plaindre celui qui n'en est pas le témoin, que l'en
» féliciter ? L'empereur Constance, protecteur de l'hérésie
» arienne, est mort au petit bourg de Mopsueste, au milieu
» des préparatifs qu'il faisait pour aller porter la guerre aux
» Perses, et en mourant il a le chagrin de laisser l'empire à
» son ennemi. Julien, traître envers son ame, le fléau du
» nom chrétien, est tombé dans la Médie sous la main de ce
» même Jésus qu'il avait apostasié dans la Gaule ; et l'ambi-
» tion d'ajouter à l'empire des conquêtes nouvelles, lui a fait
» perdre ses anciens domaines. Jovien, à peine monté sur le

» trône, en tombe victime de la vapeur du charbon, et signale
» à l'univers la fragilité des grandeurs humaines. Valentinien,
» après avoir vu ravager le pays qui lui avait donné naissance,
» est emporté par un vomissement de sang, et laisse sa patrie
» sans vengeance. Son frère Valens, vaincu par les Goths
» dans la Thrace, trouve au même lieu sa mort et son tom-
» beau. Gratien, trahi par ses propres soldats, ne trouve
» d'asile dans aucune des villes qui se rencontrent sur son
» passage ; il est en proie aux outrages de ses ennemis ; et
» les murailles de la ville de Lyon portent encore les marques
» sanglantes de la main qui l'assassina. Le jeune Valentinien,
» à peine au sortir du berceau, réduit à fuir, à errer de pays
» en pays, ne recouvre l'empire acheté par des torrents de
» sang, que pour le perdre avec la vie, peu loin de la même
» ville où fumait encore le sang de son frère, et son cadavre,
» outragé sans pudeur, suspendu à un gibet, demeure sans
» sépulture. Que dirai-je de Procope, de Maxime, d'Eugène,
» dont le règne en avait fait la terreur du monde ? Pris,
» traînés sous les yeux de leurs vainqueurs, tous trois, ce
» qui est le comble de l'infortune, après une si grande
» élévation, eurent à essuyer, avant la mort, toutes les in-
» dignités de la servitude.

» On me dira : ce sont là des disgraces à quoi la condition
» des rois est exposée ; la foudre tombe d'ordinaire sur les
» plus hautes montagnes. Eh bien ! rentrons dans les classes
» privées. Sans parler même de ceux que nous avons vus
» tomber depuis deux ans, ni de tant d'autres victimes :
» bornons nous à trois, pris parmi les consulaires. Abun-
» dantius, exilé à Pytiunte, y manque de tout. Rufin est déca-
» pité; sa tête suspendue au bout d'une pique, est promenée
» dans les rues de Constantinople ; et pour se jouer de son
» insatiable avarice, on a vu sa main droite portée sanglante
» de maison en maison, semblant y mendier encore des im-
» pôts. Timasius, précipité tout-à-coup du faîte des gran-

» deurs, se croit à l'abri de nouveaux coups parce qu'il traîne
» à Assa une vie perdue dans l'obscurité. Ce ne sont pas, au
» reste, à des infortunes particulières que je m'arrête, c'est
» toute la condition humaine dont je déplore la fragilité. Je
» reste épouvanté à l'aspect de ces ruines contemporaines
» amoncelées sous nos yeux. Depuis vingt ans et plus, le sang
» romain inonde l'espace qui sépare Constantinople des Alpes
» Juliennes. La Scythie, la Thrace, la Macédoine, la Dar-
» danie, la Dacie, Thessalonique, l'Achaïe, l'Epire, la
» Dalmatie, l'une et l'autre Pannonie, sont toutes à la fois
» ravagées, disputées, envahies par les Goths, par les Sar-
» mates, par les Quades, les Alains, les Huns, les Vandales,
» les Marcomans. Combien de dames illustres, de vierges
» consacrées au Seigneur, combien de personnes également
» respectables par le sang et par leurs vertus, n'ont-elles
» pas été le jouet de leur brutale fureur! Combien d'évè-
» ques traînés en captivité, d'apôtres massacrés, d'églises
» dépeuplées, de temples saints renversés!.... Les reliques
» des martyrs ont été enlevées de leurs tombeaux. Partout
» le deuil et les gémissements, partout l'image multipliée de
» la mort. D'une extrémité à l'autre du monde, l'empire
» s'écroule: il n'y a que notre orgueil qui marche tête levée
» au milieu de tant de ruines. Quelle noblesse de courage
» peut rester à Corinthe, à Athènes, à Lacédémone, aux
» peuples de l'Arcadie, de la Grèce entière, aujourd'hui
» qu'ils sont sous le joug des Barbares! Et pourtant je n'ai
» fait qu'indiquer quelques villes, autrefois en possession de
» souverainetés considérables. L'Orient semblait à couvert
» de ces malheurs; ils ne l'atteignaient que par les nouvelles
» qui s'en répandaient au loin; et voilà que, durant le cours
» de l'année qui vient de s'écouler, des loups sortis, non
» de l'Arabie, mais du milieu des rochers les plus reculés du
» Caucase, sont venus fondre sur ces vastes provinces, avec
» la rapidité du torrent. Que de monastères sont devenus

» leur proie! Que de fleuves ils ont fait rougir de sang hu-
» main! Antioche assiégée par eux, toutes les villes que
» baignent l'Halis, le Cidnus, l'Oronte et l'Euphrate, me-
» nacées par leurs armes; des troupeaux de captifs emmenés
» loin de leur pays; l'Arabie, la Phénicie, la Palestine,
» l'Égypte, muettes d'épouvante. Non, quand j'aurais cent
» langues et cent bouches, quand j'aurais une voix éclatante
» comme l'airain, je ne suffirais pas à raconter tant de maux.
» Mais ce n'est pas une histoire que j'ai entrepris de faire:
» seulement, je rappelle nos disgraces pour les pleurer. Un
» Thucydide, un Salluste pourraient à peine en ébaucher
» l'esquisse.

» Combien donc Népotien n'est-il pas heureux de n'en
» avoir pas été le témoin! de n'en avoir point entendu le
» récit! C'est nous qui sommes malheureux d'avoir à les
» endurer, ou à gémir sur ceux de nos frères qu'elles
» frappent!...

» J'ai passé les bornes que prescrit une lettre de condo-
» léance; et en voulant vous empêcher de pleurer une seule
» mort, je n'ai pu me défendre de pleurer celle du genre hu-
» main. On dit que Xerxès, ce puissant monarque des Perses,
» qui aplanit des montagnes et combla des mers, considérant
» d'un lieu élevé l'immense multitude de ses soldats et cette
» armée innombrable qu'il traînait à sa suite, répandit des
» larmes, en pensant que de tant de milliers d'hommes ra-
» massés sous ses yeux, il n'y en aurait pas un seul dans cent
» ans. O! si d'un lieu élevé, nous pouvions, vous et moi,
» découvrir toute la terre; nous verrions le monde tout entier
» enseveli sous ses propres ruines; nations contre nations,
» royaumes contre royaumes; ici des tortures et des massa-
» cres; là des naufrages et des troupeaux de captifs; ici une
» génération qui s'élève, là une autre qui s'engloutit dans la
» tombe; ici l'ivresse de la joie, là les éclats de la douleur;
» ici d'insolentes prospérités, là tous les excès de la misère.

» Nous verrions non pas seulement l'armée de Xerxès, mais
» ce qu'il y a d'hommes respirant aujourd'hui sur la terre,
» condamnés à devenir dans peu la proie de la mort. Arrê-
» tons - nous; il n'est point d'expression qui réponde à la
» grandeur d'un tel sujet, et tout discours succombe ici
» sous le poids de la pensée.

» Revenons sur nous-mêmes, descendons des régions su-
» périeures où nous nous étions élevés, pour abaisser nos re-
» gards sur notre propre existence. Dites-moi, je vous prie,
» avez-vous remarqué jamais par quelle gradation, comment
» vous avez passé successivement du berceau à l'enfance, puis
» à l'adolescence, puis à l'âge mûr, de là enfin à la vieillesse.
» Chaque jour nous mourons, chaque jour nous changeons,
» et néanmoins nous nous croyons éternels. Le temps même
» que j'emploie ici à dicter, à écrire, à retoucher et à corriger
» ce que j'écris, ne fait plus partie de ma vie. Chaque point
» que tracent mes copistes, est autant de moins pour la durée
» de mon existence. Nous nous écrivons souvent ; nos lettres
» passent les mers : et chaque pas que le vaisseau fait sur
» l'onde qu'il sillonne, en emporte un moment avec soi. Le
» seul produit réel qui nous reste, est l'étroite union que
» l'amour de Jésus-Christ a formée entre nous. *La charité*,
» dit l'apôtre, *est patiente ; elle est indulgente, elle ne con-*
» *naît point de jalousie, elle n'agit point au hasard, elle*
» *ne s'enfle point d'orgueil, elle supporte tout, elle croit tout,*
» *espère tout, et ne finit jamais, toujours vivante au fond du*
» *cœur*. Par elle, notre cher Népotien, bien qu'absent, est
» toujours avec nous; par elle, bien que de si longs espaces
» nous séparent, il nous rapproche et nous serre intimement.
» Il est le gage de notre mutuelle affection. Qu'un même
» esprit nous unisse, qu'un même sentiment nous anime.
» Prenons exemple sur le saint évêque Chromatien, qui sou-
» tint avec une si héroïque résignation la perte de son frère.
» Que le nom de notre fils, de Népotien, se retrouve sans

» cesse sous notre plume et sur nos lèvres. La mort nous a
» enlevé sa présence, que nos souvenirs nous le rendent, et
» si sa conversation nous manque, que jamais du moins il ne
» manque à nos conversations. » *Traduction de M. Guillon,
Bibliothèque choisie des Pères de l'Église.*

SAINT AUGUSTIN.

Nous arrivons à l'homme le plus étonnant de l'Église latine,
c'est-à-dire à saint Augustin. « Donnez-lui un autre siècle :
placez-le dans une meilleure civilisation ; et jamais homme
n'aura paru doué d'un génie plus vaste et plus facile. Métaphysique, histoire, antiquités, science des mœurs, connaissance des arts, Augustin avait tout embrassé. Il écrit sur la
musique comme sur le libre arbitre ; il explique le phénomène
intellectuel de la mémoire, comme il raisonne sur la décadence
de l'empire romain. » *M. Villemain, Nouveaux Mélanges.*

Cet illustre docteur naquit le 13 novembre 354, à Tagaste,
petite ville de Numidie, située à peu de distance de Madaure
et d'Hyppone. Il était fils de Patrice et de Monique, qui
l'élevèrent avec un soin extrême. Sa sainte mère lui inspira
de bonne heure les sentiments de piété dont elle-même était
pénétrée ; mais les leçons de la vertu furent bientôt effacées
par les passions de la jeunesse ; et, dès l'âge de seize ans,
Augustin s'abandonna avec ivresse aux attraits du plaisir.

« Il étudia d'abord dans la ville de Madaure, puis à
Carthage. L'éloquence ne lui suffisait pas ; il avait besoin de
croire, et il cherchait la vérité. Il crut la voir dans la secte
des Manichéens, dont la métaphysique subtile et merveilleuse
plaisait à son esprit. Sa mère, pleine d'horreur pour cette
secte, suppliait les évêques chrétiens de le voir et de le
ramener ; l'un d'eux lui dit ces belles paroles : « Allez en
» paix, et continuez de prier pour lui ; car il est impossible
» qu'un fils pleuré avec tant de larmes, périsse jamais. »

» Augustin était revenu près de sa mère à Tagaste, où il enseignait la rhétorique; mais le regret qu'il eut de la mort d'un ami l'éloigna de nouveau de cette ville, et le fit retourner à Carthage, toujours maître d'éloquence, manichéen peu convaincu, et philosophe emporté par les plaisirs. Ses doutes religieux redoublèrent par des conférences avec un docteur manichéen.

» On sait comment, lassé de tout, il vint à Rome, puis à Milan, où il fut envoyé par Symmaque pour enseigner l'éloquence; on sait comment il fut touché des paroles de saint Ambroise, se retira dans la solitude, et fixa dans le christianisme la longue inquiétude de son esprit et de son cœur...

» C'est dans les propres écrits d'Augustin, c'est dans le plus original de tous, dans ses *Confessions*, qu'il faut chercher la première partie de sa vie, qui n'est autre que l'histoire de ses passions et de ses pensées. On défigurerait, en voulant les reproduire, ces peintures si fortes et si naïves d'une ame ambitieuse, aimante, que le plaisir enivre et ne satisfait pas, que la célébrité fatigue, que l'étude même agite, et qui poursuit toujours une fantastique espérance de bonheur et de vérité.....

» Augustin a lui-même décrit ces choses avec une sagacité merveilleuse. Depuis quelque temps il était plus agité qu'à l'ordinaire; il fréquentait l'église chrétienne; il lisait les livres des apôtres; il repassait dans sa pensée l'exemple de Victorin, rhéteur comme lui célèbre, qui, sous le règne de Julien, avait quitté son école plutôt que sa foi. La visite d'un de ses compatriotes, qui lui raconta ce qu'il avait vu des solitaires d'Égypte, vint porter le dernier coup à son ame. Il faut l'entendre lui-même :

« Dans cette lutte violente de l'homme intérieur, dans le » combat que je livrais hardiment à mon cœur, le visage » troublé, je saisis Alype, et m'écriai : « Où sommes-nous? » Qu'est-ce que cela? Que viens-tu d'entendre? Les igno-

» rants se hâtent, et ravissent le ciel ; et nous, avec nos
» sciences, sans cœur, nous nous roulons dans la chair et
» le sang. Parce qu'ils nous ont précédés, est-il honteux de
» suivre ? N'est-il pas plus honteux de n'avoir pas même la
» force de suivre ? » Je dis encore je ne sais quelles choses
» semblables, et je mélançai loin de lui, dans ce mouvement
» impétueux, tandis qu'il se taisait, me regardant avec sur-
» prise ; car ce n'était pas ma voix ordinaire. Mon visage,
» mes yeux, l'accent de ma voix exprimaient mon ame, au-
» delà de mes paroles. Il y avait dans notre demeure un
» petit jardin à notre usage, comme toute la maison ; car le
» maître de cette maison n'y logeait pas. L'agitation de mon
» ame m'emporte vers ce lieu, où personne ne pourrait in-
» terrompre ce débat violent que j'avais commencé avec
» moi-même, et dont vous saviez, ô Dieu ! l'issue que j'i-
» gnorais.... »

    » Je m'avançai donc dans ce jardin ; et Alype me suivait
» pas à pas. Moi, je ne m'étais pas cru seul avec moi-même,
» tandis qu'il était là ; et lui, pouvait-il m'abandonner dans
» le trouble où il me voyait ? Nous nous assîmes dans l'en-
» droit le plus éloigné de la maison ; je frémissais dans mon
» ame, et m'indignais, de l'indignation la plus violente,
» contre ma lenteur à fuir dans cette vie nouvelle, dont
» j'étais convenu avec Dieu, et où tout mon être me criait
» qu'il fallait entrer. »

    » Augustin retrace toute cette tragédie intérieure de l'ame
avec une profondeur et une naïveté d'émotion bien rare dans
l'antiquité. Nulle part on ne voit mieux ce caractère de réflexion et de tristesse, que le culte chrétien développait dans
l'homme. Il semble qu'on n'avait jamais ainsi raconté l'histoire anecdotique de l'ame, en surprenant ses plus vagues
désirs, ses plus furtives émotions.

    » Cependant Alype, assis à mon côté, attendait en silence
» la fin de ce mouvement extraordinaire. Mais lorsqu'une

» méditation attentive eut tiré du fond de moi-même toutes
» mes misères, et les eut entassées devant mes yeux, je sentis
» s'élever en moi un orage chargé d'une pluie de larmes.
» Pour le laisser éclater tout entier, je m'éloignai d'Alype;
» car la solitude me paraissait plus favorable à l'occupation
» de pleurer. Je me retirai assez loin pour que sa présence
» ne me fût plus importune. Tel j'étais alors, et il le comprit;
» j'avais dit seulement quelque chose où le son de ma voix
» semblait déjà appesanti par mes pleurs : il s'était levé, et il
» resta près du lieu où nous avions été assis; il était immo-
» bile de stupeur. Moi, je me jetai à terre sous un figuier,
» je ne sais pourquoi; et je donnai libre cours à mes larmes;
» elles jaillissaient à grands flots, comme une offrande agréable
» pour toi, ô mon Dieu! et je t'adressai mille choses, non
» pas avec ces paroles, mais dans ce sens : « ô Seigneur,
» jusqu'à quand t'irriteras-tu contre moi! Ne te souviens
» plus de mes anciennes iniquités. » Car je sentais qu'elles
» me retenaient encore. Je laissais échapper ces mots dignes
» de pitié : « Quand? quel jour? demain? après-demain?
» pourquoi pas encore? Pourquoi cette heure n'est-elle pas
» la fin de ma honte? » Je me disais ces choses, et je pleu-
» rais avec amertume dans la contrition de mon cœur. Voilà
» que j'entends sortir d'une maison une voix, comme celle
» d'un enfant ou d'une jeune fille, qui chantait et répétait en
» refrain ces mots : « Prends, lis; prends, lis. » Changeant
» aussitôt de visage, je me mis à chercher avec attention
» si les enfants, dans quelques-uns de leurs jeux, faisaient
» usage d'un refrain semblable; je ne me souvins pas de l'a-
» voir jamais entendu. J'arrêtai mes larmes, et me levai,
» ne voyant là qu'un ordre du ciel qui m'était donné d'ouvrir
» un livre et de lire le premier chapitre que je trouverais.

» J'avais entendu dire d'Antoine qu'il avait été averti par
» une lecture de l'Évangile, au milieu de laquelle il était
» survenu par hasard, prenant pour lui les paroles qu'on

» lisait : « Va, vends tout ce que tu possèdes, donne-le aux
» pauvres, et tu auras un trésor dans les cieux. » Cet oracle,
» ô mon Dieu, l'avait sur-le-champ tourné vers toi.

   » Ainsi je revins à grands pas au lieu où était assis Alype;
» car j'y avais laissé le livre de l'apôtre, lorsque je m'étais
» levé. Je le pris, je l'ouvris, et je lus en silence le premier
» chapitre où tombèrent mes yeux : « Ne vivez pas dans les
» festins, dans l'ivresse, dans les plaisirs et les impudici-
» tés, dans la jalousie et la dispute; mais revêtez-vous de
» Jésus-Christ, et n'ayez pas de prévoyance pour le corps,
» au gré de vos sensualités. » Je ne voulus pas lire au-delà;
» et il n'en était pas besoin. Aussitôt en effet que j'eus achevé
» cette pensée, comme si une lumière de sécurité se fut ré-
» pandue sur mon cœur, les ténèbres du doute disparurent.
» Alors, ayant marqué le passage du doigt ou par quelque
» autre signe, je fermai le livre et le fis voir à Alype. » (*)
M. *Villemain*, *Nouveaux Mélanges.*

Augustin était alors dans sa trente-deuxième année. Pour
exécuter son projet de quitter le monde, il attendit les va-
cances de l'école de Milan; et alors, ayant averti les principaux citoyens de lui chercher un successeur, il se retira
dans une maison de campagne avec sa mère, son fils naturel,
Adéodat, ses amis Alype et Nébride, et deux jeunes élèves
dont il voulait surveiller les études. La méditation, la pro-
menade et les entretiens de philosophie religieuse, occupaient
la petite société.

Augustin, dans cette retraite, écrivit ses premiers ouvrages
contre les principes des Académiciens et des Pyrrhoniens, et

(*) Il faut lire dans le texte original ce fameux passage auquel
on ne peut rien comparer, soit chez les anciens, soit chez les modernes. Une traduction, quelle qu'elle soit, ne peut en donner
qu'une très-faible idée.

sur le bonheur de connaître Dieu, parce qu'il voulut d'abord
s'exercer sur des sujets propres à l'affermir dans ses pieuses
résolutions. » Ces ouvrages sont en forme de dialogues. Il y
introduisit, comme interlocuteurs, tantôt ses deux amis et
tantôt ses jeunes élèves. Les détails en sont pleins de charmes.
L'entretien commence quelquefois dans la salle des bains,
quelquefois, par un beau soleil d'hiver, dans une prairie
voisine de la maison ; on l'interrompt pour lire un demi-
volume de Virgile, charmante préoccupation, qu'Augustin
ne se reprochait pas encore. La vive ardeur des deux jeunes
gens, cet emportement de leur âge, qui contraste avec la
gravité de leurs études, les petits incidents de la dispute, et
les mouvements de l'amour-propre, tout est rendu avec une
grace infinie.

« Augustin appelle sa mère à ses entretiens, et croit
remarquer en elle une rare sagacité pour la philosophie :
lui-même parle avec beaucoup d'élévation et de subtilité sur
Dieu, l'ame et la vérité ; mais il ramène tout à la foi chrétienne, et à la règle des mœurs. « Dieu, dit-il, ne nous
» écoutera pas, si nous ne sommes vertueux ; ainsi, deman-
» dons à Dieu, non pas des richesses ou des honneurs, ou
» toutes ces choses périssables qui cèdent au moindre obstacle,
» mais ces biens de l'ame qui peuvent nous rendre bons et
» heureux ; et pour que de tels vœux soient énoncés avec
» ardeur, je t'en charge, ô ma mère, aux prières de qui
» j'ai surtout confiance ; et je m'assure alors que Dieu aura
» disposé mon ame de telle sorte, que je ne préfère rien à
» la découverte de la vérité, et que je n'aie pas d'autre
» volonté, d'autre pensée, d'autre amour. »

« Un autre ouvrage de la même époque, et d'une forme
plus singulière, ce sont les *Soliloques*, dans lesquels Augustin
converse avec la raison. Jamais on ne réunit autant de fine
dialectique et de sensibilité rêveuse ; le tour subtil de l'imagination africaine s'y mêle à une sorte de curiosité naïve : « Je

21

veux, dit Augustin, savoir Dieu et l'ame. » Et il entend la
raison, qui lui répond : « Ne veux-tu rien savoir de plus? »
Toutefois le génie du philosophe africain jette quelques traits
de lumière sur ces grandes questions ; il y a quelque chose
de sublime dans la manière dont il prouve l'immortalité de
l'ame, par la nature immortelle de la vérité, dont notre ame
est le sanctuaire et le juge. » *M. Villemain.*

C'est ainsi qu'Augustin se disposait au baptême qu'il reçut
des mains de saint Ambroise, avec son fils et son ami Alype,
à la Pâque de 387, étant âgé de trente-trois ans.

Ayant perdu sa mère, il vint passer quelque temps à Rome,
où il composa les livres des *Mœurs de l'Église contre les
Manichéens*, et *de la Grandeur de l'ame.* Il y commença aussi
son livre sur *le Libre Arbitre*, et retourna ensuite à Tageste,
où il donna la meilleure partie de ses biens aux pauvres,
forma une communauté avec quelques-uns de ses amis, et se
consacra au jeûne et à la prière.

En même temps qu'il menait cette vie austère, il multipliait
ses écrits en faveur de la religion. Son savoir et ses vertus
se répandirent et lui attirèrent la vénération publique. Un jour
qu'il était à Hyppone, Valère, évêque de cette ville, fit à son
peuple un discours sur la nécessité où il se trouvait d'ordonner
un prêtre pour son église. A l'instant tous les yeux se fixent,
comme par une convention préméditée, sur Augustin qui se
trouvait dans l'auditoire. On se saisit de sa personne ; il est
ordonné prêtre, malgré sa résistance, et Valère lui confie
aussitôt le ministère de la prédication.

Ici on nous pardonnera quelques détails qui seront tout à
la fois des souvenirs pour l'éloquence et des documents pour
l'histoire des mœurs de cette époque.

« Une fois engagé dans ce laborieux exercice, Augustin ne
cessa pas un moment d'en remplir le devoir... Il prêchait
quelquefois tous les jours, et souvent deux fois par jour. Il
n'interrompait point cette fonction, même quand il était si

faible qu'il pouvait à peine parler ; mais il ranimait alors ses forces, et le zèle dont il brûlait pour le salut des ames, lui faisait oublier ses peines et ses dangers. S'il allait dans d'autres diocèses, on le priait de rompre au peuple le pain de la parole de vie. Partout on courait en foule à ses sermons. On l'écoutait avec transport : on battait souvent des mains selon la coutume de ce siècle. De semblables succès ne flattaient point son cœur. « Ce ne sont pas, s'écriait-il, des applaudissements, mais des larmes que je demande : *non plausus, sed lacrymæ.* » Des peuplades entières de malheureux, opprimés, soit par les exactions, soit par les malheurs du temps, allaient souvent l'attendre sur les chemins publics, et le contraignaient de prêcher en leur faveur, pour triompher, par l'onction de ses discours, de l'impitoyable dureté des riches.

» Un jour qu'il instruisait son peuple des devoirs de la morale chrétienne, il voit entrer dans son église d'Hyppone, l'un des chefs des Manichéens, nommé Firme. Aussitôt il abandonne son sujet, détruit tous les fondements de cette secte qui anéantissait la divinité, par la doctrine absurde de deux principes. Firme fut si touché, qu'immédiatement après le sermon, il vint se jeter aux pieds d'Augustin, reconnaissant et abjurant son erreur. Il ne se démentit pas, et mérita d'être élevé à l'honneur du sacerdoce.

» Il eut un succès non moins consolant contre un abus qui s'était introduit dans l'Église d'Afrique, où les repas de charité, établis avec édification du temps des apôtres, avaient dégénéré en intempérance et en débauches, souvent suivies des plus condamnables excès. Les pasteurs gémissaient de ce désordre ; et, sur la demande d'Augustin, un concile de la province avait été convoqué pour proposer les mesures convenables. Mais tous les efforts du zèle avaient échoué contre un désordre appuyé sur l'ancienneté, et qui venait de se ortifier encore par le mauvais succès des résistances qu'on lui avait opposées. On savait bien que c'était lui qui les avait provoquées. Il paraît dans son église. Des cris de fureur le menacent de mort ; il arrive courageusement à sa chaire, au milieu des imprécations publiques : sa voix révérée domine peu à peu ces vociférations audacieuses. Les sacriléges restent interdits, et son impétueuse véhémence étouffant bientôt les hurlements d'une populace attroupée, abolit pour toujours les profanations des agapes dans le lieu saint.

» Un autre usage non moins déplorable régnait à Césarée de Mauritanie. Les habitants de cette ville se partageaient chaque année en deux troupes homicides, qui présentaient au sein de la paix l'image d'une guerre civile. Frères contre frères, pères contre enfants, se battaient ensemble à coups de pierre, pour s'exercer aux combats. Augustin s'avance sur le champ de bataille ; il ouvre la bouche, il est accueilli par des cris tumultueux, excités par la seule admiration décernée à l'éloquence de l'orateur. Ce n'était pas assez pour l'apôtre, il revient à la charge, employant les expressions les plus pathétiques. On l'entoure ; on est ému : les larmes coulent, la nature et la grace parlaient avec lui ; les armes tombent des mains de la rage en délire. Tous ces barbares courent l'embrasser et se prosternent à ses pieds. Augustin rendant lui-même compte de cet événement dans son Traité de la doctrine chrétienne, ajoute : « Il y a présentement huit ans que, par la grace de Dieu, il ne s'est rien fait de semblable. »

Cependant Valère se sentant accablé sous le poids des ans et des infirmités, le fit nommer, malgré sa résistance, son coadjuteur, avec le titre d'évêque. Alors les vertus et le génie d'Augustin se montrèrent dans tout leur éclat. Il quittait rarement Hyppone, et seulement pour aller à Carthage et à Madaure, dont les habitants étaient encore en partie attachés au paganisme ; mais de son modeste asile il portait ses regards et ses travaux sur tout le monde chrétien. « Ce

pontife universel prend sur lui le travail de tous les évêques.
Réfutation des hérésies, interprétation des livres saints, institution des lois canoniques, réforme des monastères, lettres
aux empereurs, correspondances suivies à Rome avec les
souverains pontifes, à Nole avec Paulin, en Palestine avec
saint Jérôme, à Milan avec saint Ambroise et Simplicien,
en Espagne avec Orose, dans les Gaules avec saint Pros-
per, Lazare d'Arles, Hilaire de Narbonne, à Constantinople avec Maxime, Longinien, Dioscore, tous les gens
de lettres du Bas-Empire, qui, en lui adressant leurs écrits,
l'appellent de concert *le représentant de la postérité* : tels
sont les délassements de son épiscopat : aussi admirable par
la simplicité et l'héroïsme de ses vertus, qu'il est étonnant
par le nombre et l'excellence de ses écrits. En même temps,
il s'occupait d'élever de jeunes enfants, il faisait bâtir à
Hyppone un hospice pour les étrangers, adoucissait le sort
des esclaves, habillait les pauvres, aliénait en leur faveur
son propre revenu, les visitait en personne ; et on le vit,
comme saint Ambroise, vendre les ornements de son église
et les vases sacrés des autels, tant pour subvenir à leurs
besoins que pour racheter les captifs. » *M. Guillon.*

Nous n'entrerons point dans le récit des combats qu'il eut
à soutenir contre les sectaires, et des victoires qu'il a remportées sur eux tous ; de ces fameuses conférences où il
triompha de leurs subtilités ; des conciles dont il fut l'ame ;
des persécutions auxquelles il ne cessa d'être en butte,
et de l'invincible patience qu'il opposa constamment à tous
les genres d'adversités ; de son parfait désintéressement ; de
l'inaltérable pureté de ses mœurs après un si long déréglé-
ment, où la licence des passions avait rompu jusqu'au dernier frein de la pudeur ; des amertumes qui auraient désolé
tout autre cœur que le sien, si l'ardeur de sa foi ne l'eût
élevé au-dessus de tous les événements d'ici-bas.

Une carrière remplie de tant de travaux, de tant de pé-

rils, de tant de bonnes œuvres, l'avait conduit à un âge
avancé, lorsqu'il eut la douleur de voir son pays en proie aux
horreurs de la guerre, et sa chère ville d'Hippone assiégée
par les Barbares (430). On le vit alors, animé de ce zèle
charitable qui était le caractère de sa sainteté, rassembler le
peu de forces qui lui restaient, pour prodiguer des consolations et des secours aux combattants et aux blessés. « Il
les animait de sa foi, dit M. Villemain. Son nom était vé-
néré même des Vandales. Ces barbares attaquèrent faiblement des murs défendus par la présence du saint pontife,
et bientôt consacrés par sa mort; car dans le troisième mois
du siége, accablé d'inquiétudes et de soins, il expira le
cœur déchiré par les maux de son pays, et les yeux attachés sur cette cité céleste, dont il avait écrit la merveilleuse histoire. » *Nouveaux Mélanges.*

On trouve dans les écrits de saint Augustin des jeux de
mots, des antithèses et des subtilités. « Mais, dit Bossuet,
que ces minuties sont *peu dignes d'être relevées* ! Un savant
homme de nos jours (Arnaud) dit souvent qu'en lisant
saint Augustin, on n'a pas le temps de s'appliquer aux paroles, tant on est saisi par la grandeur, par la suite, par
la profondeur des pensées. En effet, le fond de saint Augustin, c'est d'être nourri de l'Écriture, d'en tirer l'esprit,
d'en prendre les plus hauts principes, de les manier en
maître, et avec la diversité convenable. Après cela, qu'il
ait ses défauts, comme le soleil a ses taches, je ne dai-
gnerais ni les avouer, ni les nier, ni les excuser ou les
défendre. » *Défense de la tradition.*

Le grand évêque de Meaux, qui parle ainsi, s'honorait
d'être à la fois le disciple, l'interprète et le panégyriste de
saint Augustin. Il portait dans tous ses voyages les écrits de
cet illustre docteur, se pénétrant profondément de son esprit pour conférer avec les hérétiques, réfuter les nouvelles
erreurs, saisir l'ensemble de la religion, catéchiser les

peuples et instruire les rois ; étudiant le langage épiscopal
dans les productions de ce maître, *si maître*, comme il
l'appelle lui-même ; lui décernant le plus glorieux de tous
les hommages, lorsqu'il le choisissait pour modèle dans ses
compositions, traçant le plan de son Histoire universelle sur
le sublime plan de la *Cité de Dieu*, se retournant comme
saint Augustin vers les siècles passés, pour montrer à travers
les révolutions des empires le bras du Très-Haut qui ramène
tous les événements à la propagation de son Église. « Voyez,
dit M. Guillon, saint Augustin ramené aux véritables principes du goût par son génie supérieur et par des études plus
approfondies ; disons mieux, par le rayon surnaturel d'une
grace divine qui dirigea son esprit comme elle éclaira son
cœur ; avec quelle fermeté vous le voyez descendre des
principes les plus hauts aux conséquences les plus palpables ;
jamais au-dessus de son auditoire, jamais au-dessous de son
ministère ; portant la lumière dans les mystères de l'essence
divine, et des énigmes de notre nature ; c'est Élie qui s'é-
lève sur le char de feu, mais sans se dérober aux regards de
son disciple ; c'est Élysée qui se rapetisse avec le fils de la
veuve qu'il va ressusciter. Lisez, par exemple, ses *Homélies
sur le mélange des Bons et des Méchants*, *sur le Sermon
de la Montagne*, *sur la Providence*, *sur la Passion du
Sauveur*, *sur l'Enfer*, *sur l'Injustice et l'Endurcissement
du Pécheur* ; dans son explication du psaume XLIII, lisez
ce qu'il rapporte lui-même d'un discours qu'il fit au peuple
de Césarée, de Mauritanie, pour faire abolir une coutume
barbare ; rappelez-vous ces énergiques interpellations aux do-
natistes qui prétendaient que l'Église de Jésus-Christ était
resserrée dans un petit coin de l'Afrique : « Notre père n'est
» pas mort sans faire un testament ; il l'a fait : ouvrons donc
» ce testament. Je lis que Dieu son père lui a donné toutes
» les nations pour héritage, et les extrémités du monde pour
» seules bornes à son empire. De quelque côté que vous vous

» tourniez, tout appartient donc à Jésus-Christ. Mais vous
» voulez posséder une portion de l'héritage; vous dérobez
» donc tout le reste à Jésus-Christ..... Nous avons été les
» trouver quelquefois pour leur dire : Cherchons la vérité,
» trouvons-la ensemble, ils nous répondent : Gardez ce que
» vous avez; vous avez vos brebis, et moi les miennes; ne
» vous mêlez pas de mes brebis, puisque je ne me mêle pas
» des vôtres. — Dieu soit loué, il a ses brebis, et moi les
» miennes; mais Jésus-Christ, qu'est-ce donc qui lui ap-
» partient? Qu'est-ce donc qu'il a acheté? Ces brebis sont-
» elles à vous, sont-elles à moi? Qu'elles soient donc à celui
» qui les a achetées, qui les a payées de son sang, qui les
» a marquées de son sceau. Pourquoi donc ai-je mes brebis,
» et vous les vôtres? Si Jésus-Christ est parmi vous, que
» mes brebis y aillent, puisqu'elles ne sont pas à moi; et
» s'il est parmi nous, que vos brebis y viennent, puis-
» qu'elles ne sont pas à vous, etc. » « Et cet élan passionné d'une charité si véritablement pastorale pour ces
mêmes hommes qui le fuyaient, qui le persécutaient :
« Vous êtes nos frères. — Ils ont beau nous dire : Pourquoi
» nous cherchez vous ? Pourquoi vous mettez-vous en peine
» de nous? Répondons-leur : Vous êtes nos frères. — Qu'ils
» nous disent : Retirez-vous de nous. Nous n'avons rien de
» commun avec vous. — Mais pour nous, nous avons
» bien des choses communes avec vous. Ne confessons-nous
» pas un même Jésus-Christ avec vous, ne tenons-nous pas
» à un même corps sous un même chef? — Mais pourquoi,
» si, dites-vous, je suis déjà perdu, pourquoi donc me
» cherchez-vous ? — O folie! ô extravagance! Eh! pour-
» quoi vous cherchai-je, sinon parce que vous êtes
» perdu? — Vous insistez! si je suis déjà perdu, comment
» suis-je encore votre frère? — C'est afin qu'on me dise de
» vous : Votre frère était mort, il est ressuscité; il était
» perdu, et votre frère est retrouvé. »

Et mille autres traits de cette force, qui vous font demander : celui qui tient ce langage, est-ce Paul revenu de cette extase où il conversait avec les Séraphins? N'est-ce pas plutôt encore le maître de Paul lui-même, ce Dieu de charité qui disait à ses apôtres : « Qui vous écoute, m'é-» coute; car c'est moi qui parle par votre bouche. »

« Suivez-le sur les divers théâtres de son zèle, ou plutôt de ses victoires. Cette éloquence qui vous semble être un des prodiges de ce nouvel apôtre, à quoi faut-il en rapporter le merveilleux effet? A une délicatesse profane? à la mollesse d'un langage fleuri et efféminé? Augustin n'en fut jamais coupable. A une affectation puérile d'anthithèses, que l'on rencontre parfois dans ses ouvrages, comme on a pu remarquer des taches dans le soleil? Augustin peut perdre quelque chose, sans cesser d'être un modèle admirable dans tout ce qu'il a de parfait. A quoi donc enfin? à une éloquence, en quelque sorte dramatique, animée de mouvements et de figures, mâle, libre, généreuse dans ses ornements, armée de ces flèches aiguës du Tout-Puissant, lesquelles percent les cœurs les plus rebelles, entrent avec empire dans les esprits et dans les ames; à un pathétique sublime et populaire, par lequel le véritable orateur, se mettant en rapport avec son auditoire, révélant à ceux qui l'écoutent, et leurs propres affections et leurs premiers intérêts, arrache non-seulement des applaudissements, mais des larmes, non-seulement des remords, mais des conversions, mais des restitutions, mais des réconciliations éclatantes; *non plausus, sed lacrymas et suspiria.* »

Les *Sermons* de saint Augustin, quoique les moins estimés de ses ouvrages, sont souvent, comme on le voit, marqués au coin de son génie.

« Montaigne et Rousseau, dit M. de Châteaubriand, parlant d'un écrit que nous avons déjà fait connaître par des citations, Montaigne et Rousseau nous ont donné leurs

Confessions. Le premier s'est moqué de la bonne foi de son
lecteur ; le second a révélé de honteuses turpitudes , en se
proposant , même au jugement de Dieu , pour un modèle de
vertu. C'est dans les *Confessions* de saint Augustin qu'on
apprend à connaître l'homme tel qu'il est. Le saint ne se
confesse point à la terre , il se confesse au ciel ; il ne cache
rien à celui qui voit tout. C'est un chrétien à genoux devant
le tribunal de la pénitence , qui déplore ses fautes , et qui
les découvre , afin que le médecin applique le remède sur la
plaie. Il ne craint point de fatiguer par des détails celui
dont il a dit ce mot sublime : « Il est patient parce qu'il
» est éternel. » *Génie du Christianisme.*

Le grand évêque d'Hyppone a surtout laissé des preuves
de son génie dans son fameux ouvrage de la *Cité de Dieu.*
« Ce qui en fournit l'occasion , ce fut l'invasion des Goths
dans l'Italie , et le pillage de Rome , que les payens attri-
buaient à la vengeance de leurs Dieux , irrités contre les
chrétiens. Saint Augustin ne se contente pas de venger l'honneur de la religion , à qui il érige le plus magnifique trophée.
Il combat , à son tour , le paganisme et la philosophie humaine , qu'il écrase de ses foudres. Du point de vue d'où
il envisage l'une et l'autre de ses causes , son regard immense pénètre tous les temps. Dans l'histoire de la religion ,
vous diriez un prophète sorti des conseils du Très-Haut ,
dont il rappelle les décisions sur la terre : dans l'histoire du
paganisme , vous diriez l'ange du dernier jugement , évo-
quant du sein de leurs tombeaux , et les rois , et les sages ,
et les dieux de la terre , les faisant comparaître tous pêle-
mêle aux pieds du tribunal souverain , les pesant dans les
formidables balances , révélant leurs turpitudes aux yeux de
tout l'univers , et prononçant leurs éternelles destinées. Pas
une des questions qui intéressent le dogme et la morale , la
métaphysique et la théologie , la controverse et la critique ,
qui n'y soit discutée , approfondie , ramenée à des principes

fixes et lumineux. Le savant et profond écrivain y généralise toutes les idées, rappelle toutes les connaissances, déploie toutes ses forces. Il remonte aux principes des gouvernements, à l'origine des siences, à la source des opinions, à la formation des sociétés, aux éléments de la morale, à la cause des événements, à l'influence des religions; et sa vaste compréhension, embrassant toute la nature, suit le plan du Créateur lui-même. Saint Augustin a exécuté sur la religiou ce que Montesquieu a ébauché sur les lois. » *M. Guillon.*

Les traits que nous allons recueillir çà et là ne pourront donner qu'une idée très-imparfaite de cette immortelle apologie.

« Irréconciliable ennemi de la cité céleste, cette cité de la
» terre ajoute encore aux malheurs de notre exil les persé-
» cutions et les calomnies. Elle accuse le christianisme d'être
» l'auteur ou l'occasion des calamités qui viennent fondre sur
» l'empire, oubliant que ce christianisme, calomnié par la
» haine, avait sauvé des fureurs de la guerre une grande
» partie de ces païens eux-mêmes, qui s'acharnent à le
» persécuter. Ils ne seraient pas aujourd'hui en état de le
» décrier comme ils font, s'ils n'avaient trouvé dans les
» sanctuaires, aux pieds des autels, un asile qui les a pro-
» tégés contre la fureur des ennemis. Ne sont-ce pas les
» mêmes Romains que les Barbares ont épargnés en considé-
» ration de Jésus-Christ, qui se déclarent aujourd'hui le
» plus violemment contre Jésus-Christ? Les sépulcres des
» martyrs et les basiliques des apôtres en sont témoins :
» c'est là que s'arrêtait le glaive d'un vainqueur altéré de
» sang et de carnage. Tous ceux que des ennemis moins
» impitoyables voulaient arracher à la mort, c'était là qu'ils
» étaient amenés ; et sur le seuil des monuments sacrés, la
» férocité la plus brutale, oubliant le terrible droit des
» combats, n'osait franchir cette barrière. » *Pensées du livre premier.*

Mais ceux qui insultent à nos épreuves, et nous demandent où est notre Dieu, nous pouvons bien les interroger
à notre tour : « Où donc étaient-ils ces dieux qu'on croit
» servir pour cette chétive et trompeuse félicité du monde,
» lorsque les Romains, dont ils se faisaient adorer par leurs
» fourbes et leurs imposteurs, souffraient de si grandes
» calamités ? Où étaient-ils, quand le consul Valérius fut
» tué en défendant le capitole, dont les bannis et les esclaves
» s'étaient emparé ; car il lui fut plus aisé de secourir le
» temple de Jupiter, qu'à cette troupe de divinités et à leur
» Jupiter même, ce dieu, ce roi si fort, si puissant, de
» l'assister ? Où étaient-ils, quand Rome abattue par tant
» de séditions, attendant avec quelque sorte de calme le
» retour des députés qu'elle avait envoyés à Athènes pour
» en emprunter les lois, fut désolée par les épouvantables
» fléaux de la famine et de la peste ? Où étaient-ils, quand
» Spurius-Mélius, pour avoir distribué du blé au peuple
» mourant de faim, accusé pour son bienfait même d'aspirer
» à la royauté, fut massacré par Servilius, avec un tumulte
» effroyable de toute la ville ? Où étaient-ils, quand Rome
» travaillée par les horreurs de la contagion, après avoir
» vainement épuisé tous les secours de l'art, imagina la
» fête sacrilége des *Lectisternia*? Où étaient-ils, quand les
» armées romaines, épuisées de sang et de forces par une
» guerre de dix ans contre les Véiens, allaient succomber
» sous tant de désastres, si Camille, depuis condamné à
» l'exil par son ingrate patrie, ne fût venu à leur secours ?
» Où étaient-ils, quand les Gaulois, maîtres de Rome,
» la pillèrent, la saccagèrent, et la réduisirent en cendres ?
» Où étaient-ils, quand une nouvelle peste exerça les plus
» affreux ravages, provoqués sans doute par le crime de
» plusieurs dames romaines des plus qualifiées, qui, par un
» attentat incroyable et pire encore que tous les fléaux,
» firent périr par le poison les premiers citoyens de la

» république ? ou quand l'armée romaine assiégée par les
» Samnites avec ses deux consuls dans les fourches caudines,
» fut obligée de recevoir de si honteuses conditions, et de
» passer sous le joug, après avoir donné six cents cheva-
» liers en ôtage ? ou bien encore quand une autre peste,
» plus meurtrière que les précédentes, obligea les Romains
» de faire venir d'Epidaure Esculape, parce que Jupiter,
» qui, depuis long-temps, faisait sa résidence dans le Capi-
» tole, n'avait pas eu le temps d'apprendre la médecine, pour
» avoir perdu sa jeunesse en sales débauches ? Où étaient-
» ils, etc. Si de cruels désastres ne forcent pas aussi
» les dieux à rougir de leur impuissance ou de leur indif-
» férence, il faut convenir qu'ils sont aussi impassibles que
» leurs statues. Que dis-je ? Le moyen qu'ils secourussent
» leurs sectateurs, quand ils ne pouvaient se défendre eux-
» mêmes, témoin l'incendie qui dévora le temple de Vesta,
» et n'aurait pas épargné la déesse elle-même, si le pontife
» Métellus ne s'était jeté à travers la flamme, pour sauver
» les restes de l'idole à demi brûlée ? Un homme fut donc
» plus puissant pour secourir une déesse, qu'une déesse ne
» le fut pour assister un homme ?

    » De toutes les calamités qui marquèrent l'époque de la
» seconde guerre punique, la plus déplorable est la des-
» truction de Sagonte. Cette ville d'Espagne, alliée du peuple
» romain, périt pour lui avoir été fidèle. Annibal vint
» l'assiéger, et la serrait de près. Les détails du siège
» qu'elle eut à soutenir et de la ruine de cette opulente cité,
» font horreur. La famine s'y fit bientôt sentir, et devint si
» pressante, que l'on fut, dit-on, réduit à se nourrir des
» cadavres des habitants. Toutes les ressources épuisées,
» pour ne pas tomber vifs entre les mains du vainqueur,
» les Sagontins dressèrent dans leur place publique un grand
» bûcher, où ils se jetèrent avec leurs femmes et leurs en-
» fants, et s'y poignardèrent. Certes, ces dieux si avides

» de la graisse et du sang des victimes qui leur étaient offertes
» dans les sacrifices, ces dieux si habiles à s'envelopper d'o-
» racles captieux, auraient bien dû venir au secours d'une
» ville si dévouée à leur peuple romain, et l'empêcher de
» périr victime de sa fidélité; car c'était sous leurs auspices
» que le traité avait été conclu entre les deux nations. C'é-
» taient eux, disait-on, qui, par le bruit de leurs ton-
» nerres, avaient jeté l'épouvante dans l'ame d'Annibal,
» lorsqu'il était sous les murs de Rome, et l'avaient contraint
» de renoncer à une conquête assurée : ils devaient com-
» mencer par sauver Sagonte, plutôt que de la punir de sa
» fidélité, en ne l'empêchant point de périr..... Est-ce donc
» que c'est un crime à leurs yeux de respecter la foi jurée
» aux pieds de leurs autels ! Si c'est là ce qui provoque leurs
» fureurs, qu'ils cherchent des perfides pour les servir ! »
Livre troisième.

Mais les Romains, peut-on objecter, sont parvenus à soumettre l'univers à leur domination. « Qu'ils en fassent hon-
» neur, non à leur Jupiter, ce prétendu tout-puissant,
» qui ne possédait qu'une fraction d'empire, puisqu'il le
» partageait avec Neptune et Pluton; mais au seul, au vé-
» ritable roi des siècles, qui envoie la victoire à qui il lui
» plait, et dont les conseils peuvent être cachés, mais ne
» sauraient jamais être injustes. » *Pensées du livre quatrième.*

» Si Dieu n'eût donné la gloire passagère d'un empire
» florissant à ceux à qui il ne devait pas donner la vie éter-
» nelle, parce qu'il ne la donne qu'à ceux qui le servent,
» les vertus morales par lesquelles ils s'efforçaient de parvenir
» à cette gloire seraient restées sans récompense, ce que la
» justice de Dieu ne pouvait permettre. Ne pouvant donner
» à des vertus païennes des couronnes éternelles, il leur
» a donné en échange ces fragiles couronnes de la gloire
» humaine où ils aspiraient. Ainsi ils ont été respectés de
» presque tous les peuples ; ils ont assujetti la plupart des

» nations, et, aujourd'hui encore, l'histoire a porté leur
» renommée dans toutes les parties de l'univers. Ils n'ont
» donc pas sujet de se plaindre de la justice du vrai Dieu.
» Vains, ils ont reçu une récompense vaine comme eux. »
Pensées du livre cinquième.

Dieu destine à ses élus une récompense bien plus précieuse.
Dès ce monde il leur accorde un grand nombre de jouissances. « Mais si toutes ces jouissances ne sont que les con-
» solations de misérables condamnés, et non pas encore la
» récompense des bienheureux, quelles seront donc les ré-
» compenses elles-mêmes ? Qu'est-ce que Dieu réserve à ceux
» qu'il a prédestinés à la vie, s'il donne ces choses à ceux
» qu'il a prédestinés à la mort ! De quels biens ne comblera-
» t-il pas en la bienheureuse vie, ceux pour qui il a voulu
» que son Fils unique souffrît tant de maux en cette vie
» mortelle et périssable, comme le dit saint Paul ? Quand
» cette promesse sera accomplie, que ne ferons-nous point,
» et quels biens ne recevrons-nous point dans ce royaume
» céleste, après que dans notre vallée de larmes, nous avons
» déjà reçu pour gage la mort d'un Dieu ? Quelle sera la
» félicité de l'homme, alors qu'il n'aura plus de passions à
» combattre ; qu'il connaîtra certainement toutes choses sans
» effort et sans erreur ; qu'il puisera la sagesse de Dieu dans
» la source même.... Car c'est là que le corps et l'ame re-
» cevront du créateur, de toutes les manières, toutes les
» perfections dont leur nature est capable ; l'ame étant guérie
» par la sagesse, et le corps renouvelé par la résurrection.
» C'est là que les ames vertueuses n'auront plus de vices à
» combattre, ni de maux à supporter, mais qu'elles pos-
» séderont pour prix de leur victoire, une paix éternelle,
» dont rien ne pourra jamais altérer l'ineffable douceur.

» Quelle sera donc cette félicité qui ne sera troublée par au-
» cun mal ! Le psalmiste l'a dit : *Heureux ceux qui habitent*
» *dans votre maison, ô mon Dieu ! ils vous loueront éter-*

» *nellement.* L'éternelle occupation des bienheureux sera
» donc de louer le Seigneur. Toutes les parties de notre
» corps, aujourd'hui destinées à certains usages nécessaires
» à la vie, n'auront point alors d'autre usage que de con-
» courir aux louanges de Dieu, car toute cette harmonie
» du corps qui nous est maintenant cachée, se découvrant
» alors à nos yeux tout entière, nous échauffera d'une sainte
» ardeur pour louer hautement un si grand ouvrier.... C'est
» là que la gloire n'est pas un vain nom ; là que réside le
» véritable bonheur, puisqu'il ne sera ni refusé à aucun de
» ceux qui l'auront mérité, ni déféré à personne qui n'en
» aura pas été digne. C'est là que se trouvera la véritable
» paix, où l'on n'aura à se plaindre d'aucune contrariété,
» ni de la part de soi—même, ni de la part des autres.
» Celui-là même qui est l'auteur de la vertu, en sera la
» récompense ; parce qu'il n'y a rien de meilleur que lui,
» et qu'il l'a promis. Car que signifie autre chose ce qu'il a
» dit par son prophète : *Je serai leur Dieu, et ils seront*
» *mon peuple :* sinon je serai l'objet qui remplira tous leurs
» souhaits, je serai tout ce que les hommes peuvent légiti-
» mement désirer, vie, santé, nourriture, richesses, gloire,
» honneur, paix, en un mot, toutes sortes de biens, afin
» que, comme le dit l'apôtre, *Dieu soit tout en tous.* Celui-
» là sera la fin de nos désirs qu'on verra sans fin, qu'on
» aimera sans dégoût, qu'on louera sans lassitude : *Videre*
» *te, laudare te, amare te non desinet.* » *Livre vingt-*
deuxième. Traduction de M. Guillon.

ARTICLE TROISIÈME.

SAINT ÉPHREM, DIACRE D'ÉDESSE.

« . Saint Éphrem est à l'Église de Syrie ce que saint Augustin est à celle d'Afrique et saint Jean Chrysostôme à l'Église
grecque. » Saint Jérôme, qui ne le connaissait que par des
traductions grecques et latines qui s'en étaient répandues dès
son temps dans tout le monde chrétien, vante la force et la
pénétration de son esprit; il l'appelle un écrivain sublime :
et c'est là aussi le jugement qu'en porte Photius, non moins
savant et délicat : « On a raison, dit ce dernier, d'admirer
» dans ce saint personnage le pathétique profond avec lequel
» il remue et persuade, l'agrément qu'il a su répandre dans
» son élocution, et une onction affectueuse qui ne tarit
» jamais. » Tels sont en effet les caractères principaux qui
distinguent cet écrivain vraiment original, d'autant plus
étonnant qu'il n'avait point eu comme les autres les secours
que donnent l'étude et l'exercice public de la prédication.
Saint Éphrem ne fut qu'un solitaire enseveli dans son désert,
entouré d'un petit nombre d'auditeurs que le commun désir
de la perfection religieuse rassemblait autour de lui pour recueillir de sa bouche des instructions familières ; mais il
écrivait comme il parlait, en présence de Dieu et de ses
anges, en présence des tombeaux et des tristes témoignages
de notre mortalité : ces aspects, fortement conçus, donnaient
à ses méditations et à son langage une élévation et une chaleur, une abondance, où il n'a point d'égal dans aucune
langue. Il vous laisse accablé sous le poids d'une majesté

22

sombre et terrible, qui vous enveloppe comme un nuage,
que sillonnent la foudre et les éclairs. Pas un écrivain des
temps antiques et modernes, où se rencontrent avec autant
d'énergie et de variété les peintures les plus éloquentes de
la fragilité de la vie, du néant des biens terrestres, des
terreurs de la mort, du jugement qu'elle amène et de ses
formidables suites. « Vous croyez, disait saint Grégoire de
» Nysse, assister à la dernière scène qui accompagnera la
» consommation des temps; vous êtes présent à l'arrivée de
» Jésus-Christ, porté sur les nuées du ciel; vous êtes ré-
» veillé de votre assoupissement, comme les morts au fond
» de leurs sépulcres par les sons de la trompette; et il ne
» manque en effet à la vérité du tableau que la présence
» même du juge futur des vivants et des morts. » *M. Guillon.*

Un autre écrivain s'exprime ainsi au sujet de saint Éphrem.
« Il était poète, et assez versé dans la dialectique; mais il
ignorait les autres parties de la philosophie grecque. Le
défaut de connaissance de la littérature païenne était suppléé
en lui par un grand sens et par une pénétration singulière.
A la connaissance des dogmes de la foi catholique, il joignait une intelligence parfaite de l'Écriture. Il savait supé-
rieurement la langue syriaque, dans laquelle il a écrit avec
beaucoup de pureté et d'élégance. Il avait une éloquence naturelle qui enchantait. Ses pensées, pour être sublimes,
n'en étaient pas moins faciles à saisir. Il parlait avec tant
de douceur et de véhémence, il avait un ton de voix si naturel, il était si vivement pénétré de ce qu'il disait, qu'on
ne pouvait résister à ses discours. Ses écrits tirent leur principale force du génie et des figures propres aux langues
orientales, dont l'application est très-heureuse et qui ont une
grace et une beauté qu'on ne peut faire passer dans une traduction. Ce qu'il y a de plus admirable, c'est qu'il n'y a
rien d'étudié, et que toutes les paroles ne sont que les ef-
fusions impétueuses d'une ame qui s'épanche; on y remarque

partout le langage d'un cœur pénétré d'amour, de confiance, de componction, d'humilité et de toutes les autres vertus. Ce n'est point un feu qui produit une chaleur passagère; c'est une flamme qui dévore et détruit toutes les affections terrestres, qui transforme l'ame en elle-même, et qui continue de brûler sans rien perdre de son activité. « Quel est l'or-
» gueilleux, dit saint Grégoire de Nysse, qui ne devien-
» drait le plus humble des hommes en lisant ses discours sur
» l'humilité? Qui ne serait enflammé d'un feu divin, en lisant
» son traité de la charité? Qui ne désirerait d'être chaste
» de cœur et d'esprit, en lisant les éloges qu'il donne à la
» chasteté? » *Godescard*, *Vies des Saints*.

Souvent il emprunte la forme du dialogue; et par là il ajoute à l'énergie de ses tableaux un intérêt vraiment dramatique, se mettant lui-même en scène, s'interrompant par ses larmes, se faisant interroger, et répondant par ses propres sanglots aux sanglots de son auditoire. Rien ne marque mieux l'estime qu'on faisait de ses écrits que l'usage où l'on était dans quelques églises, dès l'an 372, de les lire dans les assemblées, après l'Écriture sainte.

Saint Éphrem naquit à Nisibe dans la Mésopotamie, probablement sous le règne de Dioclétien. Il ne reçut le baptême qu'à l'âge de dix-huit ans, et bientôt après il se retira dans la solitude, près d'Édesse, pour s'y livrer tout entier aux plus rudes exercices de la pénitence et aux plus sublimes vertus de la vie religieuse.

Il nous a laissé lui-même des mémoires sur sa vie, sous le nom de sa confession, (*Reprehensio sui ipsius*), dont nous allons donner quelques traits.

« S'il est vrai, mes frères, que mes services vous soient
» souvent utiles, comme vous le croyez, il est juste aussi
» que je songe à servir mes intérêts personnels; car il serait
» déraisonnable de se laisser soi-même manquer du néces-
» saire quand on distribue aux autres la nourriture dont ils

» ont besoin, ce qui aurait lieu si je ne faisais un sérieux
» examen de ma conscience.

» Du temps où j'étais engagé dans les embarras du siècle,
» l'ennemi du salut profita de ma jeunesse pour me faire
» tomber dans ses piéges; il pensa me persuader que ce qui
» nous arrive dans la vie n'est que le jeu du hasard. Je
» ressemblais au vaisseau qui vogue sans gouvernail, exposé
» soit à reculer, soit à n'avancer pas, soit même à aller se
» briser contre les écueils, à moins d'un secours surnaturel
» qui le sauve du péril dont il est menacé. C'est là mon
» histoire. La bonté du Seigneur veillait sur moi.

» Un jour que je voyageais dans la campagne de la Mé-
» sopotamie, je rencontrai un berger avec qui je liai con-
» versation; celui-ci m'ayant demandé où j'allais, sur ma
» réponse, — Jeune homme, me dit-il, si tu veux me
» croire, tu n'iras pas plus loin, parce qu'il commence à
» se faire tard; viens te reposer chez moi. — Son offre
» me toucha, je l'acceptai. Sur le milieu de la nuit des
» loups survinrent, ils attaquèrent le troupeau et le dissipè-
» rent. Le berger qui s'était enivré, dormait profondément.
» Les personnes à qui le troupeau appartenait, ne se conten-
» tèrent pas de faire conduire le berger en prison; parce
» qu'elles m'avaient trouvé avec lui, elles m'appelèrent
» devant le juge, sous le prétexte que j'étais complice du
» vol. J'eus beau me défendre en racontant comment les
» choses s'étaient passées, je n'en fus pas moins conduit en
» prison. Bientôt après y arriva avec nous un homme ac-
» cusé d'adultère, puis un autre prévenu de meurtre; pas
» un d'eux n'était plus coupable que moi. Sept jours s'étaient
» écoulés; durant que j'étais endormi un ange m'apparut en
» songe. — Ouvre, me dit-il, ton cœur aux sentiments
» de la piété, et tu apprendras à connaître les secrets de
» la divine providence. Rends-toi compte de tes pensées,
» de tes actions; ta propre conscience te répondra ....

» est puni sans l'avoir mérité. C'est ce qui paraîtra de même
» par ces prisonniers qui sont ici détenus avec toi, et qui
» paraissent souffrir injustement. — A mon réveil je me
» sentis fortement ému de cette vision, et, suivant le conseil
» qui m'avait été donné, revenant sur mes égarements passés,
» je me rappelai que, dans cette campagne même où l'on
» m'avait arrêté, j'avais, pendant la nuit, chassé là vache
» d'un pauvre homme sur des montagnes, où elle avait été
» dévorée par les bêtes. Je racontai mon songe à mes com-
» pagnons d'infortune, et les exhortai à en faire autant. Le
» lendemain, le juge fit comparaître tous les prisonniers. Ils
» furent trouvés innocents de ce dont on les accusait; mais
» ayant été convaincus de divers autres crimes, soit d'a-
» près leurs propres aveux, soit d'après des dépositions
» constantes, ils subirent chacun la peine qu'ils méritaient.
» Je fus mis en liberté, sur la connaissance qu'on eut du
» véritable voleur du troupeau.

» La nuit d'après j'eus une autre vision, où j'entendis
» ces paroles prononcées avec autorité : — Retourne au lieu
» d'où tu viens, fais pénitence, et demeure bien convaincu
» qu'il y a un Dieu à qui rien n'est caché. — Agité, baigné
» de larmes, je partis sans savoir encore si j'avais satisfait
» à la justice divine. C'est pourquoi je me recommande aux
» prières de tous ; car j'ai dans l'ame des plaies bien vives
» et difficiles à guérir. Ce qui m'afflige, ce n'est point l'or-
» gueil d'avoir été favorisé par des visions, c'est le souvenir
» des pensées impies dont mon cœur se remplissait alors.
» Pharaon vit comme moi un ange qui lui prédisait l'avenir ;
» son inflexible cœur ne changea point. Je sais, oui, je sais
» avec assurance que mes yeux ne m'ont point trompé, que
» nulle illusion n'a agi sur mes sens ; mais l'outrage que
» j'ai fait à Dieu est un poids qui m'accable. Oser dire que
» toutes les choses d'ici-bas arrivent au hasard, c'est anéantir
» la divinité même : je m'en suis rendu coupable, je ne

» le désavoue pas. J'ai rétracté ce doute criminel, ai-je
» fléchi la colère du Seigneur ? voilà ce que j'ignore. J'ai
» annoncé aux autres sa parole : a-t-il béni mon ministère ?
» Je ne saurais en répondre. J'ai écrit sur la Providence :
» Dieu m'a-t-il approuvé ? Je n'en sais pas davantage. J'ai
» jeté les yeux sur le monde, et j'ai reconnu qu'il y avait une
» Providence. J'ai vu que le vaisseau auquel manque son
» pilote est exposé à périr ; et j'ai conclu que les travaux de
» la main des hommes sont ruineux et vains, à moins que
» la main de Dieu ne les soutienne. J'ai vu des cités et des
» états bien gouvernés ; j'en ai tiré cette conséquence : — il
» y a donc un Dieu dont la sagesse et les lois invariables
» maintiennent l'ordre général. — C'est le pasteur qui fait
» la force du troupeau : c'est Dieu qui donne à ce qui est
» sur la terre un principe de vie et de fécondité. Rien ici-bas
» qui n'ait eu un commencement : ce commencement à quoi
» remonte-t-il ? à Dieu. La terre a besoin, pour nous donner
» ses fruits, des eaux du ciel qui l'arrosent ; autrement elle
» ne produirait rien d'elle-même : la lumière qui nous éclaire
» durant le jour, provient des rayons du soleil qui la lui
» fournit : ainsi les hommes peuvent exécuter de bonnes
» œuvres, mais c'est Dieu qui les commence et les ac-
» complit. »

Dans un autre de ses ouvrages il nous apprend qu'il entreprit, vers l'an 372, un long voyage pour faire visite à
saint Basile. Arrivé à Césarée, il se rendit à l'église, au moment où le saint archevêque prêchait à son peuple. Après le
sermon, Basile l'envoie chercher et lui demande, par le
moyen d'un interprète, s'il n'était point Éphrem, ce serviteur de Jésus-Christ. « Je suis, répondit-il, cet Éphrem
qui est bien éloigné du chemin du ciel. » Puis fondant en
larmes et prenant un ton de voix plus élevé, il dit : « O
» mon père, ayez pitié d'un misérable pécheur, et daignez
» le conduire dans la véritable voie. » Saint Basile lui de-

manda en l'embrassant pourquoi il l'avait loué à haute voix ?
« C'est, dit Éphrem, que je voyais sur votre épaule droite
» une colombe d'une blancheur éblouissante, qui semblait
» vous suggérer ce que vous disiez au peuple. »

Quelques modernes ont avancé que saint Basile, avant
de le laisser partir, l'éleva au sacerdoce. Il est certain que
saint Éphrem ne voulut jamais permettre qu'on lui conférât
cette dignité. Saint Jérôme et Gennade ne l'appellent point
autrement que le diacre d'Édesse.

De retour à Édesse, il se renferma dans une petite cel-
lule, où il se prépara avec une nouvelle ferveur au passage
de l'éternité, et où il composa la dernière partie de ses ouvrages. Il sortit de sa retraite à l'occasion des ravages que
causait une grande famine, pour voler au secours du prochain et surtout pour assister les pauvres. Après la cessation
du fléau il retourna dans sa solitude, où il fut bientôt pris
de la fièvre.

Sentant sa fin approcher, il assembla ses disciples et plusieurs habitants d'Édesse, pour leur faire connaître ses dispositions. Il leur recommanda de ne point chanter d'hymnes
funéraires à son enterrement, et de ne point permettre qu'il
fût fait de lui aucun éloge funèbre. « N'enveloppez, ajouta-
» t-il, mon corps dans rien de précieux, et n'élevez aucun
» monument à ma mémoire. »

La même humilité se manifesta dans son testament. « Moi
» Éphrem, je vais mourir. Sachez tous que j'écris ce tes-
» tament pour que vous vous souveniez tous de moi après
» ma mort.... Je sens mes forces s'abattre, le tissu de mes
» jours est prêt à se rompre ; je vois approcher ceux qui
» doivent porter ma dépouille mortelle à sa dernière de-
» meure. Mercenaire appelé au service du père de famille,
» j'ai rempli ma tâche ; pèlerin étranger sur la terre, me
» voici arrivé au terme de ma course. Les licteurs de la
» mort s'avancent, impitoyables, pour traîner au supplice

» ce malfaiteur qui n'a plus rang dans la société. Larmes
» stériles ! cris qui ne seraient pas entendus ! hélas ! il ne
» me reste que l'attente du formidable jugement. »

Saint Éphrem ne survécut pas long-temps à cet écrit.
Après avoir donné sa bénédiction à ses disciples, il les as-
sura que Dieu leur ferait miséricorde, prononça quelques
prédictions qui furent fidèlement accomplies, et rendit son
ame à Dieu, mourant dans la paix du Seigneur. On ne
convient point de l'année de sa mort. *M. Guillon.*

Homélie sur le second avénement de Jésus-Christ.

...... « C'est la lumière de la croix qui a dissipé les té-
» nèbres de l'erreur, rassemblé les nations du levant au
» couchant, du midi au septentrion ; c'est par la croix que
» notre Sauveur a triomphé des enfers, et rendu à la li-
» berté les captifs qu'ils retenaient dans leur puissance ;
» par la croix que les apôtres ont fait échouer toutes les
» conjurations de l'ennemi, que les martyrs ont surmonté
» tout l'appareil des plus affreuses tortures, que les saints
» pénitents ont affronté l'horreur des solitudes les plus
» sauvages. »

De là saint Éphrem entre dans son sujet :

« Nous la verrons tous, cette croix triomphante, au jour
» de la consommation des siècles et du second avénement
» de Jésus-Christ ; nous la verrons tous, environnée de
» gloire et de majesté, escortée des légions célestes, pa-
» raître dans le ciel, objet de terreur pour les méchants,
» de joie et de consolation pour les justes, annoncer l'ar-
» rivée du grand roi qui vient juger les vivants et les
» morts. »

L'imagination du pieux solitaire, saisie de la pensée du
dernier jugement, s'enflamme et va prendre le plus sublime
essor. Opprimée d'abord sous le poids des effrayantes scènes
qu'elle a conçues, elle se recueille en soi-même et s'arrête

en silence aux pieds du souverain juge. L'auditoire s'é-
tonne; on veut apprendre de lui-même le sujet de cette
brusque interruption.

« Bien-aimés de Jésus-Christ, prêtez une oreille attentive
» à ce que je vais vous dire sur le formidable avénement
» du Seigneur. En y pensant je me sens glacé d'effroi. Eh!
» qui pourrait raconter de sang-froid d'aussi épouvantables
» choses? quelle langue humaine, quels discours peuvent
» décrire cette lugubre scène? Du plus haut des cieux, le
» roi des rois, porté sur un trône éclatant de lumière, en-
» vironné de gloire, est descendu; il vient siéger comme
» juge, à la face de tout l'univers, et fait comparaître au
» pied de son tribunal tous les humains. A ce seul aspect,
» je me sens prêt à m'évanouir, la plus violente agitation
» s'est emparée de tout mon corps, mes membres palpitent,
» mes yeux se remplissent de larmes, ma langue balbutie,
» mes lèvres tremblent; ma voix, entrecoupée par les san-
» glots, s'arrête; il n'y a plus dans mes idées que désordre
» et confusion. Un coup de tonnerre qui vient tout à coup
» à retentir à nos oreilles, porte la terreur au fond de l'ame :
» que sera-ce, alors que les accents de la trompette, mille
» fois plus éclatants que le bruit du tonnerre, se faisant
» entendre jusque dans les tombeaux, iront réveiller tous
» les hommes, justes et pécheurs, qui existèrent depuis la
» naissance du monde; alors que le genre humain tout
» entier, renaissant à la fois, viendra comparaître aux pieds
» du souverain juge? Il a parlé, et soudain la terre ébranlée
» a rendu tous les morts ensevelis dans ses entrailles; ceux
» que l'océan avait engloutis dans ses abymes, et ceux que
» les animaux féroces dévorèrent, reparaissent tous res-
» suscités, tous vivants dans leur propre chair. Un fleuve
» de feu, épanché des lieux où naît le soleil, avec l'impé-
» tuosité d'une mer en furie, s'est précipité sur la terre; il
» embrase montagnes et vallées, il consume l'univers tout

» entier. Plus de riantes campagnes, plus de fontaines ra-
» fraîchissantes, de fleuves et de rivières, portant au loin
» l'abondance avec leurs eaux; l'air est embrasé, les étoiles
» tombées du ciel, le soleil anéanti, la lune changée en
» sang; tout a disparu. Le ciel s'est replié comme un livre.
» Les anges ont reçu l'ordre de rassembler d'une extrémité
» à l'autre les fidèles serviteurs de Dieu; ils l'exécutent en
» un moment. Un nouveau ciel, une nouvelle terre ont
» remplacé le ciel et la terre anéantis. Tout-à-coup un trône
» majestueux s'avance. Le signe du Fils de l'homme paraît
» resplendissant de lumière, et son éclat remplit un im-
» mense horison. Tous les peuples ont reconnu le royal
» sceptre du monarque terrible qui se découvre enfin à leurs
» regards. Comment oser alors se présenter à Jésus-Christ
» et entrer avec lui en jugement? Accablé par le souvenir
» de ses péchés, vide de bonnes œuvres, le pécheur est là
» nu et tremblant, dans l'effroyable attente de l'arrêt qui
» va être rendu contre lui. Chacun lit le tableau de sa vie
» tout entière......

» Que diront alors ces pécheurs qui aujourd'hui refusent
» de faire pénitence? Combien hélas! nous nous sommes
» abusés! « Il n'est plus temps, s'écrieront-ils, de prier,
» de jeûner, de donner aux pauvres. Si souvent on nous
» parla de ce terrible jour du dernier jugement! et nous
» n'en voulions rien croire. » Et la voix tonnante du juge
» fait retentir cette parole : Montrez-moi quelles ont été
» vos œuvres, et recevez le traitement qu'elles méritent.

» Oh! mes frères, que de larmes ne devrions-nous pas
» répandre jour et nuit dans l'attente de ce terrible jour! »

A ce moment le saint orateur s'arrête suffoqué par les
sanglots. L'auditoire s'écrie : « Ne nous apprendrez-vous
» pas ce qui vient à la suite. » Il répond :

« Voilà tous les hommes rassemblés, pâles, les yeux
» baissés, en présence du redoutable tribunal, comme sus-

» pendus entre la vie et la mort, entre le ciel et l'enfer.
» Et chacun d'eux s'entend appeler, cité par son nom,
» pour subir un rigoureux examen..... Malheur à moi ! je
» voudrais vous apprendre le reste, il ne m'est plus pos-
» sible ; ma voix est muette. »

Nouvelles instances de l'auditoire : « Poursuivez, s'est-on
écrié de toutes parts ; nous vous en conjurons, pour notre
utilité et la sanctification de nos ames. »

« Bien-aimés de Jésus-Christ, tout est donc examiné,
» discuté, jugé, en présence des anges et des hommes.
» On cherchera dans chacun des chrétiens le sceau du bap-
» tême et le dépôt de la foi ; on leur redemandera cette
» renonciation qu'ils avaient faite au démon, à ses œuvres,
» non pas à telle et telle de ses œuvres, mais à toutes en
» général. Heureux celui qui aura gardé fidèlement la pro-
» messe à quoi il s'était engagé ! En conséquence de l'exa-
» men, les bons seront séparés d'avec les méchants, les
» brebis d'avec les boucs. Aux premiers il est dit : *Venez,*
» *ô les bénis de mon père, posséder le royaume qui vous*
» *a été promis ;* aux seconds : *Retirez-vous, maudits, allez*
» *au feu extérieur,* vous qui fûtes sans charité, ennemis
» de Dieu et de vos frères ! vous fûtes sans entrailles, je
» serai sans pitié ; sourds à la voix de mon Évangile, et
» moi aussi je vous dis à présent : *Je ne vous connais plus.*
» Et le partage s'est fait pour l'éternité ; aux méchants les
» enfers avec leurs supplices sans fin, aux bons le ciel avec
» ses immortelles récompenses.

» Dans les enfers, supplices ; ici ténèbres extérieures, là
» géhenne et tortures ; ailleurs grincements de dents, ver
» qui jamais ne dort ; plus loin étang de feu, fournaise
» ardente, inépuisable. A chacune de ces tortures sont
» assignées leurs victimes particulières, dans la proportion
» avec les péchés dont on s'était rendu coupable. Tous
» bannis à jamais de la présence de Dieu, tous abymés dans

» le désespoir, tous livrés à la mort qui en faisait sa
» proie. »

Ici Éphrem, se frappant la poitrine et pleurant encore
plus amèrement, a suspendu son récit. On le presse de
nouveau.

« Vous le voulez; je parlerai donc, mais seulement par
» mes larmes et par de profonds gémissements. O mes
» frères! que voulez-vous apprendre? Jour épouvantable!
» malheur à moi! malheur à moi! Vous tous qui avez des
» larmes! pleurez avec moi; que ceux qui n'en ont point,
» apprennent à connaître le sort qui les attend, et qu'ils ne
» négligent pas leur salut..... » *Traduction de M. Guillon,*
Bibliothèque choisie des Pères de l'Église.

CHAPITRE QUATRIÈME.

MOYEN AGE.

Ainsi le christianisme ranimait le génie de l'éloquence ; ainsi une foule de grands hommes, qu'il avait formés, enfantaient des productions sublimes. Cette carrière nouvelle qui s'était ouverte, aurait conduit sans doute à une perfection plus haute ; le goût lui-même se serait entièrement épuré sous l'influence des doctrines qui avaient opéré dans le monde une si étonnante révolution. Mais un mouvement rétrograde fut malheureusement imprimé à la littérature chrétienne. Les Barbares s'étaient précipités sur l'empire et avaient ravagé ses plus belles provinces. Pendant plusieurs siècles ils continuèrent leurs dévastations, et l'on put croire, lorsqu'ils se fixèrent au milieu des vaincus, que le monde allait être plongé pour toujours dans les plus affreuses ténèbres. La lumière brillante, qui, du sein de la foi, avait éclairé les peuples, fut en effet obscurcie et enveloppée d'épais nuages. Toutefois elle ne pouvait entièrement s'éteindre. Long-temps encore le grand siècle de saint Jean Chrysostôme sembla se prolonger. On vit paraître saint Cyrille d'Alexandrie, saint Vincent de Lérins, Salvien et le grand pape saint Léon. Après eux on ne rencontre plus semble, étouffé; mais la religion entretient le feu sacré au milieu des ruines; elle sauve de la destruction, non-seulement les ouvrages inspirés par son esprit, mais encore la plupart des chefs-d'œuvre de l'antiquité païenne; elle conserve pour un avenir plus heureux, la langue du peuple-roi, si digne, par sa noblesse, de servir à la majesté de son culte et de proclamer ses divins mystères; elle possède même des hommes de talents et de science, dont les écrits, empreints pour la plupart de la rouille du mauvais goût, sont quelquefois remarquables par l'élévation des pensées.

SAINT CYRILLE D'ALEXANDRIE.

Les ouvrages de saint Cyrille, patriarche d'Alexandrie (412-444), pourraient être comparés à des trésors, sortis bruts de la mine, et que l'art n'a point travaillés; le défaut de méthode, la négligence et même la rudesse du style, l'excès de l'érudition et l'abus des figures, n'empêchent point d'y admirer des traits de génie et des morceaux d'une haute éloquence. Telle est, par exemple, cette invocation qui termine un de ses discours sur la sainte Vierge : « Je vous » salue, ô Marie, mère de Dieu, trésor vénérable de tout » l'univers, brillante couronne de la virginité..... Je vous » salue, vous qui, dans votre sein virginal, avez ren-» fermé l'immense et l'incompréhensible, vous, par qui la » divinité est glorifiée et adorée; vous, par qui la croix » glorieuse du Sauveur est exaltée par toute la terre; vous, » par qui le ciel triomphe, les anges se réjouissent, les » démons sont mis en fuite, le tentateur est vaincu, la » créature coupable est élevée jusqu'au ciel, la connais-» sance de la vérité est établie sur les ruines de l'idolâtrie; » vous, par qui les fidèles obtiennent le baptême, et sont » oints de l'huile de joie; par qui toutes les églises du » monde ont été fondées, et les nations amenées à la pé-

» nitence ; vous enfin , par qui le fils unique de Dieu,
» qui est la lumière du monde , a éclairé ceux qui étaient
» assis dans les ombres de la mort..... Est-il personne qui
» puisse louer dignement l'incomparable Marie ? » *Tra-*
duction de M. Guillon.

Telles sont encore les paroles qu'il adresse aux hérétiques
qui osent élever leur raison contre la sagesse et la providence de Dieu : » Qu'ont-ils à répondre dans ce qu'a fait
» ce grand Dieu ? Comment ne sont-ils pas frappés de stu-
» peur, lorsqu'ils contemplent la voûte immense des cieux ?
» Comment ne se prosternent-ils pas devant celui qui l'a
» établie au-dessus de nos têtes , comme une fournaise
» ardente , et qui , de cette source enflammée , a su faire
» couler des sources d'eaux vives ?...... »

Les étoiles du firmament, l'ordre des saisons , les productions de la terre, sont des preuves frappantes de la
providence de Dieu.

« Et ces poissons qui sont répandus dans l'immense océan,
» qui pourra en décrire la beauté ? qui mesurera la grandeur
» prodigieuse des cétacées ? qui calculera la largeur des
» mers , leur profondeur, la violence impétueuse de leurs
» flots qui se précipitent , et cependant sans jamais franchir
» les limites qui leur ont été fixées ? Qui de même expli-
» quera la nature des légers habitants de l'air ? les uns doués
» d'une langue qui sait former et faire entendre au loin des
» sons harmonieux ; les autres offrant sur leur plumage
» toutes les nuances des couleurs les plus brillantes ; quel-
» ques-uns s'élevant jusque dans les nues , et s'y maintenant
» par un mouvement si rapide de leurs ailes , qu'elles
» paraissent comme immobiles ? Qui sait seulement le nom
» de tous les animaux qui peuplent les forêts ? et qui pour-
» rait raconter la force et la nature de chacun d'eux ? Dieu
» ne fit qu'un seul commandement, et de la même source
» jaillirent en quelque sorte toutes les races si diverses

» d'animaux; la douce brebis, le lion altéré de sang, et
» tant d'autres, dont les instincts variés sont comme une
» image des passions humaines. Le créateur de tant de mer-
» veilles n'est-il donc pas digne d'être loué et glorifié? O
» homme! parce que la nature et le but de quelques-uns
» de ses ouvrages échappent à ton intelligence, s'ensuit-il
» pour cela que ces ouvrages soient inutiles? Des serpents
» les plus vénimeux, l'art des médecins n'a-t-il pas su tirer
» les remèdes les plus salutaires? Le serpent inspire de
» l'horreur : crains Dieu et il ne pourra te nuire. La piqûre
» du scorpion est mortelle : crains Dieu et il ne te piquera
» pas. Le lion est avide de carnage : crains Dieu et il se
» couchera paisible auprès de toi, comme il le fit autrefois
» pour Daniel. Admire plutôt les moyens de conservation
» accordés à chaque animal, dont l'un, comme le scorpion,
» est armé d'un dard acéré; dont un autre a sa force dans
» ses dents; un troisième, enfin, dans ses ongles. Admire
» toute cette variété qui règne dans ses œuvres, et com-
» prends ainsi la puissance de l'ouvrier. Il te reste encore
» une chose à faire, c'est de te considérer toi-même et d'ap-
» prendre par ta propre nature à connaître celui qui en est
» l'auteur..... O homme! je te le répète : dans ces mer-
» veilles, reconnais l'ouvrier qui les a faites, admire la
» sagesse profonde du Créateur, et tombant à genoux de-
» vant ce sublime auteur de toutes les choses visibles et
» invisibles, loue Dieu; que ta bouche reconnaissante le
» bénisse, sans jamais se lasser. Dis-lui du fond du cœur:
» O Dieu! que vos œuvres sont magnifiques! vous avez tout
» fait dans votre sagesse. A vous, l'honneur de la gloire
» et la magnificence, maintenant et dans les siècles des
» siècles. » *Traduction de M. de La Mennais.*

SAINT VINCENT DE LÉRINS.

Le *Commonitorium*, ou avertissement contre les hérésies, publié par saint Vincent de Lérins, (il était né à Toul,) au commencement du cinquième siècle, est regardé comme l'un des plus beaux trophées érigés à la vérité catholique. Aussi fortement pensé que le livre des **Prescriptions de Tertullien**, il est écrit avec plus d'agrément, et réunit avec une supériorité rare deux qualités qui semblent s'exclure, l'abondance et la précision. Il intéresse, non pas seulement comme ouvrage théologique, mais comme monument d'éloquence. *M. Guillon.*

« C'est pour moi un sujet d'étonnement toujours nou-
» veau, qu'il y ait des hommes assez abandonnés aux travers
» de leur esprit, pour ne pas s'en tenir aux règles de créance
» qui sont revêtues du sceau de l'antiquité, mais qui, tra-
» vaillés d'une criminelle inquiétude, cherchent à ajouter,
» à changer, à retrancher quelque chose dans la religion,
» comme si le dogme de la foi n'était pas une révélation
» céleste qui suffit pour le salut; comme si ce dogme res-
» semblait aux institutions humaines qui ne parviennent à
» leur perfection que par de continuels changements et des
» réformes journalières......

» Mais quoi! me dira-t-on, n'est-il pas permis d'avancer
» dans l'étude de la religion? Oui, certes, et le plus qu'on
» peut. Il faudrait être l'ennemi de Dieu et des hommes pour
» nier que la chose soit possible, et pour le trouver mauvais.
» Mais avancer dans la foi ce n'est pas changer; car, pour
» perfectionner une chose, il faut que, demeurant toujours
» dans sa nature, elle reçoive quelque accroissement; au
» lieu que ce n'est pas un progrès qu'un changement, lors-
» qu'une chose cesse d'être ce qu'elle était, pour devenir
» autre. Qu'une sainte émulation enflamme tant les par-

23

» ticuliers que le corps tout entier de l'Église ; que chaque
» siècle enchérisse sur celui qui l'a précédé, pour avancer
» en science, en intelligence, en goût pour les choses di-
» vines, toujours sans s'écarter des mêmes sens, de la
» même foi, des mêmes dogmes sans nulle altération ; qu'il
» y ait dans les esprits le même développement que dans
» les corps. Le corps humain, pour croître et se fortifier avec
» l'âge, ne laisse pas d'être toujours le même.... De même
» il faut que la religion chrétienne soit réglée dans sa doc-
» trine, et qu'elle suive les mesures de son accroissement.
» Il faut qu'elle soit étendue par la succession des temps,
» affermie par le cours des années, et élevée par la suite
» des siècles à ce comble de perfection qu'elle attend de son
» origine céleste. Car enfin la religion chrétienne est un
» corps si accompli en toutes ses parties, qu'il ne peut re-
» cevoir ni altération en soi-même, ni dommage en ses
» propriétés, ni changement en ses décrets.

» Nous savons que nos ancêtres ont semé dans le champ
» de l'Église le pur froment de la foi. Il y aurait de notre
» part une monstrueuse inconséquence à vouloir y mois-
» sonner, non le grain, mais l'ivraie empoisonnée de l'er-
» reur. Cultivons, conservons dans leur pureté les germes
» salutaires qu'a produits une si heureuse semence ; ne bou-
» leversons pas le champ. Qu'il devienne permis à chacun
» d'innover, la religion tout entière tombe en ruines. Une
» fois que l'on aura retranché tel dogme catholique, chacun
» se croira en droit d'en retrancher un aujourd'hui, demain
» un autre. En détachant ainsi quelques parcelles succes-
» sivement, il faudra bien que l'édifice croule en entier.
» Plus rien de sacré et d'inviolable dans l'Église, et le
» sanctuaire auguste de la vérité n'est plus qu'un profane
» rendez-vous, ouvert à tous les caprices des passions hu-
» maines. » *Traduction de M. Guillon.*

SALVIEN.

Salvien, prêtre de Marseille, déplora avec tant de douleur les désordres de son temps, qu'il fut appelé le *Jérémie du cinquième siècle*. Ses lumières et ses vertus le firent aussi nommer le *Maître des évêques*. Il a laissé divers écrits qui le placent, pour la solidité de la doctrine, à côté des premiers docteurs, et qui, pour la beauté du style, rappellent les écrivains du siècle d'Auguste.

« Après avoir décrit ce qui se faisait dans les plus fameuses villes des Gaules (Trèves et Cologne), que dirai-je des villes moins considérables, si ce n'est qu'elles ont de même toutes péri par les vices de leurs habitants ? Le crime y avait tellement endurci tous les cœurs, qu'on était au milieu du péril sans le craindre. On était menacé d'une captivité prochaine, et l'on ne s'en doutait pas. Dieu permettait qu'on demeurât dans cette insensibilité, afin qu'on ne prît point de précautions pour détourner sa ruine. Déjà les Barbares étaient présents, on n'en avait nulle défiance, pas le moindre mouvement pour se garantir de l'invasion. Personne, sans doute, n'était jaloux de périr, mais tel était l'aveuglement des pécheurs, qu'on ne prenait aucun soin pour éviter sa perte. Dieu endort ceux qu'il veut perdre. Lorsque le pécheur a mis le comble à ses iniquités, alors le Seigneur l'aveugle sur les suites de son péché; et, courant à sa perte, il ne pense point à se sauver.

» Si du moins on s'humiliait encore sous la main qui nous frappe ! mais non, il semble que ce soit la destinée des peuples soumis à l'empire romain de périr plutôt que de se corriger ; il faut qu'ils cessent d'être, pour cesser d'être vicieux.

» Trois fois la première ville des Gaules a été détruite,

» trois fois elle a été comme le bûcher de ses habitants. La
» destruction même ne fut pas le plus grand mal qu'elle eut
» à supporter. La misère accablait ceux que la ruine de
» leur patrie n'avait pas fait périr. Ce qui s'était garanti
» de la mort gémissait dans la captivité. Les uns, couverts
» de blessures, traînaient une vie languissante ; les autres,
» à demi brûlés, n'avaient survécu à l'incendie que pour
» être en proie à de longues et cuisantes douleurs. Ceux-
» ci mouraient de faim, ceux-là succombaient sous la ri-
» gueur du froid, tous perdaient la vie par divers genres
» de supplices. La ruine de cette seule ville consternait
» toutes les autres. J'ai vu, et j'ai pu survivre à tant de
» calamités, j'ai vu la terre jonchée de morts, j'ai vu les
» cadavres des hommes et des femmes confondus sans sé-
» pulture, nus, déchirés, (spectacle lamentable !) exposés
» aux oiseaux et aux chiens. L'infection que ces corps ré-
» pandaient, devenait contagieuse pour les vivants, et la
» mort s'exhalait, pour ainsi dire, de la mort même ; en
» sorte que ceux qui n'avaient point été enveloppés dans le
» massacre de leurs concitoyens, en souffraient les suites
» funestes, et en ressentaient les horreurs.

» Qu'est-il arrivé à la suite de cet épouvantable désastre ?
» Une partie de la noblesse de Trèves, échappée aux ruines
» de cette ville, présenta requête aux empereurs, pour en
» obtenir, quoi ? des spectacles. Ah ! que n'ai-je ici l'élo-
» quence nécessaire pour bien exprimer l'indignité d'une
» telle action ! Mais, par où commencer ? par l'irréligion
» de ces illustres scélérats ? par leur stupidité ? par leur
» folie ? par leur lubricité ? car enfin tout cela se trouve
» dans leur conduite. Quoi donc ! Messieurs, vous deman-
» dez des jeux publics ; et cela après le ravage de vos terres,
» la prise de votre ville, la ruine de vos maisons ; après le
» carnage, la servitude, les supplices de vos concitoyens !
» Est-il rien de plus digne de larmes qu'une telle folie ?

» est-il rien de plus déplorable qu'une extravagance de cette
» nature? Votre malheur, je l'avoue, m'a paru extrême,
» quand j'ai vu la désolation de votre ville ; mais je vous
» trouve encore plus malheureux, depuis que j'apprends que
» vous demandez des spectacles. Demander un théâtre,
» mais pour qui? pour une ville réduite en cendres, entiè-
» rement renversée, où à peine il reste pierre sur pierre !
» Pour qui? pour un peuple qui gémit dans l'esclavage
» ou languit dans les fers, dont les pitoyables restes ne
» sont que misères ; pour un peuple qui n'est plus, pour un
» peuple, ou accablé de chagrin et d'inquiétude, ou con-
» sterné de la perte de ses proches ; pour un peuple enfin,
» dont l'état désastreux donne lieu de douter si la condition
» des vivants n'est pas pire que celle des morts ! Vous
» demandez des jeux publics ! mais, où les célébrer ces
» jeux? je vous le demande à mon tour. Sur les cendres
» de votre patrie? sur les ossements de vos concitoyens?
» dans les places qui fument encore du sang de vos compa-
» triotes? Car y a-t-il un seul endroit dans la ville qui ne
» soit un monument de vos malheurs? En quel lieu n'a pas
» ruisselé le sang de vos frères?...... Tout est en deuil, et
» vous ne pensez qu'à vous divertir, et vous insultez encore
» à la justice divine ! Ah ! je ne suis plus étonné que vous
» ayez été châtiés par tous les maux que vous avez soufferts.
» Une ville que trois renversements n'ont pu corriger, mé-
» ritait bien de souffrir une quatrième destruction. »

Cet éloquent morceau est tiré du plus important traité de
Salvien, celui *sur la Providence* (*livre sixième*). Il n'y a
pas moins de vigueur dans *le Traité contre l'avarice*. Par
exemple, lorsque l'orateur cite l'avare au tribunal de Dieu :
« Que je vous demande si vous croyez au jugement de Dieu :
» Oui, j'y crois, répondez-vous. Et à l'instant où vous allez
» paraître à ce jugement, vous ne pensez à rien moins qu'à
» fléchir sa colère ! Et ce juge terrible, vous n'avez pour

» lui qu'un mépris réel ; car n'est-ce pas le mépriser que de
» compter pour rien votre salut, pourvu que vous violiez
» ses lois ? Démentez-moi si j'accuse faux. Le voilà ce juge,
» tenant dans ses mains l'arrêt de votre éternité, le voilà
» qui vous crie de penser à vous préférablement à tout autre,
» dans le partage de votre succession, d'avoir plus d'égard
» à vos intérêts qu'à ceux d'autrui, de penser que rien ne
» vous touche de plus près, que rien ne vous doit être plus
» cher que votre ame. Il vous répète : *Que sert à l'homme*
» *de gagner tout l'univers, s'il vient à perdre son ame ?*
» C'est-à-dire, ô mortel misérable, quand tu serais paisible
» possesseur du monde entier, et que tu laisserais à tes hé-
» ritiers tous les trésors de la terre, de quoi cela te servirait-
» il, si ton ame périt ? Qui perd son ame perd tout. Tout
» l'homme périt avec elle, et que lui reste-t-il, lorsqu'il se
» perd lui-même ? Que donnera-t-il en échange pour le
» rachat de cette ame, quand une fois elle sera perdue :
» *Quam dabit homo commutationem*, etc.?.... C'est-à-dire,
» ne ménage donc rien, quand il s'agit de la sauver. Argent,
» biens, tout doit être sacrifié pour empêcher qu'elle ne
» périsse, puisque tu n'as d'espérance que dans son salut.
» Quoi que tu puisses donner, quoi que tu puisses offrir,
» ce n'est rien en comparaison. Elle est d'un prix infiniment
» au-dessus des biens créés. En te perdant, tu perds tout,
» et tu gagnes tout en te sauvant..... Ayez, ayez pitié de
» votre ame : *Miserere animæ tuæ.* C'est Dieu lui-même qui
» vous en conjure. O bonté admirable du Dieu que nous
» servons ! quelle miséricorde ! C'est lui-même qui nous de-
» mande miséricorde pour nous-mêmes : *Miserere animæ*
» *tuæ.* Laissez-vous toucher aux misères d'une ame sur la-
» quelle mon cœur ne peut s'empêcher de s'attendrir. Ayez
» une fois pitié de cette ame, pour laquelle je suis, moi,
» perpétuellement ému de compassion. Ne refusez pas quel-
» qu'intérêt à cette ame qui est votre bien, quand je m'in-

» téresse si fort à elle, moi, à qui elle est étrangère : *Mi-*
» *serere illius tandem, cujus misereor ego semper. Miserere*
» *tu animæ saltem tuæ.* Malheureux, que répondez-vous à
» d'aussi tendres sollicitudes? Quoi! un Dieu vous prie,
» et vous résistez! Pour enrichir quelques héritiers, vous
» vous deshéritez vous-mêmes, vous vous condamnez vous-
» mêmes à une éternelle indigence, afin de procurer à d'au-
» tres une opulence de peu de jours. Mourant infortuné,
» pourquoi tant de sollicitudes et d'agitations? A quoi bon
» pourvoir toi-même à la dissipation de tes biens? crains-tu
» qu'il ne se trouve personne pour les dévorer après toi?
» Sois tranquille là-dessus, ils ne seront que trop tôt dissi-
» pés; et plût à Dieu que le salut de ton ame fût aussi certain
» que l'abus de ta succession. O infidélité d'un chrétien! ó per-
» versité du cœur de l'homme! On dit d'ordinaire que l'homme
» est le premier en date dans son amour. C'est ici tout le con-
» traire. C'est là une espèce de prodige tout nouveau, que le
» moribond pense à tout, excepté à lui-même; que les démons
» de l'avarice et de la cupidité aient tous un libre accès près
» de ce lit de mort, et que Dieu seul ne soit point entendu....
» Après tout, vous avez, il faut en convenir, d'assez fortes
» raisons pour ne pas vous rendre aux instances d'un Dieu.
» Rassemblé autour de vous, un essaim de parents assiége
» ce lit de douleur où vous expirez : quel cortége imposant!
» des mères de famille opulentes, des hommes d'une nais-
» sance distinguée, tout brillants d'or et de soie : le moyen
» de rester insensible! le digne fruit pour l'éternité, que de
» dispenser ses biens à de tels demandeurs! Voilà, certes,
» des titres assez légitimes pour ne pas se montrer impi-
» toyable envers des pauvres de cette espèce, et pour dérober
» à son ame de quoi satisfaire à leurs besoins! Comment
» tenir au spectacle de ces proches richement parés, dans
» l'éclat d'une fortune opulente, avec une contenance déso-
» lée, l'air morne, et un visage où se peint la douleur,

» marchandant votre héritage en habit de fête, mais avec une
» tristesse de commande, et épiant le moment de votre
» mort, bien plutôt qu'ils ne font des vœux pour votre gué-
» rison? »

Il est difficile d'armer l'ironie d'une pointe plus piquante.

« Enfin, il est mort ce riche avare. Le voilà sorti de ce
» monde, d'où il est allé subir un rigoureux examen, aux
» pieds du tribunal terrible, inexorable; où l'ame, aban-
» donnée à une incertitude accablante, ne peut espérer de
» refuge que dans le témoignage de la conscience, que dans
» l'innocence de la vie, et, ce qui équivaut presque à
» l'innocence, dans les œuvres de miséricorde qu'elle aura
» exercées; où l'accusé ne trouvera de défenseurs que dans
» l'abondance de ses aumônes et dans l'efficacité de sa pé-
» nitence; où enfin la diversité des mérites détermine l'arrêt
» du souverain bien ou du souverain mal, une couronne
» immortelle de gloire ou bien une éternité de supplices.
» C'était à ce moment que le souverain juge l'attendait, et
» voilà que les anges des ténèbres, exécuteurs de ses ven-
» geances, s'apprêtent à exercer leur épouvantable ministère;
» et son supplice a commencé pour ne jamais finir..... Mor-
» tels misérables! pourquoi travailler avec tant d'empres-
» sement à vous damner? Vous pouviez vous sauver à bien
» moins de frais. » *Traduction de M. Guillon.*

Disons-le. Tout cela est éclatant de beautés; mais de
beautés d'un ordre supérieur, et telles que Salvien aurait
égalé le mérite des plus grands orateurs, s'il avait su mettre
plus de méthode dans ses traités, plus de réserve dans ses
invectives, plus de précision dans ses mouvements et dans
son élocution. Mais on ne saurait se dissimuler que le retour
habituel des mêmes pensées, des mêmes images, et des
mêmes expressions, porte dans ses deux principaux ouvrages
une monotonie qui nuit beaucoup à leur effet. Salvien présente à lui seul une vaste galerie de tableaux composés avec

feu, coloriés d'une manière brillante, mais tous copiés les uns sur les autres. On sent quelles ressources il peut offrir au talent de l'imitateur qui saura le ramener à une juste mesure. *M. Guillon.*

SAINT LÉON LE GRAND.

Saint Léon, surnommé le Grand, occupa le trône pontifical depuis 440 jusqu'à 461.

Son éloquence a un caractère spécial, et qui semble appartenir à lui seul. Ce n'est point la vigueur mâle, impétueuse, de saint Grégoire de Nazianze, ni la pompe et la magnificence de saint Jean Chrysostôme, ni l'abondante subtilité d'esprit de saint Ambroise, de saint Augustin : c'est une éloquence grave, sans passion, pleine de dignité; celle, en un mot, qui convient éminemment au vicaire de Jésus-Christ. On reconnaît la religion du roi des rois, qui, assise sur le trône de saint Léon, dicte ses oracles par la bouche de son pontife. *M. Guillon.*

Nous ne citerons qu'un seul morceau des *Sermons* de ce grand pape, parce que la majestueuse harmonie de son style ne peut que faiblement passer dans une traduction.

« Lorsque les douze apôtres, après avoir reçu par le
» Saint-Esprit le don de parler toutes les langues, par-
» tagèrent entr'eux l'univers pour aller partout établir
» l'Évangile, saint Pierre, comme le chef du collége apos-
» tolique, fut destiné à la capitale de l'empire romain, afin
» que la lumière de vérité qui commençait à briller pour le
» salut de toutes les nations, se répandît plus aisément de
» la capitale dans toutes les parties du monde. Y avait-il
» alors sous le ciel une nation qui n'eût un de ses citoyens
» à Rome? et quel peuple pouvait ignorer ce que Rome
» avait appris? C'est donc là surtout qu'il fallait confondre
» l'orgueil des philosophes; c'est là qu'il fallait montrer la

» vanité de la sagesse humaine ; c'est là qu'il fallait détruire
» le culte sacrilége des démons, faire cesser leurs sacrifices
» impies, et ruiner l'idolâtrie dans le lieu même où la su-
» perstition avait rassemblé les erreurs de l'univers entier.
» Vous ne craigniez donc point, ô grand apôtre, d'entrer
» dans cette ville formidable ; et tandis que Paul, votre
» glorieux collègue, est encore occupé du soin des autres
» Églises, vous venez dans cette forêt remplie de toutes
» sortes de bêtes féroces, vous affrontez ce profond océan
» avec bien plus de courage que vous ne marchiez autrefois
» sur les eaux. Déjà vous aviez donné aux Juifs fidèles la
» connaissance de l'Évangile ; déjà vous aviez fondé l'Église
» d'Antioche, le berceau du nom chrétien ; déjà le Pont,
» la Galatie, la Cappadoce, l'Asie, la Bithynie, se trou-
» vaient soumis par vos travaux aux lois de l'Évangile : et
» maintenant, sans avoir le moindre doute sur le succès, et
» sans être arrêté par le peu de temps qui vous reste à vivre,
» vous portez le trophée de la croix de Jésus-Christ sur le
» Capitole, où la divine Providence avait placé dans ses
» conseils éternels et le théâtre de vòtre martyre et le siége
» de votre dignité. » *Homélie pour la fête des saints apôtres Pierre et Paul. Traduction de M. Guillon.*

SAINT GRÉGOIRE LE GRAND.

Nous devons reconnaître que le style de saint Grégoire
le Grand est celui de son siècle (540-607), c'est-à-dire,
qu'il est obscur, embarrassé, rempli de locutions vicieuses,
surchargé d'allégories et déjà barbare ; mais ces défauts sont
avantageusement compensés par la solidité de l'instruction,
et surtout par l'onction divine qui fait le caractère de ses
écrits.

La morale ne sort-elle pas énergique et vivante en quelque sorte de ce tableau des maux de l'empire ? « Dites-moi,

» qu'y a-t-il dans le monde qui doive nous y attacher? Par-
» tout ce n'est que deuil et gémissements. Nos cités sont
» renversées, nos camps en déroute, nos campagnes déso-
» lées; cet empire n'est plus qu'une vaste solitude; partout le
» silence de la mort, et le petit nombre qui a pu échapper
» au carnage, est en proie à des calamités sans cesse renais-
» santes. Il n'existe plus sous nos yeux que les restes du genre
» humain. Les fléaux de la colère céleste n'ont point de terme,
» parce que les crimes qui les ont provoqués n'en ont point.
» Vous voyez les uns traînés en captivité, les autres mutilés,
» les autres égorgés sans pitié. Encore une fois, qu'avons-
» nous dans le monde qui mérite de nous y retenir? Aimer
» encore ce monde, c'est aimer non ses plaisirs, mais ses
» maux. Cette Rome autrefois la maîtresse de l'univers,
» qu'est-elle aujourd'hui? Elle succombe sous le poids des
» tribulations qui l'accablent. Abandonné par ses citoyens,
» insultée par ses ennemis, elle n'est plus qu'un monceau de
» ruines. Qu'est devenu son sénat? Qu'a-t-elle fait de son
» peuple? que parlai-je des hommes, quand ses édifices
» mêmes ne sont plus; quand vous en chercheriez en vain
» les murailles? Où sont-ils ceux-là qui s'énorgueillissaient
» de sa gloire? Ses joies bruyantes, ses pompeux spectacles,
» tout s'est évanoui. Plus de courtisans qui viennent y cher-
» cher la fortune, plus de jeunesse qui afflue dans son en-
» ceinte pour venir s'y disputer les avantages du siècle, plus
» d'oppresseurs qui viennent s'y repaître du sang des vic-
» times. Pas une ville n'a été plus épargnée que cette capitale.
» Toutes sont ou dévorées par le glaive, ou ravagées par la
» famine, ou englouties par les tremblements de terre.
» Puisque le monde s'écroule de toutes parts, sortons donc
» de toute l'enceinte de ce monde. » *Homélies sur la prophétie d'Ézéchiel. Traduction de M. Guillon.*

CONVERSION DES BARBARES.

Quand même le génie de l'éloquence, dans les siècles que nous parcourons, n'aurait élevé aucun monument durable, il présenterait encore à la postérité de bien glorieux souvenirs. Les pontifes de Rome, les évêques et les prêtres attachés à la chaire de l'unité, se virent environnés du respect et de l'amour qui étaient dus à la grandeur de leur vertu, à l'éclat de leur science et à la sainteté de leur caractère. Ils exercèrent au milieu des peuples le ministère de la prédication avec une autorité imposante. Les Barbares, malgré la férocité de leurs mœurs, avaient dans le cœur je ne sais quoi de grand et de généreux. Ils furent frappés à la vue de ces hommes célestes qui leur présentaient le flambeau de la vérité; ils prêtèrent facilement l'oreille aux sublimes enseignements de la foi, et ouvrirent leurs cœurs aux nobles sentiments qu'elle inspire. Le farouche Attila, qui renonce tout-à-coup au projet de dévaster Rome, parce qu'il voit dans le pontife (saint Léon), qui lui parle au nom du ciel pour fléchir son courroux, quelque chose de surnaturel et de divin, donne une idée de l'impression que firent sur eux les discours des ministres de la religion. Ainsi l'éloquence chrétienne eut une nouvelle mission à remplir, et elle l'accomplit avec succès. Elle adoucit les mœurs de ces peuples féroces que la Providence poussait sur l'empire romain, pour le punir de sa corruption et de ses crimes; elle allait même souvent à leur rencontre jusque dans les régions septentrionales, afin de les gagner au Dieu de paix et de miséricorde, et de leur inspirer des sentiments d'humanité en faveur des nations qu'ils venaient subjuguer. Les apôtres avaient converti l'empire par la prédication; leurs successeurs le convertirent une seconde fois, ou pour mieux dire, autant de fois qu'il fut renouvelé.

Enfin d'autres sociétés se formèrent sur les débris de

l'ancienne. Ils en furent, pour ainsi dire, les chefs suprêmes ; ils dirigèrent les peuples et les rois ; ils défendaient les uns contre la tyrannie, les autres contre la licence et la révolte ; ils firent recevoir peu à peu dans le gouvernement des États, les maximes de l'Évangile et les décisions des conciles. On leur a reproché d'avoir abusé quelquefois de l'influence accordée à leur science et à leur mérite ; mais, en général, ils s'en servirent pour le bien, et il est maintenant reconnu que tout ce qu'il y a de meilleur dans les sociétés modernes, est dû, en très-grande partie, aux pontifes de Rome et au clergé catholique. On peut en voir la preuve dans les plus célèbres écrivains de notre temps, tels que M. de Châteaubriand, M. de Maistre, M. de Bonald, M. Michaut.

CROISADES.

En avançant dans les siècles, nous arrivons à une époque plus mémorable encore ; celle qui vit tous les peuples de l'occident s'ébranler à la fois, se précipiter sur l'Asie pour venger les outrages faits à leur culte, et refouler la barbarie musulmane qui avait débordé jusque dans les royaumes de l'Europe, et qui menaçait la chrétienté tout entière. Nous ne nous arrêterons à ces entreprises extraordinaires, connues sous le nom de *Croisades*, que pour montrer qu'elles donnèrent lieu à la puissance de la parole d'opérer des prodiges.

« L'ermite Pierre, dit M. Michaut, (première croisade, 1095,) traversa l'Italie, passa les Alpes, parcourut la France et la plus grande partie de l'Europe, embrasant tous les cœurs du zèle dont il était dévoré. Il voyageait monté sur une mule, un crucifix à la main, les pieds nus, la tête découverte, le corps ceint d'une grosse corde, couvert d'un long froc et d'un manteau d'ermite de l'étoffe la plus grossière. La singularité de ses vêtements était un spectacle pour le peuple, l'austérité de ses mœurs, sa charité, la morale qu'il prêchait, le faisaient révérer comme un saint.

» Il allait de ville en ville, de province en province, implorant le courage des uns, la piété des autres ; tantôt il se montrait dans la chaire des églises, tantôt il prêchait dans les chemins et sur les places publiques. Son éloquence était vive et emportée, remplie de ces apostrophes véhémentes qui entraînent la multitude. Il rappelait la profanation des saints lieux, et le sang des chrétiens versé par torrents dans les rues de Jérusalem ; il invoquait tour-à-tour le ciel, les saints, les anges, qu'il prenait à témoin de la vérité de ses récits ; il s'adressait à la montagne de Sion, à la roche du Calvaire, au mont des Oliviers, qu'il faisait retentir de sanglots et de gémissements. Quand il ne trouvait plus de paroles pour peindre le malheur des fidèles, il montrait aux assistants le crucifix qu'il portait avec lui ; tantôt il se frappait la poitrine et se meurtrissait le sein, tantôt il versait un torrent de larmes.......

» Souvent il rencontrait dans ses courses des chrétiens d'Orient, bannis de leur patrie et parcourant l'Europe en demandant l'aumône. L'ermite Pierre les présentait au peuple comme des témoins vivants de la barbarie des infidèles, en montrant les lambeaux dont ils étaient couverts, le saint orateur s'élevait avec violence contre leurs oppresseurs et leurs bourreaux. A ce spectacle, les fidèles éprouvaient tour-à-tour les plus vives émotions de la pitié et toutes les fureurs de la vengeance ; tous déploraient dans leur cœur les malheurs et la honte de Jérusalem. Le peuple élevait la voix vers le ciel, pour demander à Dieu qu'il daignât jeter un regard sur sa ville chérie ; les uns offraient leurs richesses, les autres leurs prières : tous promettaient de donner leur vie pour la délivrance des saints lieux. »

Mais écoutons l'éloquent historien, lorsqu'il transporte les prédicateurs de la guerre sainte dans une assemblée solen-

nelle (le concile de **Clermont**), composée d'une multitude
d'évêques, d'archevêques, de prêtres, de docteurs, d'ambassadeurs, de princes accourus de toutes les parties de
l'Europe, à la voix du chef de l'Église.

« Urbain, qui parla après Pierre l'ermite, représenta
comme lui les saints lieux profanés par la domination des
infidèles : « Un peuple sans **Dieu**, le fils de l'Égypte esclave,
» occupait par la violence le berceau de notre salut et la
» patrie de notre Seigneur. La ville du roi des rois, qui
» transmit aux autres les préceptes d'une foi pure, avait été
» contrainte de servir aux superstitions des païens ; ce tom-
» beau miraculeux, où la mort n'avait pu garder sa victime;
» ce tombeau, source de la vie future, sur lequel s'était levé
» le soleil de la résurrection, avait été souillé par ceux qui
» ne doivent ressusciter eux - mêmes que pour servir de
» paille au feu éternel. L'impiété victorieuse avait répandu
» ses ténèbres sur les plus riches contrées de l'Asie; An-
» tioche, Ephèse, Nicée, étaient devenues des cités musul-
» manes; les hordes barbares des Turcs avaient planté leurs
» étendards aux rives de l'Hellespont, d'où elles menaçaient
» tous les pays chrétiens. Si Dieu lui-même, armant contre
» elle ses enfants, ne les arrêtait dans leur marche triom-
» phante, quelle nation, quel royaume pourrait leur fer-
» mer les portes de l'Occident ? »

« Le souverain pontife s'adressait à toutes les nations chrétiennes ; il s'adressait surtout aux Français :

« C'est dans leur courage que l'Église plaçait son espoir;
» c'est parce qu'il connaissait leur bravoure et leur piété,
» qu'il avait traversé les Alpes, et qu'il leur apportait la pa-
» role de Dieu. » A mesure que le pontife prononçait son
discours, ses auditeurs se pénétraient des sentiments dont il
était animé; il cherchait tour-à-tour à exciter dans le cœur
des chevaliers et des barons qui l'écoutaient, l'amour de la
gloire, l'ambition des conquêtes, l'enthousiasme religieux,

et surtout la compassion pour leurs frères chrétiens : « Quelle
» voix humaine, leur disait-il, pourra jamais raconter les
» persécutions et les tourments que souffre la race des élus,
» le peuple que Dieu a choisi? La race impie des Sarrasins
» n'a respecté ni les vierges du Seigneur, ni le *collége royal*
» *des prêtres.* Ils ont chargé de fers les mains des infirmes
» et des vieillards ; des enfants arrachés aux embrassements
» maternels, oublient maintenant, chez les barbares, le
» nom du Dieu véritable ; les hospices, qui attendaient les
» pauvres voyageurs sur la route des saints lieux, ont reçu
» sous leur toit profané une nation perverse; *le temple du*
» *Seigneur a été traité comme un homme infame, et les or-*
» *nements du sanctuaire ont été enlevés comme des captifs.*
» Que vous dirai-je de plus? Au milieu de tant de maux,
» qui aurait pu retenir dans leurs demeures désolées les ha-
» bitants de Sion, les gardiens du Calvaire, les serviteurs
» et les *concitoyens de l'Homme-Dieu*, s'ils ne s'étaient pas
» imposé la loi de recevoir et de secourir les pélerins, s'ils
» n'avaient pas craint de laisser sans prêtres, sans autels,
» sans cérémonies religieuses, une terre toute couverte
» encore du sang de Jésus-Christ ?

» Malheur à nous! mes enfants et mes frères, qui avons
» vécu dans ces jours de calamités! Sommes-nous donc
» venus dans ce siècle réprouvé du ciel, pour voir la déso-
» lation de la ville sainte, et pour rester en paix, lorsqu'elle
» est livrée entre les mains de ses oppresseurs ? Ne vaut-il
» pas mieux mourir dans la guerre que de supporter plus
» long-temps ce terrible spectacle ? Pleurons tous ensemble
» sur nos fautes qui ont armé la colère divine ; pleurons sur
» la malheureuse Jérusalem ; mais que nos larmes ne soient
» point comme la semence jetée sur le sable, et que la guerre
» sainte s'allume au feu de notre repentir ; que l'amour de
» nos frères nous anime au combat, et soit *plus fort que*
» *la mort même* contre les ennemis du peuple de Dieu.

» Guerriers qui m'écoutez, poursuivait l'éloquent pontife ,
» vous qui cherchez sans cesse de vains prétextes de guerre,
» réjouissez-vous, car voici une guerre légitime ; le moment
» est venu de montrer si vous êtes animés d'un vrai courage ;
» le moment est venu d'expier tant de violences commises
» au sein de la paix, tant de victoires souillées par l'injustice.
» Vous qui fûtes si souvent la terreur de vos concitoyens ,
» et qui vendez pour un vil salaire vos bras aux fureurs
» d'autrui, nouveaux Machabées, allez défendre la *maison*
» *d'Israël qui est la vigne du Seigneur des armées.* Il ne
» s'agit plus de venger les injures des hommes, mais celles
» de la divinité ; il ne s'agit plus de l'attaque d'une ville ou
» d'un château, mais de la conquête des lieux saints. Si
» vous triomphez, les bénédictions du ciel et les royaumes
» de l'Asie seront votre partage ; si vous succombez, vous
» aurez la gloire de mourir aux mêmes lieux que Jésus-
» Christ, et Dieu n'oubliera point qu'il vous aura vus dans
» sa milice sainte. Que de lâches affections, que des sen-
» timents profanes ne vous retiennent point dans vos foyers ;
» soldats du Dieu vivant, n'écoutez plus que les gémissements
» de Sion ; brisez tous les liens de la terre, et ressouvenez-
» vous de ce qu'a dit le Seigneur : *Celui qui aime son père*
» *ou sa mère plus que moi, n'est pas digne de moi ; qui-*
» *conque abandonnera sa maison, ou son père, ou sa mère,*
» *ou sa femme, ou ses enfants, ou son héritage, pour mon*
» *nom, sera récompensé au centuple, et possèdera la vie*
» *éternelle.* »

Ces paroles d'Urbain pénétraient, embrasaient tous les
cœurs, et ressemblaient à la flamme ardente descendue du
ciel. L'assemblée des fidèles, entraînée par un enthousiasme
que jamais l'éloquence humaine n'avait inspiré, se leva tout
entière et lui répondit par un cri unanime : *Dieu le veut !*
Dieu le veut ! « Oui, sans doute, Dieu le veut, reprit le
» saint pontife ; vous voyez aujourd'hui l'accomplissement de

24

» la parole du Sauveur, qui a promis de se trouver au
» milieu des fidèles assemblés en son nom; c'est lui qui vous
» a dicté ces paroles que je viens d'entendre; qu'elles soient
» votre cri de guerre, et qu'elles annoncent partout la pré-
» sence du Dieu des armées. » En achevant ces mots, le
pontife montra à l'assemblée des chrétiens le signe de leur
rédemption. « C'est Jésus-Christ lui-même, leur dit-il, qui
» sort de son tombeau et qui vous présente sa croix : elle sera
» le signe élevé entre les nations, qui doit rassembler les
» enfants dispersés d'Israël; portez-la sur vos épaules ou sur
» votre poitrine; qu'elle brille sur vos armes et sur vos éten-
» dards; elle deviendra pour vous le gage de la victoire ou
» la palme du martyre; elle vous rappellera sans cesse que
» Jésus-Christ est mort pour vous, et que vous devez mou-
» rir pour lui. »

SAINT BERNARD.

SUITE DES CROISADES.

Dans la seconde croisade (sous le règne de Louis le jeune,
1146), on voit paraître un prédicateur plus étonnant encore, saint Bernard, abbé de Clairvaux, si célèbre par l'influence extraordinaire qu'il exerça sur son siècle. « Entraîné
vers la vie solitaire et religieuse par un de ces sentiments
impérieux qui n'en laissent pas d'autres dans l'ame, il alla
prendre sur l'autel toute la puissance de la religion. Lorsque,
sortant de son désert, il paraissait au milieu des peuples et
des cours, les austérités de sa vie empreintes sur des traits
où la nature avait répandu la grace et la beauté, remplissaient toutes les ames d'amour et de respect..... Il faisait
fondre en larmes les peuples au milieu des campagnes et
des places publiques; son éloquence paraissait un des miracles de la religion qu'il prêchait. Enfin, l'Église, dont il

était la lumière, semblait recevoir les volontés divines par son entremise. Les rois et leurs ministres, à qui il ne pardonnait jamais ni un vice, ni un malheur public, s'humiliaient sous ses réprimandes comme sous la main de Dieu même ; et les peuples, dans leurs calamités, allaient se ranger autour de lui, comme ils vont se jeter au pied des autels. » *Garat, Éloge de Suger.*

Nous allons maintenant l'entendre dans la célèbre assemblée de Vézelay, convoquée au sujet de la croisade. « Le dimanche des Rameaux, après avoir invoqué l'Esprit-Saint, tous ceux qui étaient arrivés pour entendre l'abbé de Clairvaux, se réunirent sur le penchant d'une colline, aux portes de la ville. Une vaste tribune fut élevée, où le roi, dans l'appareil de la royauté, et saint Bernard, dans le costume modeste d'un cénobite, furent salués par les acclamations d'un peuple immense. L'orateur de la croisade lut d'abord les lettres du souverain pontife, et parla ensuite à ses auditeurs de la prise d'Édesse par les Sarrasins, et de la désolation des saints lieux. Il leur montra l'univers plongé dans la terreur, en apprenant que Dieu avait commencé à perdre sa terre chérie. Il leur présenta la ville de Sion implorant leur secours, Jésus-Christ prêt à s'immoler une seconde fois pour eux, et la Jérusalem céleste ouvrant toutes ses portes pour recevoir les glorieux martyrs de la foi. « Vous le savez, » ajouta-t-il, nous vivons dans un temps de châtiment et » de ruine ; l'ennemi des hommes a répandu de toutes parts » le souffle de la corruption ; on ne voit partout que brigandages impunis. Les lois de la patrie et les lois de la » religion n'ont plus assez d'empire pour arrêter le scandale » des mœurs et le triomphe des méchants. Le démon de » l'hérésie s'est assis dans la chaire de vérité. Dieu a donné » sa malédiction à son sanctuaire. O vous tous qui m'écoutez ! » hâtez-vous donc d'apaiser la colère du ciel, et n'implorez » plus sa bonté par de vains gémissements ; ne vous couvrez

» plus du cilice, mais de vos boucliers invincibles. Le bruit
» des armes, les dangers, les travaux, les fatigues de la
» guerre, voilà la pénitence que Dieu vous impose. Allez
» expier vos fautes par des victoires sur les infidèles, et
» que la délivrance des lieux saints soit le noble prix de
» votre repentir. »

Ces paroles de l'orateur excitèrent un vif enthousiasme
dans l'assemblée des fidèles, et, comme Urbain, au concile
de Clermont, saint Bernard fut interrompu par des cris répétés : *Dieu le veut ! Dieu le veut !* Alors il éleva la voix,
comme s'il eût été l'interprète du ciel, promit, au nom de
Dieu, le succès de la sainte expédition, et poursuivit ainsi
son discours : « Si on venait vous annoncer que l'ennemi
» est entré dans vos cités, qu'il a ravi vos épouses et vos
» filles, profané vos temples, qui de vous ne volerait aux
» armes ? Eh bien ! tous ces malheurs et des malheurs plus
» grands encore sont arrivés ; la famille de Jésus-Christ,
» qui est la vôtre, a été dispersée par le glaive des païens ;
» des barbares ont renversé la demeure de Dieu et se sont
» partagé son héritage. Qu'attendez-vous donc pour réparer
» tant de maux, pour venger tant d'outrages ? Laisserez-vous
» les infidèles contempler en paix les ravages qu'ils ont faits
» chez des peuples chrétiens ? Songez que leur triomphe
» sera un sujet de douleur inconsolable pour tous les siècles,
» et d'éternel opprobre pour la génération qui l'a souffert.
» Oui, le Dieu vivant m'a chargé de vous annoncer qu'il
» punira ceux qui ne l'auront pas défendu contre ses en-
» nemis. Volez donc aux armes ! qu'une sainte colère vous
» anime au combat ! que le monde chrétien retentisse de
» ces paroles du prophète : Malheur à celui qui n'ensanglante
» pas son épée !

» Si le Seigneur vous appelle à sa propre défense, vous
» ne croirez pas sans doute que sa main est devenue moins
» puissante ; il ne tiendrait qu'à lui d'envoyer douze légions

» d'anges, ou de dire seulement une parole, et ses ennemis
» tomberaient en poussière; mais Dieu a regardé les fils
» des hommes, et veut leur ouvrir le chemin de sa misé-
» ricorde; sa bonté a fait lever pour vous le jour du salut.
» C'est vous qu'il a choisis pour être les instruments de ses
» vengeances; c'est à vous seuls qu'il veut devoir la ruine
» de ses ennemis, le triomphe de sa justice. Oui, le Dieu
» tout-puissant vous appelle à expier vos péchés en défen-
» dant la gloire de son nom. Guerriers chrétiens, voilà des
» combats dignes de vous, des combats où la victoire vous
» attirera les bénédictions de la terre et du ciel, où la
» mort même sera pour vous comme une autre victoire.
» Illustres chevaliers, généreux défenseurs de la croix,
» rappelez-vous l'exemple de vos pères, qui ont conquis
» Jérusalem, et dont le nom est écrit au livre de vie;
» abandonnez comme eux des biens périssables pour cueillir
» des palmes éternelles, et conquérir un royaume qui ne
» finit point. » (*)

(*) M. Michaut a rédigé le discours qu'on vient de lire, sur
deux lettres que le saint abbé adressa aux habitants du Rhin et
à l'évêque de Brixen, au sujet de la croisade. Nous aurions pu
citer ces lettres qui sont très-éloquentes : mais nous avons
préféré le texte de l'historien, qui en a d'ailleurs conservé la substance, et en grande partie les expressions et les tours. Il nous a
paru convenable d'offrir l'intérêt d'une délibération publique.

Au reste, nous ferons remarquer que l'éloquence la plus vive
et la plus vraie se trouve aussi dans toutes les lettres et circulaires
des souverains pontifes. Il faut voir, par exemple, dans une bulle
de Grégoire VIII, comment le père des chrétiens déplore les calamités qui affligent la Terre sainte, lorsque, après la bataille de
Tibériade, après la perte de la vraie croix, et la destruction de
l'armée chrétienne, les troupes de Saladin se répandirent partout
comme les flammes d'un vaste incendie, ou les flots d'une mer dé-
bordée. « Dans l'incertitude, dit-il, de ce que nous avions à
» faire en cette occasion, nous n'avons pu que nous écrier :

« Tous les barons et les chevaliers applaudirent à l'éloquence de l'abbé de Clairvaux, et furent persuadés qu'il
avait exprimé la volonté de Dieu. Louis VII, vivement ému
des paroles qu'il venait d'entendre, se jeta, en présence de
tout le peuple, aux pieds de saint Bernard, et lui demanda
la croix. Revêtu de ce signe révéré, il parla lui-même à
l'assemblée des fidèles pour les exhorter à suivre son exemple.
Dans son discours, il leur montra l'impie Philistin versant
l'opprobre sur la maison de David, et leur rappela la sainte

» Seigneur ! les nations ont envahi ton héritage, elles ont souillé
» ton saint temple : Jérusalem n'est plus qu'un désert, et les corps
» de tes saints ont servi de pâtures aux bêtes de la terre et aux
» oiseaux du ciel. » Dans une lettre adressée à l'archevêque de
Rouen, Innocent IV ne s'exprime pas avec moins d'éloquence en
parlant de la captivité de saint Louis et de la douleur des peuples
d'Occident. « Oh ! Seigneur, s'écrie le pontife, comment tant
» de guerriers valeureux sont-ils tombés dans les batailles ? Voilà
» que le glaive des impies s'est enivré du sang des justes, et s'est
» rassasié de leur chair ! Le fer du Sarrasin barbare a dévoré la
» nation que la piété avait conduite sous tes drapeaux ! les plaines
» sont encore humides du sang qui a coulé pour toi ; la pourpre
» du sang de tes martyrs brille sur le sol de l'Orient ; leurs corps
» gisent sans sépulture, abandonnés aux oiseaux du ciel et aux
» animaux du désert..... Seigneur. tous les enfants de l'Église
» versent des larmes ; les cris de la douleur retentissent sur tous
» les chemins ; le deuil est peint sur tous les fronts ; chacun baisse
» ses yeux vers la terre ; il ne sort de la bouche des chrétiens que
» des paroles lugubres. » Nous pourrions rappeler d'autres lettres
d'Innocent III, d'Honorius IV, d'Urbain IV, et surtout de Pie II,
qui passa sa vie à prêcher la croisade contre les oppresseurs de
la Grèce. On voit par ces exemples, qu'en s'adressant aux
passions dominantes, l'éloquence avait emprunté leur vivacité et
leur génie. Il n'est pas jusqu'aux simples chroniqueurs qui ne
se montrent éloquents en déplorant la servitude de Sion, et qui,
dans les harangues qu'ils font prononcer aux chefs des croisés,
n'offrent quelquefois des modèles de l'art oratoire. *M. Michaut,
Histoire des Croisades.*

détermination que Dieu lui-même lui avait inspirée. Il in-
voqua au nom des chrétiens d'Orient, l'appui de la nation
généreuse dont il était le chef; de cette nation qui ne pouvait supporter la honte ni pour elle, ni pour ses alliés,
et portait sans cesse la terreur parmi les ennemis de son
culte et de sa gloire. A ce discours, tout l'auditoire fut
attendri et fondit en larmes. La piété touchante du monarque acheva de persuader tous ceux que l'éloquence de
saint Bernard n'avait point entraînés. La colline sur laquelle
était rassemblé un peuple innombrable, retentit long-temps
de ces mots : *Dieu le veut, Dieu le veut! la croix! la
croix!* » *Histoire des Croisades.*

On connaît les mauvais succès de cette croisade. Ils furent
imputés à saint Bernard qui composa une apologie. Ce serait
nous écarter de notre plan de donner ici l'analyse de ses
raisons. Ce serait nous en écarter également de réfuter ce
que les incrédules du dernier siècle ont dit contre les guerres
saintes. Nous renvoyons aux écrivains célèbres que nous
avons nommés plus haut, en parlant de la puissance exercée, au moyen âge, par le clergé catholique. Ils démontrent
qu'elles ont eu les résultats les plus avantageux pour la
société, et en particulier qu'elles ont sauvé l'Europe de la
barbarie.

ÉCRITS DE SAINT BERNARD.

Revenons à saint Bernard. Pendant sa vie il agit à son
gré sur les peuples et les rois par son éloquence et par une
éminente sainteté; il fut l'oracle de l'Église, la lumière des
évêques, le restaurateur de la discipline. Mais il continue,
après sa mort, d'exercer le ministère de la parole sainte; il
console, il instruit par les ouvrages également pieux et savants qu'il a laissés. Nous terminerons ce livre en traçant le
caractère de ce grand écrivain. Il présente parmi ses contemporains une sorte de phénomène. Vivant dans le siècle

des scolastiques, il n'en suivit ni la méthode ni la sécheresse. Il sut briser les entraves qui auraient arrêté l'essor de son génie, et imita la marche libre et le style animé des anciens. Il est plein de force, d'onction et d'agrément. Il possédait si parfaitement l'Écriture, qu'il en faisait passer le langage dans presque toutes ses périodes. Il avait beaucoup lu les anciens Pères, surtout saint Ambroise et saint Augustin; souvent il emprunte leurs pensées; mais il sait se les rendre propres par le tour nouveau qu'il leur donne. Ses *Sermons* respirent l'éloquence du genre, cette éloquence qui plait à l'esprit et pénètre le cœur. Ses *Lettres*, au nombre de plus de quatre cents, sont d'un grand intérêt; elles ont pour objet diverses questions de discipline, de dogme, de morale, et les affaires de son temps. Parmi ses *Traités* on distingue celui de la *Considération*, adressé au pape Eugène III, et dans lequel il enseigne aux souverains pontifes l'importance et l'étendue de leurs devoirs.

Érasme, bon juge en matière de style, admirait l'éloquence et les agréments de celui de saint Bernard, autant que sa vaste et modeste érudition. « Son discours, dit Sixte de Sienne, est partout plein de douceur et de feu; il charme, il embrase : sa langue est comme une source d'où le lait et le miel semblent couler dans ses paroles; son cœur est une fournaise d'où sortent ces affections brûlantes qui se communiquent à ses lecteurs. » « Celui, dit M. de Chateaubriand, qu'on appelait le dernier des Pères avant que Bossuet eût paru, saint Bernard, joint à beaucoup d'esprit une grande doctrine. Il réussit à peindre les mœurs, et il avait reçu quelque chose du génie de Théophraste et de Labruyère. » *Génie du Christianisme.*

Quel profond mépris il inspire pour les choses de la terre ! « Biens de ce monde, vanité des vanités ! Oh ! combien » vous n'êtes rien ! Que d'embarras pour les acquérir, de » sollicitudes pour les conserver, de regrets quand on vient

» à les perdre ! Vos richesses ne servent que pour les autres ;
» celui qui les possède n'en a pour lui que le nom et que
» les embarras...... Le monde berce de fausses espérances
» ceux qui s'abandonnent à lui, leur faisant oublier la no-
» blesse de leur origine et de leurs destinées, les ravalant à
» la condition des animaux. D'où peut venir une bassesse
» aussi déplorable, qu'une ame d'une nature si excellente,
» faite pour aspirer à une immortelle béatitude et à la gloire
» du grand Dieu, émanée de son souffle divin, créée à son
» image, rachetée par son sang, gratifiée du don de la foi
» et de l'adoption de l'Esprit-Saint, se dégrade au point de
» se courber misérablement sous la chaîne des sens ! Combien
» ceux-là sont dignes de tous leurs maux, qui préfèrent
» l'aliment des animaux immondes aux mets qu'ils pourraient
» goûter à la table paternelle ! Ne faut-il pas être insensé
» pour ne s'occuper que d'une chair stérile, aux dépens de
» son ame, pour donner ses soins à engraisser son corps
» pour les vers qui en feront leur pâture ? Je veux bien,
» pour un moment, qu'il y ait quelque chose de spécieux
» et de séduisant dans les avantages que le monde paraît
» offrir à ses adorateurs ; qui peut ignorer combien la pos-
» session en est peu sûre ? La seule chose dont on soit bien
» assuré, c'est qu'ils durent peu, et que l'on ne sait jamais
» le moment où l'on en sera dépouillé. Souvent ils n'at-
» tendent pas même à la mort pour échapper. Eh ! qu'y
» a-t-il au monde de plus certain que la mort, de plus
» incertain que l'heure de la mort ? Elle n'épargne ni le
» pauvre ni le riche ; elle ne respecte ni âge, ni condition ;
» la seule différence entre le vieillard et le jeune homme,
» c'est qu'elle est à la porte du premier et qu'elle attend
» l'autre. Combien donc n'est-on pas malheureux, dans ce
» sentier glissant et enveloppé des ténèbres de la vie hu-
» maine, de se consumer en travaux stériles, sans considérer
» que cette vie n'est qu'une vapeur dissipée en un moment !

» Ambitieux ! vous voilà parvenu à la fin de cette dignité
» que vous poursuivez depuis si long-temps; gardez-la bien
» tant que vous l'avez. Avare, tu as rempli tes coffres,
» fais exactement la garde à l'entour. Votre terre vous a
» donné une abondante récolte; démolissez vos greniers pour
» en construire de plus vastes; dites à votre ame : Te voilà
» des biens en grand nombre pour un long avenir : *Insensé*,
» va-t-on vous répondre, *cette nuit même on viendra vous*
» *redemander votre ame; et toutes ces provisions, à qui*
» *passeront-elles ?*

   » Encore s'il n'avait que ses biens à perdre, mais que le
» maître lui-même ne dût pas être enveloppé dans leur ruine,
» et d'une manière plus déplorable ! Mais le salaire qui at-
» tend le péché, c'est la mort; et qui a semé dans la chair,
» moissonnera la corruption de la chair; car il n'en est pas
» des œuvres comme des biens. On sème sur la terre pour
» recueillir dans l'éternité. On sème sans s'en douter, on
» sème tout en s'enveloppant des mystères d'iniquité. Vous
» croyiez être seul quand vous vous y abandonniez; l'œil
» des Anges, l'œil de Dieu, plus formidable encore, perçait
» et l'épaisseur des murailles, et l'obscurité des ténèbres : »
De la réforme des clercs.

   Le saint abbé de Clairvaux avait une dévotion touchante
envers la Sainte Vierge, et il l'inspirait souvent dans ses
discours. « La majesté de Dieu vous épouvante; elle vous
» empêche d'en approcher : Dieu vous a donné Jésus-Christ
» pour médiateur auprès de lui. Un tel fils n'a-t-il pas droit
» de se promettre tout d'un tel père ? Vous n'êtes pas encore
» rassuré; la majesté de Jésus-Christ vous intimide : Marie
» vous l'a donné pour frère, votre égal par la chair qu'il a
» prise dans son sein. Mais tout homme qu'il est, il est
» Dieu; il vous faut donc une nouvelle intercession auprès
» de lui : Recourez à sa mère, mes enfants, voilà l'échelle
» des pécheurs; voilà toute ma confiance et toute la source

» de mon espérance. Un fils peut-il refuser ou être refusé?
» peut-il ne pas entendre sa mère ou n'être pas entendu de
» son père? Ni l'un ni l'autre. Vous avez trouvé grace auprès
» de Dieu, lui dit l'ange. Oui, et pour toujours. » *Sermon
sur la Nativité de la Sainte Vierge.*

« Si les vents orageux des tentations s'élèvent dans votre
» ame, si vous donnez contre les écueils des tribulations,
» regardez votre étoile ; ayez recours à Marie. Au milieu des
» dangers, au milieu des angoisses et des perplexités, pensez
» à Marie, invoquez Marie. Que son nom soit sans cesse
» dans votre bouche, qu'il soit profondément gravé dans
» votre cœur. Si elle vous protège, vous n'avez rien à
» craindre ; si elle vous est propice, vous arriverez au port
» du salut. » *Sermon sur l'Incarnation. Traduction de M.
Guillon, Bibliothèque choisie.*

OBSERVATIONS.

Nous avons vu l'éloquence des saints Pères, sortie du
collége des apôtres, se déployer avec une sublime énergie
pendant les siècles de persécution. C'est au pied des échafauds et sous le glaive des tyrans que s'enflammait le génie
des apologistes. Le siècle de saint Jean Chrysostôme a brillé
à nos yeux du plus grand éclat ; il nous a montré comme
l'âge d'or de l'éloquence chrétienne. Ces deux époques don-
neraient lieu à un grand nombre d'observations importantes ;
nous en indiquerons quelques-unes, en laissant parler, autant
que possible, des écrivains célèbres dont les témoignages im-
posants ajouteront à l'idée avantageuse qu'on a pu se former
des écrits des saints Pères.

1° L'Église a eu pour défenseurs, dans les premiers
siècles, une foule d'hommes de talent et de savoir. (Nous
n'avons fait connaître que les plus célèbres.)

2° Leur autorité doit être d'un très-grand poids pour la
cause du christianisme.

« Quel plaisir, dit Labruyère, d'aimer la religion et de la voir crue, soutenue, expliquée par de si beaux génies et par de si solides esprits. » *Caractères*.

« Comment n'être pas frappé, dit M. de Frayssinous, de l'autorité de ces illustres personnages, hommes si graves, si réfléchis, si vertueux, aussi incapables de précipitation dans leur jugement que d'hypocrisie dans leur conduite? Dira-t-on que chez eux la foi était le fruit de l'ignorance? Mais c'étaient des hommes très-éclairés et très-savants. Dira-t-on qu'ils ont cru sans examen? Mais ils avaient si bien approfondi la religion, que plusieurs en ont laissé de très-doctes apologies; mais ils connaissaient toutes les objections de ses ennemis, ils les rapportent sans déguisement, ils mettent dans la dispute tant de bonne foi qu'ils ne dissimulent rien, et c'est par eux que nous avons connu ce que les Juifs ou les philosophes païens, tels que Celse, Porphyre, Julien, Hiéroclès, opposaient au christianisme. Dira-t-on qu'ils écrivaient par préjugé de naissance? Mais plusieurs d'entr'eux avaient été nourris, élevés dans le paganisme, tels que saint Clément d'Alexandrie, Tertullien, saint Cyprien, Arnobe, Lactance, Minutius Félix. Ne sait-on pas que saint Augustin avait goûté de toutes les erreurs et de tous les plaisirs avant de se déclarer pour le christianisme? Dira-t-on qu'ils étaient guidés par l'intérêt et par l'ambition? Mais quel intérêt avait-on, dans les trois premiers siècles de l'Église, d'embrasser une religion qui n'attirait que la haine et des persécutions? Quels ambitieux que ces hommes qui fuyaient les dignités ecclésiastiques avec plus d'empressement que l'ambition ne les recherche, qui ne les acceptaient qu'en tremblant, pour s'y dévouer à toutes les vertus, à tous les travaux de l'apostolat, et pour y vivre dans la simplicité et la pauvreté des solitaires! Tels ont été les Basile, les Grégoire de Nazianze, les Chrysostôme et tant d'autres, sur les premiers siéges et au milieu des villes

les plus florissantes de l'empire romain. Dira-t-on enfin que
la foi qu'ils professaient au-dehors n'était pas dans leur cœur?
Certes, Messieurs, on croit à l'Évangile, quand on le pratique dans ce qu'il a de plus sain et de plus pur; on croit
à la religion, quand on souffre et qu'on meurt pour elle :
or saint Irénée, saint Justin, saint Cyprien, ont été les
martyrs de leur foi; saint Athanase fut exilé cinq fois pour
elle; saint Chrysostôme mourut en exil; saint Ambroise fut
en butte à la persécution des Ariens et de l'impératrice Justine qui les protégeait : où trouver une vie plus innocente
et plus pure que dans saint Basile et saint Grégoire de
Nazianze? De plus longs détails sur la sincérité de leurs
croyances seraient superflus. Il est donc bien manifeste que,
chez les Pères de l'Église, la foi était l'effet de la conviction
la plus profonde, la plus réfléchie, la plus éclairée; et c'est
une insigne témérité que de ne faire aucun cas de leur
suffrage.

» Mais ne pourrait-on pas nous dire ici : Athènes et Rome
ont produit de très-beaux génies qui ont professé le paganisme; Socrate, Platon, Aristote, Cicéron, Varron, Sénèque, Plutarque, ont été païens : faudra-t-il donc l'être,
parce qu'ils l'ont été? et pourquoi serions-nous chrétiens,
parce que les Pères de l'Église ont été chrétiens avant nous?
Ici, Messieurs, point de parallèle à établir. Que des philosophes se soient déclarés extérieurement pour des superstitions
au milieu desquelles ils avaient été nourris, qu'ils trouvaient
consacrées par l'usage et par les lois, qui étaient si favorables
à des passions dont les philosophes étaient loin d'être exempts
ou plutôt dont ils étaient les esclaves, il n'est rien là que de
très-naturel et de très-ordinaire; mais que de beaux esprits,
nés dans le paganisme, malgré les préjugés de l'enfance et
de l'éducation; malgré la crainte des lois, de l'exil, des
chaines, de la mort; malgré l'intérêt des passions et le
charme des plaisirs, soient devenus chrétiens, voilà ce qui

étonne : que de très-beaux esprits, pleins de lumières et de
critique, soient demeurés convaincus de la vérité des faits
évangéliques, qu'ils aient persévéré dans une religion qui
a tout contre elle, si elle n'a pour elle la vérité, et qu'ils
aient pratiqué les vertus les plus sublimes qu'elle inspire,
voilà ce qui suppose en eux une très-intime conviction,
fruit de l'examen le plus réfléchi. Pour être païen, il suffisait de suivre ses penchants; pour être chrétien, il faut les
combattre. J'ai cité en faveur de la religion des hommes qui
croyaient à sa doctrine jusqu'à tout sacrifier pour elle, tandis
qu'il est bien reconnu que les philosophes ne croyaient pas
au paganisme qu'ils semblaient respecter. » *Conférences sur
la religion.*

3° Les saints Pères ont consigné et développé dans leurs
ouvrages les preuves de la divinité du christianisme. On a
pu se convaincre, par plusieurs citations de ce Précis, qu'ils
fournissent des armes puissantes pour repousser les attaques
de l'incrédulité, et qu'ils ont répondu d'avance à tous les
sophismes que l'ignorance ou la mauvaise foi devait dans la
suite opposer à la religion.

4° Ils sont regardés comme les oracles de l'Église, et
Jésus-Christ les a éclairés particulièrement de ses lumières.

« Ce Sauveur tout-puissant et infaillible, dit à ce sujet
M. Guillon, qui a promis à son épouse *d'être avec elle tous
les jours jusqu'à la consommation des siècles*, les a donnés
à son Église pour en être les conseillers; au monde, pour
qu'ils en fussent les oracles et la lumière. En les dispersant
dans les différents siècles pour combattre les nouveaux abus
et les nouvelles erreurs, il a voulu non-seulement qu'ils
éclairassent les nations et leur siècle, mais que leur doctrine,
consignée dans des écrits excellents, parvînt aux races futures, et qu'ils fussent encore après leur trépas les apôtres
de tous les pays et de tous les temps. Nous les appelons *nos
Pères* dans la foi, parce que leurs écrits, pleins de la science

du salut, se sont répandus, dit saint Augustin, comme une rosée abondante dans le champ de l'Église, pour y faire fructifier les germes de vie que Jésus-Christ et ses premiers disciples y avaient laissés, afin qu'ils nourrissent les ames de la plus pure substance de la vraie doctrine. Ce sont eux qui ont apporté dans la construction de l'édifice sacré le ciment et les riches décorations dont se fortifie et s'embellit cette Église, bâtie par Jésus-Christ, qui en est *la pierre angulaire*, par les *prophètes et les apôtres*, *qui en sont les immortels fondements*. Telles sont les brillantes images que le saint évêque d'Hippone accumule pour désigner leurs titres à la vénération. Unis à l'Écriture, leurs ouvrages, consacrés par la sanction que l'Église leur a donnée, ajoutent à l'autorité de la parole divine immédiatement émanée de l'Esprit-Saint, le poids imposant d'une inspiration au moins indirecte qui les a produits, et l'efficacité d'une grace toute particulière qui les distingue si éminemment de toutes les compositions humaines. Ils composent cette chaine auguste de la tradition, dont la majestueuse unité s'est soutenue, inébranlable, à travers les chocs des révolutions, les attaques du schisme et de l'hérésie, les ruines du temps, les ténèbres de l'ignorance et les ravages des mauvaises mœurs. Ils fondent les titres de notre croyance, nous montrent à chaque siècle d'illustres témoignages de la foi contemporaine, impriment à notre doctrine le sceau de la vérité, et remontent ainsi jusqu'à la source même de l'infaillibilité divine. » *Bibliothèque choisie*.

5° Sous le rapport de la science ils fournissent les plus précieux documents. Leurs écrits sont comme les archives des siècles où ils vécurent, et, bien mieux que l'histoire, ils révèlent les usages, les mœurs, le génie des peuples.

6° Vivant à des époques de misère et de confusion, ils paraissent suscités par la Providence pour venir au secours de tant de maux et pour empêcher la ruine entière de la société. Exhortant les peuples à la soumission et les princes à la douceur, ils se montrent ennemis tout à la fois et de l'anarchie et du despotisme. Le monde déjà peut comprendre que la religion qu'ils annoncent donnera seule, pour les états, des principes d'ordre et de justice, de stabilité et de bonheur.

7° Comme orateurs les saints Pères méritent la plus haute estime.

— « Si l'on veut juger de la puissance de la parole par ses effets, c'était certes une belle éloquence que celle qui a sauvé le monde. » *M. de La Mennais*, *Nouveaux Mélanges*.

« Pour que le christianisme, dit M. Guillon, accomplît ses destinées et l'emportât sur la synagogue, sur l'idolâtrie, sur la fausse sagesse du siècle, il fallait tout abattre, **tout anéantir** autour de lui; et cette entreprise, le christianisme l'a exécutée dans un temps où les dieux du paganisme étaient assis encore sur le même trône que les Césars. Cette Église, regardée dans le monde comme une étrangère, la voilà descendue dans une arène tout entière fumante du sang de ses martyrs; et là, pâle, tremblante, traînant, pour ainsi dire, après soi les lambeaux des bûchers dont la seule lueur la faisait reconnaître, portant encore sur le front les écriteaux qui la condamnaient à l'infamie ou au supplice, on la voit fièrement engager le combat contre tout l'univers, provoquer à la fois les Juifs, les païens et les philosophes, rétorquer avec autant d'érudition que de vigueur et d'habileté, contre les adversaires du christianisme, leurs propres arguments; et tandis que, d'une main, elle sape jusque dans leurs fondements tous les autels de la superstition et toutes les écoles de la sagesse humaine, de l'autre elle élève au seul Dieu de l'univers un temple tout rayonnant du génie et de la gloire de ses prédicateurs. » *Bibliothèque choisie*.

— Quelque chose de divin se fait sentir dans leur éloquence. « Deux caractères surtout la distinguent, une tendresse pénétrante qu'on a nommée *onction*, et une foi vive qui se communique et triomphe de toutes les résistances de l'esprit. On est persuadé, entraîné par la conviction de l'écrivain et par le désir de convaincre que l'on sent dans tous ses discours. Ce n'est pas un rhéteur qui disserte pour éblouir; c'est un ami qui vous entretient avec une émotion profonde de vos plus grands intérêts, et dont le bonheur serait d'assurer le vôtre. Ce qu'il dit remue le cœur, parce qu'il part du cœur. Sa voix a des accents qui étonnent l'ame et qui la ravissent, une grace attirante, une douceur dont le charme céleste peut à peine se comprendre, et ne saurait être peint. Que voyez-vous presque toujours dans les orateurs que l'antiquité nous vante? L'orgueil s'efforçant de vaincre et de se soumettre tous les esprits. Ici, c'est un homme qui s'abaisse, qui s'humilie, qui prie, qui conjure; et pour qui? pour ceux-mêmes à qui s'adressent ces pressantes supplications, content d'être oublié pourvu qu'il les sauve. On ne connaissait, avant le christianisme, rien de semblable. Considérez ces sublimes docteurs d'une religion sublime. Dieu est le fond de toutes leurs pensées, de tous leurs sentiments. Plongés dans son immense lumière et dans son amour immense, leur parole ardente et néanmoins calme, éclaire à la fois et féconde comme celle du créateur. Tous les secrets du temps et de l'éternité leur sont connus. Ils dévoilent l'homme à l'homme, en l'élevant jusque dans le sein de l'Être de qui émanent tous les êtres. Ils développent à ses yeux les lois de sa nature, ses devoirs, ses destinées; ils lui expliquent ce que jamais il ne comprendrait lui-même, sa grandeur, sa bassesse, les contradictions mystérieuses de son esprit et de son cœur, la cause de ses maux et leur remède.

« Que les philosophes, près d'eux, sont petits! que leur sagesse est vaine! Qu'il y a loin des disciples de Socrate et de Zénon aux disciples de Jésus-Christ! Les premiers se

25

séparant de la tradition générale, et s'appuyant sur leur raison seule, nièrent successivement toutes les vérités. *Flottant à tout vent de doctrine*, se combattant les uns les autres au milieu des ténèbres, toujours doutant, toujours détruisant, après avoir ébranlé le monde moral par leurs désolantes opinions, ils en auraient consommé la ruine, si Dieu lui-même n'était venu le replacer sur sa base. Les seconds, au contraire, unis par la même foi, enseignent de siècle en siècle une doctrine immuable. Elle n'est point à eux, mais à tous les hommes; ils ne l'ont point inventée, ils l'ont reçue pour la transmettre fidèlement comme un dépôt sacré: et traitant des plus hautes questions, de Dieu et de sa nature, de l'homme et de ses devoirs, des lois universelles, de l'ordre, du monde présent et du monde à venir, ils semblent n'avoir qu'une seule pensée, tant l'accord qui règne entre eux est parfait : et c'est que tous étaient instruits par cet esprit *un*, cet esprit divin, qui devait, aux moments fixés, remplir et renouveler la terre. » *M. de La Mennais, Nouveaux Mélanges.* (*)

(*) « Qu'y a-t-il de plus merveilleux, ajoute M. de La Mennais, que cette unité d'enseignement et de foi conservée, pendant près de vingt siècles, dans l'immense société catholique? Quoi! les philosophes n'ont jamais pu s'accorder sur aucun point! chacun d'eux a eu son système, ses opinions, ses croyances : et voilà qu'au sein même de cette effroyable confusion s'établit une doctrine uniforme, invariable, que rien n'altère, que rien ne modifie, ni les âges en s'écoulant, ni la science, ni l'ignorance, ni la diversité des langues, des lois et des mœurs. Depuis le Chili jusqu'au Groënland, et depuis le Kamtschatka jusqu'à Naples, le catholique aujourd'hui récite le même symbole que récitaient ses frères à Jérusalem et à Memphis, à Nisibe et à Rome au temps de Néron. Certes, il y a ici quelque chose de divin, et nous plaignons profondément la raison aveugle qui se croirait elle-même, de préférence à ce grand et constant témoignage que dix-huit siècles ont entendu, et qui a été cru pendant dix-huit siècles. »

« L'éloquence des saints Pères, dit aussi très-éloquemment M. de Châteaubriand, a quelque chose d'imposant, de fort, de royal, pour ainsi parler, et dont l'autorité vous subjugue et vous confond. On sent que leur mission vient d'en haut, et qu'ils enseignent par l'ordre exprès du Tout-Puissant. Toutefois au milieu de ces inspirations leur génie conserve le calme et la majesté. » *Génie du Christianisme.*

— Cette éloquence est d'autant plus admirable qu'elle contraste avec le dépérissement de tout le reste.

« C'est au milieu de l'abaissement le plus honteux des esprits et des courages ; c'est dans un empire gouverné par des eunuques, envahi par les Barbares, qu'un Athanase, un Chrysostôme, un Ambroise, un Augustin font entendre la plus pure morale et la plus haute éloquence. Leur génie seul est debout dans la décadence de l'empire. Ils ont l'air de fondateurs au milieu des ruines. » *M. Villemain, Nouveaux Mélanges.*

« On cherche en vain qui leur comparer dans le domaine désert du polythéisme. » *Le même.*

En effet il y a loin de saint Basile ou de saint Jean Chrysostôme à Libanius, et de saint Ambroise à Symmaque.

Le domaine de l'hérésie est plus stérile encore que celui du polythéisme.

— « Ce sont eux (les saints Pères) qui ont fait, parmi nous, les Bourdaloue, les La Rue, les Massillon, les Bossuet ; eux qui ont fourni à ces grands maîtres de notre chaire française, les conceptions vastes, les magnifiques développements, les expressions éclatantes que nous admirons dans leurs discours, le plus noble patrimoine des temps modernes. Là, toutes les questions qui intéressent le dogme, la discipline, les mœurs, sont discutées avec un caractère de perfection qui n'a laissé aux siècles d'après que l'honneur de les reproduire. Là, une conviction profonde amène, sans nul effort, toutes les richesses du raisonnement, de l'imagination et du pathétique. Il est bien facile de reconnaître qu'ils ont tous puisé à une source commune qui n'a rien d'humain. » *La France chrétienne.*

En présence des trophées de gloire que le génie des orateurs avait accumulés autour du trône de Louis XIV, Labruyère a dit : « Quel étonnement pour tous ceux qui se sont fait une idée des Pères si éloignée de la vérité, s'ils voyaient dans leurs ouvrages plus de tour et de délicatesse, plus de politesse d'esprit, plus de richesse d'expression et plus de force de raisonnement, des traits plus vifs et des graces plus naturelles que l'on en remarque dans la plupart des livres de ce temps! Surtout on n'y soupçonne pas le mérite d'élocution qui se compose de la pompe et du pittoresque des images unies à la vigueur de la dialectique et à la chaleur des mouvements, et qui seul entre puissamment dans les esprits et dans les cœurs. » *Caractères*, *Chapitre des Esprits forts.*

« Tel écrit des saints Pères nous fournira plus de cette première sève du christianisme, que nous n'en trouvons dans beaucoup de volumes des interprètes modernes (de l'Écriture sainte.) C'est qu'après tout, ajoute l'illustre Bossuet, ces grands hommes sont nourris de ce froment des élus, de cette pure substance de la religion, et que, pleins de cet esprit primitif qu'ils ont reçu de plus près, et avec plus d'abondance, de la source même, souvent ce qui leur échappe et qui sort naturellement de leur plénitude, est plus nourrissant que ce qui a été médité ailleurs. » *M. Guillon.*

— Leurs ouvrages, il est vrai, ne sont pas exempts de défauts. « On y désirerait plus de sévérité dans le style, plus d'attention aux convenances du genre, plus de méthode, plus de mesure dans les détails; on leur a reproché de la diffusion, des digressions trop fréquentes, et l'abus de l'érudition, qui, dans l'éloquence, doit être sobrement employée, de peur qu'en voulant trop instruire l'auditeur on

ne vienne à le refroidir. » *La Harpe, qui d'ailleurs donne
aux saints Pères les plus grands éloges.*

Mais ces défauts, qui étaient ceux de leur temps, sont
peu sensibles dans plusieurs des Pères grecs ; et les Pères
latins eux-mêmes savaient très-souvent les éviter. Le besoin
de répandre au dehors les sentiments qu'ils avaient dans
le cœur, les faisait rentrer dans les règles de la nature, qui
sont celles du goût le plus pur. C'est l'observation de
M. Laurentie. « Laissons donc, dit-il, laissons à Tertullien
quelque dure métaphore, à saint Cyprien quelque période
enflée, à saint Ambroise quelque endroit obscur, à saint
Augustin quelque antithèse subtile et rimée ; ce sont là des
défauts qui tiennent à la décadence universelle ; mais à côté
de ces signes de dégradation brillent les plus beaux traits
d'éloquence et les plus étonnants chefs-d'œuvre de l'esprit.
C'est que les mêmes hommes que l'influence générale d'un
goût altéré a jetés dans des écarts qui choquent notre raison raffinée, gardent néanmoins dans leur cœur cette vive
inspiration de la vérité, cette ardeur de la répandre, ce zèle
des vertus chrétiennes qui donnent au langage quelque chose
de divin, et qui sont bien autrement fécondes que toutes
les savantes combinaisons d'un génie exercé aux études profanes et aux finesses d'un goût simplement poli. » *De l'étude
et de l'enseignement des lettres.*

« Ce serait juger en petit grammairien que de n'examiner
les Pères que pour la langue et le style. » *Fénélon.*

Au reste ils tombaient peut-être à dessein dans ces défauts
que nous leur reprochons. « Ces grands hommes, qui avaient
des vues plus hautes que les règles communes de l'éloquence,
se conformaient au goût du temps, pour faire écouter avec
plaisir la parole de Dieu et pour insinuer les vérités de la
religion. » *Le même, Dialogues sur l'éloquence.*

Enfin les orateurs profanes les plus parfaits ont aussi leurs
défauts.

Concluons donc en disant avec M. Guillon : Les saints
Pères sont nos maîtres dans l'art de l'éloquence. Ils doivent
être nos modèles. Ils sont pour nous ce que Cicéron, Ho-
race, Quintilien, tous les législateurs du vrai goût veulent
qu'Homère et Démosthène soient pour les aspirants à la poésie
et à l'éloquence. Jeunes orateurs, qui brûlez de la noble
passion de servir la cause de Dieu et de conquérir des ames
à Jésus-Christ, en consacrant à l'édification des unes, à
la gloire de l'autre, les heureuses facultés que vous avez
reçues pour le ministère de la parole, nouveaux Pauls,
appelés, comme l'apôtre, à l'honneur, *non-seulement de
baptiser, mais de prêcher l'Évangile de la force et de la
grace* : après l'Esprit-Saint, le premier de nos maîtres, le
seul vraiment efficace, vos oracles, vos législateurs, vos
guides, ce sont les Pères. Et nous aussi nous vous dirons :

> Et vos exemplaria græca
> Nocturnâ versate manu, versate diurnâ.]

Faites de leurs écrits votre étude, votre méditation habituelle,
la substance, l'expression textuelle de vos discours. Seuls
ils vous révèleront tous les secrets de l'art de la parole; ils
vous ouvriront tous les trésors de la science et du langage. »
Bibliothèque choisie des Pères de l'Église.

FIN DU PREMIER VOLUME.

TABLE
DES MATIÈRES.

CHAPITRE QUATRIÈME.

De quelques autres genres d'éloquence.

CHAPITRE CINQUIEME.

Décadence de l'éloquence grecque.

SECONDE PARTIE.

ÉLOQUENCE ROMAINE.

CHAPITRE PREMIER.

Maîtres de rhétorique.

ÉPINAL; IMP. FAGUIER.

www.ingramcontent.com/pod-product-compliance
Lightning Source LLC
Chambersburg PA
CBHW050310030726
47505CB00003B/638

* 9 7 8 2 0 1 9 6 1 0 0 4 3 *